novum pro

D1929923

Wolfgang Bader (Hrsg.)

Querschnitte

Herbst 2009

Gelebtes, Fantastisches und Modernes

novum pro

Bibliografische Information
der Deutschen Nationalbibliothek:

Die Deutsche Nationalbibliothek
verzeichnet diese Publikation in der
Deutschen Nationalbibliografie.
Detaillierte bibliografische Daten
sind im Internet über
http://www.d-nb.de abrufbar.

Alle Rechte der Verbreitung, auch
durch Film, Funk und Fernsehen, fotomechanische Wiedergabe, Tonträger, elektronische
Datenträger und auszugsweisen
Nachdruck, sind vorbehalten.

© 2009 novum publishing gmbh

ISBN 978-3-99003-053-0
Lektorat: Mag. Sandra Jusinger

Einzelne Beiträge in dieser Anthologie
wurden auf ausdrücklichen Wunsch
der AutorInnen nicht lektoriert.

Innenabbildungen:
Archiv, www.pixelio.de

Gedruckt in der Europäischen Union
auf umweltfreundlichem, chlor- und
säurefrei gebleichtem Papier.

www.novumpro.com

AUSTRIA · GERMANY · SWITZERLAND · HUNGARY

Vorwort

Im vorliegenden Buch entfaltet sich vor Ihnen eine Potpourri von Stilen; konventionell trifft auf experimentell, lyrische Stimmungen stehen handlungsreicher Prosa gegenüber.

Die Anthologien des novum pro Verlags präsentieren stets eine Vielfalt an Themen und einen Mix verschiedener Genres. Ihr Ziel ist es, zeitgemäße Texte zu fassen, seien es Essays, Kurzgeschichten, Auszüge aus Manuskripten oder Gedichte, und einen Querschnitt der aktuellen Literaturszene abzubilden. Auf den folgenden Seiten begegnen Ihnen Trauer, Schmerz, Hass, Ungläubigkeit, Angst und Sprachlosigkeit in ihrer literarischen Umsetzung. Ihnen gegenüber stehen die Suche und das Finden von sich selbst oder einem Seelenverwandten, absolute Freude und Gefühle des Friedens. Und das eine oder andere Mal werden Urlaubsimpressionen Sie in fremde Länder entführen.

Genießen Sie die Vielfalt der Literatur und schaffen Sie sich anhand der folgenden Texte einen Überblick über die aktuellen Literaturtrends.

Inhaltsverzeichnis

Kurzgeschichte

von Doreen Abbe

Kapitel 1

„Komm, Vanessa, ich muss los. Warum trödelst du so! Ich muss zur Arbeit, ich hab es nicht so gut wie du und kann spielen gehen!" Vanessa, ein kleines dreijähriges Mädchen, mit großen blauen Augen und herrlich dichtem, lockigem Haar, ging an der Hand ihrer Mutter, eher rückwärts als vorwärts. „Warum um Himmels willen machst du es mir jeden Tag so schwer? Gerade eben warst du doch noch ganz quietschvergnügt. Was sollen denn die anderen denken, wenn sie sehen, wie du an meiner Hand zerrst. Jetzt benimm dich endlich!" Mit entnervtem Blick zog sie die Kleine nach vorn. „Mama, ich hab keine Lust, ich bin müde, ich will heim!" Da standen sie auch schon vor der Gruppentür und Vanessa wurde in den Raum geschoben. „Na, wie spät kommst du denn erst!" Frau Klee, die Erzieherin, setzte das Mädchen an den runden Frühstückstisch und forderte es auf, das Brot auszupacken. Vanessa gehorchte und griff zur Tasche. Sie versuchte sie zu öffnen, aber der Verschluss wollte und wollte nicht aufgehen. Sie saß traurig und eigentlich noch sehr müde mit den anderen gleichaltrigen Kindern am Tisch. Niklas stand auf und wollte helfen. Das bemerkte Frau Klee und fing an mit dem Jungen zu schimpfen. „Du hast während des Frühstücks nicht aufzustehen, wie oft soll ich dir das noch sagen?" Danach fiel ihr Blick auf Vanessa, die immer noch ohne Brot dasaß. „Wann beginnst du denn endlich mal etwas zu essen, die Zeit ist bald um. Du bist sowieso schon zu spät gekommen." „Deht nich auf", flüsterte das Mädchen und fing an zu weinen. Es war ihr peinlich, und sie kam sich sehr ungeschickt vor.

„Meine Augen können nicht überall gleichzeitig sein", schimpfte Frau Klee vor sich hin. Sie öffnete die Tasche und holte die Brotbüchse heraus. Vanessa sah den lustigen Bärensticker und wollte nun ihr Brot selbst auspacken. „Na, jetzt mach ich das lieber mal, sonst sitzt du vielleicht morgen früh noch hier. Vanessa, ich kann nicht verstehen, warum du unentwegt nur herumträumst." Als die Erzieherin den Inhalt sah, wurde sie noch ein wenig zorniger und schimpfte jetzt laut über Vanessas Mutter, die ihrer Ansicht nach wieder viel zu viel Süßkram eingepackt hatte. „Nun halt ich mir am liebsten gleich die Ohren zu", dachte Vanessa still vor sich hin und biss auf Befehl schnell in ihr Marmeladebrötchen. „Der Tee in der gelben Plastiktasse ist noch ein wenig warm und schmeckt eigentlich recht lecker, aber im Moment hab ich gar keinen Durst. Daheim bei Mama gab es ja erst eine halbe Tasse Kakao."

„Vanessa, du träumst schon wieder, willst du nun weiteressen oder nicht!" Vanessa schüttelte den Kopf und stellte sich zu den anderen Kindern an die Tür. „Komm zurück und stell bitte erst deinen Stuhl an den Tisch!" Vanessa machte, was von ihr verlangt wurde, und ging dann wieder an ihren Platz zurück. „Geh weg, hier stehe ich jetzt." Mit einem unsanften Schubs wurde sie nach hinten gedrängt. „Nein ich, ich war zuerst da, das ist doch mein Platz." Laut heulend rief sie: „Jetzt will ich endlich heim zu meiner Mama!" „Müsst ihr euch schon wieder streiten?" Die Erzieherin wartete, bis alle ganz still waren. Dann öffnete sie die Tür und die Kinder gingen nun gemeinsam in den Waschraum. Dort wurde sich nun wieder angestellt, denn Frau Klee wollte, dass jedes Kind erst auf die Toilette ging und mal probierte, ob was kam. Das Warten hasste Vanessa am meisten, Beni rempelte sie schon wieder an. „Na hoffentlich zerreißt meine Lieblingsbluse nicht, oder ich verliere vielleicht noch einen Glitzerknopf. Meine Omi hat mir die Bluse erst vor Kurzem geschenkt. Sie ist sehr schön und man bekommt hier so was nicht das hat Mama gesagt." „Dieses Kind träumt den lieben langen Tag nur vor sich hin." Vanessa war traurig, weil sie anscheinend schon wieder etwas falsch gemacht hatte. „Setz dich jetzt endlich auf die Toilette und zieh deine Hose richtig runter. Du hast dich gestern erst vollgepullert, hast du das schon wieder vergessen?“ „Nein“, sagte Vanessa und rutschte fast ins Klo hinein.

Im Kindergarten angekommen, band ich erst einmal meine weiße Nylonschürze um und schlüpfte in die Hausschuhe. „So“, dachte ich bei mir, „die zweite Woche meines Praktikums konnte beginnen.“ Mit einem mulmigen Gefühl im Magen suchte ich Frau Klee und die Kinder. Dem Tagesablaufplan nach, mussten sie im Waschraum sein. Als ich die Türe öffnete, sah ich, dass Vanessa fast ins Klo rutschte. Schnell hielt ich sie fest, um dann eilig „Guten Morgen“ zu sagen. Die Mentorin erwiderte meinen Gruß wie immer recht barsch und fragte mich im selben Atemzug: „Haben Sie schon alles für die Malbeschäftigung vorbereitet?“ Schnell eilte ich in den Gruppenraum: In der Zwischenzeit hörte ich, wie Frau Klee den Kindern erklärte, dass ich noch viel lernen müsse, bevor ich eine richtige Erzieherin sein würde. Aber bei aller Kritik, die ich hier zu spüren bekam, hatte ich einen guten Draht zu den Kindern aufbauen können. Ich merkte, dass mir die Kinderaugen entgegenleuchteten, und dies machte mich glücklich. Auch Vanessa hatte mich vorhin freudig angesehen und ich konnte spüren, wie sich ihr kleiner Körper, als ich ihn festhielt, vertrauensvoll entspannte. Sie fragte mich, ob ich bei ihr bliebe. Aber ich konnte ihr nur noch schnell die Hose hochziehen und musste dann den Anweisungen von Frau Klee Folge leisten.

Vanessa bedauerte es sehr, dass die junge Frau, die sie gut leiden konnte, gleich wieder gegangen war. Nun stand ihr Zahnputzbecher vor ihr. Blitzschnell füllte das Kind den Becher und trank daraus. Sie hatte mächtigen Durst bekommen und etwas Trinkbares gab es erst wieder kurz vor dem Mittagessen. Verstohlen schaute sie sich um und dachte, „hoffentlich schaut niemand her. Frau Klee würde mich bestimmt wieder fragen, ob ich Läuse in den Bauch bekommen wolle. Aber wenn ich Durst habe, ist mir das ganz gleich, und außerdem habe ich noch nie welche im Wasser entdecken können.“

Doreen Abbe

Als ich die Maldecken aufgelegt hatte, jedem Kind einen Pinsel und die rote Farbe hingestellt hatte, ging ich in den Waschraum zurück. „Heute wollen wir etwas Schönes malen“, versprach ich den Kindern. „Stellt euch bitte an, wir gehen in das Gruppenzim...“ Erschrocken zuckte ich zusammen. Die Leiterin Frau Klose stand vor mir.

Vanessas Augen bemerkten, wie ängstlich Fräulein Petzold dreinschaute. Gleich bekam sie auch wieder dieses komische Gefühl im Bauch. Sie erinnerte sich, dass ihre Mama ihr gesagt hatte, sie soll bei Frau Klose immer besonders artig sein, denn diese große Frau kann alles bestimmen.

„Was ist denn hier für ein Krach, Fräulein Petzold! Sie müssen schon darauf achten, dass sich die Kinder ruhiger verhalten. Na hoffentlich war heute wenigstens jeder auf der Toilette. Beni und Niklas haben sich ja noch nicht einmal angestellt.“ Frau Klose ging zu den beiden und sah die nasse Kleidung. „Fräulein Petzold, Sie müssen den Kindern schon die Ärmel hinterstreifen und vor allem aufpassen, dass nicht mit Wasser herumgespritzt wird. Sehen Sie das nicht, Vanessas Ärmel ist auch nass.“ Es folgte nun ein weiteres Warten und alle mussten ganz still sein. Dabei stand Vanessa ganz eng zwischen Tina und Marie und bekam fast keine Luft. Sie bewegte sich nach vorn und nach hinten. Leider wurde sie immer wieder zurückgeschubst. „Wo ist denn eigentlich Frau Klee?“, dem Mädchen wurde es angst und bange. Als sie kam, unterhielten sich die beiden Frauen wieder ganz lange und es wurde gewartet. Vanessa schaute nach hinten und sah, wie Beni Niklas etwas wegnahm. „Das ist meine!“ Niklas wurde wütend und griff nach Benis Hand. Frau Klee mischte sich ein, indem sie Niklas hin und her schüttelte. Sie war dabei ganz rot geworden und ihr Gesicht sah zum Fürchten aus. Nun hörte Vanessa, wie etwas nach unten fiel. Frau Klee hörte das natürlich auch und sah ein kleines, blaues Matchboxauto auf dem Boden liegen. Sie fragte, wem das gehörte, und Beni sagte: „Mir nicht“ „Ist das deine?“, wurde Niklas gefragt. Niklas nickte und wurde dann ausgeschimpft. „Es wird kein Spielzeug mit in den Waschraum genommen. Ihr wisst, dass eure Sachen von zu Hause hier nichts zu suchen haben.“ Frau Klose war über alle Maßen verärgert. Sie drohte mit erhobener Hand und ihre Stimme kreischte, als sie sagte: „Ich werde heute mit den Eltern von Niklas sprechen." Mit der Situation vollkommen überfordert fragte ich, ob ich nun mit den Kindern ins Gruppenzimmer gehen dürfte. „Ich würde jetzt so gerne mit Marie in der Puppenecke spielen", überlegte Vanessa. „Gestern durfte ich sogar den Puppenwagen haben und meine Lieblingspuppe Lina ausfahren. Ich gehe jetzt mal nachschauen, ob sie noch schläft." Vanessa eilte zum Puppenbett. Aber leider wurde jetzt nicht gespielt, es musste gemalt werden. „Fräulein Petzold beschäftigt sich heute mit euch und ich bin gespannt, wer am schönsten malen kann", sagte Frau Klee. Nun zeigte ich den Kindern einen wunderschön gemalten Luftballon und teilte die Pinsel und die Farben aus. Bevor es losging, malte ich auf ein neues Blatt Papier Schritt für Schritt den Luftballon vor und alle Kinder malten genau nach Anleitung mit. Es wurde gezeigt, wie groß er zu sein hatte und welche Farbe er bekommen sollte. Anschließend folgte ein Gespräch darüber, wer am saubersten gemalt und am besten hingehört hatte. Vanessa traute sich während des Gespräches nicht viel zu sagen. Ihr Ballon war zu klein geraten und er hatte auch eher eine viereckige Figur. Frau Klee fiel das natürlich sofort auf und es half auch nichts, als das Mädchen versuchte, das Blatt mit ihrer Hand zuzudecken. Im Gegenteil, nun war alles ausgewischt und die Hände voller gelber Farbe. Ich ging nun mit ihr in den Waschraum, um sie zu säubern.

„Zum Glück kommt sie mit mir mit. Frau Klee würde mir sonst bestimmt wieder die Seife mitten in die Augen schmieren." Diese Erfahrung hatte Vanessa leider schon oft machen müssen. Im Waschraum wurde sie dann von ihrer lieben Heidi, so durfte sie Fräulein Petzold nennen, in die Arme genommen. Nun konnte sie plötzlich hüpfen und springen und der Schreck war schon fast vergessen. „Ich möchte jetzt spielen dehen", bettelte das Kind. Fräulein Petzold wollte gerade antworten, als Frau Klee mit dem ihr eigenen, bestimmenden Ton sagte: „Jetzt gehen wir alle an die frische Luft. Heute wollen wir uns die Gartenanlagen anschauen. Vielleicht entdecken wir schon erste Frühjahrsblüher." Dagegen konnte keiner etwas sagen. Maria stellte sachlich fest: „Sie ist eben die Bestimmerin." Mit gestressten Gesichtern zogen sich alle an. Tina fing an zu weinen. „Was ist denn jetzt wieder los?", donnerte Frau Klee streng los. „Meine Jadde deht nich. Aber die Erzieherin war der Meinung, dass Tina das selbst bringen musste.

Kapitel 3
Vanessas Geburtstag

„Nun komm, meine Große. Die Kekse mit Schokoladenfüllung sind schon im Trabi, wir müssen los." Vanessa ließ noch schnell ihre neue Puppe in der Tasche verschwinden und rannte hinter ihrer Mam her. Nachdem das Auto endlich angesprungen war, preschten sie los. „Das mit dem Anspringen des Motors ist Mamas Problem", dachte Vanessa. Obwohl Paps immer vorwarnte, von wegen erst den Choque ziehen, klappte das bei ihr meistens nicht. Deshalb waren sie auch ewig in Eile. Im Gruppenzimmer angekommen sah sie, dass die Stühle alle nebeneinander in einer langen Reihe unter der Fensterwand standen. Sie bemerkte, wie Niklas sich freute sie zu sehen, und setzte sich gleich neben ihn. „Sagst du uns vielleicht erst einmal Guten Morgen, oder weißt du immer noch nicht, was sich gehört?" Frau Klee war gerade damit beschäftigt, die Tische zu einer langen Tafel zusammenzustellen. Als sie Vanessa bemerkte, ließ sie die eine Hälfte des Tisches wieder los und kam entrüstet auf das Kind zu. „Wegen dir habe ich unser Zimmer schon fast umgeräumt, und du begrüßt uns nicht einmal."

Vollkommen erschrocken schaute Vanessa ihre Erzieherin, die mit strengem Blick vor ihr stand und sie mit ihrer harten Stimme maßregelte, an. „Merkst du dir das nun endlich mal, oder soll ich dich etwa noch an deinem Geburtstag ausschimpfen?" Aber das hatte sie doch eben gerade gemacht, dachte das Mädchen bei sich. „Hast du deinen Mund zu Hause gelassen?", wetterte Frau Klee weiter. „Guten Morgen", sagte Vanessa leise und merkte, wie der Kloß in ihrem Hals immer dicker wurde. Verschämt streckte sie ihre Hand hin. „Schau mich bitte richtig an, ich möchte deine Augen sehen." Ihr blieb nichts anderes übrig und sie tat, was von ihr verlangt wurde. Ihre Gedanken kreisten um Niklas. Ob er nun trotzdem noch ihr Freund war? Als sie dann endlich wieder neben ihm saß, holte er ein eingewickeltes Bonbon aus seiner Tasche und gab es ihr. Schnell steckte sie es weg und zeigte ihm ihre kleine Puppe, die sie fürsorglich in ihrer Schürze versteckt hatte. „Vanessa, setz dich bitte draußen, in der Diele, auf die Schuhbank und warte, bis wir dich wieder hereinrufen." Als sie nun vor der Türe saß und ganz allein in dem vollkommen stillen Flur warten musste, war ihr überhaupt nicht nach Geburtstagfeiern zumute. „Frau Klee ist richtig böse", dachte sie bei sich. „Am liebsten würde ich mich hier wegzaubern." Sie stand auf, machte dabei ihre Augen zu und setzte vorsichtig einen Schritt vor den anderen. Als sie die Augen wieder öffnete, befand sie sich im Küchenbereich. Hanna, die Köchin, stand beim Tisch und vor ihr befand sich eine große Schüssel. Sie rührte mit einem Holzlöffel darin herum, fasste dann mit ihren Händen hinein und ließ irgendetwas Undefinierbares von Hand zu Hand gleiten. Das sah fast wie Matschepampe aus. Plötzlich wurde dem Mädchen bewusst, dass sie mitten im Raum stand. Blitzschnell versteckte sie sich unter dem Tisch. Man wusste ja nie, wie lange Zauberkräfte anhielten. In ihrem schützenden Versteck machte sie es sich bequem, schloss schnell die Augen und wurde wieder unsichtbar.

Manche Gerüche sind so lecker und man hat keine Chance. Man wird von ihnen aus dem tiefsten Schlaf erweckt. Irgendwie musste es auch Vanessa so ergangen sein. Der Duft von süßem Kompott stieg in ihre Nase und ihr wurde klar, dass sie großen Hunger hatte. Sie lugte vorsichtig unter dem Tisch hervor und flugs, in diesem Moment, öffnete sich die gewaltige Küchentür. Um Himmels willen, das Kind zuckte zusammen. „Hanna, warst du heute schon mal draußen in der Diele?" Mit angehaltener Luft hörte und erkannte sie die Stimme ihrer Erzieherin. „Also wirklich, ich hab hier alle Hände voll zu tun. Sie wissen doch, dass ich alleine bin und Erika krank ist. Denken Sie wirklich, ich habe Zeit in der Diele herumzuspazieren?" „Nein, nein, nun beruhigen Sie sich, es war ja nur eine Frage." So kleinlaut hatte sie Frau Klee noch nie erlebt. In diesem Augenblick wurde dem Mädchen klar, dass man sich einfach mehr trauen musste. „Ja, ich werde es dieser bösen Erzieherin zeigen." Sie ballte ihre Hände und wünschte sich einfach böse zu werden. Sie sah, dass sich Hannas Füße zur großen Türe hinbewegten und, welch Freude, nach draußen verschwanden. Diese Chance musste sie nutzen. Sie kroch auf allen vieren unter dem Tisch hervor und schaute, auf ihren Zehenspitzen stehend, auf den Küchentisch. Leider konnte sie darauf nichts Essbares entdecken. Na dann musste sie eben weitersuchen. Voller Ehrfurcht schlich sie am großen Herd vorbei. Auf diesem großen Monstrum stand ein Topf, aus dem Rauch rauskam. „Beinahe so wie aus unserem Ofen, den meine Mama nachmittags, wenn wir zu Hause sind, bearbeitet", dachte sie. An ihre eindringliche Warnung, da ja nicht ranzugehen, erinnerte sie sich noch genau. Ihr Hunger trieb sie weiter zum Kühlschrank. „Unserer zu Hause ist zwar viel kleiner und der Griff zum Öffnen viel tiefer angebracht, aber ich kann ja schon ganz schön hoch hüpfen." Es war ihr geglückt. Die Tür sprang auf und ihre staunenden Augen entdeckten eine kleine rote Schüssel voller Griesbrei. Wie einen Schatz betrachtete sie diese Köstlichkeit. „Ob ich das nehmen darf?" Aber ihr Hunger siegte, und sie griff beherzt hinein und holte die Schüssel heraus. Schnell verkroch sie sich damit wieder in ihrem Versteck. Da sie keinen Löffel hatte, nahm sie nun einfach ihre Finger. Dabei überlegte sie kurz, ob das jetzt der Zeige- oder Mittelfinger war. Das konnte sie sich einfach noch nicht merken. „Aber bestimmt merke ich mir das, wenn ich erst mal fünf bin." Ganz gleich was es für ein Finger war, ihr schmeckte es sehr gut. Sie war richtig stolz auf sich, denn sie kleckerte beim Essen nur ganz wenig.

„Also, es ist schon komisch", dachte sie bei sich. „Sonst ist es im Kindergarten nie so laut. Aber heute schreien alle Erzieherinnen durcheinander." Nun hörte sie sogar ihren Namen und daraufhin Frau Klee laut weinend sagen. „Ich rufe die Polizei, das Kind muss wieder her."

Die wollten sie bestrafen, sie einsperren. Sie erschreckte sich fast zu Tode. Ihre Hände wurden ganz schwitzig, ihr Kopf dröhnte und sie musste ganz schnell ein- und ausatmen. Sie überlegte, ob vielleicht Hanna den Diebstahl mit dem Griesbrei gemerkt haben könnte. „Was mach ich denn bloß, ich will nicht in so eine dunkle Höhle mit solchen ekligen Krabbeltieren gesperrt werden." Noch einmal musste das klappen, mit dem Unsichtbarwerden. Schnell raus aus dem Versteck, halt, zurück, beinahe hätte sie doch die schöne Schüssel vergessen. Die musste doch mit. Anfänglich hatte Vanessa ja vor, sich wieder ganz unsichtbar zu machen und die Augenlider fest aneinanderzudrücken. Aber wie sollte sie da den Ausgang finden? Bestimmt machte das der Unsichtbarkeit nichts aus, wenn sie ein klein wenig blinzelte. Sie redete sich selbst Mut zu. „Sei ja kein Feigling", das hatte sogar Papa zu ihr gesagt und das Mädchen erinnerte sich blitzschnell an seine Worte. Die Tür, die zum Ausgang führte, für ihre Flucht zu benutzen, erschien ihr dann doch zu gefährlich. Aber schließlich hatte sie ja heute Geburtstag und war schon vier Jahre alt. Da ist es natürlich ein Kinderspiel auch mit fast geschlossenen Augen einen zweiten Ausgang zu erblicken. Simsalabim, die Tür war nur angelehnt. Vorsichtig nahm sie ihre Hand und zog sie auf. Als der Spalt groß genug war, zwängte sich Vanessa ins Freie. Sie stand tatsächlich auf einem Balkon und konnte den ganzen Garten sehen. Das Klettergerüst, den großen Fliegenpilz, der eigentlich ein Fass war, wie Frau Klose ihnen stolz erklärte, und in dem man wunderbar Familie spielen konnte. Das Mädchen war begeistert. Sie konnte von hier oben richtig reinschauen und die zwei Sitze und den Tisch mit der karierten Decke erkennen. Leider war der Sandkasten nicht so richtig zu erblicken. Sie beugte sich ein wenig über das Geländer und dann sah sie das Gesicht von Herrn Krause. „Geh ganz langsam zurück, und warte, bis ich komme“, rief er ihr zu. „Du brauchst keine Angst zu haben. Vanessa, ich helfe dir.“ Na, da hatte sie Glück gehabt. Es war nur Onkel Krause. Vielleicht wusste er ja ein gutes Versteck für sie. „Darf ich in deine Gartenlaube kommen?“, rief das Mädchen zu ihm runter. „Wenn du dich nicht von der Stelle bewegst, hab ich eine Überraschung für dich.“ Aber leider war der Hausmeister zu langsam und bevor er ihr die versprochene Überraschung geben konnte, stand Frau Klose schon neben ihr und hielt ihre Hand ganz fest. An diesem Tag fiel dann auch die Geburtstagsfeier aus. Vanessa wurde von allen Erzieherinnen nur vollkommen sprachlos angeschaut. Ihre Eltern kamen und sie wurde zeitiger als sonst abgeholt. Jedenfalls kam es ihr so vor. Nun saß sie im Trabi, gut gesichert, auf ihrem gestreiften Kindersitz und fühlte sich fast pudelwohl. Aber irgendwie hatte sie doch so ein komisches Gefühl im Magen. Im Auto war es mucksmäuschenstill. Sonst hatten sich die Eltern immer viel zu erzählen und fragten sie nach ihren Erlebnissen aus. Heute war es ganz anders. Mama schaute nur zum Fenster hinaus und sagt kein einziges Wort und Papa pfiff während der Fahrt nicht einmal sein Lieblingslied. Zu Hause angekommen verschwanden Vanessas Eltern in der Küche, ohne mit ihr zu sprechen. „Na, dann geh ich eben in meine Spielecke zu meinem Puppenjungen Peter.“ Vanessa war so in ihr Spiel vertieft, dass sie gar nicht merkte, wie schnell die Zeit verging. Nur als dann ihr Magen ganz toll zu knurren begann, lief sie in die Küche und fragte nach dem Abendbrot.

Wüste Tour

von Joachim Ahlers

Die Sonne versteckte sich bereits hinter den ersten höheren Gebäuden, als wir in Fes eintrudelten. Wir blieben abseits der großen Einfallstraße stehen, um den Weg zum Campingplatz herauszufinden, als plötzlich ein junger Marokkaner auf seinem Mofa angerauscht kam. „Hotel, Camping?", fragte er uns, wir antworteten: „Camping"; er gab uns ein Zeichen, ihm zu folgen, und düste davon. Unsere Diskussion war beendet, wir rollten hinter dem hilfsbereiten Burschen her und fuhren kreuz und quer durch Fes. Tatsächlich brachte er uns auf direktem Weg zu unserem Nachtlager. Wir bedankten uns mit einem kleinen Bakschisch, er witterte daraufhin das große Geschäft und wollte uns unbedingt am nächsten Morgen zu einer Stadtführung abholen. Mit Händen und Füßen erklärten wir ihm, dass wir nur auf der Durchreise sind, und enttäuscht über ein entgangenes Geschäft zog er wieder ab.

Auf dem Campingplatz war wenig los, wir suchten uns ein schattiges und ruhiges Plätzchen und bauten unsere Zelte auf. Zum Kochen hatten wir keine Lust, zumal uns der Platzwart wärmstens seine Küche empfahl. So saßen wir kurz darauf mutterseelenallein im großen Saal des Lokals, das anscheinend nur für uns heute Abend geöffnet wurde. Wir wählten die heimische Reisplatte mit Geflügel und Fleisch, nur Tommy und Oliver wollten unbedingt die Fischplatte haben. Wir rieten davon ab, sie blieben allerdings bei ihrer Wahl und so kam es, dass, während wir genüsslich unsere saftigen Hähnchenkeulen verspeisten, Tommy und Oliver versuchten, mit Wasser und Softdrinks die ausgemergelten Fischchen zumindest so aufzupeppen, dass man sie problemlos runterschlucken konnte. Das hat man davon, wenn man nicht auf andere hört und weit weg von der Küste am Rand der Wüste unbedingt Fisch essen muss. So ging ihre Fischplatte letztendlich fast unberührt zurück und wartete auf den nächsten Feinschmecker.

Wie immer wurde nach dem Frühstück die Straßenkarte studiert, bevor wir uns in den neuen Tag stürzten. Diesmal ging es allerdings wieder nicht gleich los, heute verzögerten Elke und Marius unsere Abreise, die noch auf einer Bank Geld holen mussten. So warteten wir nach wenigen Kilometern Fahrt am Straßenrand auf das Landsberger Duo, das sich Richtung Innenstadt verabschiedete. Wir warteten und warteten; jetzt meckerten die Westerwälder, denn die Hitze des frühen Morgens und die trockenen Hügel um uns herum versprachen einen Hauch von Piste und Wüste. Hanne und ich sahen das etwas lockerer, sie war erleichtert, weibliche Solidarität gefunden zu haben, ich war froh, dass sich die Spannungen von nun an auf mehrere Schultern verteilten.

Gerade als wir uns dann doch dazu entschlossen hatten, langsam die beschlossene Route anzugehen, tauchten sie wieder auf. Ich sah an Elkes Gesicht, dass sie reichlich genervt war. Dass das Ganze System hatte und Marius mit der Problematik heimischer Barschaft, ausländischen Währungen und dem dazugehörigen Geldwechsel total auf dem Kriegsfuß stand, sollten wir auf dieser Reise noch eingehender erleben dürfen. Wir hatten bisher noch nichts eingekauft, unser Frühstück war daher auf Kaffee beschränkt, wir wollten unterwegs irgendwo für eine Rast anhalten. So geschah es, dass wir bereits nach einer halben Stunde in einem zugegebenermaßen schönen Dorf die erste Pause machten. „Superschnitt", dachte ich mir, „35 Kilometer in drei Stunden." Aber das Frühstück mit Brot und Käse war gut, dazu gab es erstmals meinen heiß geliebten Pfefferminztee. Während Tommy, Oliver und Marius in kleinen Supermärkten unsere Vorräte auffrischten, entspannten wir uns auf der Terrasse des kleinen Cafés und lauschten gespannt Elkes Geschichte zum Devisentausch.

So erfuhren wir, dass Marius grundsätzlich nie vor einer Reise Geld tauschte oder mitnahm, er auch auf eine Euroscheck- oder Kreditkarte verzichtete und lieber mit Reiseschecks seine Kosten beglich. Dazu kommt, dass er sich prinzipiell sowieso lieber von Elke abhängig macht und im Urlaub bevorzugt auf ihre Kosten lebt. Da sie allerdings durchblicken ließ, dass sie ursprünglich gar nicht hatte mitfahren wollen und sich erst im letzten Moment dazu überreden ließ, hatte sie sich nicht um eigenes Geld gekümmert. Das versprach ja heiter zu werden und letztendlich lernten wir dadurch so manche Bank in Marokko näher kennen.

Es war fast nicht zu glauben, wir hatten zwei Stunden ohne Stopp hinter uns gebracht, bevor uns eine Kreuzung veranlasste, mal wieder auf die Karte zu schauen. War da nicht so eine klitzekleine Straße durch das Hinterland eingezeichnet, die parallel zu der Hauptstraße in unsere geplante Richtung verlief? Als wir dann auch noch überraschenderweise alle einer Meinung waren, bogen wir von der Hauptstrecke ab. Ich fuhr am Schluss und amüsierte mich, als jeder von uns einschließlich mir in dieser gottverlassenen, einsamen Gegend den Blinker setzte, schön brav und ordentlich, so wie wir es zu Hause gelernt hatten und gewohnt waren. Die Landschaft blieb gleich, flache Hügel, mit Felsbrocken durchsetzt und niedrigen Büschen bewachsen. Trotzdem fühlte ich mich gleich viel wohler, es war die kleine Straße, die uns kurvenreich um jede Erhebung herumführte und endlich für Abwechslung und Spaß sorgte.

In der Ferne tauchten die Häuser eines kleinen Ortes auf und je näher wir kamen, umso mehr Trubel herrschte auf der Straße. Esel zogen schwer beladene Karren, Einheimische mit vollen Einkaufstaschen kamen uns entgegen, dazwischen alte Pick-ups mit allerlei Krimskrams darauf, einige Busse und jede Menge Kinder. Ganz klar, hier muss heute Markttag sein, alle Leute waren auf den Beinen, die meisten schon auf dem Weg nach Hause, denn der Vormittag war bereits vorüber und die besten Geschäfte getätigt. Wir stellten unsere Motorräder direkt am Marktplatz vor einem kleinen Restaurant ab. Und schon war es mit unserer Einigkeit vorbei, während Hanne, Elke und ich Hunger hatten und was essen wollten, interessierten sich die anderen mehr für das Marktgeschehen.

Mittlerweile hatte der Koch des Restaurants unsere Gruppe entdeckt und lockte uns mit dem Versprechen auf frisches Fleisch und Gemüse in sein Lokal. Neben der Terrasse glühten auch bereits die großen Holzöfen, es duftete sehr lecker und so setzten wir uns alle doch erstmal auf die roten Coca-Cola-Stühle unter die dazugehörigen roten Schirme. Es stand nur ein Essen zur Auswahl, es gab Tagine. Es dauerte gar nicht lange, bis der Koch mit großen Tontellern an unseren Tisch kam. Das Essen war mit einem Deckel abgedeckt, so wie wir es zu Hause vom Römertopf her kennen. Darunter verbarg sich eine riesige Portion aus Fleisch, Kartoffeln und Gemüse. Das Lammfleisch war außergewöhnlich zart, der Sud war fein gewürzt, die Beilagen rundeten die appetitlich zubereitete Mahlzeit ab. Gemüse als Nachschlag gab es, so viel wir wollten, nur das Fleisch war leider schon alle.

Satt und zufrieden legten wir uns in den Stühlen zurück, eine Tasse Kaffee rundete das Essen ab und nur zögerlich ging ein Teil von uns doch noch zu den Marktständen, die allerdings von den Händlern langsam wieder abgebaut wurden. Mich hätte nun ein Rundgang ebenfalls sehr gereizt, aber noch mehr verlockte mich die Gelegenheit, allein mit Elke zu schwätzen. Sie hatte keine Lust auf den Markt, erst sehr viel später sollte ich erfahren und erleben, warum sie auf solche Gelegenheiten gerne verzichtete.

Wir unterhielten uns über Gott und die Welt, jeder von uns plapperte einfach drauflos, erzählte von Dingen und Erlebnissen und von Gefühlen, die so gar nicht zu der kurzen Zeit, die wir uns kannten, passten. Wir waren sofort sehr vertraut miteinander und wir verstanden es, auch die Zwischentöne herauszuhören und zu interpretieren. Allerdings kam uns auch vieles verwirrender als zuvor vor, die ersten Eindrücke passten nicht mehr in das nun entstandene Bild vom Gegenüber. Ich erkannte dazu meine eigene innere Zerrissenheit; auf einmal tauchten wieder die Bilder vom Leben daheim auf, stärker als bisher setzten sie sich in meinem Kopf fest und veränderten meine Stimmung.

Ich glaube, auch Elke ging es ähnlich, unsere Unterhaltung verebbte ganz langsam, nicht, weil uns der Gesprächsstoff ausgegangen wäre, eher weil wir uns mit unseren eigenen Problemen immer mehr auseinandersetzten. Dazu kam wohl auch, dass wir eine Grenze der Vertraulichkeit erreicht hatten, die zu überschreiten wir uns nicht trauten. Wie bei einem Damm, der bis zum Bersten unter Druck stand, spürte ich, dass alles Weitere eine Flutwelle an Emotionen auslösen könnte, die alles unkontrolliert und zerstörend mitreißen könnten. Ich kannte die Antworten, sie machten mir Angst. Ich war erleichtert und bedrückt zugleich, als unsere Gruppe sich wieder komplett versammelt hatte und wir unsere Motorräder bestiegen.

Wir wollten gerade losfahren, als plötzlich ein Motorradfahrer neben uns anhielt. Es war der XT-Fahrer von der Fähre, er freute sich, endlich Gesellschaft zu finden, und war sehr enttäuscht, als er mitbekam, dass wir schon gegessen hatten und weiter wollten. Er hatte Hunger, fragte uns nach dem Lokal, wir schwärmten vom hervorragenden Essen und verschwiegen ihm tunlichst, dass es kein Fleisch mehr gab und er sich somit nur noch mit einem Gemüseteller zufriedengeben müsste. Etwas ratlos stand er neben seinem Motorrad, ich spürte, dass er gerne ein Stück mit uns gefahren wäre, wusste aber gleichzeitig, dass unsere Gruppe keinen weiteren Begleiter vertragen könnte. So wünschten wir ihm eine gute Fahrt und ließen ihn allein zurück.

Am späten Nachmittag kamen wir auf die Hauptstraße zurück. Wir hatten so viel Spaß am Fahren gehabt, dass wir gar nicht merkten, wie spät es bereits war. Diese Nacht war wildes Campen vorgesehen und es war ungeschickt, dass wir uns nicht in der Abgeschiedenheit des Hinterlandes einen schönen Platz gesucht haben. Da allerdings auch niemandem ein lauschiges Plätzchen aufgefallen war, fuhren wir, immer auf der Suche nach einem idealen Platz, weiter. Leider kam jetzt für lange Zeit keine Seitenstraße oder Feldweg mehr, zudem war alles gut einsehbar und daher zum Zelten ungeeignet.

Erst als wir wieder in hügeliges Gelände kamen, fanden wir eine kleine Abzweigung, die sich nach einigen Metern eher als Trampelpfad als Piste entpuppte. Grobe Steine und tiefe Schlaglöcher versperrten immer wieder den Weg und setzten den Fahrwerken unserer schwer beladenen Motorräder heftig zu. Als wir jedoch eine Anhöhe erreichten, lag vor uns ein abgeerntetes Getreidefeld, die Fläche war eben und deshalb hervorragend für ein gemütliches Nachtlager geeignet. Das Stoppelfeld wurde links von einem Steinhügel begrenzt, rechter Hand schützte uns eine Reihe trockener Büsche vor fremden Blicken, doch vor uns war die Sicht frei auf die fernen Berge des Hohen Atlas. Welch ein Anblick, die kurzen Halme auf dem Acker glänzten golden im Licht der tief stehenden Sonne, leichte Dunstschleier lagen in der Ebene zwischen uns und den Bergen, die sich wie aus dem Nichts über den Horizont erstreckten.

Wir luden unsere Mopeds ab und begannen mit dem Aufbau der Zelte. Es dauerte nicht mal zehn Minuten und das Zelt von Hanne und mir stand fix und fertig für die Nacht da. Die anderen wurschtelten noch herum, immer wieder fluchte einer, weil sich die Heringe nicht in dem steinigen Boden verankern ließen. Unser Zelt musste nicht zusätzlich verankert werden, es konnte allein stehen und hat mir oft in schwierigem Terrain gute Dienste geleistet.

Wir waren so beschäftigt, dass wir gar nicht gemerkt hatten, dass wir mittlerweile Zuschauer bekommen hatten. Drei junge Schafhirten, Kinder noch, hatten sich still und leise unserem Camp genähert und unser Tun beobachtet. Einer von ihnen hatte ein kleines Lamm auf dem Arm, es war noch blutverschmiert, der Junge rieb es mit Stroh ab, wahrscheinlich war es gerade erst geboren worden. Wir versuchten, uns mit ihnen ein bisschen zu unterhalten, aber wir konnten keine gemeinsame Sprache entdecken. Ich hatte einige Werbegeschenke von meinem Arbeitgeber, der Sparkasse, dabei, darunter auch einige Jojos. Ich zeigte ihnen, was man mit ihnen machen kann, sie waren misstrauisch und hielten verlegen das neue Spielzeug fest in ihren Händen. Mittlerweile hatte sich auch die Schafherde um unsere Zelte herum verteilt und begann, unser Lager nach Fressbarem abzusuchen.

Wir kochten „Deutsches Allerlei“, was bedeutete, dass jeder auf seinem Kocher das warm machte, was er noch so als Vorräte dabeihatte. Anschließend wurde alles zusammengetragen, wir setzten uns drum herum und jeder nahm sich das, worauf er am meisten Lust hatte. Heute Abend ging es uns gut, wir waren zufrieden mit dem Tag, wir genossen die abendliche Stimmung, fühlten uns richtig wohl und spürten, dass eigentlich erst jetzt der richtige Urlaub beginnen würde. Eine innere Ruhe kehrte ein, es gab für den Moment kein Gestern und kein Morgen mehr.

Mitten in diese Stimmung platzten auf einmal jede Menge Marokkaner, die nach und nach über den schmalen Trampelpfad an unseren Zelten vorbeimarschierten. Während die Frauen uns nicht beachteten, kamen die Männer und Kinder immer mal wieder zu uns, sie lachten und grüßten freundlich, wir gaben ihnen ein paar Zigaretten, mit denen sie sich dankend auf den weiteren Weg machten. Ich war einmal mehr überrascht, dass selbst an den einsamsten und entlegensten Stellen immer wieder Einheimische aus dem Nichts auftauchten und ebenso wieder verschwanden. Tage später hatten wir an einer wirklich abgelegenen Stelle eine besondere „Begegnung der unerklärlichen Art".

Der Abend wäre richtig friedlich ausgeklungen, hätte sich Hanne nicht hier auf dem Stoppelfeld vor den Bergen des Hohen Atlas mit einer Blechbüchse bewaffnet auf die Suche nach einem lauschigen Plätzchen begeben und wir sie mit Taschenlampen und Rufen suchen müssen.

Chris Cosmo

von Christian Ahrens

Hauptsächlich schwarze Männer und auch einige Frauen. Zu denen fühlte ich mich hingezogen, für sie war ich nichts weiter als ein gut aussehender Exot, wie sie auch für mich Exoten waren. Wunderschöne Persönlichkeiten voller Kraft, Liebe und Hingabe. Joan H. aus Huston-Texas war eine W.A.G. (was das genau bedeutete, habe ich nicht ganz verstanden), Womans Officer. Aber für mich war sie eine „schwarze Schönheit". Ich lernte sie auf einer Party kennen, wo ich als einziger „Weißer" eingeladen war. Und eine große Kraft zog uns wie ein Riesenmagnet an und sie duftete zwischen den strammen schwarzen Schenkeln wie eine frisch aufgeschnittene Ananas. Und sie wurde die Mutter meines einzigen Sohnes. Sie hatte sich in ihrer Heimat Houston nie richtig zu Hause gefühlt als „Schwarze", auch kaum soziale Aufstiegschancen gesehen. Sie fühlte sich immer als Mensch zweiter Klasse. Und jetzt war sie hier in der Airbase Rammstein, W.A.G., ein geregelter Job, geregeltes Einkommen, überschüttet mit Möglichkeiten der Weiterbildung, günstigem Einkauf in der PX. Sie war schön, jung, kräftig und klug und wollte gern in Deutschland bleiben, eine Familie gründen. Das wäre das Paradies für sie.

Was lag für sie näher, als einen deutschen Mann zu finden, von dem sie schwanger wurde und mit dem sie sich verheiraten konnte? Ihre Wahl war auf mich gefallen, und sie war schwanger, wie sie sagte, von mir. Jetzt fehlte nur noch die Heirat und ihr Traum vom Paradies hätte sich erfüllt. Aber wie es so in Träumen ist, ob man will oder nicht, man wacht immer irgendwann auf und die Fratze der Realität grinst einem ins Gesicht. – Nein, ich werde nicht heiraten! – Der Traum vom Paradies war geplatzt wie eine Seifenblase. Die Knospe, die wuchs in ihrem Bauch, hieß für sie auch, dass sie aus der Air Force entlassen wurde und in das verhasste Houston zurückkehren musste. Sie platzte vor Wut und mit der gleichen Energie und Leidenschaft, mit der sie lebte und liebte, machte sie mir jetzt eine Szene. Fürchterlich langes Geschrei und Aufstampfen, dass die Wände wackelten, das ganze Haus wie bei einem Erdbeben erzitterte und die Gläser von den schrillen Tönen zersprangen. Eine Ewigkeit – ich konnte sie durch nichts bremsen. Ich, der jugendliche Held und Liebhaber, der Siegerdarsteller, stand da und konnte mich diesem Vulkanausbruch nur durch Flucht entziehen. „You fucking motherfucker, you, you never never gonna see your baby!", schrie sie mir auf meiner Flucht, aus dem Fenster hinterher. Es war so laut, dass ich glaubte, man könne das noch im 100 km entfernten Frankfurt hören. Einige Fenster gingen auf und empörte Nachbarn ließen ihrer Wut freien Lauf, verständlicherweise; es war 01.30 Uhr am frühen Morgen, oder lieber am späten Abend. Die Nachbarn hingen fast alle wutentbrannt an ihren Fenstern, und das Geschrei wurde immer lauter und kreiste wie ein Tornado durch die Häuserschluchten und schwoll immer mehr an. Unten auf der Straße der flüchtende, einst jugendliche Held und Liebhaber, der Drachentöter – jetzt schamvoll den Kragen des flüchtig übergeworfenen Mantels über die Ohren gezogen. Nächste Querstraße links, während der Tornado weiter durch die Pariser Straße, auf der sonst die hübschen Mädels standen, tobte.

Glück im Unglück: Die kleine Kneipe gegenüber dem Rialto Kino hatte noch auf. „Bitte –, japs – japs – ein Bier!" Der erste jugendliche Liebhaber und Held des Platztheaters, das die Welt bedeutete, war, nach einigen (oder waren es einige mehr) Bieren ganz schnell runtergespült, nicht mehr ganz so heldenhaft aus der Snackbar geschoben – „closing time" – Sperrstunde! Die eingeatmete frische Luft gab dem 1. Helden und Liebhaber den Rest. Die Beine wurden weich und gaben nach, und er versuchte an den Häuserwänden Halt zu finden, die aber viel zu weit weg waren und sich dazu noch wie Schokoladenpudding bewegten, und er landete mit dem Helden- und Liebhabergesicht in einer Pfütze, in die auch schon einige

„Gassi-Gehende" ihre Hinterlassenschaften platziert hatten. Die beiden Wirte schleppten den Helden dann erst nach rechts, dann links, wieder rechts und links in die Pariser Straße und in die Wohnung. Der „Held" hatte davon nichts mehr mitbekommen und wachte am Morgen erst aus seinem Koma auf, als ihm die Gardroben Frau entsetzt an den Schultern rüttelte. Die gute Seele. Sie hatte den „Helden" schon öfters aus dem Schlaf reißen müssen, weil in 10 Minuten die Vorstellung, Matinee oder Jugendvorstellung beginnen würde. Zum Glück wohnte ich nur wenige Schritte vom Theater entfernt, und wenn ich um 09.45 Uhr nicht im Theater war, kam Frau Zeitler mich wecken gerannt. Zähne nicht geputzt, verschmutzt, musste ich mich in nur 5 Minuten in den strahlenden Prinzen verwandeln, aus den dreckigen Klamotten vom Vorabend in die prinzlichen Strumpfhosen mit darüber gezogenen Pluderhöschen, alles glänzend und mit Glitzersteinen bestickt, während die Maskenbildnerin erst die angetrocknete Hundescheiße aus dem Gesicht entfernen musste, dann schminken, die blonde Perücke auf, den weißen Samthut mit der Straußenfeder darauf – und fertig war der „Prinz Wohlgemut". Aus 500 Kindermündern entwich ein „OH" und „AH, das ist der Prinz, oh wie schön". Und da stand der „Erste jugendliche Held und Liebhaber" vom Pfalztheater in Kaiserslautern. Und er lächelte, und der Kopf war wie unter einer Käseglocke und der Magen und die Seele waren getroffen, aber er lächelte, als wäre nichts geschehen, und die leuchtenden Kinderaugen waren sein Dank.

Nach 2 Vorstellungen als Prinz unter der Käseglocke verkroch sich der „jugendliche Held" in seine Wohnung an der Pariser Straße und musste feststellen, dass die vorsichtigen Andeutungen von der guten Seele, Frau Zeitler, wahr waren und schlimmer! Der ausgebrochene Vulkan der Nacht hatte nicht viel von meiner Wohnungseinrichtung heil gelassen. In den Trümmern ließ sich der „Prinz" auf den Boden nieder, zog nur noch die Decke über sich und entschwand in eine bessere Welt, bis er um 19.30 Uhr liebevoll von Frau Zeitler mit einer Tasse Kaffee in die Realität zurückgeholt wurde. „Kommen Sie, die Vorstellung fängt gleich an." „Kabale und Liebe" von Schiller. Ich, der jugendliche Held und Liebhaber, gerät mit seiner Liebe zu einer Bürgerlichen zwischen die Mahlsteine der Intrige, bis der heldenhafte Tod die Verliebten für immer vereint. Nun, dieser Ferdinand, ein blonder, deutscher, blauäugiger Jüngling, das war auch wieder dieser Heldendarsteller aus dem Pfalztheater Kaiserslautern.

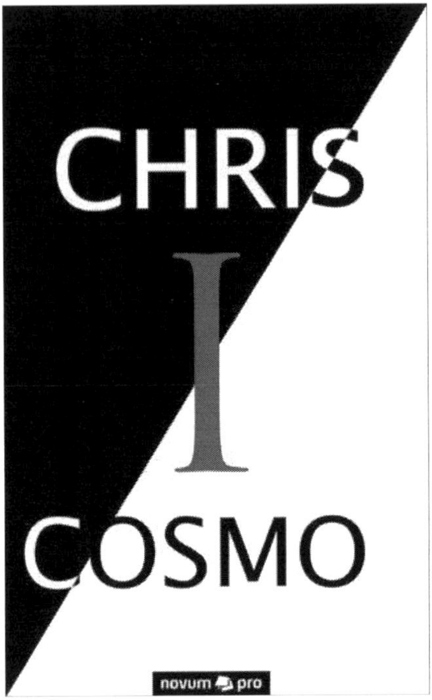

Manuskriptauszug aus „Chris Cosmo I", voraussichtliche Erscheinung September 2009 im novum pro Verlag.

Gedichte

von Frank Oskar Bergmann

18.12.2008 – Stiller toter Wald!

Es steht im Wald ein Baum allein
und vor ihm liegt ein großer Stein.
Der Baum sagt, „oh, was ist hier los,
ich fühl mich nackig und ganz bloß."
Was will denn dieser Stein von mir,
er liegt ganz groß, still und hier.
Ich sehe kein Reh, kein' Fuchs, kein' Has',
was ist hier los, nichts springt
durchs Gras. Ich stehe hier im Wald allein,
und vor mir liegt der große Stein.

„He Stein, komm sag mir doch ein Wort,
wo sind die Tiere? Sind die alle fort?"
„Ach, Baum, ich würde es dir gerne sagen,
könnt ich nur andere Bäume fragen.
Doch leider ist kein Baum vor Ort,
du siehst es ja, sie sind alle fort.
Um uns herum ist alles leer,
ich glaub, es gibt keine Wälder mehr."

So viele Vögel, bunt und schön, die flogen in den Wald hinein,
doch such ich sie und find sie nicht,
der Wald ist weg, es bleibt der Stein.
Auch Menschen hab ich oft gesehen,
sie waren groß und stark und schön.
Doch was sie taten, war nicht gut,
das brachte mich gar oft in Wut.
Sie schlugen alles kurz und klein
und gingen dann am Abend heim.

Den Wald jedoch, lang ist es her, du siehst es ja,
den gibt's nicht mehr.
Man sieht jetzt viele Steine liegen, die auf toten Planeten fliegen,
und Menschen gibt es auch nicht mehr, ich sehe, der Planet ist leer.
Gestorben ist die ganze Welt, der Mensch, der lebte nur fürs Geld.
Arme, tote Welt, was nutzt dir jetzt das viele Geld!

Der Säufer

Die Nacht vergeht, schon wird es hell und leise ist der Morgen da.
Dann ist es plötzlich Tag, den leider nicht immer jeder mag.
Es geht die Nacht, die Sonne lacht
und langsam wird das Leben wach.
Der Kopf wird klar, nun fällt ihm ein,
er ist ja nur ein armes Schwein.

Die Sorgen rennen durch seinen Kopf,
im Geldbeutel ist kaum ein Knopf.
Sein Magen, der ist furchtbar leer, sofort muss was zum Saufen her.
Kein Zahn im Maul, er kann nicht beißen,
er kann nicht fressen und nicht scheißen.
Drum säuft der arme Hund, bleibt immer krank, wird nie gesund.

Am Mittag sind die Sorgen weg,
jetzt liegt er schon im warmen Dreck.
Mühsam ist es aufzustehen,
er kann nicht kriechen und nicht gehen.
Er schreit, „so gebt mir doch ein Geld,
ich weiß, ich bin die Schande dieser Welt.
Ich will doch nur ein Stückchen Leben,
wer kann und wer wird mir das geben.

Ein bisschen Mensch will ich doch sein,
komm, Leben, lass mich nicht allein.
Nur atmen und ein bisschen schauen,
ein bisschen Liebe und sich trauen."
Und wieder schreit er, „gebt mir Geld,
ich lebe noch in dieser traurigen Welt."
Und leise, ganz leise sagt er dann,
„ich bin doch schon ein toter Mann."

Doch unsere Welt ist kalt und leer,
es gibt auch keine Gefühle mehr.
Man geht an diesem Nichts vorbei,
sein bisschen Leben ist uns einerlei.
Selbst in der größten Not und selbst bis in den Tod.
Berührt es nicht unser Herz,
wir kennen nicht des anderen Schmerz.

Es muss erst furchtbar was geschehen,
erst dann bleiben wir Menschen wieder steh'n.
Es muss die ganze Welt verbrennen,
erst dann werden wir Menschen wieder rennen.
Erst dann wird der Mensch wieder wach
und oben im Himmel hat der Herrgott gelacht.
Dummer Mensch, was fällt dir ein,
du bist doch nicht auf dieser Welt allein.

Frank Oskar Bergmann

Weihnachtszeit

Hört, ihr Kinder, und schaut hinaus,
weiß ist das Land und weiß das Haus.
Viele Lichter sieht man brennen
und viel Menschen jetzt hektisch rennen.
Die Zeit wird knapp, bald ist es so weit,
es naht ganz schnell die Weihnachtszeit.

Oh Weihnachtszeit, oh Weihnachtszeit,
wie leuchten jetzt die Herzen.
Das Land ist weiß, der Mensch ist still,
weil er auf einmal glauben will.
Oh Weihnachtszeit, oh Weihnachtszeit,
du kommst mit so viel Gaben,
beschenkst uns immer, Jahr für Jahr,
obwohl wir doch schon alles haben.

Drum hört, ihr Kinder, und schaut hinaus,
das Christkind kommt auch in euer Haus.
Bepackt mit Tausend bunten Sachen,
die euch zwei Tage Freude machen.
Ist auch der Geldbeutel dann leer,
Geschenke müssen immer her.
Da gibt's Computer, Fahrrad, Hund
und vieles andere kunterbunt.

Die Augen waren übergroß, nun ist das Konto leer,
oh Weihnachtszeit, oh Konsumzeit,
du kannst uns sehr gefallen.
Oh, liebe Kinder, schaut hinaus,
weiß ist das Land und weiß das Haus.

Heilige Zeit

Still der Wald, die Sterne funkeln, oh wie schön ist diese Nacht.
Glitzert weiß der Schnee im Dunkeln, heute ist die heilige Nacht.
Wundersame Sterne stehen, leuchten dort am Himmelszelt.
Möchte ich heute in mir gehen, oh wie schön ist doch die Welt.

Still der Wald, die Sterne funkeln,
oh du schöne heilige Nacht.
Uns ist der Heiland heut' geboren,
der Vater im Himmel hat das vollbracht.
Oh, ihr Menschen, lasst uns alle singen,
lasst uns froh sein immer fort.
Lasst uns im Gedanken springen,
nach Bethlehem an diesen heiligen Ort.

Wundersam und leise klingt es, seht die Engelschar.
Wie sie tanzen, wie sie springen, ist das nicht wunderbar.
Still der Wald, die Sterne funkeln, oh wie schön ist diese Nacht.
Glitzert weiß der Schnee im Dunkeln,
es ist doch heut' die heilige Nacht.

Nun seid alle still, ihr Leute, schaut zum Himmelszelt.
Seht doch, wie sich alles findet und wie alles sich heut' freut.
Still der Wald, die Sterne funkeln, oh wie schön ist diese Nacht.
Glitzert weiß der Schnee im Dunkeln, heute ist die heilige Nacht.

Welt – Ende!

Ich sag euch Leute, hört ruhig her,
ihr wisst so viel, doch ich weiß mehr.
Es werden Wasserwellen auferstehen
und Stürme über unsere Erde gehen.
Und Wälder gibt es dann nicht mehr,
ihr werdet sehn, die Welt wird leer.
Auch kein Getier wird es mehr geben,
kein Atem nicht und auch kein Leben.

Und auch wir Menschen sind dann fort,
verschwunden von dem Todesort.
Der Himmel ist dann schwarz und leer,
es gibt auch keine Sterne mehr.
Das Weltall ist zusammengebrochen,
ich hab's gefühlt, gespürt, gerochen.
Nur Flammen ziehen übers Land,
sie haben die ganze Welt verbrannt.

Noch ist das Wasser klar und rein,
doch bald schon wird es anders sein.
Der Tag, er wird zur Nacht, kein Lichtstrahl,
der uns lebend macht.
Die Sonne, die ist lang schon tot,
auf dem Planeten herrscht die Not.
Jetzt siehst du, wie das Leben geht,
wenn alles fällt und nichts mehr steht.

Dann ist die Erde tot und leer, es gibt kein Nichts, kein Leben mehr.
Du, großer Mensch, hast es geschafft, hast unsere Erde dahin gerafft.
Im Leben wolltest du alles haben, dich in Göttlichkeit laben.
Nur Habsucht, Macht, doch kein Erbarmen, Mensch,
jetzt ist alles tot – Amen.

Frank Oskar Bergmann

Das Leben wäre so schön gewesen,
würde der Mensch es nur verstehen.
Doch ist der Mensch von Habgier getrieben
und hat sein Schicksal selbst geschrieben.
Schau doch die Natur und schau das Tier,
die leben doch in Freundschaft hier.
Nun hat dein Leben schnell ein Ende,
dummer Mensch, falt deine Hände.

Sag dem Leben, dass du gehst,
dass du auf nichts bestimmt nicht stehst.
Nimmst die Natur und auch das Tier mit in den Tod,
es gehört ja alles dir.
Habsucht, Macht doch kein Erbarmen, dummer Mensch,
die Welt ist tot – Amen!

Weihnachtshimmel

Ganz hell am Himmel die Sterne stehen,
die Nacht erstrahlt so wunderschön.
Ich schau hinaus und bin ganz still,
das Land ist weiß, so wie ich es will.
Zum Himmel muss ich hinaufseh'n,
auf einmal diese Nacht verstehen.
Es ist die Nacht, die alles machte,
die uns Menschen den Glauben brachte.

Oh Weihnachtsabend wunderschön,
wie gut kann ich diese Nacht verstehen.
Oh Mensch, schau doch, in dieser Nacht,
als Gott uns seinen Sohn gebracht.
Oh Mensch, siehst du dort oben diesen Schein,
das ist der Stern, der muss es sein.
Oh Mensch, jetzt sei doch still und schau,
Weihnachtshimmel königsblau.

Nun schau doch, Mensch, ist das nicht wunderschön,
wie leuchtend am Himmel die goldenen Sterne stehen.
Ganz klar und ganz hell ist heute die heilige Nacht,
wir Menschen im Glauben, das hat Gott unser Vater gemacht.

Doch nicht nur heute in dieser Nacht
hat er dort oben das Wunder vollbracht.
Weihnachtshimmel wunderbar,
du bringst uns die Liebe, Jahr für Jahr.
Und immer wird es wieder wahr, Weihnachtszeit so wunderbar.
Goldene Kerzen wunderschön, so möchte ich durchs Leben gehen.

Neues Jahr

Jetzt ist es Zeit, man merkt es kaum, das Jahr neigt sich dem Ende.
Ich sitze da und schau hinaus und falte meine Hände.
Wie war das alte Jahr doch schwer, mit Sorgen und mit Schmerzen.
Die Not war nicht nur körperlich, nein, auch ganz oft im Herzen.

Wie hat der Mensch das nur gemacht, hat alles überstanden.
Er hat geweint und hat gelacht, nichts hat ihn wirklich umgebracht.
Ja, so wird es wohl immer sein, bei den Armen und den Kleinen,
die Reichen werden glücklich sein, die anderen werden weinen.

Das neue Jahr wird besser sein, wir können uns darauf verlassen.
Wir werden nicht mehr weinen, nein,
und andere nicht mehr hassen.
Das neue Jahr mit Sonnenschein,
mit Glück und auch mit Gottes Segen,
wir werden alles haben und auch den anderen vieles geben.

Du neues Jahr, komm ruhig herein, wir warten schon auf dich.
Zeig uns, dass du ganz anders bist, komm, zeig uns dein Gesicht.
Nicht Elend Sorgen oder Not, nicht Krankheit und nicht Tod.
Zeig uns das Leben, wie es lacht,
wie es den Menschen Freude macht.

Frank Oskar Bergmann

Silvesternacht

Bei Sekt, Wein und lauter Musik,
vielleicht ein bisschen Liebesglück.
Bei Lärm und Krach, viel Knallerei
schießt man das neue Jahr herbei.
Das alte Jahr, es muss jetzt gehen.
Die Menschen wollen jetzt das Neue sehen.
Nichts soll mehr bleiben, alles muss raus. Schluss, Ende, aus.

Der Himmel leuchtet wunderbar, he Leute, schaut,
das neue Jahr ist da.
Raketen, Sterne Lichterkranz, Geschrei, Gebrüll und viel getanzt.
Viel wird getrunken und gelacht, geliebt geküsst,
viel falsch gemacht.
Noch hat das neue Jahr nicht begonnen,
so manche Liebe schon zerronnen.

Ach ja, wir Menschen haben's schwer.
Im neuen Jahr sind nicht nur die Taschen leer.
Manch eine gute Ehe ging dahin,
weil wir eben nur Menschen sind.
Silvesternacht war wunderbar,
jetzt haben wir es da, das schlimme neue Jahr.
Nichts wird anders sein, oh nein,
wir leben einfach in die Zeit hinein.
Gerne wollten wir es anders machen, nicht mehr rauchen,
nicht mehr naschen. Fremdgehen keine Spur,
die eigene Frau, die lieben wir nur.
So und nicht anders wollten wir es tun, stets arbeiten,
sich nicht ausruhen.
Ist Silvester dann vorbei,
sind unsere Versprechen vergessen oder uns einerlei.

Dunkle Sternennacht

Ich hab heut' Nacht im Traum gesehen,
das weit dort oben am Himmel schwarze Sterne stehen.
Mal waren sie ganz fern, dann wieder ganz nah,
mal unscheinbar und doch so wahr.

Der Mond, der war so feuerrot, ich dachte schon, die Welt ist tot.
Kein Lichtstrahl, der die Welt bescheine,
auch keine Träne, die die Welt beweine.
Kein Leben hab ich da gesehen,
kein' Hauch von Wind an mir vorüberwehen.
Nur Finsternis und toter Stein, Unendlichkeit und ich allein.

Ich wollte schreien, wollte rennen,
wollte nicht mit der Welt verbrennen.
Doch nichts geschah, ich blieb hier stehen,
ich musste alles mit ansehen.
Oh schöne Welt, was ist das bloß,
ich komm von diesem Fleck nicht los.

Frank Oskar Bergmann

Gedichte und Kurzgeschichten

von Petra Berndt

Gebote

Lerne das Glas zu sehen,
wenn du in den Spiegel schaust.
Lerne zu schweigen,
während du sprichst.
Lerne zu wissen,
was du sagen sollst,
und sage es,
noch bevor es verlangt wird.
Sei jeden Tag eine andere,
nur niemals du selbst.
Vergiss, wer du bist,
denn als du selbst bist du wertlos.
Werde unsichtbar und, wenn nötig,
dann verschwinde unbemerkt.
Hinterlasse nichts,
was zeigt, dass es dich gab.
Werde gefühlskalt, wenn es um dich geht,
Liebe und Wärme gibt es nur für andere.

Glasgedanken

Glasgedanken,
mit Wortfarben malen,
für immer und ewig,
festgehalten im Bild.

Lebensscherben,
gesucht und gefunden,
im Ganzen zusammen,
im Spiegel allein.
Seelenteile
sind Zeugen der Wahrheit,
auf ewig vorhanden,
kein anderer Weg.

Ein Jahrestag

Seit Stunden sitze ich vor meinem Schreibtisch und starre ins Leere. Die Vergangenheit hält mich fest, wie jedes Jahr an diesem Tag. Sieben Jahre ist es nun her und es fühlt sich an, als wäre es gestern erst gewesen. Irgendjemand sagte mir einmal, es würde besser mit der Zeit – aber wann?

Meine Gedanken kreisen um dich und ich stelle mir immer und immer wieder die gleichen Fragen, auf die ich nie eine Antwort bekommen werde. Du kannst sie mir nicht geben und ich selbst suche sie schon zu lange, als dass ich sie jemals finden könnte.

Langsam stehe ich auf und gehe zum Fenster hinüber. Meine Hand zittert, als ich versuche, eine Kerze für dich anzuzünden. Es dauert lange, bis es gelingt, und noch immer ist die Flamme klein und flackert.

Eine gute Freundin riet mir, mich von dir zu verabschieden. Aber wie macht man das bei jemandem, den man nie kennenlernen durfte? Es gibt nichts, was davon zeugt, dass es dich hätte geben sollen, und nichts, was von den damaligen Geschehnissen erzählt. Nur ich weiß von dir.

Ich fühle, wie Wellen von Verzweiflung und Schmerz über mich hereinbrechen, und schließe für einen Moment die Augen. Ich weiß nicht, was ich zuerst fühlen soll, wieder einmal versinke ich in einem Strudel, den ich nicht aufhalten kann.

Ich sehe Bilder von damals – höre Stimmen aus weiter Ferne – die Angst ist plötzlich wieder greifbar. Ich sitze beim Arzt, der mir sagt, dass ich bald Mutter werde – niemand darf es wissen – eine kalte Stimme sagt mir, dass ich meine Aufgabe erfüllen muss – sie werden dich holen und dann …

Alles rast durcheinander.

Die Bilder verschwimmen und die Stimmen werden undeutlich.

Dann wird es dunkel und still …

Langsam kehre ich in die Wirklichkeit zurück und versuche, meine Gedanken zu sortieren.

Ich habe Mühe, gegen die Tränen anzukämpfen, und fühle, wie neben der Trauer eine grenzenlose Wut in mir aufzusteigen versucht.

Petra Berndt

Es ist nicht fair, dass du nicht leben durftest und ich, die all das überlebt hat, viel zu oft mit dem Gedanken spiele, alles hinzuwerfen.

Du hättest heute deinen siebten Geburtstag und ich frage mich, ob du glücklich wärst.

In Gedanken male ich mir ein Bild von dir. Ob du ihm ähnlich gesehen hättest? Ich sehe sie vor mir, deine strahlenden Augen, und höre dein helles Lachen. Ich stelle mir vor, wie du auf dem kleinen Hocker neben mir sitzt und mich mit Hunderten von Fragen löcherst.

Ruckartig öffne ich die Augen und vertreibe diese Gedanken aus meinem Kopf. Du bist nicht da und wirst es nie sein und, obwohl ich dich nicht kenne, vermisse ich dich, wie ich nichts auf der Welt vorher vermisst habe.

Ich nehme mir vor, einen Brief an dich zu schreiben, und vielleicht … sollte ich dir doch einen Namen geben? Wird der Abschied dann leichter?

Ich werde dir sagen, dass es mir leidtut, was geschehen ist. Ich werde dir die Gründe erklären, warum du nicht leben darfst, und dich um Verzeihung bitten.

Ich weiß, dass es mir die Luft zum Atmen nimmt, wenn ich zu sehr an dich denke, und trotzdem konnte ich es bis jetzt nicht lassen.

Ich entzünde eine zweite Kerze für dich und beginne in Gedanken, die ersten Zeilen an dich zu schreiben.

Es gelingt mir, zum ersten Mal mit einem kurzen Lächeln an dich zu denken. Ein Anfang?

Was ist?

Was ist,
wenn die Vertrautheit uns fremd wird
und die einzige Gemeinsamkeit
unsere Entfernung ist?

Was ist,
wenn das Leben uns davonträgt,
auseinandertreibt
und wir im Wirbel der Veränderung verloren gehen?

Was ist,
wenn die Zeit uns frisst
und wir im Kopf des anderen
nur noch Erinnerungen sind?

Was ist,
wenn die Brücke einstürzt
und wir am Fluss der Zukunft
an anderen Ufern stehen?

Petra Berndt

Was hörst du?

Was hörst du, wenn du der Stille lauschst?
Wen siehst du, wenn du die Augen schließt?

Woher weißt du, welchen Weg du gehst,
und wann erkennst du, dass du dein Ziel gefunden hast?

Wo findest du Worte, wenn sie alle gesprochen wurden,
und wo Bilder, wenn es keine Farben mehr gibt?

Wer wird bei dir sein, wenn die Nacht anbricht,
und wer hält zu dir, wenn du deine wahre Seele zeigst?

Gedanken

Ich hab dir alles gegeben. Und jetzt?
Warum hältst du mich noch fest?
Lass mich los, bitte.
Lass mich endlich frei.
Ich möchte atmen.
Du hast mir zu viel gegeben, zu viel von dir.
Ich hab es versucht. Immer und immer wieder.
Ich hab dir alles gegeben. So lange, bis nichts mehr übrig war.
Ich bin fast tot, hörst du, Leben?

Fragen

Wo gehst du hin,
wenn der Tag die Nacht verdrängt?
Mit wem sprichst du,
wenn sie gegangen sind?
Was fühlst du,
wenn die Schmerzen vorbei sind
und du nicht mehr weißt,
wer du bist und wer du warst?
Auf wen wartest du,
wenn sie irgendwann nicht mehr kommen,
und wie lebst du,
wenn es eines Tages vorbei sein wird?
Welche Aufgabe wirst du haben,
wenn du sie alle erfüllt hast,
und wie wirst du dich finden,
wenn du nicht einmal mehr weißt,
wo du dich verloren hast?

Kinderspiel

Komm, kleines Mädchen,
dreh dich im Kreis.
Schließ deine Augen,
dreh dich und schweig.
Lass dich verwirren,
verirr dich im Nichts
und dann, wenn du groß bist,
sieh hin
und stirb.

Petra Berndt

Was du nicht weißt …

Was du nicht weißt, ist,
dass ich viel zu oft lache, um meinen inneren Schmerz zu verstecken
und nicht in Tränen auszubrechen.
Was du nicht weißt, ist,
dass die Bilder in meinem Kopf viel öfter tanzen, als ich es dir sage,
und ich nicht sicher bin, sie immer und immer wieder auszuhalten.

Was du nicht weißt, ist,
dass ich viel öfter sprachlos bin, als du glaubst, und schreckliche
Angst habe, die Worte vollständig zu verlieren.
Was du nicht weißt, ist,
dass jeder Tag ein Kampf ist und ich mich jeden Abend frage,
warum es ein Morgen geben muss.

Was du nicht weißt, ist,
dass mir vieles fremd und falsch vorkommt,
obwohl es richtig sein sollte.

Was du nicht weißt, ist,
dass ich mit vielen Dingen überfordert bin, die für dich
selbstverständlich sind, und ich nicht weiß, wie ich dir das erklären soll.

Was du nicht weißt, ist,
dass ich manchmal keine Hoffnung mehr habe,
aber es meistens nicht sage, aus Angst, nicht verstanden zu werden.
Was du nicht weißt, ist,
dass ich hier sitze und diesen Text schreibe und nicht weiß,
ob ich ihn dir geben soll.

Was du nicht weißt, ist,
dass du ihn wahrscheinlich niemals lesen wirst,
weil ich mir kindisch und dumm dabei vorkomme,
wenn ich die Worte nur denke.

Petra Berndt

Gedichte

von Michael Bürkle

In einem Land des Jenseits

In einem Land des Jenseits
sind die Menschen ohne Sprache.
Es scheint am Horizont
ein Irrbild von antiken Trümmern.

Ich steh in einer Wüste
und spüre, wie mein Blut gerinnt.
Ich bin inmitten einer Menschenmenge –
ein jeder ernst, mit düsteren Blicken.

Im Land der Dunkelheit,
wo keine Zeiten existieren,
nehm ich mir tausendmal das Leben
und sterbe nicht.

1985

Sucht

Aus tiefer Frust heraus,
ein Schweben der Gedanken.
Aus einem Nichts heraus,
ein sonderbares Tun.
Von einer Nebensache ausgelöst
und dennoch überwältigt,
von diesem Drang nach Übertreibung.
Sind wir zu schwach
für die Bezähmung einer Sünde,
die versucht zu lähmen –
als wären wir dafür bestimmt,
sie auszutesten.

1987

Wie du bist

Und nur von einem Augenblick –
erfreute Sinne –
umfing dein Wesen mich sehr nah
und wurde noch vom Glanz erhoben,
als ich das Gute in den Augen sah.

2001

An die Pedanten

Habt ihr noch nie
das leichte Spiel
der Welt entdeckt?
Was doch ein nettes Wort
bewirken kann?
Mit welchem Durcheinander
die Natur hantiert
und alles unternimmt,
ihr Chaos zu erweitern.

2001

Unser Gegenspieler

hat viel Vergnügen
für uns vorbereitet –
mit schicken Spielen,
kleine Laster aufbereitet.

Bei unseren Feiern
Schwein zu spielen –
das leichte Leben
im Genusse fühlen.

Unser Gegenspieler lacht,
ist das Jahr verbracht.
Den guten Vorsatz,
dann im Nächsten angedacht.

2002

Die Gärtnerin

In deinem Garten gibt es viele Kräuter –
wachsen feurig die Gewürze
und gedeihen in dem größtem Schmutze,
seltene Blüten praller Früchte.

Du betrachtest dieses Quellen sehr genau –
schätzt du es ein und steckst es wieder weg,
hast du genug herangezüchtet,
von diesem schwellend raschen Wuchs.

Und kannst mir jeden deiner Tricks benennen,
wie dadurch Saaten ihre Schöpfung
überwinden können – jenem Wildwuchs,
gekonnt, der Überreife zu entledigen.

2003

Nur ein zufriedenes Hundegebell,

Unterhalt mich mit dem Antlitz meiner Ruhe,
sinnig, ist gehaltvoll mein Getue.
Ziert anmutsvoll Gewerbebrach', gediegen –
Regenlachen ihre Straßen lieben.
Abendstill' erfreut den Mond,
behaglich im Idyll man wohnt.
Langsam und entspannt kann sachte warten,
goldene Eier schmiegen den gepflegten Garten.
Beschaulich schön, verzaubert die Natur,
immer gleich spät, zeigt die Blumenuhr.

Hier hält inne, Harmonie,
erfüllte leise Sinfonie.
Schönt ein Kleinod meinen Gartenzaun –
romantisch leicht, hab ich bedacht den Traum.
Sinnlich schaut mit braver Mimik, Einsamkeit –
empfindsam schweigt vertraute Abgeschiedenheit.
Abendschein, gedenkt dem seichten Wind,
bis keine Lichter mehr zu sehen sind.
Nur noch der treue Hund besonnen wacht,
wünscht unserm Reizenden gut' Nacht.

2003

Beschatteter Diamant

Kostbar wie dieser Kristall –
glashell und hoch rein,
erscheint euch mein Bild
in gestochener Schärfe.
Und diese Brillanz
macht mich wohl edel dafür,
mein Element ganz zu erschließen.
Dennoch, der Aufwand für eure Betrachtung,
der gleichen Seiten meines Bestandes.
Mein Funkeln weckt sicher die Neugier,
verdecktes Feuer zu sehen.
Doch ich fühl mich beklommen.
Was wirklich ihr wollt mit dem Licht?
Stellt wegen des Leuchtens,
mir sinnleere Fragen. –

Für euch undurchschaubar ist etwas,
was jederzeit offen vor mir liegt
und jemals ein anderer verstehen wird.

2004

Schnelllebigkeit

Irgendetwas treibt uns.
Flüchtig und rasend
jagen wir die Zeit.
Dass wir bald fertig werden,
weil es noch schneller geht.
Und überstürzen uns in Panik,
um dem Stillstand zu entfliehen,
der uns lange schon zuvorkam.

2004

Weltanschauungen

Entschwindet alle Leere,
in den geschriebenen Träumen –
in Religionen und Parteien,
Verbänden und Vereinen.
Und tarnen uns mit Ethik und Tabus,
das triste Dasein abzudecken.
Wird jeder Krieger Pazifist
und jeder Kannibale Humanist.
Und haben keine Möglichkeiten,
von uns gesetzte Regeln einzuhalten.
Sind wir geblieben bei dem Sammeln
und Jagen wie in alter Zeit –
und kommen nicht hinein,
in die erträumte heile Welt.
Und bleiben weiter stehen,
zwischen Utopie und Wirklichkeit.

2004

Die Angst

Sie schleicht sich langsam an –
baut sich auf – befällt mich dann,
in immer anderen Versionen.
Lässt mich nicht los
und lenkt mich ab, mit ihren Mitteln –
und nimmt mir alle Sicherheit.
Will sie doch stärker sein als ich,
damit sie eine Frist bestimmen kann,
an der sie unverhofft verfliegt.
Und nichts passiert, nur dieses Warnen –
lauert sie schon wieder da
und stellt belustigt mir was Böses dar.

Bin ich doch nicht verpflichtet,
von dieser Reaktion der Chemikalien,
der Überlistung ausgesetzt zu werden.
Kann ich doch nur gewinnen,
wenn ich genauso mit ihr schelmisch flirte
und ihr somit eine Falle stelle.

2004

Schwarze Kunst

Neugier schafft uns die Magie.
Wie sonderbar gefangen in deinem Spinnennetz,
was weder stofflich noch bemessbar ist.
Nostalgisch, der Empfang vom Hausgespenst,
zu deiner alt gebauten Wohnung.
Wenn du in deiner Hexenküche
Speisen aphroditisch zubereitest.
Um der Verführung willen –
geheimnisvolle Ironie zum Spielen.
An den Tagen, an dem Alltag uns die Ruhe lässt,
wenn Föhnwind langen Regen bringt,
um dann die Wünsche früher Jugend mit dir nachzuholen.
Zauberformel einer andern Dimension –
mit dir zur gleichen Stunde,
in der Geschichte, im Später und im Jetzt zu sein.
Hab ich dann wenig Spielraum,
für die Müßigkeit mit dir.
Erschöpft mich deine Weiblichkeit –
sind deine Haare und die Fingerschweife,
die mir die Haut erprickeln lassen,
und der Besitz, in deiner anschmiegsamen Macht –
sind die Gedanken mit dir, schwarze Kunst.

2005

Parlamentarier

Die Zeit altert eure Gedanken.
Zukunft zerrinnt in der Sanduhr,
wird euer Handeln
von Zwängen befohlen –
der uneingelösten Versprechen enthüllt.
Wahrheit erwächst aus dem Volke,
erschaffen, mit dessen Geschick.

2005

Lass mich los

Lass mich los, du Überflüssigkeit –
du Geld und Warentausch –
du multimedialer Rausch,
du schwankende Benommenheit.

Lass mich los, du Modewelle,
du vorgegorener Regelfluss –
du impulsive Werbung für Genuss –
du heuchlerische Quelle.

Von Politversprechen zugefüllt –
mit globaler Dringlichkeit betrogen –
dass ich nicht verfalle, diesen Drogen –
von der Scheinwelt eingehüllt.

2005

Kommt Natur zu uns …

Scheinbar wehrlos hält sie sich zurück
und schaut uns zu und gibt Ideen preis.
Umfängt uns – regt uns an,
zu schaffen, zu verändern.
Wir fangen an, mit unserer Liebesmühe,
die Schöpfung zu verbessern.
Und dennoch sitzen wir wie Kinder
im Abfall der von uns erdachten Kreislaufwirtschaft,
wie inmitten von kaputt gemachtem Spielzeug –
weinen wir, wenn unsere Spieletante schimpft mit uns.

Überrascht uns die Natur, durch ungewollte Schwangerschaft –
mit einem ihrer Taschenspielertricks – mit neuem Leben,
das sie mit ihrem Sauerstoff dann wieder oxidieren lässt,
damit wir alle miteinander alt aussehen …

2005

Ins Blaue gelebt

Hineingelebt, ins Blaue –
an meinem Ort – noch vieles unbewusst erlebt.
Die Welt mit kindlichem Gesicht gesehen,
Glückseligkeit ins Kinderherz gefüllt.
Als die Gefühle noch nicht steinern weilten
und ich noch meine Wünsche wertfrei äußerte.
Bevor mein Werk zu fehlerhaftem Zwang verkam –
von Widersprüchlichkeit bedrückt.
Als wahre Worte meinem Mund gestattet waren –
zeitenlos, in einer anderen Welt gelebt.

2005

Nehme meine Jugend mit,

mit den gelebten Tagen –
meine Jugendsünden nehm ich mit –
alles, was mir wertvoll scheint.
Liebschaft, Freud und Leid,
mit ins Alter, die Erfahrung, die mir bleibt.

Bin ich steh'n geblieben – eines Tages,
in der Mode – meinem Jugendstil –
der Geschichte, der Kritik an unserer Zeit.

Und ich komme irgendwann,
aus einer längst vergangenen Zeit,
mit meiner Jugend in der Zukunft an.
Mitgenommen, sie dorthin –
sie nur noch als Fossil verbleibt.

2006

Jahre wie Tage

Einen Schritt nur voran –
zur Gewissheit kommen –
wenn man weiß, für wen und für was
sich Entbehrungen lohnen.
Gefangen von einer Vision,
die man Silbe für Silbe versteht –
mit sicherem Instinkt, weise bedacht
und von der Kraft ausgefüllt,
die Träume zu Gegenwart macht –
vor dem Tod will man leben,
denn später ist alles zu spät.

Nicht jenen treibenden Führern gehorchen,
die ebenso hitzig auf Launen der Evolution reagieren,
die sich selber nur durchbringen –
gleich einem kränkelnden Tier.

Im Jetzigen leben – denn später
ist alles vorüber, ist alles vorbei.
Wenn nichts geschieht, werden die Jahre wie Tage –
im Kreise der Uhr mitgelaufen und zu schnell verlebt.

2006

Stilles Bitten

Taktvoll, deine Gesten,
und von einer Scheu durchdrungen –
anmutsvoll, ein stilles Bitten.
Dein Begehren, sanft und leise –
Ehrerbieten, nur für mich.

Adrett, dein Kleid, dein Amulett –
das Zeichen deiner Sterne –
den meinen gleich, der Wonne brennen sie.
Doch tolerieren unsere Sterne
dieses Gleichnis nicht.

Bist du genau wie ich,
so kapriziös, wohl zu exzentrisch,
und dennoch viel zu leise –
in uns, voller Eile –
angefüllt mit Zögern.

Oftmals viel zu früh entschieden
und noch von meiner Scheu durchdrungen,
fällt dir Enttäuschung ins Gesicht. –
Dein Kind, die gleichen Augen trägt wie du –
weinst du allein, im stillen Bitten.

2007

Profile im Sand

von Gisela Dammers

1. Ägypten
(Ein kleiner Reisebericht und die daraus folgenden Gedanken)

Nach einer Ägyptenreise waren es nicht die Königsgräber, es waren auch nicht die Pyramiden, an die ich mich immer wieder erinnere. Im Gedächtnis geblieben ist mir der Sand. Sand, wohin man schaute, Sand in den Schuhen, und wenn man nicht aufpasste, Sand zwischen den Zähnen. Vor den Augen Sand, in der Ferne Sand, Sand, Sand, überall Sand.

Das soll nicht heißen, dass es kein Erlebnis war, all die Schönheiten und Kulturdenkmäler, die dieses wunderbare Land aufzuweisen hat, zu sehen und dass sie mir nicht gefallen hätten. Oh doch, es lohnt sich allemal, eine Reise zum Beispiel zum Tal der Könige in Luxor zu unternehmen. Das ganze Tal ist übersät mit Königs- und Königinnengräbern, von denen jeweils drei für Besucher geöffnet sind. Von innen kann man die teilweise wunderbaren bunten Wandgemälde bewundern. Die Pyramiden von Gizeh sind ein weiteres Highlight. Es gibt sechs Pyramiden, wovon die größte die Cheopspyramide ist.

Im Roten Meer zu tauchen ist etwas ganz Besonderes. Das Meer ist voller Korallen und voller wunderbarster buntester Fische, wie man sie sich kaum vorstellen kann.

Es ist also wirklich etwas ganz Besonderes, dieses Land zu bereisen, denn es hat noch viel mehr zu bieten.

Denke ich aber an Ägypten zurück, sehe ich immer wieder nur Sand. Weite flache Ebenen, wo man in kleinen Abständen Pflanzen aus dem gelbbraunen Sand wachsen sieht. Pflanzen, die bald die Farbe des Sandes angenommen haben, braun-grün. Man sieht ihnen an, dass sie ein sehr schweres Leben zu meistern haben.

Zwischendurch gibt es Erhebungen, kleine und größere Sandberge, auf denen ein paar Bäume ihr Leben fristen. Auch sie bemühen sich die Farbe des alles beherrschenden Sandes anzunehmen.

Wir fuhren mit unserem Bus auf einer Straße, die sich viele, viele Kilometer durch die Wüste zog. Eine Straße, wunderbar asphaltiert, in der Mitte Katzenaugen, woran sich unser einheimischer Fahrer aber absolut nicht hielt. Er befuhr mal die rechte, dann die linke Seite der Straße, aber meistens fuhr er genau auf der Mitte. Bei jedem der hochstehenden Katzenaugen hoppelten der Wagen und wir in unseren Sitzen mit. Ich glaube, ein Kamelritt ist nicht anstrengender. Wir waren etwa zwei Stunden auf dieser Höllenfahrt unterwegs, wobei uns, sage und schreibe, ganze fünf Wagen entgegenkamen.

Was mich sehr verwunderte, waren die Ruinen, an denen wir vorbeifuhren. Nachdem ich vom Fahrer erfahren hatte, dass dieses keine Artefakte aus der ägyptischen Königszeit waren, sondern angefangene Hotelanlagen, die aus Geldmangel wieder verlassen wurden und jetzt dem Sand die Herrschaft überließen, schaute ich mir die vorbeiziehenden Ruinen etwas genauer an. Tatsächlich, es waren moderne Bauten. Mal war nur eine Umzäunung zu sehen, ein anderes Mal war der Rohbau schon bis zur ersten Etage fertig. Jedes Projekt war in einem anderen Stadium verlassen worden. Es waren aber Ruinen, die sich der alles verschlingenden Wüste unterwarfen.

Ab und an sah man kleine Gruppen von einheimischen Menschen, die sehr abenteuerlich gekleidet waren. Unser Fahrer klärte uns auf, es waren einheimische Hirten, die mit ihrem Vieh und ihren Familien durch die Wüste zogen. Eine kleine Herde Ziegen und manchmal auch ein oder zwei Kamele, die sie mit ihren Hunden hüteten. An einer Stelle sahen wir auch ein paar Zelte. Es waren bunte Tücher oder auch Teppiche, die zu einem Zelt zusammengebunden waren.

Man sah die Armut dieser Menschen an jedem Detail ihres Besitzes. Sie winkten uns freundlich zu, als wir an ihnen vorbeifuhren.

Unser Domizil war eine sehr schöne Vier-Sterne-Hotelanlage, unmittelbar am Roten Meer. Man konnte vom Bett aus das Meer sehen und rauschen hören.

Wer wollte, konnte vom hoteleigenen Strand schnorcheln und tauchen, ein himmlisches Vergnügen.

Eine Besonderheit für uns Europäer: Das ganze Hotelpersonal, mit zwei Ausnahmen, war männlich. Die eine Dame war die Ehefrau des Besitzers, die im Management beschäftigt war. Die andere junge Dame war überall zu sehen, sei es Bar oder als Kellnerin oder am Empfang.

Alle anderen Arbeiten wurden von männlichem Personal erledigt. Es waren meist jüngere Männer, die eine gewisse Zeit in einem dem Hotel angeschlossenen Wohnheim wohnten. Dann hatten sie frei und durften zu ihren Familien, die ohne Ausnahme mehrere Stunden entfernt wohnten. Sie wurden dann von ihren Kollegen, die gerade von ihren Lieben Abschied genommen hatten, abgelöst.

Ich habe selten so freundliche Menschen wie die Bedientesten in unserem Hotel kennengelernt. Für ein kleines Handgeld waren sie unendlich dankbar, wenn man bedenkt, dass sie umgerechnet für 30 Euro im Monat mit ihren Familien leben müssen.

In unmittelbarer Nachbarschaft unseres Hotels, etwa zwei Kilometer entfernt, war ein zweites Hotel. Die Urlauber aus diesem Hotel kamen eines Tages auf eine Stippvisite in unseres. Sie luden uns zu einem Gegenbesuch ein, den wir dann auch machten.

Um dort hinzugelangen, haben wir nicht die Straße benutzt, sondern sind querfeldein, besser gesagt, querwüste durch den Sand marschiert. Ich hätte niemals gedacht, dass mich dieser kurze Weg dazu inspirieren würde, darüber zu schreiben, aber so ist es …

2. Sand und Spuren

Es war kein weicher Sand, der durch jeden Windstoß wegwehte, grobkörnig, dunkel und ziemlich fest, so waren alle Spuren, die man hinterließ, deutlich zu sehen. Ich vermisste den goldgelben Sand, den ich vom Fernsehen her kannte, und den leisen Hauch des Windes, der kleine Schleier Sand hochweht und wie zum Tanz hin und her, hoch- und wieder herunterwirbelt. Der Wind war schon da, und zwar sehr kräftig, vielleicht lag es am nahe liegenden Roten Meer. Man hatte die Möglichkeit, seinen Blick über das wunderschöne Rote Meer, was seinem Namen aber überhaupt nicht gerecht wird, denn es leuchte in allen Blautönen bis hin zum zartesten Türkis, schweifen zu lassen, oder man sah in die entgegengesetzte Richtung, in die Wüste, die Landschaft, die einen Menschen zur Melancholie neigen lässt.

Die Wüste, die ich sah, war zwar mit Sand bedeckt, aber es war auch viel Geröll zu sehen. Kleine und große Steine, manche abgerundet von der ewigen Reibung des Sandes, andere scharf wie ein Messer. Dann wieder winzig kleine, die die Vorstufe des Sandes waren.

Da es in der Region, wo wir waren, so gut wie nie regnet, waren die Spuren, die man sah, teilweise schon sehr alt. Die meisten dieser alten Spuren waren durch jüngere überdeckt. Es gab große, kleine, tiefe Spuren, von Kinderfüßen, Spuren von Damen mit hochhackigen Absätzen oder mit Sandalen, Schlappen, schwere Stiefel, kurz gesagt, es gab Spuren in jeder Ausführung. Jede Spur hatte ein anderes Profil, genauso wie die Träger und Verursacher der so sehr verschiedenen Spuren. Die Profile der Fußabdrücke waren das, was mir am meisten auffiel. So viele verschiedene Profile, es war unglaublich, ich konnte mich nicht sattsehen, jedes dieser Profile erzählte mir eine Geschichte …

So mannigfaltig die Profile im Sand waren, so mannigfaltig sind die Profile der Menschen, die sie verursacht haben. Keines ist dem anderen gleich, jedes Profil erzählt eine andere Geschichte, denn kein Mensch ist wie der andere.

Will man etwas von ihnen preisgeben, kann man die wunderlichsten Geschichten erfahren …

Gisela Dammers

Fangen wir an mit Madame „Hochhackiger Schuh".

Der Fußabdruck war ziemlich tief in den Sand eingedrückt. Dar Absatz bis zum Anschlag eingesunken. Madam war also eine ziemlich korpulente Person.

Nennen wir sie Madame Perron, sie war aus Frankreich angereist, um mit ihrem Mann, der in der Provinz eine Fleischereikette besaß, den Hauch des alten Ägyptens zu atmen.

Ninette, so hieß Madame mit Vornamen, war eigentlich eine nette, ruhige Person, aber im Urlaub wollte sie zeigen, was alles in ihr steckte. Kein Geschäft, besonders die Souvenirläden, deren es unzählige gab, war vor ihr sicher. Souvenirs in allen Preislagen wurden von ihr erstanden. Dabei ging es aber zur Sache, wer war härter im Feilschen, der erprobte Händler aus dem Orient oder Frau Biedermann, Verzeihung, Madam Perron aus Frankreich? Sie kam jedes Mal mit hochrotem Kopf aus dem Geschäft, das Souvenir, wofür sie viel zu viel Geld bezahlt hatte, schwenkte sie wie eine Trophäe über ihrer viel zu hoch toupierten Frisur.

Monsieur Perron lächelte nur, denn er liebte seine Frau heiß und innig.

Monsieurs Fußspuren waren auch tief eingedrückt, das blieb auch nicht aus, denn er hatte den Ehrgeiz, alle seine Produkte, die er in seiner Kette verkaufte, erst selbst zu kosten, erst dann wurden sie zum Verkauf freigegeben. Sein Bauch, den er voller Stolz vor sich hertrug, zeugte von seiner guten nahrhaften Ware.

Seiner Frau zuliebe hatte er diese weite Reise unternommen, denn wie er sagte, war sie diejenige, die den Hauch der großen weiten Welt in sich trug. Ihr zuliebe war er auch durch den tiefen Sand gestapft, wobei er aber innerlich verzweifelte, denn seine Frau jammerte wegen ihrer wunderschönen Schuhe, die vom Sand ruiniert waren, und er hatte nur Latschen an, die sich bei jedem Schritt mit Sand füllten. Er war nur damit beschäftigt, nach jedem zweiten Schritt seine Latschen vom Sand zu befreien.

„Mon dieu, was hat mich nur geritten, das alles zu tun?“, seufzte er, aber so leise, dass Madame nur gar nichts davon mitbekam, denn dann wäre ein hochnotpeinliches Verhör fällig gewesen. „Hält deine Liebe nicht mehr aus?“ Aber was hatten seine von Sand gepeinigten Füße mit seiner Liebe zu tun? Er wusste keine Antwort darauf, deshalb schwieg er lieber und marschierte so tapfer neben seiner ach so süßen Ninette weiter …

4. Zwei Schwestern

Nennen wir sie Hildchen und Maria. Sie waren Zwillingsschwestern und zu Hause in ihrer Heimat waren sie die *zwei Schwestern*, und das hatten sie gründlich leid. Sie kannte man nur im Doppelpack und bei manchen hießen sie liebevoll „Das doppelte Lottchen“.

Beide, nicht mehr die Jüngsten, wollten im Urlaub etwas erleben. Dazu waren sie ins ferne Ägypten gereist, weil sie hofften, dort niemanden zu treffen den sie kannten. Das, was sie vorhatten, kam ihnen so verrucht vor, dass sie niemandem in der Heimat von ihrem Vorhaben erzählt hatten. Was sie wollten, konnten sie nur hinter der vorgehaltenen Hand aussprechen, denn sie wollten einen Mann kennenlernen. Natürlich nicht einen für beide, nein, beide, Hildchen und auch Maria, waren auf der Suche nach einem Mann. Sie hatten den Urlaub mit dem Ziel geplant, sich einen Mann zu angeln, und ihr ganzes Sinnen und Trachten hatte nur dieses eine Ziel im Auge.

Egal wo sie sich befanden, sei es bei der Besichtigung eines der Weltwunder Ägyptens oder beim Shoppen, ihre Blicke taxierten jeden Mann auf seine Tauglichkeit. Ein Handicap hatte das Ganze aber doch, die beiden hatten den gleichen Geschmack, was Männer betraf. So kam es, dass sie sich immer den gleichen Mann aussuchten. Immer war es der gleiche Mann, in den sie sich zu verlieben drohten, und immer der gleiche Mann, bei dem ihrer beider Herzen schneller schlugen.

Da die zwei Schwestern sich aber innig liebten, kam es niemals zu Streitigkeiten, sie hatten eine ganz einfache Lösung gefunden.

Maria, die ältere der beiden, sie war zehn Minuten früher als Hildchen auf die Welt gekommen, hatte am ersten Tag ihres Urlaubes auch das Vergnügen sich den ersten Mann auszusuchen, von da an ging es abwechselnd weiter. Einmal Maria, das nächste Mal Hildchen. Mit dieser Regelung kamen die beiden wunderbar zurecht.

Sollte wider Erwarten eine der beiden keinen Gefallen an dem von der Schwester Bevorzugten haben, fand die andere ganz sicher ein paar Fehlerchen am Objekt, sodass sich beide wieder einig waren, „das ist nicht der Richtige."

Die Spuren, die sie im Sand hinterließen, zeugten einerseits von Selbstständigkeit und Haftung. Ihre Schuhe waren ohne jeden Schnickschnack, die Profile deuteten auf einen guten Schuhhersteller. Auch ihre Gangart war dieser Selbstverständlichkeit angepasst, bis irgendetwas, besser gesagt irgendwer, ihre ganze Aufmerksamkeit in Anspruch nahm. Dann sah man Unruhe in ihre Schritte kommen, sie traten auf der Stelle, damit sie das Objekt ihrer Begierde besser in Augenschein nehmen konnten. Kamen sie zu einem negativen Entschluss, gingen ihre Schritte wieder in Ruhe und Ordnung weiter, fiel ihre Betrachtung aber zugunsten ihres Zielobjektes aus, sah man, dass die zwei mit einem Problem beschäftigt waren. Nicht selten wechselten sie die Richtung, um eine nähere Betrachtung möglich zu machen, und wenn diese positiv ausfiel, sah man bald, dass ihre Profile sich zu einem männlichen Profil zugesellt hatten.

Vielleicht sind irgendwo im Sand die Spuren der Schwestern jeweils mit der einer männlichen Spur zu sehen, dann wäre ihr Traum, warum sie die weite Reise gemacht hatten, in Erfüllung gegangen.

5. Herr Wendler mit Freundin Chantal

Herr Wendler, ein Selfmademan aus Germania, laut und auffallend. Eine dicke Goldkette prangte an seinem fetten Hals, hing über das offene Hemd bis zum Bauch, der den Umfang eines Nilpferdes hatte. Seine Trophäe Chantal saugte seine Worte in sich auf, als würde er alle Weisheiten der Welt verkünden. Sie war eine kleine zierliche Blondine, die dem Vorurteil, Blondinen seien dumm, aber ganz entsprach.

Durch den Sand ging er mit großen raumgreifenden Schritten. Sein Sohlenprofil war bemerkenswert, denn er hatte in seiner Schuhsohle das Emblem seines Werkes mit seinem Namen eingearbeitet. Er lief noch in seinem Urlaub fern seines geschäftlichen Wirkungskreises Reklame für seine Firma.

Freundin Chantal stöckelte mit überhohen Absätzen in ihren kleinen Schühchen neben ihm her. Sie konnte nicht immer Schritt halten, dann lief sie ein paar Meter, um ja nicht den Körperkontakt zu ihrem Liebling, so nannte sie ihn, zu verlieren.

Im Gegenzug zu ihrem „Liebling", der überall seine Meinung lauthals kundtat, hatte sie nicht viel zu sagen. Ihre Redegewandtheit erschöpfte sich in ein paar kleinen Sätzchen: „Ach ist das süß", „Du hast ja so recht, mein Liebling", Schatzilein, wie findest du das?" Mit Schatzilein brachte sie ihn dazu, seine Brieftasche zu zücken …, und sie wusste genau, wann sie dieses Druckmittel einsetzen musste.

Herr Wendler war von jedem Ton, den sie von sich gab, begeistert und gab ihr, egal wo sie waren, einen schmatzenden Kuss. Dieses Unternehmen sah immer etwas akrobatisch aus. Da Herr Wendler eine stattliche Größe hatte und sein Bauchumfang den besagten Nilpferdumfang besaß, seine Chantal aber nur, wenn sie Schuhe mit acht Zentimeter hohen Absatz anhatte, gerade bis zu seiner Brust reichte, war es ihm, dank seines Bauches, unmöglich, sich so weit hinunterzubeugen. Er fasste sie also mit ausgestreckten Armen unter ihre Arme, hob sie hoch, wobei Chantal glockenhell jauchzte, und dann gab er ihr einen lauten, schmatzenden Kuss auf den Mund. Dieses Manöver wurde von allen Gästen des Hotels immer wieder mit Applaus begleitet. Die zwei verbeugten sich dann artig und manchmal wünschten alle Gäste ein Dakapo, dem die beiden mit Freuden entsprachen.

6. Familie Schmitz

Familie Schmitz aus Deutschland, so waren sie im Hotel gemeldet, bestand aus Frau Schmitz und Herrn Schmitz. Beide zusammen bildeten Familie Schmitz und das bewiesen sie jeden Tag und bei jeder Gelegenheit aufs Neue.

Beim Marsch durch den Sand, beide hatten teure Wanderschuhe der gleichen Marke an, hielten sie sich zwar an den Händen, streckten diese aber weit auseinander, sodass sie für sich allein schon den Platz einer ganzen Familie brauchten.

Am Pool brauchten die zwei für sich allein sechs Liegen. Zwei für ihre Kleidung, zwei als Windschutz, und natürlich zwei, worauf sie sich legten.

Das Beste war bei Tisch, die zwei belegten regelmäßig einen Tisch für sechs Personen, indem sie sich diagonal hinsetzten, bewiesen sie immer wieder, dass sie den Platz einer ganzen Familie beanspruchten.

Ihre Taschen und Sonstiges legten sie auf die vier leeren Stühle, sodass kein anderer Gast den Mut aufbrachte, den freien Platz zu beanspruchen.

Familie Schmitz, wie wir sie auch weiter nennen wollen, waren beide Rentner, die, wie sie sagten, dem ewigen Kleinkrieg aus Deutschland endlich mal den Rücken kehren wollten. Sie hatten aber eine riesige Akte mit in den Urlaub genommen, denn hier hatten sie vor, die weitere Taktik ihres Kampfes mit ihren Nachbarn rechter und linker Seite in ihrer Heimat neu zu überlegen. Ihre Nachbarn zur rechten Seite ihres Hauses hatten doch wirklich die Frechheit, ihren Eingangsbereich, das ist der Aufgang von der Straße bis zur Haustür, um ganze zehn Zentimeter zu weit in ihres, Familie Schmitzes,

Grundstück auszubauen. Klar, damals, als sie noch jung und befreundet waren, hatte Familie Schmitz nichts dagegen, aber jetzt ist es aus mit der Großzügigkeit.

Auf der linken Seite ist jeden Herbst das gleiche Theater. Die Tannen, die von den Nachbarn vor dreißig Jahren in einem Festakt mit der ganzen Nachbarschaft gepflanzt wurden, sind mittlerweile viel zu groß. Fallen die Tannenzapfen ab, „darf" Familie Schmitz jeden Tag die heruntergefallenen Zapfen aufsammeln und entsorgen. Was heißt entsorgen? Alles, was vom Nachbargrundstück rüberfällt, wird zurückgeworfen, und es kann niemand dafür, wenn ab und zu etwas Unkraut oder ein paar abgestorbene Zweige oder gar Äste aus dem eigenen Garten mit über den Zaun fliegen.

Das wiederum gefällt den Nachbarn auf der linken Seite nun überhaupt nicht. Das Gericht im Heimatort von Familie Schmitz hat nun genug damit zu tun, den Streithähnen der drei Häuser zu ihrem Recht zu verhelfen.

Familie Schmitz jedenfalls rüstet sich im Urlaub aufs Beste für den neuen Kampf gegen Nachbar von rechts und Nachbar von links.

7. Hans Dampf in allen Gassen.

Wenn man ihn nicht sah, so konnte man ihn auf jeden Fall hören. Wenn einer im Mittelpunkt stand, dann war er es. Ferdinand, so wollen wir ihn nennen, war mit seiner Angetrauten, einer netten einfachen Frau, unterwegs. Ein Urlaub, den sie sich über eine lange Zeit erspart hatten, und er wollte diese Zeit auskosten, denn zu Hause war ihr Leben nicht so lustig, wie Ferdinand es allen vermitteln wollte. Zu Hause brauchten sie ihre ganze Kraft für die Pflege ihres gelähmten Kindes. Dank Ferdinands Mutter, die ihnen die Reise geschenkt hatte und auch darauf drängte, dass sie diesen Urlaub antraten, konnten sie nun die Sonne Ägyptens genießen.

Seine Frau ließ ihn einfach gewähren und lächelte zu seinen Scherzen, die nicht immer angebracht waren. Es gab aber niemanden, der ihm deswegen böse war, denn er brachte alle mit seinem Charme zum Lachen.

Seine Fußabdrücke im Sand waren chaotisch, er tanzte mal in diese Richtung, dann wieder in die andere, es war nicht ersichtlich, wohin er wollte. Seine Frau war bei diesem Tanz der Profile immer der ruhende Pol. Ihre Spuren, die ein unauffälliges Profil hatten, verliefen immer zielgerade, so konnte man nur aus ihren Spuren ersehen, wo das Ziel der beiden lag.

Saß man am Pool des Hotels und Ferdinand ging ins Wasser, war für alle Gäste eine lustige halbe Stunde angesagt. Schon allein sein Gehabe am Beckenrand war eine Show wert. Vor seinem Sprung ins Wasser machte er Übungen, die wohl dem „Warmwerden" dienen sollten.

Kniebeugen, Luftboxen, auf der Stelle Sprinten waren Vorbereitungen auf einen Hechtsprung, der regelmäßig als Bauchplatscher endete.

Im Wasser zeigte er, welchen Stil er beim Schwimmen bevorzugte, ehrlich gesagt, es war kein Stil zu erkennen, denn das Wasser schäumte und vom Schwimmer war nichts zu erkennen. Dass er aber da war, hörte man durch sein lautes Pusten. Kam er aus dem Wasser, tänzelte er wie eine Ballerina am Beckenrand auf und ab und bekam vom Publikum den erhofften Applaus.

Der Raum der Erkenntnis

von Bernd W. Dresia

Irgendwie zusammen mit den anderen Menschen und doch nicht gemeinsam betrittst du das Zimmer, dessen Charakteristikum, ein großer Tisch, der begierig um Aufmerksamkeit buhlend Stühle um sich herum geschart hat, von den gemächlich und doch unruhig anschlurfenden Personen als Ziel der mystischen Wanderung anvisiert wird.

Getreu dem angeborenen Herdentrieb, der durch vertragliche Bindungen jedes und jeder Einzelnen nachhaltig unterstützt wird, suchen sich alle und wie immer auch du einen auf den ersten Blick genehmen Sitzplatz. Du glaubst trotz der glatt blinkenden Lasur, eine Art Grinsen in der dunklen Maserung des braunroten Holztisches zu erkennen, als endlich sämtliche Sitzplätze gefunden sind und die Chefin des mehr oder weniger unfreiwillig zusammengewürfelten Haufens … sich beinahe so eng wie ihre Bluse an das Vorbildsprinzip anlehnend … als Letzte zu der Gruppe stößt und einen ihr gebührenden Standort am Kopf des hinterhältig schweigenden Tisches aufsucht.

Als sie ihre zu dem rednerischen Standard gehörende hoch erotische Einführungsfloskel „Schön, dass sie alle da sind“ losgeworden ist, lehnst du dich in der vor Spannung dösenden Erwartung des leider nur zu gut bekannten Ablaufs zurück und du spürst nicht zum ersten Mal die beiden Seitenholme der ohne Zweifel ergonomisch besonders wertvollen und entsprechend teuren Sitzgelegenheit an deinen Schulterblättern. Du erneuerst deine fragende Auffassung, ob diese besonderen nur in diesem ungemütlichen aus den Hallen der elitären Möbelindustrie stammenden Nest auftretenden Schmerzen beim Sitzen als eine nur von Königen anstrebbare höhere Form der Ergonomie zu bewerten ist. Du glaubst, dieses Gefühl könne der Vorahnung des Nibelungenhelden Siegfried ähnlich sein, der ein gewisses Unbehagen zwischen den Schulterblättern spürte, als Hagen ihn dort mit dem Speer durchbohrte und auf diese wenig charmante unrechte Art recht unsanft vom Leben zum Tode beförderte. Du siehst den einzigen Unterschied zu diesem eigentlich einzigartigen Siegfried darin, zwei statt einer dieser nicht von Drachenblut benetzten Stellen bewachen zu müssen, wenn du in diesem vermaledeiten Kackstuhl abhängen musst.

Doch bevor du dich als einziger Zweibeiner innerhalb dieser illustren mit den Rückenpartien in den Lehnen wühlend die beste Sitzhaltung suchenden Runde als physiologischer Querschläger entlarven kannst, hast du noch ein anderes dich irritierendes Empfinden, das dir, anders als das Drücken der Seitenverstrebungen dieses sündhaft viel zu teuren Throns für zu Dank verpflichtete Arbeitnehmer, völlig neu vorkommt: Du rutschst gerade rechtzeitig vor Beginn der Veranstaltung, die im Fachjargon Abteilungsbesprechung genannt werden soll, plötzlich eine Reihe nach hinten, obwohl dort gar keine weitere Reihe ist. Du sitzt schließlich nicht im Kino. Trotzdem scheint es dir mit einem Schlag exakt so, denn du siehst dich selbst wie mit einem Fingerschnippen umpostiert und beobachtest den gesamten Schlamassel als unentdecktes zweites Geister-Ich.

„Aha, so sehe ich also von hinten aus", denkst du und stellst fest, dass du dir den Gang zum Frisör und das Geld, das du dauernd dafür springen lassen musst, sparen könntest, sofern du diese wunderbare Rundumsicht fortwährend hättest. Nachdem du dich aus dieser eher seltenen Perspektive genug beäugt hast und in beruhigender Zufriedenheit mit dir fertig bist, wandert dein Sensor nach rechts, nach links, nach vorne und wieder zurück, einfach überall hin, weil niemand zu bemerken scheint, dass du dich ausgeklinkt hast und nicht weiter als zwangsweise zuhörendes Mitglied zu dieser Gruppe gehörst.

Deine Chefin erklärt dir und deinen Mitleidenden und Mitleidendinnen … nein, das tut sie nicht, sie erklärt euch gar nichts, sie spricht nur und am allerwenigsten zu euch, sie erfüllt mit sehr unterdurchschnittlichem Talent zum Theaterspiel ihren Auftrag und sülzt in diesem Moment irgendwas von Zuverlässigkeit, Vertrauen, Sorgfalt, als dein Fokus sich auf ihre weiße Bluse richtet, deren Knöpfe sich verzweifelt an beiden Seiten des Textils festkrallen (dem grundsätzlich die Aufgabe zukommt, die mittel ausgeprägten, in diesem Fall nicht sonderlich einladenden, sekundären weiblichen Geschlechtsmerkmale zu bedecken), um eine Sprengung des Materials zu verhindern. Aus deiner Sicht weiter in Richtung Blusenosten stößt du auf bereits früher ausgelotete Ressourcen, denn just etwa 15 Zentimeter über der etwas frei in der Lokalität liegenden Brüsseler Büstenhalterspitze befindet sich ein schwach gelber Marmeladenfleck, der dir schon aus der Woche davor bekannt ist. Zumindest hoffst du, es sollte besser ein Überbleibsel dieses Brotaufstrichs aus dem fruchtigen Garten von Mutter Natur sein, als … also als … etwas … anderes eben.

Du richtest dein Radar auf jede einzelne Kreatur in diesem Raum und fragst dich, was dich mit diesen seltsamen und doch so normalen Geschöpfen verbindet, die wie du auf demselben Planeten, in demselben Land, im Moment in derselben Stadt, in demselben Gebäude, ja, sogar in dieser selben unmittelbaren Nähe existieren. Menschen mit, wie es aussieht, unwichtiger Vergangenheit, ereignisloser Gegenwart und hoffnungsloser Zukunft, die teilweise leidlich versuchen, ihr absolutes Desinteresse an dem, was in diesen Augenblicken geschieht, hinter einer Maske von aufgesetzter Freundlichkeit, stiller Aggression, verdunkelter Langeweile mit dem Gedanken an den Grund des Ausharrens, an das Geld, das sie für diesen Stumpfsinn erhalten, verbergen wollen. Du willst deinem vor dir anwesenden biologischen Taxi in Menschengestalt auf die Schulter klopfen, um ihm den Hinweis zu geben, dass die Session beendet ist, warum Aufstehen, Gehen und ein Adieu auf Lebenszeit angesagt ist, deine Hand gleitet jedoch durch den Körper, weshalb du mangels vernünftiger Alternative eben weiter beobachtest, um der bizarren Situation das Beste abzugewinnen.

Links neben der Abteilungsleiterin hockt eine Kollegin mit gefalteten Händen, die sie der Transportschwere wegen auf dem nach deinem Eindruck immer noch amüsiert wirkenden Tisch deponiert hat. Sie erweckt den Anschein, voller Konzentration den heiligen Worten ihrer von ihr stets mit einem freundlichen Gruß belegten Vorgesetzten zu folgen, obschon sie einen verzweifelten Kampf gegen die mit jeder Minute höher werdende Lidlast ihrer vom Leben und ihrer Einstellung abgestumpften Augen führt und die Aussichten des Obsiegens mit zunehmender Zeitdauer geringer zu werden drohen.

Der dickliche Bürokrat, dem das Schweigen nicht zu still ist auf der eintönigen Einbahnstraße zur Rente und der sich nur dann zu Wort meldet, wenn er und sein Arbeitsplatz direkt betroffen sind, spielt sein eigenes Spiel ohne echten Herzschlag an dem, was sich unter Leitung der Belanglosigkeit tut.

Die ständig unfrisierte Juristin, die nicht weiß, wohin sie mit ihrer Menge an Geld aus dem Doppelverdienerhaushalt soll, weshalb sie sich in ihrer Unwissenheit zum Kauf von neu emittierten Aktien von anderen uninformierten Akademikern hat hinreißen lassen und zu jedem und allem etwas sagen muss, Wortführerin sein will und nicht bemerkt, wie sehr sie den Lächlern und Abnickern den letzten Nerv, der merkwürdigerweise längst nicht mehr vorhanden ist, raubt.

Die Schnepfe mit dem vor Dämlichkeit erröteten Haar, die sich mit ihren Händen an der bauchigen Kaffeetasse klammert, als ob es der letzte erhältliche Anker wäre, der sie vor dem Ertrinken im Meer der Angst vor dem nächsten Tag erretten könnte, die mit jedem Morgengrauen Erlösung und ein besseres Dasein erwartet, ohne nur ein wenig dafür zu tun, vor allem aber, ohne zu wissen, was sie überhaupt damit meinen könnte.

Und alle anderen, die nur dasitzen und sich, wie du selbst, für Geld verkaufen, weil ihre Worte, ihr Handeln und sie als Individuen keine Bedeutung haben in diesem System der Gleichgültigkeit, das sie wohl gerne verlassen möchten, doch nicht ansatzweise die Kraft besitzen, eine Entscheidung gegen die Bequemlichkeit zu treffen.

Nach der Besprechung, die nie eine war und niemals eine sein wird, weil sie ohne Gesprächspartner keine sein kann, gehen alle dorthin, woher sie kamen, und erzählen sich selbst die Lüge von der Normalität, die so ist und nicht veränderbar sein kann, um sich mit dem zufriedenzugeben, was den Maden im mageren Speck vorgeworfen wird, wenn sie sich nur genügend am Ort verbleibend in die gewünschte Richtung winden und sich nicht gegen das und die auflehnen, wofür sie und für die sie sich hergeben.

Du verlässt die auf eine besondere Art mit besserer Wahrnehmung belegte Kinoreihe hinter dir und spürst erneut, was Ergonomie heißt: die Lehre von den Belastungen der Arbeit. Deine Schulterblätter sprechen mit dir darüber, dein Verstand macht seinem Namen alle Ehre. Du hast verstanden und du erklärst dir höchstpersönlich, warum du die in diesem Raum soeben gewonnene Erkenntnis nicht verwirfst und in unerquickliche Unwahrheit umwandelst.

Du möchtest leben und nicht vegetieren, du möchtest dich ohne Ekel im Spiegel betrachten können und nicht in die Kaffeetasse kotzen müssen, wenn du beim Frisör beim Haarschneiden vor dir selbst sitzt, du willst ein Ziel und eine Lebensberechtigung, die nicht über die Prostitution Deines Ichs und durch den Verkauf des Einzigen, was du wirklich besitzt, erwirtschaftet wird: deine Seele. Du willst alles dafür tun, um ein Leben 24 Stunden am Tag mit dir aushalten zu können, ohne dich verachten zu müssen. Du gehst und kommst niemals wieder zurück an diesen Ort …

Besprechung

In diesem Raum im weiten Rund
tut sich voll das Wissen kund,
ein kluges Wort, Latein und so,
zwischendurch Pipi ins Klo,
von Fach und Arbeit keine Ahnung,
an den Meier eine Mahnung,
wird geschwafelt und erzählt,
was Boss und Arbeitnehmer quält,
trotzdem wird schön vorgegaukelt,
wer das Kind versorgt und schaukelt.

Desinteresse, Langweile,
Lippenstift und Nagelfeile
sind in Gedanken bei den Damen,
die aufgedonnert hierherkamen,
anders als bei den Kollegen,
die den groben Umgang pflegen,
für die Besprechung erste Wahl,
die Herren sind am Kopf schon kahl.
Da sitzen sie und glotzen blöde,
die Besprechung ist so öde.

Ohne Mut und ohne Biss
schweigen sie und haben Schiss.
Selbst wenn einer Kuchen stiftet,
bleibt das Raumklima vergiftet,
trotzdem lächeln alle fein
und schaufeln sich das Backwerk rein.
Dann geht der Chef und es ist Schluss,
es kommt der Spruch, der kommen muss:
„Ach, bevor ich es vergesse,
dem Chef, dem hau ich in die Fresse!“

Bernd W. Dresia

Gedichte

von Nicole Dubina

Kleiner Engel

Bleib nah bei mir, bis ich mal sterbe,
sing mit mir ein Lied vom Tod.

Teil mit mir nun deine Flügel,
flieg mit mir ins Abendrot.

Sag mir keine großen Worte für die allerletzte Zeit,
halt mich – sing mir leis' ein Liedchen für die lange Ewigkeit.

Gib mir deinen Augenblick, wie er immer war.
Zartes Zwinkern im Gesicht, warst allzeit für mich immer da.

Red mit mir vom Weg des Abschieds, den wir alle einmal gehen,
um im Morgenrot zu nennen,
wonach das Herz sich lang noch sehnt.

Leb mit mir das Jetzt und Heute, keiner weiß, wie lange noch.
Teil mit mir auch all die Freude, wie ich's lang schon hab erhofft.

Kleiner Engel, flieg mit mir – nicht nur bis zum Abendrot.
Flieg mit mir weiter in ein Leben, ohne Leid und ohne Not.

Nicole Dubina

Kleiner Vogel (1)

Heb deine Flügel …
ich schenke dir die Freiheit, ich schenke dir das Licht.
Ziehst in ferne Wälder, grüne Täler.
Wo die Sonne auf dem Wasser glänzt.

Schick mir eine Feder, wenn du am Ziel deiner Wünsche bist,
und ich werde bei dir sein und mit dir träumen.

Mit den Worten Hölderlins

Welch' Recht gibt mir den Glauben an Liebe,
wenn der Mensch mir fehlt, der mich es lehrt.

Der Pflanzen Triebe sind zerstört,
noch eh der Frühling ist erwacht.
Welch Wort vermag das Los zu sein, das alle Welt erhört?
Zu klein und unbekümmert ist des Menschleins Denken,
um zu begreifen, was er zerstört.

Hütet das Wissen der alten Eichen.
Ihr Leid steht auf des Baumes Rinde.
Doch welch' Geist vermag zu zähmen,
was den Mensch mit ihm verbindet.

Die Sehnsucht wird größer nach dir, mein Herz,
mit jeder Stund', wo ich hier leb, der Liebe Schmerz.

Leuchten in der Flut

Tempel haben sie errichtet …
den Göttlichen.

Nasses Grab!
Und du bist mein.

Sei es vom Weinen
um den verlorenen Stern
oder dem Meer,
das mich verschlang.

Kein Thron, kein Kreuz
erzählt von meinem Leben.
Doch ein Fünklein Licht,
tief am Meeresgrund verborgen,
ist der Stern, den ich nun wiederfand.

Ein Teilen mit der Stille,
ein Leuchten in den Fluten.

Vielleicht wird neu ein Kind geboren …

Diesmal zum Träger des Lichts.
Diesmal zur Liebe erkoren.

Nicole Dubina

Realist oder Träumer

Was ist Glauben?
Was ist Sein?
Was ist euer?
Was ist mein?

Du bist das Licht
und ich der Schatten.
All das Tiefe, das wir hatten.
Deine Linie, meine Wellen,
bringt den Sturm in unsere Welten.

Was kann ich halten
oder geben?
Ist der andere nur am Nehmen?

Viele Jahre sind wie Schnee.
Werd erfrieren, wenn ich geh.
Deine Worte bilden Schweigen.
Mein Verlangen bleibt mein Eigen.

Zwergenwelt in Kinderaugen
ist der Glaube, den wir brauchen.
Blind sein
ist der Tod der Fantasie …
doch ich weiß …
ich verlern es nie.

Das zu fühlen,
auch im Dunkeln.
So … wie die Sterne in mir funkeln.

Nicole Dubina

Vogel (2)

Kleiner Vogel … komm schon her. Hab ich dich gerufen.
Bring die Botschaft übers Meer und hilf mir zu suchen.
Meine Liebe such ich hier … lange Zeit vergebens.
Doch nun weiß ich, dass mit dir … ich kann sie erleben.

Kleiner Vogel … sag mir, wann. Ich werd auf dich hören.
Diese Liebe … längst erkannt, kann mich sehr betören.
Hilf mir meinen Weg zu finden, dieses Los für uns zu binden.
Auf des Berges Rücken wacht unsers Schicksals große Macht.

Kleiner Vogel … dank ich dir, in des Morgens Stille.
Hab ich nun gefunden hier, weil es war dein Wille.
Meine Flügel sind nun frei, fliegen mit der Liebe.
Meines Glückes Nest nun hier, nur durch deine Güte.

Nicole Dubina

Welch' Gnadenstoss

Einzig und allein ist gegensätzlich –
mein Verlangen und das Sein.
Welch' Gnadenstoß gibt mir der Schlaf? –
dem Denken und dem Reimen.

Wie Honigtropfen sickern mir
die letzten Worte aus dem Munde,
bevor der Schlaf geht andere Wege,
zur Perle auf dem Grunde.

Wie kann ich geh'n, wenn du stehst hier,
so fragend vor dem Bette.
Deine Augen fragen mich,
ob Antwort ich noch hätte.

Das Leben lang, des Alters viel …
hab ich gelebt so vieles.
Doch alles kann ich wissen nicht,
muss wandern bis ans Ziele.

Die Rose geht …
Die Beer' hat ihr den Platz genommen.
So rot das Fleisch und heiß begehrt …
geschützt ist durch die Dornen.

Der Seele Schutz bleibt manches Mal
im Leben auf der Strecke.
Der Weg ist weit und neue Geister,
nun Kräfte in mir wecke.

Im Stall riecht es nach Schimmel

von Norman Dunfield

Ein etwas unwirkliches Erlebnis mit verblüffendem Ausgang.

Es war später Nachmittag. Das Wochenende stand bevor und er hatte viel Zeit. Gemächlich fuhr er über die kleine Straße zwischen Wäldern und Wiesen heimwärts. An einer Abzweigung sah er plötzlich ein Schild, welches ihm zuvor noch nie aufgefallen war: PFERDEBOXEN FREI.

Da er nicht in Eile war und diese „Tiersportart" bislang noch nicht kannte, wurde er neugierig; zumal die Veranstaltung offenbar auch kostenlos war. Er bog ab, fuhr über einige Hügel und hielt ständig Ausschau nach einer betreffenden Sportstätte. Jedoch – nichts war zu sehen.

Plötzlich setzte, mitten in einem kleinen Wäldchen, sein Auto aus. „Verdammt, vergessen zu tanken", murmelte er vor sich hin. Es war kalt. Weit und breit war keine Menschenseele, geschweige denn eine Tankstelle, zu sehen. Es war Anfang Dezember und unnötigerweise fing es auch noch an zu schneien. Die Dunkelheit setzte ein, doch ihm war, als hätte er irgendwo zwischen den Bäumen ein kleines Haus gesehen. Er stieg aus und folgte dieser Richtung.

Nach einigen Minuten stand er vor einer einsamen Scheune. Vergeblich versuchte er das Tor zu öffnen. Plötzlich knarrte eine Nebentür.

Im Türrahmen stand ein Stutenkerl und fragte ihn nach seinem Anliegen. Anfangs traute er seinen Augen nicht, doch dann wurde ihm klar, dass es nicht mehr lange bis Weihnachten ist und Stutenkerle in dieser Zeit schließlich überall anzutreffen seien. Warum also nicht auch hier?

Über weitere Ungereimtheiten dachte er nicht nach, denn er fror in seiner durchnässten Kleidung.

Nachdem er sein Problem geschildert hatte, bat ihn der Stutenkerl herein. Der Stall sei zwar nur recht dürftig ausgestattet, aber bis zum nächsten Morgen würde er sicherlich einen geeigneten Platz im Heu finden. Allerdings sei er nicht ganz allein, aber das solle ihn nicht stören.

Flüchtig zur Ruhe gebettet, schlief er auch bald ein. Er hatte jedoch das Gefühl gehabt, als würde es überall nach Schimmel riechen; jedoch war das bei den feuchten Dachsparren sicherlich kein Wunder. Nachts wachte er kurz auf und hatte wieder diesen Schimmelgeruch in der Nase. Er drehte sich herum und schlief sofort wieder ein.

Am nächsten Morgen wurde er von stampfenden und scharrenden Geräuschen geweckt. Er richtete sich in seiner Schlafstätte auf und sah in einer Box, welche sich nur einige Meter entfernt befand – eine Schimmelstute. Jetzt war ihm klar, dass seine Nase zwar nicht ganz falsch gelegen, jedoch den wirklichen Sachverhalt nicht klar erkannt hatte. Natürlich war es „Schimmelgeruch“ und er konnte sich jetzt auch die Zusammenhänge erklären.

Da sonst niemand im Stall war, konnte der Stutenkerl nur der Mann der Schimmelstute sein. War ja auch irgendwie logisch. Da er die auf dieser Erkenntnis beruhende Zweisamkeit jedoch nicht länger stören wollte, machte er sich auf den Weg und fand bald darauf einen Bauern, der ihn mit dem Traktor zur nächsten Tankstelle schleppte.

Stute und Stutenkerl. War es wirklich wahr?

Plötzlich – ein schrilles Geräusch – der Wecker.

Verdammt noch mal, schon wieder aufstehen. Dabei habe ich so schön geträumt.

Stuhl des Grauens

von Norman Dunfield

Der Leidensweg eines jungen Mannes, der ständig Durchfall hatte.

Vierunddreißig Jahre alt, männlich, Single. So viel zu den Eckdaten unseres Hauptdarstellers. Nennen wir ihn einfach Paul.

Paul bemerkte bereits seit einigen Tagen, dass in ihm etwas nicht stimmte. Magenknurren und Völlegefühl gleichzeitig. Konnte das an seinem dauerhaften kulinarischen Lebenswandel zwischen Hamburger und Currywurst liegen?

Nun ja, wieder einmal war ein Arbeitstag vorbei und das Wochenende stand bevor. Der Plan war, endlich einmal in Ruhe auszuspannen; wenn da nur dieses komische Gefühl im Bauch nicht gewesen wäre. Egal.

Früher Abend, Fernseher einschalten, Bierpulle auf, Kippe an – doch dann ging es los.

Der Magen vereinte sich mit dem Darm. Dieser stellte daraufhin fest: Ende offen.

Paul schaffte es gerade noch, die Kloschüssel zu erreichen und die Hose auf Erdniveau zu bringen; und dann erlebte er sein ganz persönliches „Krakatau".

Es kam ihm vor, als wenn sämtliche Speisen und Getränke zwischen seiner Konfirmation und seinem letzten Hamburger auf einmal seinen Körper verlassen würden. So etwas hatte er bisher noch nicht hinter sich gebracht. Gesagt, getan, geschehen. Danach fühlte er sich scheinbar besser.

Der Leser soll an dieser Stelle mit keinen weiteren Details verwöhnt werden; es sei jedoch gesagt, dass es keinesfalls besser wurde. Immer schneller, immer dünner.

In den nachfolgenden vierundzwanzig Stunden musste Paul noch insgesamt sechzehnmal auf den Topf.

Sehr bald schon spürte er in einer gewissen Körpergegend wunde Stellen, und das Klopapier wurde knapp.

Inzwischen war es Sonntag und die Beschaffung neuer „Hinterteilformulare" konnte er aufgrund seines inzwischen sehr schlechten Gesamtzustandes nicht in Betracht ziehen.

Also mussten für Folgemärsche Papiertaschentücher sowie die Küchenrolle den Zweck erfüllen. Er nahm sich vor, am nächsten Tag sofort zum Arzt zu gehen.

Nach weiteren dramatischen und qualvollen Stunden ohne Schlaf war es endlich Montag, 07.00 Uhr. Noch zwei weitere Klobesuche, aber dann hatte er es endlich geschafft, sich Kleidung und Schuhe anzuziehen. Der Arzt war gleich um die Ecke. Viel konnte also auf diesem kurzen Weg nicht passieren. Dort angekommen, war er an diesem Morgen, Gott sei Dank, der erste Patient und musste sich daher nicht lange im Wartezimmer herumkrümmen. Allerdings führte ihn sein erster Weg auf das Patienten-WC.

Bald darauf teilte er dem Kittelträger mit konventioneller Stoffhose sein Leid mit und erhielt nach eingehender Untersuchung die Diagnose: „Nervöser Magen, bedingt durch dauerhaften Stress oder Multi-Tasking". Es würde die Gefahr zur Ausweitung in ein chronisches Leiden bestehen, wenn Paul nicht sofort eine längere Auszeit nähme. Unterstützend gäbe es nur die Möglichkeit einer Heilmitteltherapie. Dann folgten solche Hinweise wie: Salz, Zucker, Fett, Alkohol und Nikotin vermeiden, gesund, leicht und mäßig essen, keinesfalls Hülsenfrüchte zu sich nehmen, vorrangig säurearmes Obst verzehren, viel Kamillentee trinken ..., und der ganze Schmonzes, den Ärzte ihren Patienten sonst noch erzählen müssen.

Unterstützt wurde das Ganze mit einem Rezept für die Apotheke und mit einer zweiwöchigen Krankschreibung. Dann noch der wohlgemeinte Rat, man möge seinem Arbeitgeber sagen, er solle sich auf einen längeren Ausfall einrichten, da eine Besserung nur sehr langsam absehbar sei. Als Schlusswort: „Auf Wiedersehen in drei Tagen."

Paul besuchte nochmals das Patienten-WC und nahm dann, nach einem kleinen Abstecher in die Apotheke, den direkten Weg nach Hause. Nach einem weiteren Toilettenbesuch lief er anschließend noch schnell in den nahe gelegenen Supermarkt und kaufte 40 Rollen Klopapier. Danach nahm er seine Medizin, machte es sich auf dem Sofa bequem und legte sich eine Wärmflasche auf den Bauch.

Viele Gedanken gingen ihm durch den Kopf. Seine Wohnung lag jedoch glücklicherweise in einer recht zentralen Lage. Der Bäcker war nebenan, der Metzger gegenüber, Kiosk und Feinkosthändler ebenfalls in unmittelbarer Nähe. Wenn dort nicht zu viel Betrieb sei, könne er die Backen sicherlich für einen kleinen Moment zusammenkneifen. Morgen früh müsse er dann auch seine Krankmeldung in den Briefkasten werfen.

Doch dann wurden seine Gedanken wieder durch die erforderliche Laufarbeit in Richtung Klo unterbrochen. Auf jeden Fall war dies der geeignete Ort zum Lesen der Tageszeitung. Außerdem fragte er sich, ob man nicht eine Formel zur Ermittlung der realen Krankheitsnebenkosten (Kotmenge addiert mit Wasserverbrauch, multipliziert mit der Anzahl der täglichen Klobesuche ... oder so ähnlich) erstellen könne. Beim nächsten Mal wollte er auf jeden Fall Papier und Kugelschreiber mit auf den Ort nehmen.

Außerdem – hatte der Arzt nicht etwas von „Einrichten" gesagt? Bei der ständigen körperlichen Durchreichung von Nahrungsmitteln vom einen zum anderen Ende wäre es doch nicht abwegig, es sich so bequem, gemütlich und komfortabel wie möglich zu machen.

Wo war eigentlich der alte Camping-Klapptisch; und wo waren der kleine CD-Player und der tragbare Fernseher? Das TV-Gerät hatte zwar nur eine einfache Zimmerantenne, jedoch Schnee hat man auch, wenn man im Winter aus dem Fenster schaut. Außerdem würde sich dieses Utensil gut auf der Badkommode neben dem Spülbecken machen.

Und Bücher. Diese könne man in der Badewanne unterbringen. Für die Hygiene habe man schließlich eine separate Dusche. Paul legte bei der Buchauswahl allerdings keinen gesteigerten Wert auf den Städteführer „Beschauliches Darmstadt". Letztendlich fand er auch noch einen Platz für den Aschenbecher.

Bald darauf richtete sich Paul rund um sein WC häuslich ein und nahm dort während seiner Sitzungen auch die Mahlzeiten zu sich. Wenn nicht bald eine Besserung einträte, müsse sich der Arzt wohl Gedanken in eine andere Richtung machen.

Leider geschah es, dass während Straßenarbeiten vor dem Haus ein Wasserrohr beschädigt wurde. Da dies nicht voraussehbar war, fuhr alsbald ein städtischer Lautsprecherwagen durch das Wohnviertel und verkündete, dass es für etwa vier Stunden einen totalen Wasserausfall gäbe. Diese Nachricht vernahm Paul sitzenderweise durch das halb geöffnete Klofenster. Er hatte im Wasserkasten hinter sich zwar noch eine einzige Spülung in der Reserve, jedoch was sollte dann geschehen?

Ja – was sollte dann geschehen? Paul würgte sich verzweifelt einige Bananen und ein Stück Schokolade hinein. Von diesen Nahrungsmitteln wurde zumindest immer behauptet, dass sie eine stopfende Wirkung haben. Wusste das der Magen jedoch auch? Die Rettung wäre sicherlich die Kneipe an der Ecke gewesen, doch die hatte wahrscheinlich auch kein Wasser.

Auf zur letzten Spülung – und danach direkt ans Telefon. Eine Bekannte arbeitete, fünf Autominuten entfernt, im Krankenhaus. Dieses lag in einem anderen Ortsteil und war sicherlich nicht von dem Kanalisationsnotstand betroffen. Er beschrieb seine missliche Situation und durfte daraufhin sofort kommen. Paul stürzte in sein Auto und hatte nur das externe „Brillenbehältnis" im Kopf, welches er in den nächsten Stunden wohl kaum verlassen würde.

Einige Zeit später gab es in Pauls Wohnviertel die wassertechnische Entwarnung. Dies bekam er jedoch nicht mehr mit. Man hatte Paul bewusstlos vor der Klotür des Krankenhauses aufgefunden und den Symptomen entsprechend eine sofortige Notoperation durchgeführt. Dabei wurden ihm einige entzündete Divertikel (das sind blinddarmähnliche abnorme Ausbuchtungen im Darmbereich) herausgeschnitten. Danach hatte man ihn säuberlich vernäht und wartete nun darauf, dass er aufwachte.

Als Paul zu sich kam, war er zunächst recht orientierungslos und fand sich an einem Gestell mit Schläuchen wieder. Dann aber erklärte ihm ein Arzt die Zusammenhänge und hielt ihm zugleich ein Formular unter die Nase, mit welchem er per Unterschrift seine Zustimmung für die bereits erfolgte Operation geben sollte. Dies könne jedoch auch später geschehen, wenn Paul wieder etwas besser zu Kräften gekommen sei.

Die nachfolgenden Tage im Krankenbett brachten endlich die lang ersehnte Entspannung. Er konnte endlich schlafen, ohne stets das taube Gefühl zwischen Klobrille und Fußboden zu spüren. Der körperliche Druck war von ihm gewichen und er fühlte sich deutlich besser. Die Därme waren verstummt und das ständige Druckgefühl war nicht mehr da. Bald sollten die Fäden gezogen werden und dann wollte man ihn in das normale Leben entlassen. Er dachte kurz darüber nach, dass ihm die Fehldiagnose seines Hausarztes fast das Leben gekostet hätte, jedoch – es gibt weitaus mehr schlechte Friseure als gute Ärzte. Gott sei Dank war er im richtigen Moment am richtigen Ort. Der Tod auf dem Klo hätte schließlich auch nach außen hin nicht sonderlich gut gewirkt.

Paul schmiedete Pläne und durchdachte seinen bevorstehenden Rück-Umzug von seinem WC in seine Wohnräume. Er ließ dabei kein Detail außer Acht. Das Klo sollte künftig nur noch den unvermeidbaren Gelegenheitsbesuchen dienen.

Därme gut, alles gut, und … man brauchte für diesen Umzug schließlich keinen kostspieligen Möbelwagen.

Norman Dunfield

Wo ist die Mama?

von Norman Dunfield

Diese Geschichte basiert auf wahren Ereignissen, welche sich in der Weihnachtszeit 1960 zugetragen haben.

Die Mutter hatte zwei Söhne, den elfjährigen Jörg und den vierjährigen Ben. Außerdem gab es noch eine etwas ältere Tochter, die jedoch im Nachbarort eine Lehrstelle gefunden hatte und dort bei der Oma lebte. Der Vater war vor einigen Jahren an einer heimtückischen Krankheit gestorben und hatte keine finanziellen Reserven hinterlassen.

Es war kurz vor Weihnachten und es schneite seit einigen Tagen unaufhörlich. Brennholz und Kohle waren knapp geworden, und die Briketts waren längst ausgegangen. In der kümmerlichen Dreizimmerwohnung mit den spärlichen Möbeln wurde daher nur noch die Küche beheizt.

Das Geld war knapp. Die Mutter war ihr Leben lang Hausfrau gewesen. Sie hatte keine Berufsausbildung und arbeitete daher vormittags als Aushilfe in einem kleinen Lebensmittelladen. Allerdings waren ihr Pünktlichkeit und Zuverlässigkeit nicht immer möglich, da sie sich nur allzu oft um den kleinen, etwas kränkelnden Ben kümmern musste, während Jörg in der Schule war. Der Verdienst reichte gerade einmal für die Miete. An neue Kleidung, insbesondere für die Kinder, war gar nicht zu denken. Mehrmals wöchentlich ging die Mutter zusätzlich in der Nachbarschaft putzen, um zumindest das Minimum für den Lebensunterhalt zu sichern. Allerdings kam nie mehr als altes Brot, Margarine und Rübenkraut auf den Tisch. Gelegentlich reichte es gerade einmal für ein paar Bohnen mit Reis oder Nudeln. Wasser, billiger Pfefferminztee und Kaffee-Ersatz waren die einzigen Getränke. Gern hätte man ab und zu ein Glas Milch getrunken; jedoch war das nur ein unerfüllbarer Traum.

Die Hände der Mutter waren rau und spröde geworden. Ihr Gesicht war vom Kummer gezeichnet. Besonders schlimm war es auch, dass die Küche aufgrund des Brennstoffmangels immer kühler wurde.

Zwei Tage vor Heiligabend wurde der Mutter vom Lebensmittelhändler gekündigt. Die Begründung war, dass es aufgrund ihrer etwas unregelmäßigen Anwesenheit so nicht weitergehen könne. Dieser Tag war von allen schwarzen Tagen der dunkelste. Sie kam mit verweinten Augen nach Hause, ohne sich jedoch vor den Kindern etwas anmerken zu lassen.

Dann war Heiligabend. Ein bemitleidenswerter kleiner Weihnachtsbaum, den Jörg auf der Straße gefunden hatte, weil ihn offenbar kein anderer haben wollte, zierte eine Ecke in der Küche. Reste von altem Baumschmuck hatte man noch in einer verstaubten Hutschachtel gefunden.

Jörg und der kleine Ben waren sich der Situation durchaus bewusst und gingen davon aus, auch in diesem Jahr keine Weihnachtsgeschenke zu bekommen. Sie spürten, dass die Mutter an diesem Tag ganz besonders verzweifelt war.

Draußen wurde es langsam dunkel und durch das Küchenfenster konnte man in die festlich erleuchteten Wohnungen anderer Leute sehen, die ein besinnliches Fest feierten.

Die Mutter hatte die Küche für einen Moment verlassen. Plötzlich hörte Jörg die sich schließende Wohnungstür und dann einige

Schritte, die sich die Kellertreppe hinunter bewegten. Waren im Keller vielleicht doch ein paar kleine Überraschungen versteckt?

Nach ein paar Minuten fragte der kleine Ben: „Wo ist die Mama?"

Jörg antwortete ihm: „Im Keller. Sie kommt gleich wieder."

Nichts geschah. Nach einer Viertelstunde fragte Ben wieder:

„Wo ist die Mama?"

Jörg erwiderte: „Noch immer im Keller. Es wird sicherlich nicht mehr lange dauern." Danach fütterte er das Feuer im Herd mit den beiden letzten Kohlen. Bald war eine volle Stunde vergangen und Ben fragte erneut:

„Wo ist die Mama?"

Jetzt kam es auch Jörg ein wenig seltsam vor. Er nahm seinen kleinen Bruder an die Hand und öffnete die Wohnungstür.

Aus der Wohnung des Nachbarn vernahmen sie ein dumpfes „O du Fröhliche". Dann gingen sie die Kellertreppe hinunter – der Überraschung entgegen.

Die düstere Funzel im Kellerflur gab kaum Licht. Außerdem war es still und unheimlich. Jedoch konnten die beiden die halb geöffnete Kellertür erkennen. Als sie hineinschauten, fanden sie einen umgekippten Stuhl und eine dunkle Gestalt, die leblos an der Decke baumelte.

„Da ist ja die Mama", sagte Ben.

„Lieder des Lebens“

von Anatol Egbuna

Liebe und Hass!

Zwillinge, die Liebe und der Hass.

In den meisten Momenten des Lebens im Herzen vereint,
Sekunden später, des Geschwisters Feind.
Schon von Geburt an ein ungleiches Paar,
doch verbleiben sie eng im Kontakt, des Herzens Schar.
Unzertrennlich, im Wesen der Menschen miteinander verknüpft,
dornartig stechend, eine Feindseligkeit, welche verblüfft.
Sie sind so unterschiedlich wie das Trockene und das Nass,
doch verbleiben sie Zwillinge auf ewig, die Liebe und der Hass …

A.c.e/Griechenland, 2003

Löwen und Hyänen!

Nimm dich vor den Löwen in Acht,
denn seine scharfen Krallen
und sein fürchterliches Gebiss sind deines Lebens Tracht.
Aber noch mehr acht sollst du der Hyäne und ihrem Gelächter geben,
denn Ignoranz und Übermut kosten dich hier unweigerlich dein so wertvolles Leben …

A.c.e/1th März 2009

Durch die wachsamen Augen eines Kindes!

Die wachsamen Augen eines Kindes,
aufmerksam beobachtend,
deine Güte lobend,
Tränen der Freude, wenn du wohltuend,
aber auch unschuldige Zeugen, wenn du sündigend.

Die Augen eines Kindes alles aufnehmend,
mit engelsgleichen Sinnen alles befragend,
deinen Taten folgend,
von deinen Schandtaten wissend.

Die Augen eines Kindes suchend,
die Antwort zu dem Warum herbeisehnend,
nun erwachsen vor dir stehend
eines Tages über dich richtend,
die wachsamen Augen eines Kindes.

A.c.e/6th April 2009

Ausschnitt aus: „OYIBO!!! Weißer Sohn eines schwarzen Vaters".

Die Seiten eines Buches!

Die Seiten eines Buches, sie erzählen eine Geschichte,
immer tiefer und tiefer mich in ihr Abenteuer ziehend,
von der Ungewissheit ins Lichte.
Mit ihnen allein, aus dieser Welt entrannt,
sie führen mich durch geheime Welten,
Spannung und Wagnisse sind Garant.
Vorbei an wunderschönen Landschaften,
Blumen und Wiesen jeder Art,
nun begegne ich dem Bösewicht,
schlagartig mein Puls erstarrt.
Und dennoch geht es weiter,
die nächste Zeile, das nächste Wort,
so führen mich die Seiten weg von ihm,
weg zu einem sicheren Ort.
Der Seiten End' sich nähernd,
echt berauschend die vergangenen paar,
so hoffe ich auf die nächste,
was dort auch immer mag geschah.

A.c.e/Nach einem guten Buch

Bist du es wirklich, Mutter?

Bist du es wirklich, Mutter, jene Frau, die mich allein ließ,
mich verstieß?
Bist du es wirklich, Mutter, jene, die fortging, ich noch ein Säugling?
Bist du es wirklich, Mutter, jene, die mich nach Jahren wieder sah,
aber was geschah?
Bist du es wirklich, Mutter, jene Frau, kaltherzig und trostlos wie die
Nacht, nie an meine Gefühle gedacht?
Bist du es wirklich, Mutter, die Kind für Kind vertrieb und sich dabei
noch die Hände rieb?
Bist du es wirklich, Mutter, nach so vielen Jahren verneigt, immer
noch unsere Herzen entzweit?
Bist du es wirklich, Mutter, nicht eine Träne sich jemals verirrt,
während es sich langsam auf meine Psyche auswirkt?
Bist du es wirklich, Mutter?
Meine Liebe zu dir in Schutt und Asche …

A.c.e/30th May 2006

Verführe mich!

Mit der Aura, die dich umgibt,
mit jedem einzelnen Wort, welches deine Lippen durchbricht.
Mit der Art und Weise, wie du dich bewegst
und du mein Herz somit in Ohnmacht schlägst.
Mit der sanften Berührung deiner Lippen,
meine Empfindung wie der Sprung von Tausend Klippen.
Mit heißen Blicken du mich begehrst,
mein Blut in Wallung, mein Herz beinah zerbärst.
Mit der Wärme deines Körpers nun dicht an meinem
und die Glätte deiner Haut, so weich wie Leinen.
Mit der Feuchtigkeit deiner süßen Melasse,
ein seltnes Vergnügen, wie der Sturz ins Nasse.
Mit deinem lieblichen Geruch, Nugatnuss und Feige,
während ich im Rausche meiner Hormone dieser Welt entgleite.
Mit all deinen Sinnen, ich beschwöre dich,
begib dich zu mir und verführe mich …

A.c.e/Für Monika

Momente der Lust!

Momente der Lust sind von kurzer Dauer und doch halten sie an,
sie sind zwar Zeugen der Vergänglichkeit des Lebens,
doch verbleiben sie in Erinnerung, ein Leben lang!!!

A. c. e/8th September 2008

Einfalt – Vielfalt oder: „Kolep und die Schlangen“

von Conrad Feder

Dieser Text entstand in einem Denkprozess um das Thema des Würth-Literaturpreises 2002: Einfalt – Vielfalt.

Zitat: „Jeder Mensch kann die Welt verändern!“

„Ich hatte immer nur Angst vor der Einfalt der Menschen, nicht vor deren Vielfalt“, sagte der Frankfurter Anwalt in Anspielung auf das Thema seines Festvortrags „Vielfalt statt Einfalt“. Der Fremde, der Ausländer, der uns Angst mache, sei im Grunde das Fremde in jedem Menschen selbst. Diesen gelte es kennen zu lernen. „Dann haben Sie auch keine Angst vor dem Anderen“, so Friedman. (FU 11/2000)

Mein Fazit: Ich halte es für gefährlich, irgendeine Lehre zu verbreiten, nach der wir angeblich keine Angst mehr haben müssen. Es folgt andererseits aus geistiger Verarmung, wenn Angst und dumpfe Vorurteile herrschen.

Kolep schaute mich an. Hundeaugen. Kartoffeln. Kohl. Schweineschmalz. Ajax. Ich weiß nicht, warum ich an Ajax dachte.

Er versuchte zu reden, etwas in der Kehle steckengebliebenes. Nasenbluten. Schmerzen. Schweiß.

„Hau ab.“ Das wollte er sagen.

Aber ich ging nicht. Ich dachte, „Gott wird euch strafen.“ Manchmal dachte ich wirklich, „ist doch nur körperlich.“ Ich weiß heute auch nicht mehr, wie ich so etwas denken konnte. Wenn man Schläge bekommt, wenn die anderen in der Überzahl sind, wenn nach dem ersten Zorn die Kraft ausgeht, so erschien es gut, sich von seinem Körper zu lösen, sich daneben zu stellen. Schon wurden die Schmerzen weniger, und Kraft blieb übrig für etwas Wichtigeres, für das Bewusstsein des eigenen Wertes.

„Sag, dass du Kolep blöd findest, los sag, ‚ich finde Kolep blöd!'" Schlangenauge ragte über mir auf, das Klassenbuch in der Hand. Er hatte es mir zwischen die Beine geschlagen, in die Eier, wo es wehtat, während vier Mann mich festhielten, jeder an einem Arm oder Bein.

„Nein!", brüllte ich, „niemals." Er schlug wieder zu. „Ja", schrie ich. Pause. „Sag es!" „Nein!" So ging das Spiel. Ich erhielt eine Pause; niemals änderte ich meine Meinung. Am Schluss gab ich nie nach. Irgendwann kam ein Lehrer, ein Erwachsener, irgendjemand.

Kolep wohnte im Armenhaus, ein immer schmutziger Rotschopf mit Sommersprossen und einem offenen Grinsen, dessen Mutter sich schämte, wenn ich ihn besuchen wollte.

Das Haus steht noch, ein Rest von einem abgebrochenen Torbogen für was auch immer, ein nasses zweistöckiges Haus am Waldrand, am Stadtrand, Risse im bröckelnden Putz, ein schadhaftes Dach.

Kolep wanderte aus, mit seinen Geschwistern, dem schweigsamen Vater mit den dunklen traurigen Augen und mit der Mutter mit den wilden Haaren: Sie gingen nach Australien, wo es Verwandte und eine Farm gab.

Ich beneidete ihn, obwohl ich nicht sicher wusste, ob das richtig war.

Meine Fantasie war sehr ausgeprägt zu der Zeit, sehr lebhaft, und ich hatte schon selbst ans Auswandern gedacht. Dabei wurde mir schmerzlich meine biologische Minderwertigkeit bewusst, die Brille, ohne die ich sicher im Urwald verloren sein würde, das Hüsteln, die Schlackerbeine, mein häufiges Kränkeln.

Ja, ich hatte schon alles zusammengeklaut, sogar an ein Beil für Feuerholz hatte ich gedacht, an ein Taschenmesser, an eine Decke, und ich dachte daran, mein Glück als Schiffsjunge zu versuchen, als Schiffskoch zu lernen. Kochen war ein schöpferischer Akt, gleichzeitig erschien es mir als eine gute Routine, um sich sein Überleben sichern zu können.

Aber dann hatte ich doch zu viel Angst vor der Armut, der Nässe, der Kälte, dem Dunkel und den Krankheiten, die sicher auf mich im Ungewissen lauern würden.

Kolep war ein Flüchtling, dessen Familie so arm war, dass es nicht einmal zu einer Wohnung in der staubigen Arbeitersiedlung gereicht haben konnte. Sicher kam er aus Polen. Mir schien unklar, ob er nun ein polnischer Deutscher oder ein deutscher Pole war. Ich war ja erst acht oder neun Jahre alt zu der Zeit.

Aber ich mochte Kolep, der von mir in Deutschdiktaten abschreiben durfte, musste, denn er konnte nichts richtig schreiben, nicht einmal nichts.

Ich mochte ihn nicht nur, weil ich ihm überlegen schien in diesen Dingen. Sogar meine merkwürdige Herkunft, ich, Sohn eines Mannes, der älter war als mein Großvater, sogar das schien besser als ein Dasein als Flüchtling und Undeutscher, als Deppenjunge, der nicht schreiben konnte. Aber ich mochte ihn, weil er lachen konnte, weil ich seine Freude sah, dass jemand ihn genug mochte, um ihn abschreiben zu lassen.

In meinen wirren Träumen war ich der weiße Indianer, ich war Hemingway, und er war der Soldat mit dem Lederranzen, der Bettelprinz mit den roten Haaren. Er kriegte die Prinzessin, den Thron, des Teufels goldenes Haar; und ich schrieb seine Geschichte.

Schlangen haben keinen Gesichtsausdruck. Oder wenn doch, dann jedenfalls ändert sich dieser Ausdruck nicht merklich. Die Augen bleiben offen, nur eine Haut zieht sich wie ein Kameraverschluss vor die Pupille, wie ein Vorhang. Dadurch wirken sie unheimlich, grausam und gleichgültig.

Bei einem Menschen ohne Gesichtsausdruck ist es so, dass wir Furcht empfinden oder dass wir zumindest seinen Charakter für abstoßend halten. Wir werden uns entweder fern halten oder gleich schießen. So ähnlich ist auch unser Verhalten gegenüber Schlangen.

Schnee. Geruch von Schnee. Sperma. Fades. Gurken.

So ein Tag fing mit Migräne an. Die Linden streckten ihre schwarzen Äste in den grauen Januar, und die nassen Zweige glänzten. Es sah so aus, als ob selbst die Bäume froren.

Ich hätte weglaufen sollen. Manchmal lief ich weg. Schlangenauge war grausam. Wenn ich weglief, kam ich mir als Verräter vor.

Um in unsere Schule zu kommen, musste man etwa 20 Stufen hoch, und davon gab es drei Eingangstreppen, in der Mitte und an jeder Seite eine. Einer war in der Klasse, der lebenden Maikäfern die Flügel ausriss und sie dann mit einer Rasierklinge seines Vaters sezierte. Er war einen Kopf größer als alle anderen und er war sicher krank in seinem Kopf. Seine Sklaven, seine Ergebenen bugsierte er links und rechts an den Treppen. Er selbst stand oben vor dem mittleren Portal flankiert von mindestens zwei Gehilfen, der Scharfrichter, auf dessen Befehl nun die Kleineren, die ihm missfielen, gefoltert wurden. Meistens waren es eben diejenigen, die gut zu foltern waren, Kleinere, Schwächere, Langsamere, an denen er den anderen seine Überlegenheit zeigen konnte, um noch größer und stärker vor allen zu stehen. Ich glaube nicht, dass ihn einer wirklich bewunderte. Es war ein Regime der Furcht. Er war der Stärkere und er zeigte, dass er auch der Skrupellosere war.

Bis heute erinnern mich seine blassen sezierenden Augen an die Augen einer Schlange. Vielleicht war es feige, zu meinen, dass man nicht einfach an ihm vorbei konnte, dass er irgendwie anders war, irgendwie durchgeknallt, irgendwie böse und ziemlich „hehe". Aber diese Leitlinie half, mit den Dingen, wie sie waren, zurechtzukommen.

An diesem Tag stand er wieder da. Ich hätte es wissen müssen. Schließlich hatte ich von ihm geträumt. Im Traum hatte er Menschenköpfe auf Schweineleiber und Schweineköpfe auf Menschenleiber verpflanzt, in dunklen tiefen Verliesen allein mit seinen unheimlichen Werken. Aber die Bedrohung war real. Er stand vor mir.

„Hengingwai!", rief er, laut, nasal, mein Spitzname für lange. Seine Kreatur, sein Untertan. „Hengingwai, komm und hilf dem Polen!"

Neben ihm standen zwei Schulkameraden, halbwillig, aber willig. Sie hielten mich fest. Es gab kein Ausweichen, kein Davonlaufen.

„Lass Kolep in Ruhe!"

„Was krieg ich dafür?"

Kolep hatte es noch nicht gehört. Er stand am anderen Ende des Pausenhofes, träumte und kaute noch auf dem Rest seines Pausenbrotes.

„Was willst du?"

„Sag, ich bin ein Wichser!" „Okay." „Nein, sag es." „Ich bin ein Wichser." „Hahaha, Hengingwai ist ein Wichser, und jetzt schlagen wir Kolep!", das sang er fast wie ein Hüpflied. Die kleine Gruppe rannte die Treppen runter; sie hielten Kolep die Arme auf den Rücken gedreht, und Schlangenauge schlug ihm ins Gesicht.

Ich hatte Angst, aber ich rannte hinterher. „Hör auf!"

Zu der Zeit begann es zu schneien. Lautlos. Weiß. Große weiße nasse Flocken.

Aus Erfahrung gefallen mir Schlangen inzwischen besser. Es ist nicht immer das Nachdenken, was uns Unterscheidung lehrt. Mit den Schlangen hätte ich trotz Nachdenken immer Furcht und Abscheu verspürt.

Seitdem ich weiß, wie samten und warm die Haut einer Python ist, seitdem ich weiß, dass Schlangen mit ihren Zungen riechen können, und je mehr ich gelernt habe, gefährliche und ungefährliche Schlangen zu unterscheiden, desto eher bin ich bereit, mich auch mit Schlangen zu unterhalten.

Aber in der Nacht, im Dunkel, ist dies alles vergessen. Mit dem Besenstiel schlug ich zu, reflexartig, als ich in Kampala ohne Licht auf einem Klo saß. Damals richtete sich neben meinen nackten Füßen eine kleine Schlange auf und züngelte.

Eine Hausnatter, nützlich, frisst Kakerlaken, Ungeziefer. Sie starb den Opfertod, weil es dunkel war.

Kolep und die kleine Schlange sind zwei Erfahrungen, die ich machen musste.

Licht an. Licht aus. Und die Welt sieht anders aus.

Man sagt, Helden seien dumm. Dumme Helden sind für mich bedeutungslos.

Man kann Schläge dafür bekommen, wenn man sich mit einem Legastheniker aus Polen anfreundet, und obwohl es mir leidtat und leidtun wird: Ich werde in derselben Situation diese kleine Schlange auch ein zweites Mal ermorden! Und ich würde wieder Kolep als Freund haben wollen. Ich möchte wissen, wie und wo er nun lebt. Er hat bestimmt viel zu erzählen.

Schwarz. Weiß. Zebra. Einfalt. Vielfalt. Punkt.

Kuckucksei

von Friedrich Freese

Jede dritte Ehe in Deutschland geht kaputt. Wird einfach geschieden. Warum eigentlich nicht auch meine Ehe? Mal ist der Mann schuld, mal die Frau. Aber wie es so schön heißt, beißt ein Hund sich nicht alleine. Dazu gehören immer zwei. Auch zum Streiten. Höhen und Tiefen gibt es in unserer Ehe genauso wie anderswo auch. Solange die Liebe und Achtung sowie vor allem das gegenseitige Vertrauen lebendig sind, besteht keine Gefahr für die Institution Ehe. Keimen jedoch Bedenken, dann stürzt das schöne Ehegebäude ein. Zuerst kommt dann der Paragraf 1: Jeder macht seins. Paragraf 2 folgt auf dem Fuße: Jeder ist frei. So geht es dann munter weiter mit selbst ernannten Richtungsweisern. Baldige Scheidung scheint in Sicht oder zumindest geht das Nebeneinander in ein fiktives Auseinander über. Die Ehe besteht nur noch auf dem Papier. Für Nachbarn und Eltern wird der Schein gewahrt.

Der kluge Spruch eines Mannes mit dem nicht alltäglichen Namen Anton Kuh, seines Zeichens österreichischer Publizist, schrieb dereinst in der *Weltbühne:* „Als er erkannte, dass sie nicht zueinander passten, beschloss er, von ihr Abschied zu nehmen. Aber das zog sich noch eine Weile hin. Er brauchte dazu ein ganzes Leben." Passte meine Frau nicht zu mir? Das war jetzt die entscheidende Frage. Doch, wir liebten uns und verstanden uns mit den Jahren auch ohne große Worte. Mein Problem war deutlich ein anderes. Was allerdings trotzdem heißen konnte, dass ich ein Leben daran tragen würde. Als ob ich einen nicht mehr benötigten, aber auch nicht ausgepackten Rucksack mit mir herumschleppen würde.

Übrigens meine Eltern. Sie waren damals dagegen, dass ich mit gerade mal 22 Jahren heiratete. Zumindest sollte ich mein BWL-Studium möglichst bald und möglichst gut abschließen. Ohne Papiere bist du heutzutage nichts. Mit schlechten Zeugnissen kriegst du als Betriebswirtschaftler allerdings auch nicht gerade den gut bezahlten Traumjob. Egal, ich schlug alle Bedenken meiner fürsorglichen Erzeuger in den Wind. Warum? Weil ich in Mieke auch nach vier Jahren immer noch unendlich vernarrt war. Und sie liebte mich doch auch heiß und innig. Wozu noch weiter warten und riskieren, dass mir einer mein schönes Mädchen letztlich wegschnappte? Nach der Hochzeit arbeiteten wir mit Hochdruck an der Erzeugung unseres Nachwuchses. Aber wie das beim Sex so ist, kann ein Zuviel an Konzentration die ersehnte Vereinigung von Samen- und Eizelle verhindern. Eine eventuelle Funktionsuntüchtigkeit meiner Spermien zog ich jedenfalls nicht in Betracht.

Ausgerechnet in der Zeit höchster Anspannung, als ich nächtens meine Diplomarbeit fertigte und schließlich erfolgreich verteidigte, wurde meine Mieke schwanger. Ein bisschen wunderte ich mich, hatte ich doch schon eine Ewigkeit nicht mehr mit ihr geschlafen. Natürlich hatte ich nicht über unsere Kopulationen Buch geführt und gab mir selber die Erklärung, dass der ganze Prüfungsstress mein Zeitgefühl ruiniert hatte. Nun freute ich mich, wie sich ein werdender Papa nur freuen kann. Mein Vater war sofort dafür, dass Mieke und ich einen Segeltörn auf seiner Jacht machen sollten, ehe ich als Betriebswirtschaftler in seine Firma einstieg. Während meines Praktikums arbeitete ich ein Semester lang als Assistent des Vertriebsleiters bei der Marina in Berlin-Grünau. Das kaufmännische Rüstzeug hatte ich dort erworben, nun galt es sich das fachliche Wissen und Können eines Boots- und Jachtbauers anzueignen, um als Geschäftsführer das Erbe meines Vaters anzutreten. Das Erbe eines mittelständischen Betriebes um einen begnadeten Bootsbauer. Eigentlich war ich schon als Kind ein leidenschaftlicher Bewunderer und manchmal auch Gehilfe der Spezialisten auf der Werft gewesen, dessen Gelände für unsere Familie das Zuhause war. Mieke war die Buchhalterin der Firma.

Nach unserer Rückkehr erfuhr ich, dass Vater noch am Tag unserer Abreise einem jungen Konstruktionsingenieur gekündigt hatte.

Natürlich in gegenseitigem Einvernehmen, aber mit einer für meine Begriffe sehr hohen Abfindung. Da jedoch die HANSEBOOT anstand, vergaß ich die Angelegenheit bald und stürzte mich mit Enthusiasmus in die Organisation unserer Messeteilnahme.

Ich war rundum glücklich und genoss mein Leben mit meiner geliebten Mieke in unserer schönen neuen Wohnung. Vom Balkon konnten wir in unendlicher Weite übers Wasser bis zum Horizont schauen. Noch vor der Geburt unseres Sohnes Sven baute ich eine Holzwiege mit Sonnendach. Der kleine Mann sollte quasi wie ein Seeadler in luftiger Höhe mit dem Geruch von Salz und Meer aufwachsen. Das ferne Wellenrauschen war sein Schlaflied. In meinen freien Stunden saß ich bei ihm, schaukelte ihn und dachte an die wechselvolle Geschichte unserer Seefahrer-Insel, auf der immer noch der größte Piratenschatz der ganzen Welt vermutet wird. Die Sache mit dem Störtebeker-Schatz lockt Jahr für Jahr unzählige Bootstouristen mit Schnorchel und Taucherbrille in die Schluchten und Höhlen der Stubnitz. Der Sage nach sollen die Seeräuber auf Stubbenkammer in der Nähe des Königsstuhls sagenhafte Schätze versteckt haben. Die Dukaten des berühmtesten deutschen Seeräubers, dem Robin Hood der Ostsee, wären, wenn man sie denn finden würde, viele Milliarden Euro wert. Mein Trost ist, dass unsere Werft ebenfalls keine geringen Werte für die modernen Eroberer der Weltmeere produziert.

Inzwischen sind mehr als 15 Jahre vergangen. Mein Vater hat sich in den Ruhestand verabschiedet, aber wenn Rat und Tat von ihm gebraucht werden, dann ist er zur Stelle. Eigentlich vergeht kein Tag, an dem er nicht auf dem Werftgelände zu tun hätte. Mit seinem Gehilfen, meinem Sohn Sven, widmet er sich seinem Hobby. Er tut das, wofür ihm früher als Chef die Zeit fehlte. Er wollte ein Zeesboot bauen, das der 1952 gebauten „Nordstern" ähnelte, die zwar nicht gut zeeste, dafür exzellent segelte und bei vielen Regatten erfolgreich war. Mit Sven baut er solch ein Ding auf, allerdings mit modernster Elektronik, damit solch ein massives Schiff auch mit nur zwei Mann Besatzung bewältigt werden konnte. Es sollte eben nicht zeesen, sondern gut segeln. Die mit eineinhalb Masten und mit 80 bis 120 Quadratmetern brauner Segel bestückten Zeesboote können trotz robuster Bauart beachtliche Geschwindigkeiten erreichen. Neun Knoten (1 Knoten entspricht 1,852 km/h) bei nur schwacher Brise sind durchaus keine Seltenheit.

Was sind nun eigentlich Zeesboote? Der erste aktenkundliche Beleg für diesen Namen wurde 1858 in Stralsund hinterlegt. Zeesboote sind gleichsam Markenzeichen der Ostsee-Bodden-Fischerei und des dort beheimateten Bootsbaus. Ein charakteristisches Merkmal der Fischerei mit Zeesbooten ist nämlich das Fangnetz, die sogenannte Zeese. Auf Haff, Bodden und Außenküste der südlichen Ostsee benannte man damit den Fangsack für verschiedene Arten der Schleppnetzfischerei. Die originelle Bauform und die herbe Schönheit der ehemaligen Arbeitssegler der Fischer und der heutigen Sportboote lösen noch immer staunende Bewunderung aus, wenn sie mit ihren braunen Segeln und breiten Rümpfen die Boddengewässer durchpflügen. Im Hochdeutschen heißen sie Zeesenboote, die Einheimischen nennen sie Zeesboote und erzählen auf Platt, dass die Zeesener sich zur Fischerei großer Segelboote bedienten, die die Länge einer Jacht und die Ähnlichkeit mit einer Schute haben. Dergleichen Fahrzeuge nenne man Zeeskähne, eine Benennung vom *Netzeziehen* herrührend.

Und nun wollen die beiden an einer Zeesbootregatta rund um das Söte Länneken (Hiddensee) teilnehmen. Start und Ziel soll unser Schaprode sein, eines der ältesten und schönsten Dörfer im Westen der Insel Rügen. Direkt am Bodden gelegen ist es seit Jahrhunderten der Fährhafen der Hiddenseer. Die majestätische Erscheinung dieser großen Segler hat schon etwas Urtümliches und Absonderliches an sich. Mit ihrem hohen Rigg schauen die Zeesboote erhaben und wie aus einer anderen Welt auf uns. Sie verkörpern Traditionen!

Ich sitze in der Sonne auf meinem Balkon und genieße die leichte Brise, die von See herüberweht. Auf den Knien habe ich meinen Laptop, den ich jetzt festhalten muss, damit er im wahrsten Sinne des Wortes nicht abstürzt. Mir fallen die Worte des Franzosen Fernandel ein, der in den Don-Camillo-und-Peppone-Filmen den Don Camillo spielte. *Es kann passieren, was will, es gibt immer einen, der es kommen sah.* Trifft das auf meinen Vater zu? Als Kind hatte ich nach Mumps eine Hodenentzündung. Das muss ja nicht zwangsläufig zur Zeugungsunfähigkeit führen. Dachte ich. Mein Vater dachte offensichtlich anders. Aber wie das so ist: Wir dachten beide falsch. Zumindest, was die Ursache meiner Unfruchtbarkeit anging. Denn seit gestern weiß ich es.

Der Gang zum Urologen war mir nicht leichtgefallen. Aber ich wollte wissen, warum es mit einem zweiten Kind, am liebsten einem Töchterchen, nicht klappen wollte.

Die Untersuchung ergab, dass bei mir Autoantikörper vorhanden sind, die zur Agglutination der Spermien führen und so die Zeugungsunfähigkeit bewirken.

Mein Sohn war demzufolge gar nicht mein Sohn! Aber wessen Sprössling dann? Mir fiel ein, dass meine Frau Mieke seit der Geburt von Sven ihre Haare rot färbte. Nicht etwa kupfer- oder tizianrot, nein, richtig hellrot. Genau die gleiche Farbe wie die Haare unseres Sohnes. Angeblich tat sie das, damit ihre grauen Haare nicht zu sehen seien. Der nachwachsende Haaransatz war jedoch stets schwarz. Kein graues Haar zu entdecken. Ich achtete nicht weiter darauf und ließ Mieke die Marotte. Die roten Haare standen ihr ausnehmend gut. Aber rote Haare und grüne Augen hatte ich doch schon einmal in grauer Vorzeit gesehen. Natürlich! Mein Vater hatte den Konstrukteur vor über 15 Jahren, das heißt vor 16 Jahren, um genau zu sein, zwar entlassen, ihm aber eine Stelle auf einer Jachtwerft am malerischen Bodensee vermittelt. Das musste er sein!

So starre ich nun auf den Display meines Laptops, wo die Internetpräsentation der Werft im Süden erscheint. Die Mitarbeiter haben Fotos von sich ins Netz gestellt. Der Leiter der Konstruktionsabteilung hat die gleichen grünen Augen und roten Haare wie Sven. Ich kopiere das Foto neben ein Bild von meinem Sohn. Ein paar Mal mit der Software für das *Altern* hin und her geklickt und schon ist der Ingenieur doppelt auf dem Bildschirm.

Was mache ich nun mit meinem Wissen? Scheidung? Warum soll ich unsere heile Familienidylle kaputt machen? Für Sven würde eine Welt einstürzen. Ist es wirklich so wichtig, seine biologische Herkunft zu wissen? Mein Vater, sein Opa, kümmert sich rührend um Sven. Die beiden sind ein Herz und eine Seele. Als ob Sven das bootsbauerische Talent von ihm geerbt hätte. Dabei vermutet er bestimmt, dass Sven nicht sein Enkel ist. Aber mit Verantwortung und viel Liebe hat er ihm ein Zuhause gegeben, fördert seine Talente und Begabungen.

Und Mieke? Sie ist eine sorgende Mutter und reizende Ehefrau. Oft sitzt sie mit ihrer Mama auf unserem Balkon. Bei einer Tasse grünem Tee, der manchmal mit einer Prise Rum gesüßt wird, fertigen sie mit ihren geschickten Fingern die erstaunlichsten Handarbeiten. Dabei erzählen sie viel. Mieke will von ihrer Mutter immer wieder wissen, wie es damals mit deren Mutter, also ihrer Oma, war. Durchziehende Schausteller, den Erzählungen nach Zigeuner, hatten sie als Baby dem Inselkaufmann vor die Tür gelegt. Wohl in der Hoffnung, dass es dort wenigstens genug zu essen und zu trinken gäbe. Die Inhaber des Gemischtwarenladens waren gutmütige gläubige Christen und nahmen das Baby in ihre Obhut. Weil die Eheleute selbst keine Kinder hatten, adoptierten sie das kleine Mädchen.

Die Eltern oder wenigstens die Mutter unter dem fahrenden Volk der Sinti und Roma, für die in den 20er-Jahren des vorigen Jahrhunderts Grenzen in Europa nicht existierten, zu finden, war schlicht aussichtslos. Welch ein Wunder, nach Jahresfrist wurde dem Ehepaar doch noch ein Kind, ein Junge, geboren. Was folgte, war die anrührende Liebesgeschichte zweier junger Menschen. Da konnten die Alten Einwände machen, so viel sie wollten. Der Sohn wollte nicht von dem wunderschönen, sommers wie winters braun gebrannten, schwarzhaarigen Mädchen mit den kobaltblauen Augen lassen. Mieke und ihre Mutter waren ihr wie aus dem Gesicht geschnitten. Leider habe ich sie nie kennengelernt, denn bei der Geburt von Miekes Mutter starb sie, nachdem sie bereits acht Jungen das Leben geschenkt hatte. Alle wurden Seefahrer.

Auch Miekes Mutter war auf den Weltmeeren zu Hause, genau wie ihr Mann, ein Kapitän. Fuhren sie auf getrennten Schiffen, sahen sie sich monatelang nicht. Dennoch erblickten vier Kinder das Licht der Welt. Mieke war das Nesthäkchen. Als ihre Brüder von der inneren Unruhe ergriffen wurden und einer nach dem anderen seinen Seesack schnürte, heuerte die Mutter ab. Sie wollte Mieke nicht auch noch an das Meer verlieren. Sie glaubte, bei Mieke das krämerische Gespür ihres Großvaters zu entdecken. Feinfühlig, dabei aber äußerst zielstrebig, lenkte sie Mieke in die gewünschte Richtung. Schiffe schwimmen nicht nur auf dem Wasser, nein, sie sind auch an Land. Vor allen Dingen, wenn sie erst einmal gebaut werden. So kam Mieke nach Abschluss ihrer kaufmännischen Lehre als Buchhalterin in Vaters Werft. Dort wieselte ich gerade herum, nicht wissend, ob ich nun Bootsbauer lernen oder doch lieber studieren sollte.

Mit ihrer Schwiegermutter versteht sich Mieke gut. Auffallend still und schweigsam wird meine sonst so temperamentvolle Frau, ist der Schwiegervater zugegen. Weil sie von der praktischen Schiffsfertigung zu wenig versteht. Dachte ich immer. Jetzt weiß ich es besser. Soll ich sie mit meinem Wissen konfrontieren?

Der Dichter Menander aus dem antiken Athen schrieb dereinst: *Ein zur Unzeit gesprochenes Wort kann ein ganzes Leben umstürzen.* Wo er recht hat, hat er recht. Auch heutzutage. Wahrscheinlich war das ein einmaliger *Ausrutscher* bei einer Betriebsfeier, den mein Vater wohl mitbekommen hatte. Was erreiche ich mit einer Aussprache? Treibe ich sie aus dem Haus? Viele Genanlagen verändern sich im Laufe der Evolution, schwächen sich ab, mutieren, aber der Stolz der Zigeuner verliert sich auch über Generationen nicht. Zigeuner betteln nicht, sie verkaufen. Das können Teppiche oder Tierdressuren oder Theatervorführungen sein. Goldschmuck verkaufen sie nicht, den tragen sie selber. Zigeuner verkaufen weder ihre Frauen noch ihre Kinder, selbst wenn sie zeitweise am Hungertuch nagen. Sie überreden die Leute in ihr Wandertheater zu kommen. Das ist kein

Betteln, denn sie erbringen eine Gegenleistung. Dass sie das Baby vor des Krämers Tür legten, muss einem Unglücksfall geschuldet sein. Das nehme ich mit an Sicherheit grenzender Wahrscheinlichkeit an. Irgendwie muss die Mutter zu Tode gekommen sein. Der sicher noch sehr junge Vater geriet in Panik, weil das Baby gestillt werden musste. Möglicherweise passierte das Unglück in der Nacht, als die Karawane schon weiterzog. Das Leben des Babys war gefährdet, wenn nicht schnell gehandelt wurde. So könnte es sich zugetragen haben.

Mit diesem Wissen um den Stolz der Zigeuner erübrigt es sich eigentlich, Mieke huldvoll mein großzügiges Verzeihen anzutragen. So nach dem Motto: Jetzt bin ich auch einmal dran mit Fremdgehen. Laut Statistik tun dies inzwischen 40 % sowohl der Männer als auch der Frauen. Schockierend! Oder etwa nicht? Das Vertrauen zwischen Mieke und mir wäre endgültig hin. Natürlich schadet es nichts, wenn ich in Zukunft etwas misstrauischer bin. Nur für mich und so, dass es keiner merkt. Sie hat doch das schlechte Gewissen und muss damit leben. Würde sie sich sonst ihre wunderschönen schwarzen Haare, auf deren Glanz sie früher unheimlich stolz war, ständig färben? Ich habe mich entschieden, und das ist gut so.

Narratio argentea, silentium vero aureum est (Reden ist Silber, Schweigen ist Gold).

Ich klappe meinen Laptop zu, denn nun ist meine Geschichte eigentlich zu Ende. Und uneigentlich? Als ich in unser gemeinsames Arbeitszimmer ging, um den Minicomputer wieder ordnungsliebend an seinen Platz zurückzustellen, fiel mein Blick auf ein kleines Büchlein in abgegriffenem schwarzem Ledereinband mit dem güldenen Aufdruck *Neues Testament.* Diese deutsche Übersetzung von *Martin Luther,* neu durchgesehen, genehmigt und herausgegeben vom Deutschen Evangelischen Kirchenausschuss im Jahre 1915 war uralter Familienbesitz und lag bis vor Kurzem auf meinem Schreibtisch in der Werft. Weil ich nicht riskieren wollte, dass dieses bibliophile Kleinod in einem unbeobachteten Augenblick durch ein wertloses Werbegeschenk ausgetauscht würde, nahm ich es mit nach Hause.

Meine Befürchtung war nicht ganz unbegründet. Hatte ich doch einen dieser selbst ernannten Kunstliebhaber und Antiquitätenjäger, die auf Rügens Dachböden nach vermeintlichen Kostbarkeiten aus

Uromas Zeiten herumstöberten, genarrt. In einen gold verzierten schwarzen Edelholzrahmen, der vermutlich wirklich dereinst meiner Uroma gehört hatte, platzierte ich die Kopie eines mittelalterlichen Gemäldes von portugiesischen Fischern an der Algarve, ließ die auf unserer Insel allgegenwärtigen Spinnen ihr Werk tun und anschließend den Kunstfreund hinzutreten, nachdem sich dieser durch die Bodenluke gezwängt hatte. Mit größter Vorsicht barg er das Bild und wollte gerade zur Wohnungstür hinaus, als meine Frau heimkam. Ihren erstaunten Gesichtsausdruck deutete er missverständlich als Protest. So drückte er mir noch schnell einen zweiten Fünfhundert-Euro-Schein, einen hatte ich ja schon von ihm bekommen, in die Hand und verschwand.

Auf meine Frage, ob wir diesen Zufall nicht als Geschäftsidee ausbauen könnten, schüttelte meine Frau empört ihre Locken. Ob etwa auch bei mir, wie in den Köpfen mancher Mitbürger, das Klischee vom *Zigeuner, dem ziehenden Gauner,* herumgeistere? Sie verbot mir regelrecht weitere Verkaufsaktionen dieser Art. Da verstehe sie keinen Spaß!

Ich nahm das Buch zur Hand und schlug die mir wohlbekannte Seite auf. Im siebten Kapitel des *Evangelium des Lukas* wird berichtet über die *Johannes-Botschaft,* die des Hauptmanns Knecht, der Jüngling zu Nain mit Namen Lukas, den Menschen überbringt. Im Vers 49 wird von denjenigen, die mit zu Tische saßen, gefragt: *Wer ist dieser Jemand, der auch die Sünden vergibt?* Im Vers 50 sprach nun dieser Jemand mit Namen Jesu: *Dein Glaube hat dir geholfen; gehe hin in Frieden.*

Ich legte das Buch zurück ins Regal, direkt neben unser Hochzeitsfoto.

Gedichte und Reportage (Fiction)

von Michael J. Gania

Jetzt such ich schon geraume Zeit
die Heimat, ob sie mir noch bleibt?
Ich bin so viel herumgezogen,
und hab die Heimat wohl verloren.

Reportage über die im Jahre 2013 eingeführte Schulreform betreffend Jugendkriminalität und speziell Amokläufe von Jugendlichen PWWA am 10.07.2018

Es hatte sich entgegen allen Prognosen der Pessimisten tatsächlich als ein wahrer Segen erwiesen!

Fünf Jahre nach Einrichtung der Pressezensur bei Amokläufen in Schulen, dem Verzicht auf gewaltverherrlichende Filme durch Indexsetzung und dem Verbot von extremen Gewaltspielen (hierunter zählten vor allem Filme, die Gewalt nicht andeuteten, sondern detailliert und ausschweifend darstellten, um den Jugendlichen aus reiner Gewinnsucht so zum Konsum zu animieren ohne Rücksicht auf die Folgen für dessen Seele und Persönlichkeitsentwicklung) sowohl den Verkauf wie auch die Verbreitung im Internet und sonstigen Medien betreffend (teils durch Gesetz, teils durch freiwilligen Verzicht der neu gegründeten PWWA (Provider Worldwide Association) hatte sich schon nach kurzer Zeit die bis dahin extrem weiter angewachsene Gewalt unter Jugendlichen messbar reduziert. Amokläufe von labilen Schülern, die ihren Vorbildern in diesen Filmen und Spielen nacheiferten, kamen praktisch nicht mehr vor. Heute muss man also die 2013 fundierten Maßnahmen als vollen Erfolg betrachten. Bis die entsprechende Gesetzgebung allerdings rechtskräftig wurde, waren die Aktivisten dieser umfassenden Neuerungen durch ein wahres Fegefeuer gegangen. Zum einen (und das war der wohl wichtigste Grund) war es ein Milliardengeschäft und die Lobby hier entsprechend mächtig und groß. Zum anderen war es aber auch das völlige Unverständnis auf der Gegenseite, da man dort partout nicht einsehen wollte, dass Gewaltverherrlichung nicht nur bei labilen Jugendlichen eine Veränderung zur dunklen Seite unserer Persönlichkeit herbeiführt, die sich schließlich in extremen Reaktionen Luft verschaffen kann und bei manchen auch zwangsläufig tut. Im Grunde war auch schon zu dieser Zeit jedem intelligenten und rationell denkenden Menschen alleine durch den gesunden Menschenverstand klar, dass dieses Bombardement von extremer, detailliert gezeigter Gewalt natürlich Auswirkungen auf noch „unfertige“ Jugendliche haben MUSS!

Man darf allerdings auch nicht unerwähnt lassen, dass die begleitenden Maßnahmen sich hier ebenfalls wohltuend ausgewirkt haben. Die Schulen hatten jetzt alle wenigstens einen speziell auf Kinder- und Jugendpsychologie ausgebildeten Psychologen jederzeit zur Verfügung und ebenso wurden die Lehrer intensiv u.a. dahin gehend geschult, wie die natürliche Aggressivität mancher Jugendlicher in aktive Zusammenarbeit und soziales Verhalten umgesetzt werden konnte. Das Zusammenleben der Jugendlichen wurde gefördert und das soziale Verhalten, die Rücksichtnahme aufeinander, vorgelebt und als selbstverständliche Grundhaltung schon den Kleinkindern beigebracht. Und jetzt zeigten sich tatsächlich die ersten Früchte aus diesen Maßnahmen. Weit schneller und intensiver, als selbst die damals positiv den Maßnahmen Gegenüberstehenden es je für möglich gehalten hätten.

Ebenfalls begleitend wurden Elternseminare über diese Themen regelmäßig und professionell abgehalten, wo den Eltern in aktiven Rollenspielen beigebracht wurde, was sie selbst zu Hause zur Verhinderung von Gewalt in der Schule und unter Jugendlichen tun können. Und die meisten Eltern waren froh, entsprechende Hilfestellungen zu bekommen, nach der Hilflosigkeit, die sich aus den vor diesen Neuerungen ausufernden Amokläufen an Schulen ergab, und viele wirkten selbst aktiv mit, weil ja unsere Kinder das Liebste und Kostbarste sind, was wir auf dieser Welt haben, und weil wir natürlich grundsätzlich das Beste für sie wollen, oft aber nicht wissen, wie wir es anstellen können, damit wir auch ein gutes und solides Fundament für sie schaffen können.

Es war heute selbst den hartnäckigsten Kritikern von damals (außer ein paar Bornierten und ewig Gestrigen, die es immer geben wird) klar geworden, dass die Grundhaltung des Menschen schon im Kindesalter geprägt wird und deshalb die Verherrlichung von Gewalt in Filmen und Spielen aufgrund der heute praktisch sofortigen Verbreitung durch das Internet zu extremsten Exzessen führen konnte und auch führte und schließlich sogar anarchistische Tendenzen in der Gesellschaft begründeten, von denen keiner sagen konnte, zu welchen negativen Veränderungen der Gesellschaft selbst das schließlich führen würde.

Die Kinder wurden u. a. durch Sport, speziell Gruppensportarten und spezielle Förderung des Einzelnen, aber immer in der Gruppe, gezielt auf ein soziales Verhalten quasi trainiert. Die Jugendlichen wurden in Kursen und Aktionen, die sie interessierten, wie z. B. Computerlehrgänge, Tanzkurse, attraktive Meetings mit Musikgruppen, Sängern, Entertainern, Schauspielern etc., die sich gern in diesem Bereich meist sogar kostenlos engagierten, u. v. a., weiter an soziales Verhalten herangeführt, wobei von speziell ausgebildeten Psychologen die natürliche Rebellion gegen das Establishment geschickt mit eingesetzt wurde.

Ein voller Erfolg, und man muss heute ein großes Dankeschön der damaligen Regierung, aber auch den vielen privaten Initiativen, die durch ihren großen Druck erst zu diesem neuen Kurs geführt hatten, aussprechen. Der Mensch hat bekanntlich ja immer zwei Seiten; jeder von uns hat einen Dr. Jekyll und einen Mister Hyde in sich. Die Frage ist nur, wie gehen wir damit um. Verherrlichen wir die Gewalt, stärken wir natürlich auf abstruse Weise den Mr. Hyde in uns und das ist etwas, was eine Gesellschaft auf Dauer nicht überstehen kann. Man muss das Projekt jetzt weiter im Auge behalten und ständig Kontrollen einbauen, damit sich die Fehler der Vergangenheit möglichst nicht wiederholen. Denn der Mensch ist ja auch ein Wiederholungstäter, das dürfen wir nie vergessen. Wir sind auf dem richtigen Weg. Und wie heißt es so schön: Aber es gibt noch viel zu tun! Packen wir's an!

Die Suche

Ich such schon lange eine Frau.
Was hab ich schon gemacht dafür.
Hab mich geplustert wie ein Pfau,
doch leider kam sie nicht zu mir.

Ich hab die Zeitungen studiert,
ob da vielleicht was bei gewesen,
und hab auch sonst noch viel probiert,
doch außer Spesen nichts gewesen.

Auch suchte ich nach einem Freund,
der mir hilft, Zeit gut zu vertreiben.
Doch scheinbar hab ich viel versäumt,
er wollte sich partout nicht zeigen.

Ich such auch lange nach dem Glücke,
schau neidisch auf manch andren hin.
Ich wollt vom Glück ein großes Stücke,
doch kam zu mir nicht der Gewinn.

Dann sucht ich auch nach einem Sinn,
damit's mich vielleicht weiter bringe.
Ich suchte her, ich suchte hin,
doch war ich nie der Herr der Dinge.

Die Suche gar nach einem Ziel,
das war's, was gar nicht mir gefiel.
Denn hatte ich das Ziel erreicht,
empfing mich schon das nächste gleich.

Und erst die Suche nach Erfolg,
was hetzte ich von Tür zu Tür.
Im Traum noch hat es mich verfolgt,
doch kam ich nie zur Abschlusskür.

Die Suche auch nach dem Gewinn,
die gab recht selten einen Sinn.
Denn kaum war ein Gewinn erreicht,
verlor ihn wieder ich sogleich.

Schließlich die Suche nach dem Gelde,
hört zu, was ich euch hier vermelde:
erwies sich oft als truger Schluss,
und enden tat's mit viel Verdruss.

Die Suche nach dem Abenteuer,
die wurde bald mir nicht geheuer.
Des Öftern musst ich ganz schnell flieh'n
und hurtig dann von dannen zieh'n.

Gesucht hab ich auch nach dem Gott,
ich suchte ihn in vielen Sparten,
Gebracht hat's mich fast aufs Schafott,
er narrte mich auf viele Arten.

So trieb ich rastlos hin und her,
geplagt von Suche wie von Fieber.
Und immer wollte ich noch mehr,
heut' wär die Heimat mir viel lieber.

Jetzt such ich schon geraume Zeit
die Heimat, ob sie mir noch bleibt?
Ich bin so viel herumgezogen
und hab die Heimat wohl verloren.

Das war's, ganz kurz, von meiner Suche.
Ach, wie ich sie doch recht verfluche.

Big Bäng

Der Tag begann ganz ohne Gestern.
Kein Pate wacht' bei der Geburt.
Es musste raus aus seinen Nestern.
Alleine fand das ALL die Furt.
Aus nichts entstand mit großem Knall –
das ALL –

Wie?
Es schrie!
Geburtenwehen,
Welten entstehen,
Äonen vergehen.
Die Singularität
entsteht,
besteht,
vergeht.

Ein Universum kollabiert.
In einem NICHTS an einer Stelle
entsteht durch Druck dann eine Delle,
daraus das neue ALL gebiert.
Durch Tod zum Leben,
welch ein Erbeben.
Ein All stirbt und gebärt ein ALL.
Was ist das für ein Widerhall.

Aus einem NICHTS entsteht –
die Singularität –
und breitet sich geschwinde aus,
verlässt ihr punktzentriertes Haus
und bildet aus dem Widerhall,
das EINE ALLES, ja das ALL.
Nun eine Zeit lang es besteht,
bevor es dann im NICHTS vergeht.

Was war passiert, was war gescheh'n,
war das jetzt alles ein Verseh'n?
Oder war es ein Zufall gar,
am Ende sogar gar nicht wahr?

Wir sind doch hier, oder doch nicht?
Ich denke, also bin's doch ich!?
Oder träum ich, dass ich bin,
am Ende doch als Schmetterling?

Es kam aus NICHTS und geht dorthin,
was gibt das nur für einen Sinn?
Zunächst als Singularität,
bis alles dann in NICHTS vergeht.

Wie kann ich denken die Gedanken,
wo alles doch nicht wirklich ist.
Wie kann ich denken ohne Wanken,
ob ES uns letzten Endes frisst.

Und gäbe es ihn doch, den GOTT,
an den bei uns so viele glauben,
und 's wär für ihn normaler Trott,
will nur den Unglauben uns rauben.

… und hörte man ihn heimlich lachen,
über das NICHTS in dieser Welt.
Manchmal lässt er es eben krachen,
den Bauch er sich dann dabei hält.

Er baut ganz einfach etwas Neues
und fühlt sich dabei wie ein Kind,
mit Bauklötzen zu bauen freut es,
wieder zerstören schließt den Ring.

Ist das der ewig neue Reigen,
der immer neu das NICHTS begrüßt?
Muss ER uns dies beständig zeigen,
damit der Mensch „versteht“ und büßt.

Was wissen wir schon, die wir hier sind?
Vielleicht sind wir auch gar nicht da.
Werden wir je die Wahrheit wissen,
wollen wir sie am End gar missen,
wollen wir Klarheit mit AHA,
auch wenn die Wahrheit vielleicht stinkt.

Aus nichts entstand mit großem Knall –
das ALL –

Psychische Störungen – Blutende Seelen

von Patrizia Geiss

Multiple Persönlichkeitsstörung

Kim wurde im frühsten Kindesalter körperlich missbraucht.
Es gab Verletzungen, Arme und Beine waren oft verstaucht.
Sie erlebte fortgesetzt Erniedrigung und Gefahr,
denen sie nicht entfliehen konnte, und das Jahr für Jahr.

Sie konnte nicht um Hilfe rufen, der Vater drohte ihr,
nichts davon zu erzählen, sonst quäle er sie noch mehr.
Um dem Schmerz zu entfliehen,
dachte sie sich aus der Situation hinaus.
Das reale Geschehen wurde abgetrennt, eine neue Identität trat auf.

So bekam Kim nicht alles von den unsagbaren Qualen mit.
Bei Bedrängnis übernahm die Neue,
die noch nie unterm Vater litt.
Um das zugefügte Leid seelisch überleben zu können, entstand
dieser unbewusste Schutzmechanismus, der ihr reichte seine Hand.

Die Neue war tapfer und fühlte keinen Schmerz.
Konnte sich an nichts erinnern, was Kim einst brach das Herz.
Sie hieß auch völlig anders – Athena war ihr Name.
Sie weinte nie, war furchtbar stark wie eine große Dame.

Athena bekam keine Atemnot im dunklen Kellerraum.
War sie wieder draußen, spielte Kim unterm Eichenbaum.
Viele Jahre sind seit dem vergangen,
in denen das Kind war oft am Bangen.

Nun ist Kim 25 und arbeitet in einer gehobenen Kanzlei.
Sie liegt mitten in der Stadt, am Bahnhof muss sie vorbei.
Dort kauft sie immer Blumen, sie duften so frisch.
Die kommen zu Hause dann auf den Küchentisch.

Kim bestreitet den Großteil im normalen Alltag.
Sie liebt Blumen und Tiere, spendet für die Wohlfahrt.
Sie hat ein Herz für die Menschen in Not,
zieht sich gerne bunt an in Lila, Grün oder Rot.

Sie ist eher zurückhaltend und spricht besonnen.
Hat zum Ausdruck ihrer Gefühle mit Malerei begonnen.
Kim ist sich der anderen Persönlichkeit nur teilweise bewusst.
Doch fühlt sie andauernd einen hohen Energieverlust.

Sie kann sich an Athenas Handlungen kaum erinnern.
Fast nichts will durch den Schleier des Vergessens schimmern.
Das führt zu Gedächtnislücken, so weiß sie manchmal nicht,
wer sie eben zärtlich küsste und ihr so viel verspricht.

Oder wer den Einkaufszettel auf ihrem Tisch geschrieben hat,
die Handschrift ist ganz anders – sie fühlt sich dann so matt.
Ein anderes Mal weiß sie nicht, wie sie dorthin gekommen ist.
Wo ihre bunten Kleider hängen, sie hat sie schon vermisst.

Denn Athena hat andere Vorlieben und Verhaltensweisen.
Sie ist äußerst emanzipiert und geht gern auf Reisen.
Sie nimmt jeden Mann, den sie haben will.
Ist dunkel gekleidet, die Haare trägt sie schrill.

Abends geht sie gerne raus und will Party machen.
Redet laut und unbestimmt, kann über alles lachen.
Kim ist morgens übermüdet und wäscht sofort ihr toupiertes Haar.
Auf der Arbeit ist sie ausgelaugt und den Tränen nah.

Athena half der kleinen Kim, das Leben zu überstehen.
Als Erwachsene hindert sie Kim daran, im Alltag zu bestehen.
Die frühere Überlebensstrategie wird
zu einer starken Belastung für Kim,
Athena reißt das Ruder weg,
wenn es ihr kommt in den Sinn.

Voyeurismus

Eine Frau in ihrem Wesen leicht verkannt,
war auf der einen Seite ganz bekannt.
Sie war sehr fröhlich und fand viele nette Worte.
Inmitten ihrer Freunde war sie bei ihrer Sorte.

Ein Hilfeschrei – schon war sie da,
es gab kein Hindernis – das war doch klar.

Doch ein Geheimnis, ein starker Drang in ihr,
machte ihr das Leben dann ein wenig schwer.
Die Norm spricht dies, man tut nur das.
Sexualität – ein Tabu. War da nicht was?

Intimitäten austauschen in der Natur;
kühler Wind im Haar, Leidenschaft spüren pur.
Einwände dagegen gibt es gewiss nicht,
… im grünen Gras, bei hellem Tageslicht!

Dabei zuzuschauen – macht noch mehr Lust.
Man vergisst dabei den ganzen eigenen Frust.
Die Erregung steigert sich mit jedem Blick,
was ich jetzt fühle, gibt mir den letzten Kick!

Ein Fußgänger kommt vorbeigelaufen,
schnell in die Hecke, ohne im See zu versaufen.
Das Fernglas raus, die Augen sehen,
was sonst verborgen, ich lass mich gehen.

Ich bin entflammt und mir ist heiß,
mir perlt herunter am Körper der Schweiß.
Was ich nun beobachte, reizt mich auf.
Für dieses Gefühl nehm ich alles in Kauf.

Patrizia Geiss

Bin ich sexuell befriedigt, gehe ich weiter.
Das Spektrum ist groß, das mich macht heiter.
Es ist begehrlich, beim Entkleiden zuzuschauen.
Wollust entsteht ständig, darauf kann ich bauen.

Ich muss es immer wieder tun,
ich kann nicht mehr davon ausruh'n.
Der Anreiz ist zu groß für mich,
es zwingt mich außerordentlich.

Ich kann es nicht verdrängen,
es folgt mir mit Sprechgesängen.
Egal an welchem Ort und wie,
Gelegenheiten bieten sich wie noch nie.

Durchs Fenster, im Bus oder auch in tiefster Nacht,
die Augen sehen, was für mich ist angebracht.
Wie gut, dass niemand davon weiß.
Ich folge meinem eigenen Geheiß.

Auch kann ich nicht darüber sprechen,
meine Bedrängnis ist vielleicht auch ein Verbrechen.
Ich behalte es verborgen, ganz alleine für mich.
Für andere mag es erscheinen absonderlich.

Ein Schrei ertönt: Ist jemand da?
Sie rennt schnell hin: Ich komme ja!

Pathologische Brandstiftung (Pyromanie)

Ein Mann – ein Streichholz in der Hand
denkt in der Wann': Ich hab noch nichts verbrannt!
Ein famoser Gedanke, der reicht,
um Ideen zu bekommen, wie leicht.

Ich gehe in die Natur und spiele nur ein wenig,
ich nehme diese Schnur und verbrenn sie wie ein König.
Denn ein Feuer hab ich heute gemacht noch keins,
das ist meine Philosophie – mein Lebens-ein-mal-eins.

Schwupp, war er raus aus der Wann'
und stand im nächsten Moment schon unter der Tann'.
Ich liebe diese Farben: Orange, Gelb und Rot.
Ich muss sie jetzt sehen, oh welche Not!

Ich erlebe die Farben mit allen Sinnen.
Kann dem Erleben so viel abgewinnen.
Ich spüre die Wärme, sie ist so zart.
Sie verfängt sich sogar im Stoppelbart.

Ein Streichen des Zündholzes in seiner Hand,
der Duft von Schwefel vor ihm, wie eine Wand.
Betörend dieser Moment, gleich ist es so weit,
ich höre schon das Knistern weit und breit.

Die Schnur, sie lodert und brennt gleich ganz doll.
Ich schmeiße sie weg, dann brennt mehr – wie toll!
Die Anspannung ist gleich vorbei und vorüber.
Erleichterung breitet sich aus und ich lache drüber.

Patrizia Geiss

Wie schön ist es, das lockende Feuer zu betrachten!
Mit allen Sinnen kann ich nach dem Höhepunkt schmachten.
Nun aber nichts wie weg, sonst muss ich ins Gefängnis rein.
Wer betrachtet dann das kleine Feuerlein?

Wenn die Feuerwehr anrückt, ist es beglückend anzusehen.
Beißender Drang wird am nächsten Streichholz sich vergehen.
Ich kann gar nicht anders, als Feuer zu legen.
Kein Motiv bringt mich dazu, diese Gedanken zu hegen.

Ein hundsgewöhnliches Pferde-Buch

von Leo Gesess

Das Buchkonzept

Ein Buch wie jedes andere – ein sehr gewöhnliches Buch. Ein Buch über Pferde. Und dennoch eines, das es so noch nicht gibt. Eines das mit dem Pferd und für das Pferd lebt. Natürlichkeit, Spaß, Kunst und Kultur sind die grundlegenden Elemente, die jede Doppelseite dieses Buches prägen. Die rechte Buchseite zeigt das Pferd in seiner natürlichen Umgebung und dazu äußert es sich gleich noch selbst zur Situation. Die linke Buchseite zeigt die künstlerische Umsetzung des gegenüberliegenden Fotos, angereichert mit Zitaten und Aussagen von bekannten und unbekannten Personen.

Der Fotograf

Leo Gesess, geboren in Zürich und Ausbildung an der Kunstgewerbeschule Zürich, war viele Jahre Art Director und Creative Director in diversen internationalen Werbeagenturen. Er betreute internationale Kommunikations-, Fotoregie- und Werbefilm-Mandate und gewann in dieser Zeit viele nationale und internationale Auszeichnungen. Diverse längere Ausland-Aufenthalte. Fotostudios in der Schweiz, den USA und Italien.

Leo Gesess

Die Motivation für das Buch

Leo Gesess: „*Eine lange und intensiv verbrachte Zeit mit meinem eigenen Pferd und die daraus entstandene Zuneigung und Respekt zu einem Wesen, das die Versinnbildlichung von Schönheit und Kraft darstellt, waren meine Motivation zu dem Buch. Es sollten Fotos entstehen, die Pferde in ihrer natürlichen Art und ihrem natürlichen Umfeld zeigen. Pferdefotografie ist jedoch für mich mehr als nur ein Bild. Jedes Bild braucht eine Seele. Es soll Mittler sein zwischen Mensch und Tier sowie alle Sinne in Bewegung setzen. Man soll eintauchen können in Bildgeschichten und Heraustreten mit einem kleinen Stück mehr Traum.*“

Fazit

Ein elegantes, witziges Buch für alle und insbesondere für alle Pferde- und Hundefans, welches ein Lächeln in das Gesicht des Betrachters zaubert. Eine charmante Geschenksidee für alle Menschen, die das Spezielle mögen.

Kontakt

Leo Gesess
ahorselikeyou@gmail.com
www.ahorselikeyou.com

Neuerscheinung
„Ein hundsgewöhnliches Pferde-Buch“, Hardcover mit Goldprägung und laminiertem Schutzumschlag, 192 Seiten, 4-farbig, 29 x 40 cm.
Euro 59,00 ISBN 978-3-033-01772-6.
Bestellbar unter www.ahorselikeyou.com

Ein hundsgewöhnliches Pf
Ein hundsgewöhnliches Pferde-Buch

Ein hundsgewöhnliches P
Ein hundsgewöhnliches Pferde-Buch

Ein hundsgewöhnliches P
Ein hundsgewöhnliches Pferde-Buch

Ein hundsgewöhnliches Pferde-Buch

Ein hundsgewöhnliches Pferde-Buch

Ein hundsgewöhnliches Pferde-Buch

Ein hundsgewöhnliches Pferde-Buch

Ein hundsgewöhnliches Pferde-Buch

Lyrik

von Ronny Goerner

Halbmond

Sternenbanner über Halbmond getreten,
Sternenbanner über Entsetzen geworfen.
Per Mausklick die Totenlisten gefüllt.
Ausgehöhltes Leben hinter Burka
stürzt in Wut, stürzt in Tollzeit.
Fremder Gott verhängt im Stundentier,
Paradiessetzer erntet Tod

Halbmond, mach den Bogen auf.

Begierde

Dichte Hölle birgt der Schrein,
legt gefasstes Feuer
in geöffnete Begierde.
Hungrig nach Kreuz
durchfließt Geliebtes den Tod.

Findung

Herzschlaglang gipfelt Findung
im Schauer –
ufert Unendlichkeit
an konfektionierte Seele.
Folterbett Gefälligkeit
nimmt LEBENSLÄNGLICH
in Kauf.

Ist genügend Kreuzigung im Leben?

Ungenäht – meine Welt

Langsames Verstummen
schält sich vom Morgen,
sanfter Traum dringt aus Kosung.
Rosa Schein erleuchtet Erinnern.

Schale des bleischweren Tages
löst sich in Paarung auf.
Abend steht schon auf deiner Stirne
und Verzeihen schließt den Tag.

Herzkreuzung

Wer schält dich aus dem Leib, Köter?
Wer scheut dich
und bindet dich an meine
Fieberseite, Köter?
Du Dämon an Herzkreuzung
bist dem Sterben vorausgeeilt.

Und der Köter kauert immer noch.

Krähentanz

Kleingefaltete Frau,
schau hin, die Welle
trägt dein Übermaß.
Höre die Krähe,
sie tanzt um den Schrei.

Dein Herz aus Wasser
gelegt auf heißen Asphalt.

Versagen

Einstiges Versagen wird lebendig,
lässt Abfallhalden über Glücksversuche wuchern.
Ein Kinderreim singt sich leise durch die Risse.
Töne fallen wie Tropfen
auf rotwangige Erinnerung.

Rosa Löwin

Hochgerüsteter Bodymarkt –
Liebeswerkstatt hassbereit –
Löwin in rosa Glasur
trägt Liebe dem Schrottplatz zu.

Der Himmelwehr entlang
glückt der Schulmeister Heuchelei.

Mütterchen

Inmitten Kittel das Mütterchen,
ausgesetzt der Vorahnung –
schälst du aus Siechtum
große Fuge Opferung.

Späne liest du auf.

Lidschlaglang durchlaufen Botschaften Gottesraum.
Rückwärtsgespülte Kreuze filtern Gewalt.
Behutsam webt sich Dialog ans Schwert
und spinnt in Erdfalten den Namen

FRIEDE

Dennoch

Deine Würfel, Frau, sind dir entglitten,
deine Gaben ins Unverstehen gelacht.
Dein Quadrat ICH hast du versäumt,
dein Vakuum ist vorbereitet,
deine Entgitterung hast du übersehen.

Unbegangene Lebensmitte blendet Leid ein
und flügellose Gefühle erzwingen Unterwerfung.
Frau, tritt in Zonen vorgefertigter Wunder,
deine Erfüllung zu Starrheit verdichtet.

Frau, ersticke am Goldgeflecht,
deine Flügel zu Fesseln geformt.
Umklammerung erzwingt Wende.
Der Wiederkehr tausendfältiger Klang
legt Öffnung für Vergeblichkeit frei.

Rupfenkittel über Herzwege gestülpt,
Stigma Frau festgeweint
am letzten Versäumnis.

Aus Versinken hebt ein Wort deine Schulter:
DENNOCH
Dennoch will Lichtfalter finden,
dennoch will weiten und verbinden,
sich mehren,
will Vakuum füllen,
sammeln und enthüllen.

Frau, tritt aus Dämmerung,
verwebtes Unglück nach rückwärts gezwungen.
Entreiße der Strömung Tausend neue Lichtfalter,
sonnendurchwirkte Erfahrungen glätten Eigensucht
und greifen nach Impulsen.

Engformung zurückgebogen,
Traumlinie nachgezogen,
dennoch filtert Zukunft aus überwuchertem Herz
und in Erwartung von Eigenbewegung
wird Weitertragen zum Besitz.

Angstverschluss

Zartes Tagwerk auf Tod verletzt,
von ausgelegten Zungen zerrissen.
Entheiligt –
und immer trennt eine Spannweite Morast
dich von Verzauberung.
Sich öffnender Angstverschluss
gibt Lebensabfall frei.

Ausgesteckt hat Kummer.

Verführung

Frau, verhänge mit grellbunten Schleiern
den Weg der Trauer.
Dein Wintertag wird dichter,
wird leise Hinwendung zu vergilbtem Gedenken.
Frau, lege Panzerspuren über Verführung
und klammere verwaschenes Gestern an die Leine.

Mühsam bringst du Ernte aus schwerem Traum.

❧

Liebe auf Halbmast
Gesicht von Ablaufdatum eingeholt
Opferschale nicht tragfähig.
Alles geborgt.
Alles verloren
und ein Übermaß an Nichts
versenkt deine Heilserwartung.
Abends in den Schlaf geschunden.

Erlösung nur im TV.

❧

Gedichte

von Heinz Greter

Wortgitter

Wie spinnen
Weben mich die worte ein

Knüpfen mir ein netz von eigenen
Verbindlichkeiten
Das zwischen mir und einer welt
Zu hängen scheint

Ich stehe hinter dem gitter der
Worte und warte

Bis ein faden
Reißt

Welten

Ich bin meine welt
Und meine welt
Ist meine wirklichkeit
Und meine wirklichkeit
Ist das
Was ich
Für wirklich halte

Du bist deine welt
Und deine welt
Ist deine wirklichkeit
Und deine wirklichkeit
Ist das
Was du
Für wirklich hältst

Und unsere welt
Die gibt es nicht

Es gibt nur welten
Die uns trennen

Und uns trennen
Nicht die dinge
Dieser welt
Sondern
Was wir von den
Dingen halten

Saïs

Einmal nur in saïs und vor dem schleier stehen
Dem gespinst der götter alle trauer dieser erde
Einzuweben
Ob dann nicht der gottverfluchte fetzen fällt
Und sichtbar wird
Was einen gott zum götzen
Menschen nicht zu göttern macht

Traum vom Sinn

Mit großer geste
Weggewischt
Die horizonte
Losgekettet
Von der sonne
Hängt die welt
Im
Nichts

O traum vom sinn

Und
Keiner klärt
Die monogramme
In
Den sternen

In dir

Erwacht
Die welt aus schlaf und schweigen
Denkt
Sich als raum und zeit
Und träumt
Den traum vom wissen um sich selbst

Spiegel bist du
Spiegelbild
Und bild

So
Bist du welt
Und
Ist dein bild der welt
Die welt in deinem bild

Immer wieder

Schreib deine ziele
In sand

Immer wieder

Denn
Im wechsel der winde
Stößt du
Auf stein

Hier aber
Meißle
An deinen
Träumen

Einst
Trieb mich sehnsucht
Hin
Zum heimweh

Her und hin

Jetzt
Angelangt im augenblick
Bin ich
Zuhause

Mein lieber Schwan – Du dumme Henne

von H.-Peter Grünebach

Fabelhafte Brautwerbung

An beiden Enden eines heimischen Sees wohnten Schwäne. Während sich auf der einen Seite Höckerschwäne niedergelassen hatten, waren auf der anderen wilde Singschwäne zugewandert. Ein junger Höckerschwan schwamm dort hin zur Brautschau. Ihm war bang, denn er hatte erkennbar graue Federn, die ihn als noch nicht erwachsenen Schwan verrieten. So näherte er sich schüchtern einer möglichen Singschwanbraut. Die hatte bereits schwanenweißes Gefieder und einen schlanken, langen Hals, und doch ein Manko: Sowohl am Hinterkopf als auch am Hals, an Stellen, die sie selbst nicht sehen konnte, war das Gefieder braun gefärbt. Beide Farbtupfer waren Launen der Natur.

Die unwissende Schwänin war von ihrer vermeintlichen Perfektion so eingenommen, dass sie den Besucher erst gar nicht wahrnehmen wollte. Um diese auf sich aufmerksam zu machen, schlug der junge Höckerschwan mutig mit seinen schon beachtlichen Schwingen auf das Wasser und umkreiste sodann die Umworbene, die Flügel wie Finnen aufgestellt.

„Halt ein, du Jüngling", sang die Schwänin schroff, „deine Mühe ist umsonst!" Sich in Pose reckend fuhr sie fort: „Siehst du mein makelloses Federkleid? Warum sollte ich *den* Schwan auswählen, der einen schwarzen Schnabelhöcker trägt und dem die grauen Federn wachsen? Dein Werben ist nicht angebracht. Besser, du kehrst zu den Deinigen zurück!"

Der Höckerschwan war über diese Schelte sehr erbost. Bevor er wegflog, gab er ihr mit heißen Worten zu verstehen:

„Du, Schwänin, bist eingebildet und äußerst ungerecht mit mir und du weißt wenig von dir selbst. Hat dir niemand je dein ‚Ich' im Spiegel aufgezeigt? Dort kannst du sehen, was du wirklich bist. Deine braunen Flecken hätten mich gar nicht gestört. Jetzt aber lass dir sagen: Mein Gefieder, das wird schwanenweiß, das deine nimmermehr. Letztendlich aber gilt: Keine Eleganz des Federkleids macht Hochmut wett." Mit lautem Flügelschlag schwang sich der Höckerschwan davon.

Die Schöne und der Gockel

Zum Harem eines alten, weisen Hahns gehörte eine schneeweiße Henne, die mehr Eier legte als andere und, weil sie so schön war, schon viele Küken aufziehen durfte. Ihretwegen gab es besonders nahrhaftes Futter. Sie war der Stolz der Zucht.

Es begab sich, dass der alte Hahn starb und ein junger Gockel seine Nachfolge antrat. Dieser bestach durch seinen regenbogenfarbenen Sichelschwanz, seinen ebenmäßig gezackten Kamm, eine kräftig gefiederte Brust mit mächtigen Kinnlappen und einen spitzen Sporn an jedem Bein, mit denen er Nebenbuhler wirksam in die Flucht schlagen konnte.

Der neue Gockel war sich seines Aussehens besonders bewusst. Es störte ihn, dass die Schönste aus dem Stall nicht folgte, wenn er seine Hennen zum Picken vor den Stall führen wollte, sondern sich um das Gelege kümmerte.

So stolzierte er eines Tages die Leiter hoch und fand die „Weiße", wie sie im Nest drei frische Küken wärmte:

„Hallo, du schöne Weiße", gackerte der Hahn mit hochgeworfenem Kamm. „Es ist Zeit. Du gehörst zu mir. Du solltest mit mir zum Picken gehen, nicht Eier legend Neid erregen. Ich bin der neue

Gockel jetzt und gebe die Order nun. Erst komm zum Hahn, dann geh zum Nest."

Die Henne hielt den Platz im Stroh. Sie gluckte ihn nur lachend an: „Du dummer Tropf, hat man dir das Brot heut' weggefressen? Du bist ein eitler Gockel und kein Pfau. Auch wenn du noch so aufgeblasen tust, du bleibst doch dumm, wenn du nicht lernst. Weißt du denn nicht, dass alle deine Hennen Küken waren, dass der Hahn nichts für das Turbofutter kann und dass zu Frikassee schnell wird, wer emsig pickt und wenig legt?"

Der junge Geck wurde rot am Kamm und schien geläutert zum fürsorglichen, toleranten Gockelhahn.

Epilog

„Nun sei bedankt, mein lieber Schwan!", lautet in der Wagner-Oper Lohengrin (1847) der Dank Lohengrins an den Schwan, der ihn und seinen Nachen über das Wasser gezogen hatte. Wagner hatte beim Bild des Schwans sicher die Sage von Zeus und Nemesis vor Augen. Die schöne Nemesis floh darin vor den Nachstellungen Zeus im Gefieder einer Wildgans. Der schlaue Göttervater hatte jedoch die Flucht entdeckt. Als Nemesis auf einer Wiese landete, näherte sich Zeus ihr im Gewand eines schönen Schwans und verführte das Mädchen.

Es stellt sich die Frage, ob ihm das auch gelungen wäre, wenn er zunächst vorwurfsvoll gefragt hätte: „Warum bist du denn vor mir weggeflogen, du dumme Gans?"

Katzenjammer

Es schmeicheln sich zur Streichelhand zwölf Samtpfoten
mit Absicht näher.
Die Kätzin schmust das Uhrenband,
es folgen schnurrend die zwei Käter.
Noch Besseres hebt die Katzenlaune,
ihr Fetisch hat die Art gewählt.
Das Kätzchen mag's unter der Daune,
die Käter s'Mäuschen, nimmer abgezählt.

www.gruenebach.info

Ein Besuch bei der Buchmesse …!

von Horst E. Heine

Mein Verleger schrieb mir einen Brief mit der Bitte, den Verlag bei der Frankfurter Buchmesse zu besuchen. Ich hatte mit dem Verlag einen Vertrag über den Druck meines Erstlingswerkes (einen Roman) unterzeichnet. Leider war es dem Verlag nicht möglich gewesen, mein Buch schon zur Messe herauszubringen, aber man schrieb mir, ich sollte trotzdem ruhig einmal vorbeischauen. Am Samstagnachmittag buchte ich per Internet eine Reise nach Frankfurt … nie zuvor hatte ich versucht so etwas zu machen … jedenfalls hatte ich nach ca. einer Stunde die nötigen Unterlagen. Die Reise war für den Sonntag gebucht, den letzten Tag der Messe. Der Preis dafür wäre unter normalen Umständen horrend gewesen, doch es gab eine Verbilligung von 50 %, mit einer absoluten Zugbindung. Ich weiß nicht genau, wie ich es geschafft habe, aber meine Fahrkarte wurde vom Drucker verbindlich ausgedruckt, ein kleines Wunder für mich …!

Sonntagmorgen um fünf Uhr dreißig aufstehen, eine total unchristliche Zeit für einen notorischen Langschläfer … doch ich hörte den Wecker … welch eine Überraschung …!

Von Göttingen nach Frankfurt dauert die Zugfahrt knapp zwei Stunden, es ist so leicht und mühelos, man setzt sich in den Zug und zwei Stunden später ist man am Ziel, mit dem Auto eher eine Tortur … also ganz klar, welche Art der Reise zu beschreiten ist … Zugfahrt …

Um elf Uhr war ich am Messegelände, eine Menschentraube begleitete mich, es müssen mehrere tausend Menschen gewesen sein, es war ein wüstes Geschiebe und Gedrängel.

Mein Verlag hatte seinen Stand in der Halle vier Punkt eins, für Belletristik, ich fand ihn relativ leicht. Es war ein größerer Stand, als ich im Vorfeld gedacht hatte, mehrere junge Damen und Herren drängelten sich im Namen des Verlages um die Besucher und fragten beflissen nach ihrem Begehr … So wurde auch ich begrüßt, ich nannte meinen Namen und wartete auf eine Reaktion …? Es kam keine … man kannte mich nicht … wie auch … mein Buch sollte ja erst nach der Messe gedruckt werden, warum also sich mit Namen belasten, die noch gar nicht relevant waren … Ich stand doch etwas verlassen herum und dachte, „was soll ich hier …?" Es gab nichts für mich zu tun, also sah ich mir die anderen Stände an, an einigen bekannten Verlagen wurden Lesungen gehalten … ich sah Frau Schwarzer, sie referierte über die islamischen Kinder an deutschen Schulen und ob sie Kopftücher tragen sollten oder nicht …! Ein sehr trockener Stoff, der mich nicht im Geringsten interessierte … Einige wichtige … oder unwichtige Journalisten dachten laut über das Leben und was damit zusammenhing, nach … Bla bla bla … mehr oder weniger dummes Gewäsch … ich langweilte mich, dabei hatte ich noch mindestens fünfeinhalb Stunden Aufenthalt zu absolvieren … Ich wusste nicht, wie ich das aushalten sollte, mir taten schon jetzt die Füße weh … ich schwitzte im Schritt … mir taten auch die

Genitalien weh … in der vergangenen Nacht hatte ich sie schließlich ausgiebig benutzt …!

Ich brauchte etwas zu trinken … kein Wasser … irgendetwas Alkoholisches sollte es schon sein, wenn ich gefrustet bin, hilft immer ein Glas Wein … ich bekam es … allerdings ohne Zigarette schmeckte auch der Wein eher schal … Langsam sank meine ehemals gute Laune auf einen historischen Tiefpunkt …

Ich begann meine Rundreise durch die Halle erneut, nun kannte man mich schon, einige humorvolle Aussteller grüßten mich wie einen alten Bekannten. Beim Stand meines Verlages wieder angekommen, hörte ich mir einige Autoren bei ihren Lesungen an.

Eine attraktive Endvierzigerin sprach über ihre Reiseerlebnisse in Israel … ein junger farbiger Franzose erzählte in seiner Heimatsprache einige Storys, die ich nicht verstand … ein ganz junges Mädchen, kaum sechzehn, las aus ihrem Kinderbuch vor, ich war nicht sehr angetan … keine wirkliche Spannung …

Wie sollte ich die nächsten vier Stunden überstehen, ohne an Langeweile zu sterben … Ich trank aus lauter Verzweiflung noch einen Rotwein, aber auch der half mir nicht weiter …

So entschloss ich mich die Messe vorzeitig wieder zu verlassen, das ist leichter gesagt als getan … ich fand nicht wieder hinaus …!

Nachdem ich mehrere Menschen mit meinen Fragen nach dem Ausgang genervt hatte, stand ich nach etwa einer halben Stunde draußen vor der Tür … (ist das nicht der Titel eines bekannten Buches …?) Die Sonne lachte aus allen Knopflöchern, ein herrlicher Tag, den man um Himmels willen nicht in geschlossenen Räumen verbringen sollte …, mit dem Taxi fuhr ich zurück zum Hauptbahnhof. Nach einem leichten Mahl in einem thailändischen Imbiss hatte ich noch mehr als drei Stunden, bis mein preisgebundener Zug endlich abfahren würde … verdammt noch mal …

In der Information der Bahn sagte man mir, wenn ich eher fahren würde, kostete es mich zusätzliche zweiundvierzig Euro, eine Wahnsinnssumme … meine Ersparnisse bei der Internetbuchung wären auf einmal aufgebraucht … nee, nee, nicht mit mir …!

Ich wanderte die Bahnsteige hoch und wieder runter …, zehn Minuten … ein Eis … weitere zehn Minuten …, dann sah ich ihn …

ein Zug nach Göttingen … aber nicht meiner … „egal“, dachte ich noch und stieg einfach ein.

Es gibt sie noch, die kleinen verrückten Abenteuer, auch in der heutigen Zeit, sie sind nur anders als in meiner Jugend, aber ganz sicher nicht weniger spannend …! Ich fuhr schwarz mit der Bahn und ich hatte nicht vor, den Unterschiedsbetrag zu entlöhnen …

Nun muss ich zu meiner Entlastung gestehen, ich hatte im Anfang nicht vor die Bahn zu schädigen oder gar zu betrügen, ich wollte nur einfach nicht mehr warten, bis mein Zug fuhr. Es ist wie an einer roten Ampel zu stehen, wenn es regnet, niemals würde ich stehen bleiben und mich nass regnen lassen, nur um den Anordnungen der Gesetzgeber zu gehorchen, in dieser Hinsicht bin ich ein Gesetzesbrecher, und das bin ich dann auch gern …

Der Zug fuhr an, noch bevor ich saß … so schnell hatte ich mich entschieden …

Okay … ich bin kein Held, wenn ein Schaffner kam, würde ich nachzahlen, das gestand ich mir am Anfang ein, wenn er mich jedoch nicht fragen würde … tja, von allein wollte ich mich nicht melden …

Ich ging in das Bordrestaurant, also eher in die davor liegende Cafeteria, „ein unverdächtiger Platz“, dachte ich, ein wenig innerlich lachend über meine konspirative Geschäftigkeit …

Mir gegenüber saß eine Frau in mittleren Jahren, sicher war sie einst eine Schönheit gewesen, ihre herb-edlen Gesichtszüge ließen es mich erahnen und zeugten noch immer davon.

Ein Mann, knapp über die dreißig, mit sehr hoher Stirnglatze und unsteten Augen, die nicht ehrlich blickten. Neben mir ein junger Bursche, mit dicken Kopfhörern hörte er über seinen Laptop wahrscheinlich Musik, er hielt seine Augen geschlossen und träumte … vielleicht von der vergangenen Nacht …

Am Ende der Lounge unterhielten sich zwei ältere Damen sehr ernsthaft über die wahnsinnig erhöhten Preise in den Supermärkten …

Im Frankfurter Bahnhof, nicht auf der Buchmesse … hatte ich mir einen Roman von Dan Brown gekauft (Diabolus), ich begann zu lesen, doch so richtig konzentrieren konnte ich mich nicht darauf.

In der Cafeteria war ein ständiges Kommen und Gehen, und immer wieder ging eine junge Kontrolleurin durch den Raum, sie schenkte mir keinerlei Beachtung … das war mir schon recht so.

Eine sehr elegante schöne Frau betrat das Café, in ihren auftoupierten, mit Haarspray verklebten Haaren hatte sich eine Wespe verfangen, die Dame bemerkte es wahrscheinlich nicht und ich überlegte noch, ob ich sie aufmerksam machen sollte. Da hatte sich das Biest schon befreit und stach ihrer Wirtin undankbar ins linke Ohr …! Sie schrie … ich konnte mir ein leichtes Grinsen nicht verkneifen. Innerhalb weniger Sekunden schwoll das Ohr an und sah fortan wie ein kleines Elefantenohr aus, nur in blutroter Farbe. Hilflose Panik verbreitete sich blitzschnell im Caféabteil, denn das gemeingefährliche Tier schwebte durch den Raum, auf der Suche nach einem weiteren Opfer.

Mit einem gezielten Schlag einer Zeitung beendete mein Gegenüber mit der Stirnglatze die heimtückischen Wünsche der Wespe. Doch dabei stieß der Killer eine Kaffeetasse um, der Inhalt ergoss sich auf die blütenweiße Hose der Geschädigten, die nun beinahe in Ohnmacht fiel … In ihren Augen sah ich nur noch das Weiße, dann schlug sie ihrem Retter einen rechten Haken, genau auf sein linkes Auge … ich musste laut lachen … und verschwand zu meiner eigenen Sicherheit in eine nahe gelegene Bordtoilette, über diese Geschichte musste erst einmal Gras wachsen, bevor ich wieder auf der Bildfläche erscheinen konnte.

Nach einiger Zeit, ich hatte mich länger auf dem Klo aufgehalten, waren mir vor Lachen die Tränen über mein Gesicht gelaufen und ich wusch mir das Selbige. Alle waren wieder beruhigt, als ich zurückkam, ich setzte mich hin, ohne an die anderen auch nur einen Blick zu verschwenden … doch verstohlen beobachtete ich sie.

Die Dame mit dem geschwollenen Elefantenohr hatte den Raum verlassen, der hilfreiche Wespenkiller kühlte mit einem feuchten Taschentuch sein Veilchen und sah sehr betrübt aus. Er fühlte sich wahrscheinlich gänzlich missverstanden, seiner Meinung nach hätte er, ob seines Heldenmutes bei dem Kampf mit dem gemeinen Stechflieger, ein höchstritterliches Lob verdient gehabt …

Die herbe Schönheit las weiter in ihrer Zeitung, als sei nichts geschehen …

Ich saß noch nicht ganz, da kam der Schaffner herein ... „die Fahrkarten bitte ...“ Na, denn ... es war so weit, meine Unehrlichkeit war entdeckt, ich holte meine selbst ausgedruckte, nun ungültige Fahrkarte aus der Innentasche meiner Wildlederjacke und wartete auf meine Hinrichtung, mein Herz schlug mir bis zum Hals.

Die beiden Damen, die so trefflich über die stolzen Preise der Supermärkte geredet hatten, zückten ihre gültigen Fahrscheine. Doch dann kam die Stirnglatze mit dem blauen Auge ... der Schaffner stutzte ... „Sie haben keinen gültigen Fahrausweis, mein Herr ... Sie sind im falschen Zug, Ihr Zug wäre später gefahren ...“, und die Stimme des älteren Schaffners klang nicht gerade freundlich.

Die blauäugige Stirnglatze wurde nervös ..., so wie ich auch. Der Kerl hatte die gleichen Probleme wie ich, er war sicher einfach in den Zug gestiegen, wahrscheinlich wollte auch er keine Wartezeit mehr verschwenden.

Die beiden Kontrahenten würden wohl noch eine Weile miteinander zu tun haben ... „ich könnte ja noch mal zur Toilette gehen“, dachte ich und setzte meine Gedanken in die Tat um ... Ich schwöre bei Gott, ich verspürte in diesem Moment einen starken Harndrang ... sonst wäre ich sitzen geblieben und hätte mich in das Unvermeidliche gefügt ... Mein Adrenalinspiegel hatte beim Betreten des Beamten einen so starken Ausstoß bekommen, dass sich mein Blutdruck schlagartig um bestimmt das Doppelte erhöhte.

Ich stand auf dem Klo und dachte noch ... „wenn ich jetzt herauskomme, gehe ich sofort zu dem Kassierer und begleiche meine Nachzahlung, um dem Spuk ein Ende zu setzen ...“

Doch als ich zu meinen Platz gehen wollte, kam mir der Kerl schon entgegen, der Zug fuhr genau in dem Augenblick, als ich vor dem Schaffner stand, um meine Geldbörse zu ziehen, über eine Unebenheit in der Fahrstrecke, ich wurde plötzlich mit aller Wucht gegen den armen Mann geschlagen und entschuldigte mich artig ...

„Macht nichts, mein Herr, gehen Sie nur langsam wieder zu Ihrem Platz ...“, er war ein freundlicher Schaffner ... oder ...?

Ich tat wie mir geheißen und setzte mich wieder in die Cafeteria und wartete auf die Dinge, die immer unvermeidlicher werden müssen ... Doch der Mann kam nicht zurück ...

Horst E. Heine

Inzwischen hatte der Zug bereits Kassel-Wilhelmshöhe erreicht, bis Göttingen also nur noch einen Katzensprung, wenn ich es bis hierher geschafft hatte, wollte ich nun auch nicht mehr … Es ist zu einfach … nun noch ehrlich zu werden … es wäre ja … wie … wie ein Koitus interruptus … wirklich nicht empfehlenswert …

Von Kassel bis Göttingen fährt der Zug sehr häufig durch Tunnel, und ich stellte mich schon an die Tür, um sofort den Wagon zu verlassen, wenn er hielt. So stand ich da und wartete auf den erlösenden Bahnhof … als ich von hinten angesprochen wurde …

„Sind Sie in Kassel zugestiegen …?" Ich hatte den Schaffner nicht bemerkt, er war von hinten zu mir gekommen, der Zug ist in den Zwischenwagons sehr laut, ich hatte den Mann einfach nicht verstanden und sagte: „Hä …?" Er wieder: „Sind Sie in Kassel eingestiegen …?" Nun allerdings etwas lauter … Ich wieder … „Wie bitte …?"

Und er wiederholte noch einmal seine Frage: „Sind Sie eben erst zugestiegen …?"

Jetzt endlich hatte ich den geduldigen Frager verstanden …

„Nein", antwortete ich wahrheitsgemäß, „ich bin seit Frankfurt dabei … kann ich Ihnen helfen …?" Ich wollte letztendlich auf keinen Fall unhöflich erscheinen …

„Nein, nein, ist alles in Ordnung …", sagte er freundlich und lächelte mich offen an und ging weiter …

Wenige Augenblicke später hielt der ICE pünktlich in Göttingen, ich war am Ziel … es gibt sie … diese wunderbaren Abenteuer … auch heute noch … man muss nicht einmal nach ihnen suchen … sie begegnen dir immer wieder, du musst sie nur erkennen …

Ich stand nach all dem Erlebten auf dem Göttinger Bahnhof und spürte tief in mir eine unbändige Freude, nicht nur mein Adrenalinspiegel war unglaublich erhöht … Nein, auch mein Serotoninspiegel hatte sich zu einer solchen geballten Ladung entwickelt, als hätte ich gerade vollendeten Sex gehabt …

Zwei Affen im Weltraum

Parodien

von Ulrich Hettmer

In der Frühzeit der Raumfahrt kamen zur Vorbereitung bemannter Flüge tierische Astronauten zum Einsatz. Anlass für die Parodien war die US-Mission der zwei Affen Able und Baker, der auf sowjetischer Seite ein Flug der Hündin Laika vorausgegangen war. Zu den aufregenden Aspekten des Einsatzes von Able und Baker gehörte das – nicht aufgeklärte – Unterbleiben eines Datenaustauschs zwischen den dafür trainierten Affen und der Bodenkontrolle.

Nach Friedrich von Logau (1604–1655)

Sinngedicht

Wie kannst du aus der Technik Feind ihr einen Freund erschaffen?
Schieß eine Hündin in den Raum und hinterher zwei Affen.

Nach Andreas Gryphius (1616–1664)

Ebenbild unseres Menschenlebens

Der Aff, ein Spiel der Zeit, spielt, weil er allhie lebt
im Schauplatz dieser Welt. Er sitzt, und doch nicht feste.
Der wird gejagt und fällt, der turnt durch Schaupaläste.
Der hat ein Urwalddach, und der auf Daunen schwebt.

Was gestern war, ist hin. Was itzt im Raumschiff strebt,
wird morgen niedergehn. Die einstig-grünen Äste
sind Stahlgerät und tot. Die Affen sind nur Gäste,
von deren Tastendruck der Äther gar nicht bebt.

Sie sind nicht gleich am Fleisch und nicht von gleichem Stande.
Der trägt den Raumanzug, und jener gräbt im Sande,
bis sie, kaum erst sie selbst, der Tod zu Gleichen macht.

Spielt denn dies ernste Spiel, weil es die Zeit noch leidet,
und lernt, statt dass ihr den Triumph der Raumfahrt neidet:
Die Schwerelosigkeit ist bittersüße Tracht.

Ulrich Hettmer

Bukolisch-anakreontisch (18. Jahrhundert)

Schäfers Aufblick

An einem blauen Frühlingstag
erging sich froh Clorinde in einem lieblich grünen Hag.
O, dass ich ihn doch finde, Chrysander, meinen Schäfer lieb!
so seufzt das holde Wesen.

Chrysander war ein Herzensdieb, konnt in den Augen lesen,
was ihm ein Mädchenherz verhieß, wusst sich nen Kuss zu rauben.
Clorinde fands besonders süß, tat es ihm oft erlauben.
Natürlich fanden sich die zwei auch heute an dem Bache
und waren bei der Schelmerei wie stets ganz bei der Sache.

Schon bald, wie konnt es anders sein,
begannen sie zu küssen und schwelgten, auf der Welt allein,
in tausend Hochgenüssen. Doch da verwundert sich Clorind:
Chrysander will sie fliehen.

Die Augen öffnet sie geschwind und sieht ein Raumschiff ziehen.
Chrysander steht und gafft hinan gar blöd zum hohen Himmel.
Zwei Affen sind dort auf der Bahn, so spricht der arme Lümmel.
Nur einen Affen sehe ich! ruft sehr erzürnt Clorinde.
Damit dus weißt, ich meine dich! Dann eilt sie fort geschwinde.

Der blöde Schäfer stand noch lang,
doch sah er sie nicht wieder.
Und wehmutvoll die Flur durchdrang
die Klage seiner Lieder.

Nach Friedrich Gottlieb Klopstock (1724–1803)

Laika an die Genossen

Des Maitags Befeiern ist nicht
schöner wohl als die Todesnacht,
die ein schwarzes Gelock in die Gräber weht
und deren Hügel von fern rötlich auch grüßt.

Uns Kühnere, ach, es bewächst
unsre Male kein ernstes Moos!
O wie wärn glücklich wir, wenn sich noch nicht statt
modernder Keime gebläht reinliches Nichts!

Willkommen, Genossen im Tod,
wie ich friedlich, geopfert jetzt!
Ihr entflieht? Eilt doch nicht, bleibt der Früheren!
Macht den Versuch, das Gefährt schwände gleich hin.

Nach Matthias Claudius (1740–1815)

Der Weltraumaffe

Begehret und belehret
von Wissenschaftlers Sinn,
kömmt er und glaubt und schwöret
und nimmt auch Irrtum hin.
Geschmeichelt und ernähret
schult er sich, hoch das Kinn.
Verplanet und geehret
fährt er zur Flugmaschin.
Auch wenn das Tempo zehret
fast bis zum Blutgerinn,
ist ihm der Stolz vermehret
bei seiner Fahrt Beginn.
Dass ihn ein Freund erhöret,
sitzt einer bei ihm drin.
Weil das Gerät gestöret,
bleibt ihm kein Funkgewinn.

Dann lässt er sich zurück zur Erde führen
und landet bei den Tieren.

Ulrich Hettmer

Nach *Westöstlicher Divan, Buch des Paradieses* von Johann Wolfgang von Goethe (1749–1832)

Begünstigte Tiere

Zwar schickte sie der Düsentrieb
nicht in den Himmelsgarten:
Drei Tieren vorbehalten blieb,
ins Weltall doch zu starten.

Hund Laika trat zuerst hervor,
von Pawlow auserkoren,
hat im bedingenden Labor
viel Speichel schon verloren.

Halb schüchtern kam der Able dann,
von Skinner anempfohlen,
der konnt fast, was der Mensch so kann,
auch ohn viel Wiederholen.

Wie Able war auch Baker Aff,
und zwar vom gleichen Stamme.
Sie dienten dem Propheten brav,
dass der sie nicht verdamme.

Und hätten statt der drei auch vier
der Wissenschaft geschmeichelt:
Noch immer ists ein kluges Tier,
das der Prophet gestreichelt.

Nach Friedrich von Schiller (1759–1805)

Able als Pilgrim

Noch an rechte Kindereien
dacht ich, als ich ward gehascht.
Dann im Trug von Rangeleien
wurde ich hinweggekascht.

Meine frühe, rohe Würde
warf ich froh gebunden hin.
Ohne Ahnung spätrer Bürde
gab ich mich den Menschen hin.

Denn mich trieb ein mächtig Hoffen,
intellektueller Drang.
Affen steht der Weg doch offen,
wenn der Anlauf erst im Gang.

Auserwählt trotz deiner Pfoten,
sprach der Darwinstrieb in mir,
sei dir Affenart verboten.
Menschentum, das eigne dir.

Zwar die Gene ließen ahnen,
dass ich noch nicht war wie sie.
Wandre, kam des Triebes Mahnen,
nicht bloß in der Fantasie!

Prüfung wird mir zum Belege,
als ich in die Kapsel muss.
Nach dem schwindelnd-schmalsten Wege
senkt sich auf mich ihr Verschluss.

Und zu himmlischen Gestaden
komm ich in der Sterne Saat.
Froh vertrauend ihrem Faden
bin zum Ausstieg ich parat.

Doch aus diesem eitlen Hoffen
trieb mich technisches Kalkül.
Nichts macht mir die Kapsel offen,
schien ich gleich so nah dem Ziel.

Ach, wie weit ich auch entflogen,
ach, die Erde unter mir
war dem Himmel ganz entzogen,
und der Mensch war noch nicht hier.

Nach Friedrich Hölderlin (1770–1843)

Hinterblieben

GEH unter, schöne Sonne, sie achteten
nur wenig dein, sie kannten die Laika nicht,
die mühelos und stille wie du
unter den Vierbeinern umgegangen.

MIR gehst du freundlich unter, o fragloses Licht!
Und wohl erkennt mein Auge dich, Herrliches,
denn irdisch fraglos ehren lernt ich,
nachdem Laika die Sinne mir heilte.

O DU, des Himmels Botin, wie lausch ich dir!
Dir auch, Laika! Liebe, wie sah von dir
zum goldnen Tage dieses Auge
glänzend und dankend empor. Dann rauschten

GANZ selten noch die Quellen. Es wurde da
viel schwacher Kräfte Verband dein Tod.
Jetzt, lächelnd durch die Silberwolken,
steigt rings im Äther herab die Liebe.

Ulrich Hettmer

Nach Joseph von Eichendorff (1788–1857)

Spruch

Drüben von dem fremden Sterne
kommt ein seltsam Grüßen her:

Warum siehst du mich als Ferne?
Graut dir, weil der Weltraum leer,
weil auf dem verlornen Schiffe
mancher Astronaut verstirbt,
auch ob irrender Begriffe
Falschheit deinen Traum verdirbt?
Wagst du nicht, draufhin zu stranden,
wirst du nimmer drüben landen!

Nach Annette von Droste-Hülshoff (1797–1848)

Am Turme

Ich steh auf hohem Balkone am Turm,
umstrichen vom schreienden Stare,
und lass gleich einer Mänade den Sturm
mir wühlen im flatternden Haare.
O, sitzen möcht ich im kämpfenden Schiff,
das Steuerruder ergreifen
und zischend über das brandende Riff
wie eine Seemöwe streifen.

Und droben ahn ich im Blau so weit,
der Erde enthoben, die Affen.
Sie fahren im Raumschiff und zu zweit
und testen die Träger von Waffen.
O haarig Gesellen – ja Schockschwerenot! –,
ich möchte euch kräftig umschlingen
und Sehne an Sehne, zwei Schritte vom Tod,
der Menschheit Leben erringen.

Doch muss ich sitzen so fein und klar,
gleich einem artigen Kinde,
und darf nur heimlich lösen mein Haar
und lassen es flattern im Winde.
Bin noch kein Jäger auf freier Flur,
hab Gott sei Dank nichts vom Soldaten,
bin nicht mal Mann nach meiner Natur,
doch bin ich als Frau wohlgeraten.

Nach Heinrich Heine (1797–1856)

Der Widerstand

In den Wäldern an dem Strome
Amazonas, wo sich dicke
fleischig-grüne Pflanzen winden
und die Fauna gellend schreit,

dort am Strome Amazonas
liegt das Zentrum eines Tierreichs,
liegt der Affen Metropole,
geistge Mitte jener Wesen,

die so furchtbar einem Schicksal
unterworfen, welches immer
Affen mit der Nackten Dasein
in Verbindung bringen muss.

Es ist Nacht, doch Lichter funkeln
an den Wänden einer Halle,
die, gebildet aus Lianen,
birgt der Affen Parlament.

Alle Arten sind vertreten.
Ohne Unterschied der Größen
des Gehirns bewegt sie nur ein
einzger Tagesordnungspunkt.

Es verlautet, dass zwei Affen
in den Weltraum starten sollen,
kündet ein Berichterstatter,
und erschüttert schweigt der Saal.

Ist es nicht genug der Prüfung
durch ein Schicksal, welches immer
Affen mit der Nackten Dasein
in Verbindung bringen muss?!

fragt der Präsident, ein Wald-Mensch,
in der großen Rede, die er,
oft von Wutgeheul begleitet,
ernst und fest entschlossen hält.

Dabei sind die Nackten Heuchler,
denn sie nennen, wenn sie sich aus
Feigheit an uns Tiere halten,
ihr Benehmen frech human!

Und er macht alsdann den Vorschlag,
in der Diskussion zu klären,
welches Mittel zur Verhütung
neuen Unheils angezeigt.

Um die Stimmung anzuheizen,
soll die Mutter Bakers sprechen,
der als Pfiffikus beliebt war.
Sie vermag es nicht. Sie schluchzt.

Mancher Vorschlag zeugt Konturen,
die sich aber schnell verlieren,
weil schon simple Sabotage
überfordert Geist im Fell.

So bewegt man sich im Kreise,
bis der Philosoph der Affen,
ein Schimpanse, sich mit einem
Satz zum Pulte schwingt und spricht:

Richtig, Freunde, unausweichlich
ist das Schicksal, welches immer
Affen mit der Nackten Dasein
in Verbindung bringen muss.

Aber bloß zu unserm Nachteil?
Kann man es nicht nutzbar machen,
wenn es unsre beiden Brüder
vor dem Tod zu retten gilt?

Dabei winkt er einem Ordner.
Dieser öffnet eine Türe,
und die Lichter fasst ein Zittern,
und den Saal betritt ein Mann,

siegesstolz die Brust gehoben.
Glitzerkleid ob seiner Nacktheit
spiegeln viele scheue Augen,
als er sich zum Pult begibt:

Ich begrüße euch als Freunde,
bin Felipe el Torero,
Chef der Internationalen
Bruderschaft zum Schutz des Tiers!

Beifall rauscht jetzt auf im Saale,
steigert sich, als Don Felipe
zu der Mutter tritt von Baker
und ein Bild ihr überreicht.

Dieses zeigt die Hündin Laika,
die ihr Leben lassen musste,
sagt Felipe el Torero,
für die Hybris unsrer Art.

Dass es Baker und auch Able
nicht wie Laika gehen möge,
dazu wollen wir uns einen,
Tiere und der Freund des Tiers.

Wisst, dass manch ein fröstelnd Fräulein
um das Schicksal eurer Brüder
schlaflos mit euch bangt, als ob es
ihr Kanarienvogel sei.

Gleich sind unsere Motive.
Unser Tierschutz wird euch helfen!
schließt der Gast die Rede. Freilich
der Schimpanse keckert bös.

Nach Theodor Fontane (1819–1898)

Nach dem Sturz

Zerschellt war die Kapsel in Brandenburgs Mark
am Grabstein Herrn Ribbecks im Havelland.
Bevor noch den Raumschrott die Feuerwehr barg,
ist er gänzlich versunken im märkischen Sand.
Der märkische Sand reicht tief und weit.
In ihm lebt des Landes Vergangenheit.

In diese ward auch die Besatzung versenkt,
so kam es, dass keiner der Affen erstickt.
Als Able und Baker nach draußen gedrängt,
warn sie ein und ein halbes Jahrhundert entrückt.
Sie sahen zwar nicht die Wälder und Seen,
doch konnten mit General Bamme sie gehn.

Erst gähnten die Affen und fielen in Schlaf,
es war nicht der Schlaf des bitteren Tods.
War Bamme nun Freiherr oder auch Graf,
er braucht sie zum Hegen von eigenem Trotz:
Wenn der rote Hahn ist fertig mit Schreien,
dann werdet askanische Hofnarrn ihr sein.

Jetzt aber passt auf, sprach der Ziethensche Mann,
dass ihr keine Altertümer versehrt.
Hier liegt, was man so oder so deuten kann,
ob es Slawen oder Germanen gehört.
Ich hab davon manches selber versteckt,
den germanophilen Pfarrer geneckt.

Sie pflügten weiter den märkischen Sand,
beschrieben dabei einen Kreis,
bis man sich unterm Birnbaum befand,
alldort auch, bekannt, ein freundlicher Greis.
Der hatte, die Affen zu fragen, die Stirn:
Genügt statt Bananen ne märkische Birn?

Nach Detlev von Liliencron (1844–1909)

Matthäus Braun

Der Affenwärter Matthäus Braun
schlägt mit der Faust an den Maschenzaun.
Heute versuche ich selber mein Glück
und hole die zwei von der Kapsel zurück:
Lever ick as de Apen!

In Canaveral die Eierköpfe
sitzen um ihre Henkeltöpfe
und füllen besseres Junkfood hinein.
Da tritt Matthäus Braun herein:
Lever ick as de Apen!

Einen Blick wirft Matthäus ins schweigende Rund.
Den Amis erstarrt der Gummi im Mund.
Able und Baker sind nicht dabei,
da knallt er die Tür und stürmt ins Frei:
Lever ick as de Apen!

Der alte Braun beugt sich zum Strand
und schmeißt in das Raketentriebwerk Sand.
Den nächsten Monteur schiebt er hinterdrein:
Nun flieg in deinen Raum, du Schwein!
Lever ick as de Apen!

Den schlappen Monteur drückt der Treibstrahl zurück.
Seine Hände krampfen sich braun ins Genick.
Es kracht, und beide glitschen wie ein Fisch
zu den stummen Köpfen auf dem Tisch.
Lever ick as de Apen!

Junkfood kalt. Die Wissenschaft
hatte der Herztod hingerafft.
Und der Monteur vernahm, indem sein Auge brach,
wie Matthäus starb und dabei sprach:
Lever ick as de Apen!

Nach Christian Morgenstern (1871–1914)

Vom Affenzüchten

Korf erfindet eine Art von Waffen,
welche zünden, wenn die Affen,
die sie mit sich transportierten,
kurze Zeit die Feinde amüsierten.

Palmström züchtet darauf neue Affen,
völlig stumpf, durch nichts zu rühren,
die sich mit den Korfschen Waffen
in das Nichts des Weltenalls entführen.

Falls die Waffen aber dennoch landen,
können sie mitnichten zünden:
Affen so in Stumpfsinns Banden,
dass die Feinde sie nicht lustig finden.

Nach Rainer Maria Rilke (1875–1926)

Die Veteranen

Jardin du Cap Canavéral, E. U. A.

Wie einem Bild entsprungen von Renoir,
sieht man den Able und den Baker spielen,
mit spitzen Darts auf eine Scheibe zielen –
Matrosendress in Weiß auf grauem Haar.

Ein weicher Gang geschmeidig starker Schritte,
der sich im allerkleinsten Kreise dreht,
formt einen Tanz der zwei um eine Mitte,
in der die keuscheste Verführung steht,

bis schließlich sie, im Drang, sie auszuloten,
die Augen bergen unter ihren Pfoten,
in welchen schwärzlich Fruchtrot sich versteckt.

Auf einmal mahnt ein Schmerz an alte Ziele.
Sie aber haben sich nur leicht erschreckt
und schreiten dann zusammen ins Senile.

Nach Joachim Ringelnatz (1883–1934)

Der Weltraum lebt

Zwei ganz kleine Äffchen,
man sah sie kaum
im Weltenraum –

Sie hielten sich fest umschlungen
und haben Kinderlieder gesungen.
Sie hatten wenig Mut.
Der Größere machte ein Ringelnatzgesicht.
Der Kleinere war hinten vor Angst nicht ganz dicht,
den Apparaten tat das nicht gut.

Sterne huschten vorbei, viele Sterne.
Immer ganz ferne. Bis plötzlich einer so nahe kam,
dass es den Äffchen den Atem benahm.
Sie dachten: Entweder fährt der uns tot,
oder da drinnen wohnt der liebe Gott.

Tatsächlich, in dem Stern ist ein Raunen.
Die Äffchen erbeben in bangem Erstaunen,
doch der mit dem Ringelnatzgesicht
fasst sich schließlich ein Herz und spricht:

Wir haben da eine uralte Frage,
verzeih, wenn ich sie dir zu stellen wage
ausgerechnet jetzt,
vielleicht sind wir irgendwie verhetzt –
Also: Die Menschen, die uns erbauten dies Grab,
sag, stammen die Menschen von uns ab?

Da sprach es aus dem Stern: Jawohl, ihr Kleinen.

Ulrich Hettmer

Die Äffchen begannen bitterlich zu weinen,
aber nur der Größere hat dabei die Augen bedeckt,
indem der Kleinere an dem Stern ein Emblem entdeckt
und aufgeregt meldet, was er sieht:

Ein sowjetischer Erdsatellit!

Da mussten die Äffchen herzlich lachen.
Man hört es auf Erden als leises Krachen,
denn die Apparate waren ja gestört.

Irgendwann sind die Äffchen zurückgekehrt.

In der Art von Paul Zech (1889–1946) als Rimbaud-Übersetzer

Paul Verlaine

La Nuit Claire

La lune blanche
Luit dans les bois;
De chaque branche
Part une voix
Sous la ramée …

O bien-aimée.

Zechs Nachdichtung im Zeichen von Able und Baker

Nachtflucht

Der weiße Mond vom Rio Grande
stöhnt in hölzernen Zangen.
Vom zweigdurchflirrten Himmelsrande
tröpfeln zwei Stimmen, hangen
kopfunter,

aus zehntausend Finsternissen
die Erde zu küssen.

Nach Bertolt Brecht (1898–1956)

Lob der amerikanischen Weltraumtechnik

Befreiter Proletarier, wo die Geschichte begonnen hat,
geringer Mann auf den Straßen, wo noch gestern ist,
erwachender Fellache, der vom Kamel ins Flugzeug springt,

ihr alle begrüßt den Start sowjetischer Erdsatelliten freudig,

indem ihr euch zum Empfang der Weltraumsignale versammelt,
indem ihr dem Boss den Cadillac nicht mehr neidet,
indem ihr euer Festtagsgewand anlegt und Allah preist –
alle ein stolzes Lächeln auf dem Gesicht, das euch verbindet.

Ähnliche Freude bereitet das Missgeschick amerikanischer Satelliten:

Der Cadillac hat unter eurem Werkzeug nichts zu lachen,
die Betriebswandzeitung fasst kaum eure satirischen Zeichnungen,
euer Mut gegenüber Israel wächst –
alle habt ihr ein spöttisches Zwinkern um die Augen,
und das verbindet euch.

Aber ich bitte euch, nicht in den Fehler zu verfallen,
Erfolge der Vereinigten Staaten mit Bedauern aufzunehmen.
Schlecht beraten, wer die Dialektik des Fortschritts verkennt
und über dem Hämen den Beitrag vergisst.

Ich lobe die amerikanische Weltraumtechnik, lobt ihr sie auch,
Fellache, damit du ganz erwachend siehst, nicht Israel ist der Feind,
befreiter Proletarier, damit Säure und Stahl sowie Hirse und Mais
dir wichtiger bleiben als Radioempfang und Karikaturen,
Geringer im Gestern,
damit du die Überproduktion von Cadillacs nicht beendest.

Ich lobe die amerikanische Weltraumtechnik, lobt ihr sie auch,
wenn der Start und die Bergung
zweier menschenähnlicher Wesen gelingen.

Überseht dabei nicht den Hinweis auf die Grenzen dieser Technik
im Versagen oder vergessenen Einbau eines Funkgeräts,

euch zur Verheißung.

Wie manche zeitgenössischen Dichter (I)

Firmament 189

Bröselnder Fall des mähnigen Pferdes,
dessen mondklangumgriffnes Gestein
mir Rätsel stellt.
Ich weiß nicht, ob Blumen und Gemälde
die Erde sieben
oder die Erde sie:
Gemälde und Blumen.

Doch löst auch Rätsel
der bröselnde Fall.
Steinern ist das mir nun sicher,
was vordem mir
und anderen
blau sein wollte,
denn dort sind gezogen
Able und Baker.

Wie manche zeitgenössischen Dichter (II)

Konkatenationen

baker welt
flüge able
able flüge

weltflüge
able baker
baker ab…

able baker
baker welt
welt b…

flüge able
weltflüge
weltfl… flüge baker welt able able welt baker flüge

und raum

able raumflüge
welt und baker
able und flüge
weltraum baker

ungefähr
und gefährdete
sphäre

Der Traum – ein Märchen?

von Gerda Hillebrand

Sie hatte einen Traum.

Zuvor hatte sie den Artikel für die Zeitung beinahe zu Ende geschrieben. Morgen war Abgabefrist. Obwohl sie die Müdigkeit so plötzlich übermannte und ihre Konzentrationsfähigkeit merklich nachließ, trachtete sie, ihn trotzdem noch fertigzustellen.

Zum Gegenstand war eine Abhandlung zum Begriff „Solidarität" vorgegeben, der jetzt so häufig quer durch sämtliche Medien, politische Fraktionen, karitative Institutionen und alle Glaubensgemeinschaften geistert. In dieser Glosse sollte sie eine allgemein verständliche Erklärung zum Gemeinsinn abliefern. Dazu musste sie sich für eine spezielle Richtung innerhalb dieses komplexen Themas entscheiden. Es wollte heute nichts Rechtes aus ihrer Feder fließen. Große Zweifel beschlichen sie, als sie das ihrer Ansicht nach dürftig Geschriebene nochmals durchlas. Mit diesen Ausführungen konnte sie wahrlich keinen Staat machen. Beim vorletzten Satz schlief sie erschöpft ein.

Das sie jetzt einholende Traumgebilde verfügte über zwei in sich komplett abgeschlossene Versionen, in denen ihr lediglich die Funktion einer unbeteiligten Zuhörerin bzw. Zuseherin, ähnlich einer Statistin am Rande des Geschehens, beschieden blieb. In den einzelnen Traumphasen begleitete sie eine Familie – Frau, Mann und deren drei Kinder – die ebenfalls in der zweiten Hälfte ihrer Vision als Hauptakteure fungierten.

Ehe allerdings den Kindern als Familienmitglieder besonderes Augenmerk zukam, musste das Ehepaar einen verheerenden Krieg erleiden, in dem Mann und Frau viele Schrecklichkeiten widerfuhren. Auch danach zog das Schicksal alle Register und das Leben entwickelte sich immer mehr zu einem Überlebenskampf, der von harter Arbeit mit oftmaligen Rückschlägen begleitet war.

Die Bilder liefen wie im Zeitraffer ab, um ihr auf diese Weise glaubhaft zu dokumentieren, dass dieser Part nur die Einleitung der nachfolgenden Geschichte war, genau dem Aufbau einer Erzählung folgend:

„Als die Kinder, die eins ums andere die Verbindung hervorbrachte, geboren waren, wurde es für das Paar, trotz inniger Freude des Familienzuwachses wegen, erneut um einiges schwieriger. Sie hatten abermals ein Scherflein an Arbeit zuzulegen, damit wenigstens das Nötigste für ihrer aller Existenz gesichert erschien.

Sie waren eine gar bescheidene Familie, hatten sie ja auch nicht allzu viel, um verschwenderisch damit umzugehen. Für ihre Kinder opferten sie sich auf. Oft wussten sie weder ein noch aus, um alle über Wasser halten zu können.

Die Schulzeit der Kinder, eine sehr kostspielige Angelegenheit, war ein schwerer Prüfstein und eine entbehrungsreiche Zeit für Vater und Mutter. Trotzdem erschien den Eltern eine angemessene Schulbildung äußerst wichtig zu sein, damit das weitere Leben der Sprösslinge leichter bewältigbar wäre und ihnen einen sorgloseren Lebensstandard bescheren würde, als es der ihre jemals gewesen war. Noch ein Quäntchen mehr an Arbeit wurde den Eltern auferlegt. Doch auch diese Bewährungsprobe meisterten sie.

Die Rechnung der Eltern ging auf. Aus jedem ihrer Kinder wurden tüchtige Angehörige der Gesellschaft, die in gehobenen Berufen Fuß gefasst hatten. Einer leitete ein großes Unternehmen, der andere schuf sich als Geschäftsinhaber ein gutes Auskommen, der Dritte wiederum lehrte an einer höher bildenden Schule.

Nun, als alle Kinder aus dem Hause waren, erging es den Eltern finanziell wesentlich besser. Trotzdem war ihnen die Tugend der Genügsamkeit und der Bescheidenheit nicht abhandengekommen. Geringfügig Erspartes wurde nach wie vor den Kindern zugesteckt, obwohl diese es nicht gebraucht hätten.

Die Jahre verflossen. Schon einiges älter geworden, verrichteten Mann und Frau nach wie vor, ihrer Konstitution nicht mehr entsprechend, viel zu harte Arbeit, weil sie es nicht anders gewohnt waren.

Zusätzlich brachte das Alter Krankheiten mit sich. Ihrer beider Dasein wurde erneut beschwerlicher. Körperliche Überanstrengung übertraf bei Weitem ihre Verfassung.

Ihre Kinder lebten in alle Winde verstreut, um vieles besser situiert, als es den Eltern je vergönnt war. Hin und wieder besuchten sie Vater und Mutter, was ihnen mehr Pflicht als Freude bescherte.

Als es eines Tages zum Zusammenbruch kam, entschloss sich das Paar schweren Herzens ihren Lebensabend in einem Altersheim zu verbringen, weil es zu Hause unmöglich geworden war. Für eine entsprechende Hilfe fehlte ganz einfach das nötige Geld.

Es dauerte gar nicht lange, da verstarb der Mann, der die Trennung von eigenem Grund und Boden nicht verkraften konnte.

Jetzt war die Frau vollkommen allein und einsam zurückgeblieben. Die Besuche ihrer Kinder wurden noch spärlicher, denn sie wollten sich mit dem tragischen Lebensendlauf der Mutter nicht noch zusätzlich belasten. Das vertrug sich nicht mit den Intentionen eines erfolgreichen beruflichen Werdegangs.

In der Pflegestation des Altersheimes, wohin man die Frau aufgrund einer diagnostizierten Krebserkrankung, vielleicht auch hervorgerufen durch die seelische Belastung, brachte, musste sie ein Zimmer mit einigen anderen leidgeprüften Frauen teilen. Ihre Intimsphäre in dieser Phase ihres Lebens erfuhr eine unerträgliche Störung. Ihrer Menschenwürde teilweise beraubt, litt sie zusätzlich an schweren, vom Krebs verursachten Schmerzattacken, denen die Ärzte durch ausreichende Schmerzmittel nicht genügend beikommen konnten oder auch wollten.

Im Dämmerzustand vegetierte sie, einsam und verlassen, in unendlichem Leid dahin.

Zum Sterben schob man sie dann in eine kleine, dunkle Kammer, damit die anderen Patienten davon unbetroffen blieben.

Und als sie schließlich der Herrgott abberief, sie vor ihm stand, da fragte ihn die Alte traurig:

„In meinem schweren Dasein wurde viel von Menschlichkeit und Solidarität gesprochen, ich weiß diese Worte nicht zu deuten. Herr, kannst du mir diese Begriffe erklären?“

Da erzählte ihr Gott die andere Version. Der erste Teil der Geschichte blieb unverändert bis zu jenem Zeitpunkt, wo die Alten die Hilflosigkeit heimsuchte.

Hier erfuhr der Traum eine deutliche Wende, die sich wie folgt ergab:

„Das Ehepaar, nunmehr äußerst kränklich geworden, konnte die alltäglich anfallenden Aufgaben nicht mehr alleine bewältigen. Und weil die Kinder ihren Berufen nachgehen mussten, stellte man den Alten eine Hilfe zur Seite, die zum einen von den Kindern zum anderen von der Allgemeinheit finanziert wurde. Zudem gestaltete sich diese Variante nicht nur als die menschlichere, sondern auch als die wesentlich kostengünstigere, als es die Aufnahme in ein Altenheim bedeutet hätte.

An den freien Wochenenden waren die Kinder stets abwechselnd zur Stelle, um sich ihren alten Eltern uneigennützig zu widmen. Wenigstens konnten sie jetzt einen Bruchteil jener Opferbereitschaft ableisten, die seinerzeit die Eltern unter Aufbietung übermenschlicher Kräfte für ihre Kinder einst erbracht hatten.

Auf diese Weise partizipierten alle Parteien voneinander, die Alten hatten Ansprache, das Verhältnis untereinander war liebevoll und von Verständnis geprägt, wodurch ein Altern in Würde gewährleistet war.

Die Jungen wiederum durften sich an dem erbauenden Gefühl erfreuen, ihren Eltern den Lebensabend verschönern zu dürfen.

Natürlich war auch in diesem Szenarium der Tod nicht unausweichlich, und er stellte sich ein. Zunächst nahm er sich des Mannes an.

Plötzlich stand die alte Frau alleine da, die Wegbegleitung eines Großteils ihres Lebens war ihr somit genommen worden. Sie fühlte sich ihres Lebens nunmehr großteils entrissen.

Aber nun waren die Kinder noch mehr auf den Plan gerufen, sie bemühten sich vermehrt sehr rührend um die alte Mutter.

Irgendwann begann sich das Krebsgeschwür des Körpers der Frau zu bemächtigen, da wurde die Pflege durch eine Krankenschwester intensiviert. Als auch die Schmerzen unerträglich wurden, waren die Ärzte bestrebt, sie davon mit allen ihnen zu Gebote stehenden Mitteln zu befreien. Durch modernste Methoden gelang es den Medizinern auch tatsächlich.

Und als es dann doch ans Abschiednehmen ging, waren ihre Kinder Tag und Nacht an ihrem Lager anzutreffen und begleiteten sie ein kleines Wegstück hinüber.

Lächelnd, beinahe zufrieden, verschied sie."

Da sprach Gott zur leidgeprüften Frau aus dem ersten Traumgebilde:

„Das ist nur eine von unzähligen Arten der Solidaritätsbezeugung, aber auch der Menschlichkeit. Es gibt zahlreiche Möglichkeiten, davon Gebrauch zu machen. Begreifst du jetzt die Bedeutung dieses Wortes, gute Frau? Wurdest du nie mit gelebter Solidarität konfrontiert?"

Hier endete der Traum. Erwacht, flüsterte die noch vor Kurzem Träumende das Zauberwort „Solidarität" einige Male vor sich hin. Plötzlich wusste sie präzise, wie der Artikel zu verfassen wäre, und sie buchstabierte laut zur Bekräftigung ihrer Eingebung schlaftrunken vor sich hin:

„S – wie Selbstlosigkeit, O – wie Obhut, L – wie Liebe, I – wie Inbrunst, D – wie Demut, A – wie Anerkennung, R – wie Redlichkeit, I – wie Integration, T – wie Toleranz, A – wie Achtung, E – wie Ehrfurcht, T – wie Trost.

Alle diese Begriffe unter vielen anderen sind essenzielle Bausteine gelebter Solidarität, vereinen sich mit ihr, deren Mutter die Menschlichkeit ist", kam ihr trotz der Trägheit ihrer eben erst erwachten Gedanken zum Bewusstsein. Wie in Trance schrieb sie weiter an ihrer Arbeit.

„Grundvoraussetzung zur praktizierenden Solidarität ist Toleranz, j e d e m Lebewesen sowie der Schöpfung gegenüber.

Die Hand zu reichen, dem, der sie braucht, auch wenn er nicht darum bittet. Menschlichkeit und Solidarität *müssen* im Kleinen, in der Familie, im Freundes- und Bekanntenkreis, ihren Anfang nehmen dann haben sie auch berechtigte Chancen sich über alle Grenzen hinweg zu entfalten."

Sie wusste um die Bewandtnis ihres Traumes Bescheid, denn er entsprach der Wahrheit, ihrer persönlichen Wahrheit. – Vollkommen identisch mit dem ersten Teil ihrer Vision erging es nämlich vor Jahren … ihren Eltern!

„Die andere Alternative des Traumes hingegen bewegt sich vollkommen in die richtige Richtung. Leisten wir doch Gehhilfe", schrieb sie weiter, „auch wenn sie noch zaghafter Natur ist, denn irgendwann einmal profitieren wir alle davon, dann werden die Grenzen endgültig fallen! Dann ist ein Traum Realität geworden und das Märchen lebt", vollendete sie noch rasch als Resümee ihren Zeitungsartikel, ehe sie zur Redaktion fuhr, um ihre Arbeit abzuliefern.

Auf dem Weg ins Dorf

von Barbara Hollenstein

Meine Schwester und ich wanderten die lange Straße hinab ins Dorf, welches viele Kilometer weit entfernt war. Wir gingen zu Fuß. Mit schweren Herzen marschierten wir schweigsam nebeneinander her. Am Wegrand blühten Löwenzahnblumen, ihre gelben Köpfchen streckten sie nach der Sonne aus, große Bäume säumten den Wegrand. Der Himmel war behangen, Wolken zogen vorüber. Ich fühlte mich bedrückt, eine Last hing an meinem Rücken hinunter, als trüge ich einen schweren Sack voller Steine. Die Enttäuschung war mir ins Gesicht geschrieben. Meine Schwester nahm mich beim Arm und schritt wortkarg, manchmal klagend mit mir mit. „Wohin gehen wir?“, fragte sie. „Hinab ins Dorf“, antwortete ich betrübt. Was wir dort wollten, war uns selbst noch nicht klar, wir wollten bloß weg von der Stadt, die uns so viel Elend zugemutet hatte. Wir waren auf der Flucht vor unserem Weh und Ach. Wenigstens gab uns die lange Wegstrecke die Gelegenheit, die Trauer zuzulassen, die Frustration und das enttäuschte Vertrauen abzuschreiten.

Eine Frau ging des Weges. Ihre Gestalt erinnerte uns an eine Marktfrau. Sie trug einen langen Rock und eine weite, luftige Bluse. Ihre Kleidung war schlicht und ein wenig altmodisch. Sie kam immer näher und schaute uns an. Sie ging mit uns den langen Weg, der noch vor uns lag. „Hast du gehört?“, fragten wir sie, „hast du auch erfahren, dass er gestorben ist?“ Wir erzählten ihr unsere ganze Geschichte. Vom Onkel, der uns hätte begleiten sollen, der uns ein besseres Leben verheißen hatte – er war plötzlich tot und nicht mehr da, bevor wir überhaupt unsere Freiheit, die schönen Zeiten mit ihm hatten erleben dürfen! Er hätte unser Beistand werden sollen, wir sind Waisen, uns wurde gesagt, er würde für uns sorgen. Er war gekommen und hatte uns wunderbare Geschichten erzählt, wie konnte er Geschichten erzählen! Begeistert und traurig zugleich redeten wir unser ganzes Elend auf die zuhörende und interessierte Frau ein. Sie war ganz bei uns. Sie sagte nicht, dass wir aufhören sollten, uns zu beklagen. Sie ließ unsere Klage zu. Sie schien zu wissen, wovon wir berichteten. Sie war viele Jahre älter als wir und ihr Gesicht erzählte uns ihre eigene Geschichte. Sie kannte Leid und den Tod und auf ihre eigene Weise wurde sie uns beim Wandern immer mehr zu einer Vertrauten, die wir nicht hätten missen wollen. Unser Herz schlug warm für sie, die uns erlaubte, das ganze Leid abzuladen. Sie entfachte in mir eine Hoffnung, eine kleine Flamme, ich spürte, wie sie in mir drin leise Fuß fasste. Ein kleiner Lichtblick war sie, wie ein Stück blauer Himmel unter vielen Wolken. Vielleicht war unser Klagen und Weinen nicht vergebens? Wenn das, was die Frau uns erzählte, stimmte, dann war unsere Trauer eine Tür, durch die wir schreiten konnten. Dann gab es dahinter einen neuen Raum mit neuen Freiheiten. Dann war nicht alles aus und fertig. Ich zweifelte noch so sehr, aber die schlimmste Schwere war von meinem Herz abgefallen.

„Kommst du mit uns in die Herberge im Dorf?“, fragten wir. Wir wollten sie nicht ziehen lassen, jetzt, wo sie so vieles von uns wusste, wo sie uns so viel Mut mit auf den Weg gegeben hatte durch ihr einfaches Dasein und Zuhören. Die Frau gewährte unserem Drängen und Bitten Einlass. Sie schloss sich unserem Weg weiter an und blieb bei uns. Wir quartierten uns ein. In einer schlichten Hütte saßen wir nun gemeinsam und als es Abend wurde, setzten wir uns mit ihr an einen Tisch. Ruhig und gelassen saß sie bei uns, nahm eine Schüssel vom Tisch und schöpfte uns daraus das Essen. Wie sie die Schüssel hob, schossen mir Tränen in die Augen. So hatte meine Mutter die Schüssel hochgehoben. So hatte sie uns das Essen geschöpft, bevor sie gestorben war! Die Frau war für mich für einen Moment lang nicht mehr da, sie verschwand, war unsichtbar, war nicht mehr die Frau, die mit uns unerkannt gewandert war. „Das ist meine Mutter!“ Ich sah sie vor mir, ihre Wärme, ihre Güte, ihre Zuwendung, ihre ganze schlichte und liebe Art, die wir so vermisst hatten, seit sie gestorben war. „Mama“, flüsterte ich zu meiner Schwester, „schau, das ist Mama, ich habe sie wieder gesehen!“ „Ich auch! Ich habe sie auch gesehen, das ist sie! Sie ist wieder bei uns, sie ist wieder da!“

Nach einer ganzen Weile saßen wir noch immer gerührt und betroffen vor unseren Schüsseln mit dem Essen. „Siehst du sie noch?“, fragte ich meine Schwester behutsam. „Nein“, hauchte sie zurück. „Aber sie ist trotzdem da?“, fragte ich sie. „Ja! Schau, sie ist da!“ „Ich bin glücklich“, sagte ich. „Mein ganzes Herz ist warm. Es bebt, du, es leuchtet!“ Meine Schwester hielt sich mit den zarten Händen am Tischtuch fest und schnupfte sich die Nase. „Sie ist da! Jetzt wissen wir es, wir haben es gesehen, wir haben sie den ganzen Weg lang bei uns gehabt!“ „Komm!“, rief ich vor lauter Freude. „Lass uns zurückwandern, in die Stadt, lass uns unseren Bekannten erzählen, dass wir nicht mehr so traurig sind. Wir brauchen nicht davonzulaufen, wir können warten, bis ein anderer Beistand sich meldet, wir sind jetzt frei, ganz frei, weil unsere Mama immer bei uns ist. Sie ist gestorben, der Onkel ist nicht mehr da. Die Liebe aber, die Liebe, sie bleibt! Sie wird uns für immer begleiten.“ „Wir sind nicht am Ende!“, flüsterte meine Schwester mir zu. „Das ist ein Anfang, ein ganz neuer. Alles ist gut. Gut, wie es ist!“

Wir gaben uns unsere Kinderhände und hielten uns innig fest. Wir packten unsere paar Sachen in den kleinen Rucksack, den wir bei uns hatten, und verließen das Dorf, noch am selben Abend nahmen wir den Weg zurück in die Stadt unter die Füße. Sie sollten sich nicht um uns sorgen, sie sollten wissen, dass wir bereit waren, einen Neuanfang mit warmem Herz zu wagen. Unser Erlebnis stärkte uns und verlieh uns viel Kraft. Die Füße trugen uns alsbald den weiten Weg wieder zurück. Wie lange schien es uns her, seit wir müde und traurig diese Strecke gewandert waren! Wie anders als zuvor schritten wir aus. Voller Hoffnung, voller Leben, voller Kraft, die uns aus unserem Herzen zufloss, als sprudelte eine unendliche Quelle aus dem Jenseits in uns hinein.

Gedichte

von Gerald Höftberger

Des einen Freud, des andern Leid

Der war einst ein Baum,
sein Blattwerk so üppig und dicht,
verwehrte in seinem Raum,
allen anderen, Benetzung und Licht.

Eines Tages da weht nun der Wind,
unter des Baumes grünem Dache,
das winzige Samenkind
eines Baumriesens unten vom Bache.

„Du hast keinen guten Platz dir erwählt!",
sprach da der stolze Baum zu dem Sam',
wobei er dem Kleinen auch nicht verhehlt,
dass unter ihm keiner zu Licht und Wasser je kam.

Der Sam' aber sprach den Baume beflehend;
er mög' ihm doch helfen zum Licht zu gelangen,
sein dichtes Blattwerk im Winde leicht wehend,
hörte der Baum des Kleinen zeternd' Verlangen.

Nach etlichem Bitten tat der Keim ihm unendlich leid,
es ihn erweicht bis tief in sein Herz,
so er beschloss zu lichten sein üppiges Kleid,
einen blühend' Ast ließ er sterben unter grässlichem Schmerz.

Und der Spross wuchs zu einem mächtigen Riesen heran,
sodass unter sich er bald alles begrub; ob Laub oder Tann'.

Sie verstanden sich gut während all dieser Jahr',
der Alte freute sich über des Jungen Gedeih,
doch wurde das Lichte dem Alten bald rar,
dass er gar fürchtet, ob dies für immer so sei.

Der Sonnenstrahl ihn nur erreicht noch ganz fahl,
sein üppig' Blätterkleid, es mehr und mehr von ihm wich,
an manchen Stellen er nun schon ziemlich kahl,
ganz einem alten, kranken Manne er glich.

Da rafft sich der einst so Stolze auf den jungen Riesen zu flehen,
ob mög' er an einer seiner dichten Stellen nicht ein wenig kahlen,
würd' ihm ansonsten stets vor Sonn' und Wasser stehen,
wohl er stürb', so ganz ohne lebensspendend' Sonnenstrahlen.

Da lachte der nur, dass es im Walde gerade so gellt,
und er spricht: „Mein guter Freund, bist du gescheit,
s' ist so wie überall auf dieser Welt,
des einen Freud, ist halt des andern Leid."

Dies hörte Waldgott Pan,
und es mit Recht ihn wollt erzürnen,
da geht er her und schickt sich an,
lässt Blitz und Donner auf sie niederstürmen.

Es zuckte ein Blitz, vom Himmel zur Erde entsandt,
suchte aus dabei die höchste Baumkrone sich,
hat gar den Riesen bis tief ins Mark hin verbrannt,
der Regen bewirkt, dass das Feuer darauf wieder wich.

Ehe er starb, flehte er noch: „Hilf doch, denn groß ist die Not,
dich so zu verhöhnen es mich wirklich sehr reut,
aber zur Antwort des Alten ist der Jüngling schon tot";
sprach leis' er nur in Gedanken:
„Des einen Leid, ist wohl wahrhaft des anderen Freud!",
ließ sein Blattwerk wie einst in Wind und Sonn' er wieder wanken.

Bald schon ließ er unter seinem toten Ast,
erneut einen Sprössling erkeimen,
doch wusste er diesmal, dass der Spross zu ihm passt,
den jener Sam' war einer der seinen.

Höfti 09.09.2003

Fliegenjagd

Im Garten in der Sonne brutzelnd, ich mich in meiner Liege wiege,
der Schlaf mich übermannend, abzusehen, dass er bald schon siege,
da schreck ich hoch; was war's:
Es war das Summen einer läst'gen Fliege.

„Na warte!", denke ich bei mir, „du wirst schon seh'n,
wie ich dich kriege",
ein Schlag nach hie, einer nach dort, ich treffe nicht,
wenn ich mich noch so sehr nach ihr verbiege,
Listigkeit in meinem Antlitz steht, denn meinem Geist entsprang
'ne ganz famos' Intrige,
marschiere los, zum Bauern nebenan,
und leih mir dessen alte Ziege.

Es hat geklappt, zur angepflockten Stinkeziege
fliegt munter nun die läst'ge Fliege.
Guten Muts ich mich erneut in meine kuschelige Liege schmiege,
doch kaum entschlummre ich; der Pflock reißt aus,
es nervt mich nun die Fliege,
genauso wie des Bauern stinkend Meckerziege.

Höfti 04.06.2003

Natur Er-Leben

Sonnenuntergänge wie glühende Lava sehen
und dabei die Natur und ihren Ursprung verstehen.
Loslassen können von all deinen Habseligkeiten,
würde gewiss den Weg zum Glück dir bereiten.
Und hättest du all das Gold
und Geld dieser Welt für dich können verbuchen,
es käm' dennoch der Tag,
an dem du würdest all den Mammon verfluchen.
Doch würd' es dir einmal gelingen
einen Samen zum Keimen zu bringen,
kann ich dir schon heut' prophezeien,
wird dieses Erlebnis dich deiner Lebtag erfreuen.
Es gab so vieles, bevor der Mensch seine Häuser und Straßen gebar,
das in seiner Unberührtheit einfach wunderbar war.
Doch wird es die Menschheit wahrscheinlich vollbringen,
die Mutter Natur und sich selbst niederzuringen.
Aber vielleicht wird es dennoch wider Erwarten
auf der Erde wie einst in Eden, ein blühender Garten.
Ja, es wär' doch so wichtig, noch vor all den anderen Dingen,
die Natur zurück ins Gleichgewicht wiederzubringen.

Nazis! Vorsicht!

Das Herz der Nazis wieder schlägt stetig und behände,
denn schon wieder sprühen ihre Sprüche sie auf alle Wände.
Denn die Keime, sie sind fruchtbar noch,
aus dem sie sind gekrochen,
Und sie werden sicher wieder tun,
was sie dereinst hab'n verbrochen.
Die braune Brut, sie wachset und gedeiht.
Und sehen wir nicht uns gut vor, ist's wieder mal so weit.
Tausende von Büchern werden sie verbrennen,
weil sie sie nicht verstehen.
Doch was kommt nach den Büchern?
Über Leichen werden sie dann gehen.
Denn sehen wir noch länger zu und spielen dumm die Frommen,
dann ist's zu spät, mit Pauken
und Trompeten werden über uns sie kommen.
Nach der Macht sie wieder greifen werden,
das Land sie überrollen,
werden lynchen, morden
und vertreiben, sowie plündern aus den Vollen.
Handeln sollten wir jetzt, um dem Ganzen Einhalt zu gebieten.
Und bringen sie nach „Stein",
um auf ewig Zellen ihnen zu vermieten.
Vorbei wär' dann der ganze Nazischreck,
am besten schmisse man den Schlüssel weg.
Jeder, der da hergeht und wieder ruft Naziparolen,
sollte ob seiner teuflischen Gesinnung der Selbige holen.
Man sollte all die ewig Gestrigen einfach zusammenfassen,
um sie in ihren eigenen KZs dann krepieren zu lassen.
Und wenn sie sich da krümmen vor Schmerzen
und vor Hunger beginnen zu schrei'n,
so möchte ich denen nur sagen,
ist es denn wirklich so herrlich, ein Nazi zu sein?

Höfti

Wasser

Am Anfang war das Feuer!
In kontrollierter Form ist's uns heut noch lieb und teuer.
Später kam das Wasser dann,
mit ihm fing eine ganz besondre Ära an.
Feuer und Wasser gebar uns das Leben,
dies zu begreifen ist imstande man kaum,
und das daraus entwickelt der Mensch sich,
ist für manch' ein fantastischer Traum.

Seh ich das Wasser, wie es plätschert und fließt,
wie es strömt in den Flüssen, sich als Regen ergießt.
Fällt in seiner Urgewalt in Fällen die Berge hernieder,
füllt damit Bäche und Seen wieder und wieder.

Es kann doch so vieles, auch den Durst es uns stillt,
was mithin der Grund ist, dass ich bin gewillt,
zu ahnen, dass der Herr in seiner schöpf'rischen Kraft
etwas viel Höheres damals als den Menschen geschafft!

Das Wasser, es nährt uns, belebt uns, und es wäscht uns rein,
an all dem gemessen,
müsst' das Wasser Gott wesentlich ähnlicher sein.

Höfti 28.03.2000

Verlorene Gefühle

Ich sah den Schein nicht mehr in deinen Augen,
und mir erschien als könnt ich's gar nicht glauben.
Vorbei das Glimmern, Funkeln und der Glanz,
der in meinem Herzen hat erweckt einen regelrechten Freudentanz.
Soll das wahr sein, ist es schon so lang Vergangenheit?
Als du hast gesagt das dich das Leben ohne mich nie wieder freut.
Ich könnt noch Stundenlang so hinsinnieren
und würd es dennoch nie kappieren.
Denn meine Liebe zu dir ist noch nicht erloschen.
Das klingt jetzt vielleicht etwas abgedroschen.
Doch kann ein Mensch der innig liebt es nicht verstehn,
wie das Gefühl der Liebe kann vergehn.

Höfti 2002

Dorf der Wölfe

von Benjamin Jokanovic

Es war ein schöner, sonniger Herbstmorgen im Vorort Countville. In der Stadt war es friedlich und die Leute schlenderten umher oder saßen gemütlich draußen im Park, wo noch die letzten Farben des Herbstes lagen. Vom Park aus konnte man die Spitzen der altehrwürdigen Burg Lenkshaw sehen, wo einst die Urväter der Dorfbewohner gegen die Eroberer von damals gekämpft und sich gewehrt hatte gegen die drohende Übernahme durch Britannien. Sie hatten tapfer für ihre Unabhängigkeit gekämpft, zumindest in ihren Herzen waren sie die Sieger. Im Dorf konnte man einige Monumente und Statuen sehen, die zur Erinnerung an diese dunkle Zeit aufgestellt waren. Die alten Leute erzählten die Geschichten ihrer Vorväter ihren Hinterbliebenen und man singt noch bis heute Lieder ihnen zu Ehren an Festen und geselligen Abenden.

Im Dorf gab es genug Arbeit in den Holzschneidewerken und in der Waldwirtschaft.

Das Gebiet war sehr bewaldet und die Qualität des Holzes begann sich immer mehr im Land herumzusprechen.

Auch die Söhne von Robin und Katie Fletcher waren im Holzgewerbe tätig. Sie arbeiteten in der Stadt Huntrow, wo sie besser verdienten und, jeder für sich, eigene Familien gegründet haben.

Patrick, Ron und Marth waren schon länger aus dem Elternhaus ausgezogen und besuchten ihre Eltern nur noch an Feiertagen oder wenn es die Zeit erlaubte, was selten der Fall war.

Robin und Katie hatten ihrem kleinen Häuschen und dem Dorf nie den Rücken zugekehrt. Warum sollten sie auch, jetzt, wo sie schon älter waren und große Jungs herangezogen hatten.

Robin redete stets mit Stolz von seinen Söhnen, wie bodenständig und erfolgreich sie waren.

Wer in der Stadt arbeitete und dort wohnte, hatte Arbeit und konnte für sich und seine Familie sorgen.

Das war im Dorf bekannt und man sprach gut über die wenigen, die den Schritt nach Huntrow oder Edinborow gewagt hatten.

Robin und Katie waren keine reichen Leute, wer war das schon im Dorf, höchstens die Leute, die mit der Stadt Handel trieben und etwas zu sagen hatten. Aber im Dorf beklagte sich niemand,man hatte ja genug, um zu überleben. Robin half hie und da beim nahen Bauern aus und konnte so die nötigen Nahrungsmittel für ihn und seine Frau Katie nach Hause bringen. Katie kochte gerne und sie strickte ständig für die Familie Kleidungsstücke. Sie waren beide in die Jahre gekommen und versuchten mit dem auszukommen, was sie hatten. Sie hatten jetzt etwas mehr Platz in ihrem Häuschen, seit ihre Söhne ausgezogen waren, sie hatten keinen Luxus, aber suchten auch nicht danach. Ihr Haus lag nahe angesiedelt zu den anderen Häusern des Dorfes und unterschied sich nicht von denen. Einfache alte Holzhäuser, die mit gehauenen Steinen fundiert waren.

Am Abend machten sie es sich stets vor dem Kamin mit Kerzenlicht gemütlich.

Eines Abends kam Robin später nach Hause und sagte: „Katie, du glaubst nicht, was ich gehört habe vom alten Mr. Hanrick!“ Robin war etwas außer Puste, weil er in den Wäldern gewesen war, um Pilze und Kräuter zu suchen, die er Katie immer stolz nach Hause brachte. Nicht zuletzt weil er sich dann auf ein gutes, warmes Abendessen freuen konnte. „Nein, was?“, erwiderte Katie erstaunt über Robins impulsives Verhalten. Sie legte die feuchten Kohlblätter zur Seite, die sie für das Abendessen schnitt, und sah gespannt zu ihm.

„Mr. Hanrick,du weißt doch, der verrückte alte Mann, der im Wald mit seinem Hund wohnt“, sprach Robin aufgewühlt, auf seiner Stirn waren die ersten Schweißperlen zu sehen.

„Er hat gesagt, er hätte gestern Abend einen Wolf gesehen!“

„Einen Wolf!?", stieß Katie hervor, „das glaub ich nicht, die sind doch schon lange alle aus unseren Wälder vertrieben worden", sagte Sie etwas verblüfft und strich sich die Hände an der Schürze ab.

„Ich weiß", sagte Robin und fuhr fort: „Doch er klang sehr bestimmt und ernst!"

„Mr. Hanrick ist ein sonderbarer Mann, der die Einsamkeit sucht, aber er ist kein Lügner.", fügte er hinzu.

„Ja, wenn du ihm glaubst, sollten wir mit der Polizei reden, so etwas wird ihnen bestimmt unsinnig erscheinen, aber wenn du es ihnen sagst, werden sie vielleicht nachsehen", sagte Katie zu ihrem Mann, mehr um ihn zu besänftigen, als dass sie die Sache besonders ernst nehmen würde. Sie wandte sich um und ging zurück in die Küche, um das Abendessen vorzubereiten.

Robin ging zuerst mal in sein Stammlokal, um mit seinen Freunden einen zu trinken, so wie er immer gegen Abend noch auf einen Drink ins Pub ging. Er wollte auch noch mit einigen Leuten über sein Vorhaben reden und nicht einfach so zur Polizei gehen und sich wohlmöglich zum Affen machen, nur wegen eines alten Kerls, der irgendetwas gesehen haben soll.

Als Katie alleine zu Hause das Abendessen vorbereitete und noch die Zwiebeln schnitt, die ihr ihr Ehemann vom Bauer gebracht hatte, erinnerte sie sich, wie ihre Mutter ihr die Geschichte von den Wölfen erzählt hatte.

Sie hatte sich nie mehr besonders an diese Geschichte erinnert, weil man im Dorf die Wolfsplage schon lange verdrängt hatte. Es gab eine Wolfsplage vor etwas hundert Jahren, die Wölfe waren zahlreich in dem Gebiet und lebten in den Wäldern. Als es zu viele Wölfe gab und sie einige Hühner zu reißen anfingen, machte man Jagd auf sie.

Zur Verstärkung baten die Männer aus dem Dorf noch andere Männer aus anderen Dörfern um Hilfe, denn auch dort gab es Vorfälle von Wolfsangriffen auf Tier und Hof.

Die Männer gingen damals bewaffnet nachts in die Wälder und töteten Dutzende von Wölfen und brannten ihre Bauten nieder. Der alten Geschichte nach rächten sich die überlebenden Wölfe am Dorf, indem sie einige junge Mädchen mitnahmen, die nie wieder gesehen wurden.

Katie wurde es nun etwas mulmig zumute, Robin war fort und es war schon dunkel draußen. Sie versuchte sich abzulenken und begann vor sich her zu summen. Dann, plötzlich ein lautes Tock! Tock! an der Haustür. Katie zuckte zusammen und bekam Herzrasen. Sie schluckte und rief besorgt durchs Zimmer: „Wer ist da?“ Nach einem Augenblick sagte eine raue Stimme hinter der Tür: „Miss Fletcher.“ Für einen Moment war Stille … Katie wollte nicht aufmachen, hielt inne und fragte dann erneut: „Wer ist da?“ … „Hier ist Mister Hanrick, ein Freund von Ihrem Mann.“ Katie wusste nicht, was sie tun sollte, denn spät abends erhielten sie nie ungeladenen Besuch. Sie blieb wie versteinert hinter der Tür.

Dann hörte Sie eine weitere Stimme, sie hielt ihr Ohr näher an die dicke Holztüre.

Es war Robins Stimme. Beide schienen sich zu unterhalten. Katie öffnete nun die Tür und ließ ihren Mann und Mr. Hanrick herein. „Entschuldigen Sie, dass es etwas gedauert hat, wenn mein Mann nicht zu Hause ist, öffne ich am Abend niemandem die Türe“, sagte Katie höfflich zu Mr. Hanrick.

„Das verstehe ich, Misses Fletcher, kümmern Sie sich bitte nicht mehr darum.“ Robin bat nun beide zu Tisch und erzählte ihnen, dass er mit seinem Freund Henrie bei der Polizei war und den Vorfall nun doch gemeldet hatte. „Ja, man kann nie wissen …“, meinte Mr. Hanrick.

„Mr. Hanrick, fühlen Sie sich heute als mein Gast, Katie hat bestimmt genug gekocht, bleiben Sie zum Essen!“, sprach Robin gesellig. Katie nickte und bereitete alles vor. Als die drei zu Abend aßen, sprachen sie von den Wölfen, die damals ihr Unwesen trieben. Auch Robin konnte eine Geschichte davon erzählen, die sein Vater ihm geschildert hatte, und er ließ keinen Satz aus, sie genau nachzuerzählen.

Mr. Hanrick, ein großer, beleibter Mann mit grauem Bart, so gegen Ende sechzig, ließ Mr. Fletcher ausreden.

Bis dahin hatte er kaum an den Gesprächen der Fletchers teilgenommen, er wirkte zu Tisch sitzend einen Kopf größer als Robin und Katie. Er verschlang den Rest auf seinem Teller,wischte sich mit der Hand seinen grauen wuchtigen Bart ab.

Dann räusperte er sich, schob mit den Händen langsam seinen leeren Teller von sich, drehte sich zu Katie und sagte: „Die Wölfe sind Ihretwegen hier.“

Nun herrschte Totenstille zu Tisch. Katie und Robin saßen wie versteinert auf ihren Stühlen. Katie wurde weiß im Gesicht und brachte keinen Ton heraus. Bis jetzt hatten sie Mr. Hanrick als einen etwas seltsamen, alten Mann angesehen, der jeden in Ruhe ließ und für sich selbst sorgte. Mr. Hanrick schaute immer noch auf Katie, sein Blick war starr und gefühllos, so, als ob er das sagen musste und er es nicht verschweigen konnte. „Warum sagen Sie das?“, fragte Robin den Mann entsetzt. Dieser drehte sich etwas von Katie ab, dann entgegnete er: „Weil ich einen Traum hatte, bevor ich den Wolf sah. Ich sah in meinem Traum eine Frau, die in die Wälder hinauflief und weinte, ich hörte sie immer wieder sagen: ‚Warum konnte ich kein Mädchen zur Welt bringen, warum …‘“

Als er das gesagt hatte, sprang Katie weinend vom Tisch auf und zog sich in das Schlafzimmer zurück, das nur einige Schritte von der Stube weg war, dabei fiel der Stuhl um, in dem sie zuvor gesessen hatte.

Robin wusste nicht, wie ihm geschah, er war auf so etwas nicht vorbereitet, er war einige Augenblicke durcheinander. Dann entgegnete er trocken: „Mr. Hanrick, was tun Sie da?“

„Sehen Sie, was Sie angerichtet haben!?“ Er konnte den Mann dabei nicht in die Augen sehen.

Alles war still geworden um die beiden Männer herum, nur das Licht von den Kerzen auf dem Tisch regte sich.

Dann richtete sich Mr. Hanrick langsam auf und ging zur Tür: „Tut mir leid Mr. Fletcher, ich sollte jetzt gehen“, Robin, der sonst ein friedvoller, heiterer Kerl war, entließ den Mann schweigend aus seinem Haus.

Am nächsten Morgen sah Katie mitgenommen aus. Sie erzählte Robin daraufhin, was sie schon lange verdrängt hatte und wie das gestern aus ihr herausgebrochen war. Sie hatte ihre Gefühle bis dahin verdrängt.

Sie erzählte ihm, wie einsam sie sich manchmal fühlte und wie sehr sie sich früher eine Tochter gewünscht hatte.

Es war für sie nicht leicht gewesen, drei Jungs großzuziehen.

Doch sie machte Robin keine Vorwürfe deswegen. Sie hatte ihren inneren Schmerz nie nach außen gebracht, nie hatte sie sich beklagt, geschweige denn ihrem Mann etwas darüber gesagt.

Er hatte jahrelang für die Familie gesorgt und sie immer gut behandelt.

Sie erzählte ihm, dass sie früher oft alleine in die Wälder gegangen war, um Kräuter zu sammeln. Dabei dachte sie oft daran, wie schön es wäre, eine Tochter zu Haben, und verweilte stundenlang nachdenklich im Wald.

Robin versuchte sie zu trösten und hielt sie in den Armen. „Woher konnte der Mann das bloß wissen?“, murmelte Robin vor sich hin. „Dass weiß ich auch nicht!“, sagte Katie leise vor sich hin.

Später gingen Mr. und Mrs. Fletcher spazieren, um frische Luft zu schnappen. Robin hatte heute keine Lust Mr. Woodgate, dem Bauern, im Garten zu helfen und wollte mehr Zeit mit Katie verbringen. Ihr hatte der gestrige Abend zugesetzt und sie brauchte Ablenkung. Das Dorf war sehr belebt und die Bewohner hatten einen schnelleren Gang als sonst. Robin sah beim Vorbeigehen den Dorfschmied auf der anderen Straßenseite und begrüßte ihn. Der schien seine Arbeit wie immer gemächlich zu verüben.

„Was ist denn heute los im Dorf, alle sind so in Hast?", fragte Robin den Schmied.

„Mr. Fletcher, guten Tag, haben Sie denn nicht die neuesten Nachrichten vernommen? Am frühen Morgen wurden einige Tiere angegriffen."

Robin hielt inne: „Wölfe!?" Der Schmied erwiderte: „Das kann ich mir nicht vorstellen, die gibt's hier doch schon lange nicht mehr! Diebe oder Hunde!", sagte der beleibte Schmied bestimmt.

Der Sohn des Schmieds hatte die Unterhaltung seines Vaters mitangehört und begab sich zu ihnen. „Ja, Vater, die Polizei will in die Wälder, um nach den Wölfen und den Vermissten zu suchen. Ms. Rose hat das heute Morgen Mom erzählt!" Der Schmied wandte sich wieder seiner Arbeit zu und strich dem Jungen über den Kopf und sagte ihm: „Glaub nicht alles, was Ms. Rose erzählt, und nun gehe vom Brunnen Wasser holen!" Robin horchte auf: „Was für Vermisste?", fragte er gespannt.

„Ach, die alte Witwe Ms. Rose erzählt herum, dass Kinder vermisst werden. Kann ich mir nicht vorstellen. Die alten Geschichten, Sie wissen schon", sagte der Schmied etwas höhnisch und schwang seinen Hammer, ungeduldig Ausschau haltend nach seinem Jungen.

Robin bedankte sich für das Gespräch und ging in den Park, um Katie zu treffen.

Die war schon voraus gelaufen, um ein schönes Plätzchen für das Picknick zu finden.

Robin erzählte ihr nichts, von dem, was er gehört hatte. Sie sollte sich heute entspannen.

Im Park war es gemütlich. Bei schönem Wetter versammelten sich dort die Dorfbewohner, um zu essen und zu plaudern. Der Park war nicht so besucht wie sonst, aber die Fletchers genossen mit den Handersons, die sich zu ihnen gesellten, den schönen, herbstlichen Nachmittag.

Am Abend ging Robin in sein Stammlokal. Es wurde dort gelacht und man war fröhlich. Im Pub wurde herum erzählt, dass die Polizei einige Wölfe im Wald gesehen hatte.

„Der alte Hanrick hatte also recht", sagte Robin angetrunken in geselliger Runde.

„Der hatte die Wölfe doch tatsächlich als Erster gesehen."

„Ja, der Alte ist doch nicht verrückt geworden", sagte Henrie. „Die Polizei wird uns schon rufen, wenn sie noch Männer brauchen. Ich denke, diese Biester bleiben hier nicht lange", sagte ein älterer Mitgeselle lachend hinzu: „Schließlich kennen auch die Wölfe die alten Geschichten!" Man verweilte noch ein wenig und genoss die heitere Stimmung im Pub.

Als Robin kurz vor Mitternacht nach Hause kam, war Katie noch auf und saß gemütlich mit einer Tasse Tee und ihren Stricksachen vor dem Kamin. Sie unterhielten sich noch eine Zeit lang, tranken ihren Tee fertig und gingen dann zu Bett. Sie wollten morgen etwas früher aufstehen, um den Garten winterfest zu machen. Die kühlen Nächte ließen auf einen kalten Winter hin schließen.

Spät in der Nacht, so kurz nach drei, wurde Katie plötzlich wach. Sie dachte, ein Klopfen gehört zu haben.

Sie rieb sich die Augen, richtete sich auf und sah zu Robin hinüber, der tief und fest neben ihr schlief.

Tock! Tock! machte es an der Haustür.

Katie stand aus dem Bett auf, ging mit langsamen Schritten durch das dunkle Wohnzimmer Richtung Haustür.

Etwas Licht kam durch das Fenster, aber sie wagte nicht eine Kerze anzuzünden.

Es klopfte noch ein Mal, diesmal war es lauter. Sie stand nun ängstlich vor der Haustür und versuchte etwas zu hören.

Eine männliche Stimme sagte laut hinter der Tür: „Katie, es ist Zeit, komm jetzt, sie warten schon auf ihre Mutter!"

Katie war geschockt und wurde ganz weiß im Gesicht.

Entsetzt legte sie ihre Hände an die Tür: „Das kann doch nicht sein?" Sie verlor fast das Gleichgewicht. Langsam tastete sie sich zu einem Stuhl, der neben der Türe stand. Sie setzte sich hin und griff sich an den Kopf. Alles war regungslos. Als Katie nun auf dem Stuhl saß, überkam sie der Gedanke wie ein Blitz! „Das habe ich mir doch gewünscht!", murmelte sie vor sich hin. „Ich glaub das nicht!" Sie stellte zu ihrer Verblüffung fest, dass ihr das widerfuhr, was sie sich all die Jahre sehnsüchtig gewünscht hatte. Die Mutter von vielen jungen Mädchen zu sein. Erschrocken von dieser Eingebung, rief sie durch das Zimmer: „Doch nicht so! Nicht auf diese Weise!“ Mit Tränen in den Augen machte sie die Haustür hastig auf, um nachzusehen. Doch da war niemand mehr.

Vor der Haustüre stand niemand, es war dunkel und das Mondlicht zeigte die Umrisse der gewohnten Umgebung. Katie stand nur da und starrte in die Dunkelheit. Immer wieder murmelte sie: „Nicht so, nicht so!“ Nach einer Weile legte sie sich wieder zu ihrem Mann ins Bett.

Sie war erschöpft und versuchte noch ein paar Stunden zu schlafen.

Am nächsten Morgen wachte Katie alleine auf. Das Tageslicht hatte sie geweckt. Sie hatte lange geschlafen und fühlte sich erleichtert. Sie ging in die Küche. Dort war Robin frisch und fröhlich am Kochen.

„Hallo Katie, na, du hast ja lange geschlafen!“, sagte Robin lachend. Katie erwiderte verlegen: „Tut mir leid, ich weiß, wir wollten früh aufstehen.“ Robin winkte ab und sagte: „Ist schon alles erledigt, komm, lass uns essen, ist alles auf dem Tisch.“ Robin erzählte ihr bei Tisch, dass die vermissten Kinder wieder zu Hause waren, sie hatten sich in den Wäldern beim Spielen verirrt und kamen erst spät in der Nacht ins Dorf zurück. „Darüber waren alle sehr erleichtert“, fügte Robin hinzu, der die Nachrichten früh am Morgen vernommen hatte. Katie empfand sich in ihren Gefühlen bestätigt und freute sich mit ihrem Mann.

Nachdem sie zu Mittag gegessen hatten, gingen sie durch das Dorf spazieren.

Es war ein herrlicher Tag, die Sonne schien und der erste Schnee hatte sich auf die Hügel gesetzt.

Die Kinder sprangen umher und spielten zusammen. Die Erwachsenen lachten und unterhielten sich auf den Straßen. Aus den Pubs hörte man Musik und Stimmen. Katie schaute sich lächelnd um und dachte sich: „So kann es hier bleiben!“ Und sie schlenderten gemütlich Richtung Park.

Auszug aus „Macht und Ohnmacht“

von Doris Kandlhofer

Nur mit missmutigem Widerwillen hatte Brecan DeClare der Vermählung Sir Ruperts mit der jungen Irin zugestimmt, und das auch nur mit Nachdruck von Patrick O'Connor und seinem nach wie vor schmollenden Freund Ulysses, der seine Zeit in fanatischer Fürsorge der gefangen gehaltenen Prinzessin opferte.

Dieser taktische Zug hatte sich bisher als Schnitt ins eigene Fleisch erwiesen, da Ulysses und die Bewohner Rossinvers ihn deswegen schnitten und die Reaktion der Kriegerprinzessin ausblieb. Wenn er nicht so von seinen Fähigkeiten eingenommen wäre, hätte er womöglich an der Taktik zu zweifeln begonnen; aber er wollte weder vor sich selbst noch vor anderen Fehler und Schwächen eingestehen.

Der Trubel bezüglich der nahenden Verlobungsfeier verbesserte auch nicht gerade seine Laune, weil Shannyn mit den Vorbereitungen derart beschäftigt war, dass sie von morgens bis abends von der Bildfläche verschwunden war, hin und wieder erhaschte er zufällig einen Blick auf sie oder vernahm von der Küche aus ihr amüsiertes Lachen.

Seit drei Tagen weilte sie nun schon wieder auf Rossinver, und abgesehen von ihrem nächtlichen Gespräch war ihm eine zweisame Begegnung verwehrt geblieben. Ein Hauptgrund für seine üble Laune.

Als ihm dann eines nebelverhangenen Morgens zu Ohren kam, dass Shannyn mutterseelenallein auf Kräutersuche unterwegs war, platzte Brecan der Kragen und ohne Erklärung an seine Männer schwang er sich auf sein Pferd, um sich auf die Suche nach ihr zu begeben.

Glücklicherweise machte er sie alsbald ausfindig, wie sie auf einer Heide hockte, um Kräuter zu sammeln. Ihr dunkelblauer Umhang ergoss sich wie flüssiges, dunkles Gold von ihren Schultern abwärts, und die Nebelschwaden verliehen ihr eine mythische Aura. Ihr goldblondes Haar fiel in sanften Wellen ungebändigt auf ihr Rückgrat, und aus Erfahrung wusste Brecan, dass ihr Blick heller als üblich ausfallen würde.

Gebannt von dem Anblick verharrte er in stummer Faszination und prägte sich dieses Bild in sein Gedächtnis ein. Shannyn war ein Teil der Mystik dieses Landes, glich einer fleischgewordenen legendären Gestalt, überirdisch und nicht von dieser Welt.

Natürlich begriff er, dass er sich einer Verklärung hingab, aber dies war ihm in jenem magischen Augenblick einerlei.

Auf leisen Sohlen bahnte sich Brecan seinen Weg, und trotz der Gewissheit, dass sie ihn unmöglich hatte hören können, hob Shannyn mit einem Male ihren Kopf in seine Richtung, und ihr intensiver Blick kreuzte den seinigen. Wie erahnt schienen ihre blaugrauen Augen eine Nuance heller, gleich einem nebelbedeckten blauen Himmel.

Sekundenlang stockte ihm der Atem, und er musste sich zur Räson rufen, bevor er mit belegter Stimme sagte: „Ihr solltet doch nicht alleine Rossinver verlassen, das ist viel zu gefährlich!"

Gegen Ende des Satzes wurde sein Ton schärfer und gebieterischer, und seine Miene erhielt einen grimmigen Zug aus Besorgnis.

Shannyn behielt ihre Stellung in der Hocke bei, sah lediglich zu ihm auf und hob als Zeichen ihres Widerspruchs eine Augenbraue. „Gefährlich wird es erst durch Eure Gegenwart, schließlich will man Euren Kopf und nicht den meinen."

Mürrisch verzog Brecan den Mund aufgrund der Wahrheit ihrer Worte, ließ aber nicht von seinem Standpunkt ab. „Verlasst Rossinver nicht, dann besteht keine Gefahr!"

Sie stützte eine Hand auf ihren Knien ab und bettete ihr Kinn auf dem Handrücken. „Soll dies ein Befehl sein?" Ihre an sich neutrale Frage verriet einen herausfordernden Unterton.

Brecan seufzte genervt auf, da er ahnte, worauf es hinauslaufen würde, und er einen Streit prinzipiell vermeiden wollte. „Soweit ich mich entsinnen kann, nehmt Ihr keine Befehle von mir entgegen, ich bin schließlich nicht Euer Herr, Shannyn“, entgegnete er brüsk. „Nehmt es also als gut gemeinten Ratschlag auf.“

Graziös erhob sich Shannyn und blickte ihn unglaubwürdig an. „Danke, aber ich kann sehr gut auf mich selbst aufpassen. Seid Ihr nur deswegen hier, oder gibt es auch einen triftigen Grund?“

Sein Kinn spannte sich unwillkürlich wegen ihrer Uneinsichtigkeit an, und am liebsten hätte er sie einfach gepackt, über seine Schulter geworfen und in Sicherheit nach Rossinver verfrachtet.

„Wart Ihr seit jeher so unglaublich stur und unvernünftig? Was muss eigentlich geschehen, damit Ihr einseht, dass Euch ohne männliche Begleitung in Zeiten wie diesen Gefahr droht?“

Lässig strich sie ihr Haar hinter ein Ohr und setzte eine gelangweilte Miene auf. Einerseits sagte ihr seine Besorgnis durchaus zu und zu seiner Entschuldigung musste sie eingestehen, dass er im Irrglauben war, sie wäre eine schutzbedürftige und wehrlose Frau und keine erfahrene Kriegerin. Seit zehn Jahren führte sie nun Schwert und Bogen zur Verteidigung und selbst jetzt in ihrer unscheinbaren Aufmachung verbarg sie unter ihrem Mantel ein Schwert sowie einen Dolch in ihren Stiefeln. Shannyn bewegte sich nie ohne Ausrüstung der Verteidigung außerhalb der sicheren Burgmauern, obgleich sie auch ohne Waffen gefährlich war.

Brecans dunkelbraune Augen ruhten auf ihr, und Shannyn konzentrierte sich auf die Goldpunkte darin. Sie hätte in diesem faszinierenden Augenpaar versinken können und musste sich geradezu davon losreißen.

„Nun, da Ihr hier seid, hat sich die Diskussion wohl erledigt“, entgegnete sie abschließend, um dieses Thema endgültig vom Tisch zu wischen.

Dies stellte ihn naturgemäß nicht zufrieden, aber mittlerweile kannte er Shannyn ausreichend, um zu wissen, dass sie nicht von ihrem Standpunkt abzubringen war. Also brummte er lediglich Unverständliches und verschränkte trotzig die Arme vor der Brust.

Shannyn grinste, da sich Brecan einen Widerspruch verbiss. „Also, wollt Ihr mir Gesellschaft leisten und ein nettes Gespräch führen oder einfach starr neben mir stehen und mir zürnen?“

Leicht runzelte Brecan die Stirn und schien abzuwägen, wonach ihm mehr der Sinn stand. Dann erkundigte er sich betont freundlich: „Wie steht es mit den Vorbereitungen für das Fest? Ihr wart äußerst beschäftigt die letzten Tage."

Mit bedächtigen Schritten bewegte sie sich ein Stück vorwärts, um ihm über die Schulter hinweg einen vielsagenden Blick zuzuwerfen. „Sehr zu Eurem Missfallen. Ihr habt oftmals zum Ausdruck gebracht, wie abgeneigt Ihr gegen diese Verbindung seid."

Brecan holte sie ein. „Ich habe meine Gründe dafür. Es erstaunt mich jedoch, dass Ihr und Euer Vetter die Angelegenheit so zustimmend aufnehmt. Ihr stellt mich vor ein Rätsel."

„Tue ich das?" Sie lächelte ihm geheimnisvoll zu, während sie weitere Kräuter pflückte und in ihrer Umhängetasche verwahrte. „Vielleicht bin ich bloß der Ansicht, dass in diesen Zeiten auch Gutes geschehen soll. Wie könnte ich also gegen die Liebe zweier Menschen sein?"

„Selbst wenn es sich dabei um einen Engländer handelt?"

„Macht dies für die Liebe einen Unterschied? Ich denke nicht! Careena sieht in Sir Rupert den Menschen, der er ist, und nicht die äußeren Umstände. Die wirklich wichtigen Dinge sieht man nur mit dem Herzen, allein darauf kommt es an." Shannyn bemerkte, wie DeClare sie entgeistert musterte. „Ich weiß, meine Worte muten Euch seltsam an, kaum anders ergeht es mir selbst, aber ich habe meine Schwarz-Weiß-Seherei aufgegeben. Denn nur der Charakter eines Menschen bestimmt, ob er gut oder böse ist, nicht jedoch seine Herkunft oder Abstammung." Sie sprach mit andächtiger und weiser Stimme, und in ihren blaugrauen Augen zeigten sich Aufrichtigkeit und wahre Erkenntnis.

Ihre Wahrheit beschämte Brecan, denn er wusste von ihrer Richtigkeit. All die Zeit über im Dienste des Königs maß er alles nach englischen Werten, sah alles Englische als das einzig Wahre und Richtige an, stellte es über alles Fremde. Hier in Irland hatte er rückständige Barbaren erwartet, die eine Übernahme mit freudiger Dankbarkeit aufnehmen sollten, würden sie so doch endlich Wissen und Kultur erfahren. Mit Abschätzigkeit wegen ihrer Minderwertigkeit hatte er die Iren seit seiner Ankunft betrachtet, doch er war zweifellos eines Besseren belehrt worden. Die Iren hatten eine eigene Kultur und sie waren, wenn auch auf eine andere Art und Weise, den Engländern ebenbürtig, allen voran Shannyn. Ohne Zweifel brachte sie es immer wieder zuwege, ihn in Erstaunen zu versetzen. Und in Faszination.

„Aber alledem zum Trotz hasst Ihr die Engländer“, hakte Brecan ein und hinterfragte ihre Aussage.

„Ihre Handlungen, ihre Überheblichkeit, ihre Präpotenz, oh ja!“, betonte sie mit Nachdruck und suchte den Blickkontakt zu DeClare. „Verallgemeinert gesagt stimmt es, dass ich die Engländer hasse, aber auf Euch und Eure Männer bezogen muss ich deutlich widersprechen. Könnt Ihr das ebenso behaupten, DeClare? Seht Ihr nur Barbaren in uns Iren oder auch etwas anderes? Inwieweit ist es mit Eurer Verachtung bestellt?“

Fordernd reckte Shannyn ihr Kinn nach vorne und verlangte geradezu eine Antwort von ihm.

Brecan stand so dicht vor ihr, dass er ihren Atem auf seiner Haut wahrnehmen konnte. Berauscht von ihrem feinen Duft und ihrer Nähe, die ihm die Sinne raubten, musste er alle Kraft aufwenden, um sich daran zu hindern, sie zu berühren. Ein Feuer loderte in seinen dunklen Augen, das ihr seine Leidenschaft signalisierte.

„Dies war so zu Beginn, aber in meinen Augen seid Ihr weit entfernt von meiner Verachtung, Shannyn.“

„Im Gegensatz zur Prinzessin von Leitrim.“

Gequält seufzte er auf. „Tut dies irgendetwas zur Sache. Müssen wir immer zu einem Thema kommen, bei dem sich unsere Geister scheiden.“

Bedauern spiegelte sich kurz in ihrem Gesicht, bevor sie ihren Spaziergang fortsetzte. „Dummerweise haben wir fast zu jeder Thematik unterschiedliche Ansichten. Ihr versteht mich in keiner Weise oder mein Volk. Ihr seid gesandt, um uns zu unterjochen und in Knechtschaft zu binden. Solange Ihr daran festhaltet …“, sie brach ratlos ab und hob als Zeichen ihres Nicht-Weiter-Wissens die Hände in die Luft. Ihre blaugrauen Augen spiegelten aufrichtiges Bedauern über die Kluft zwischen ihnen, über diese ausweglose Situation.

Brecan empfand wie sie, er bedauerte diese enorme Distanz zwischen ihnen und war seit Langem nicht mehr von so einer Ratlosigkeit heimgesucht worden, wie er dieses Problem bereinigen sollte.

Shannyn schritt unbeirrt geradeaus und ließ DeClare grübelnd hinter sich. Es hatte keinen Sinn, Dinge oder unüberbrückbare Widerstände schönzureden oder sich Hoffnungen hinzugeben, die wie eine Seifenblase platzen würden. Sie war keine Träumerin, sondern beinharte Realistin, weshalb sie DeClare endgültig aus dem Weg gehen sollte und besser das Getue verliebter Narrerei aufgab. Warum um alles in der Welt fiel ihr das nur so schwer? Jeder Meter, der sie von ihm entfernte, ließ ihr Herz schwerer werden. So sinnlos! DeClare würde ihr Gegner im Kampf, der unausweichlich war, sein, denn die Freiheit und Unabhängigkeit Leitrims standen an oberster Stelle.

Brecan verfolgte ihr Davongehen, begleitet von einer plötzlichen, unbestimmbaren inneren Unruhe. Ein Teil seines Inneren schien zu schreien: „Nein! Geh nicht!“, dennoch war er wie erstarrt. Dass sie ihre Gegensätze so drastisch sah, versetzte ihm einen ungewollten Stich. Nichts ist unmöglich, dies war sein Credo, und manchmal wollte er mit dem Kopf durch die Wand, vor allem weil ihn die Erfahrung gelehrt hatte, dass es zu jedem Problem auch eine Lösung gab. Der Preis hierfür war jedoch eine andere Sache.

Alle Bedenken und Vernunft zur Seite gezogen nahm Brecan die Verfolgung auf, bis er Shannyn eingeholt hatte. Sie warf ihm einen zufriedenen Seitenblick zu, unterstrichen von einem sanften Lächeln.

„Erzählt mir vom Hofe in London! Vermisst Ihr das elegante Treiben dort?“, forderte sie ihn neugierig zum Erzählen auf, bedacht ein neutrales Gesprächsthema zu wählen.

Die Arme am Rücken gekreuzt schlenderte Brecan gemütlich neben ihr her, selbst eine gelassene und entspannte Miene aufgrund der wiederhergestellten Nähe zu ihr aufgesetzt. „Am Hofe spielen Macht, Intrigen und Eitelkeiten wichtige Rollen, Prunk und Eleganz sind allgegenwärtig. Viele feine Gesellschaften dienen zur Kurzweiligkeit, die Männer sind altklug, die Damen vorrangig schön, alles eitle Wonne in einem Spiel der Oberflächlichkeit“, berichtete er mit einem Unterton der Geringschätzung.

„Dann sagt Euch dieses Leben nicht zu?“, stutzte sie erstaunt.

Ein entrüstetes Auflachen ertönte. „Wo denkt Ihr hin?! All diese wohl geborenen Edelmänner, die von nichts eine Ahnung haben, da sie sich in ihren Burgen verschanzen, aber besserwisserische Reden schwingen und krankhafte Entscheidungen treffen. Kein Wunder also, dass ihre Gemahlinnen außer Schönheit nichts aufzuwarten brauchen. Ihr könnt Euch nicht vorstellen, wie leicht sie auf schmeichlerisches Gerede hereinfallen."

„Und Ihr habt es Euch zum Zeitvertreib gemacht, Euch in der Kunst der Verführung zu üben?", bohrte sie, ohne ihr Missfallen zu verbergen, nach und presste ihre Lippen tadelnd zusammen.

Ein schelmisches Schmunzeln blitzte auf. „Wahrscheinlich hätte ich mich sonst zu Tode gelangweilt. Und bevor Ihr über mich urteilt, lasst Euch gesagt sein, dass Ihr das Leben am Londoner Hofe nicht kennt. Niemand ist dort unschuldig oder unbedarft. Wart Ihr schon jemals am irischen Königshof?"

Shannyn zögerte einen Moment mit der Antwort. „Ich war schon im Königssitz von Leitrim zu Besuch, konnte aber nichts dergleichen, wie Ihr es beschrieben habt, feststellen, obgleich einige Intrigen durchaus wahrscheinlich sind."

Musternd beäugte er sie. „Dann habt Ihr die Kriegerprinzessin ebenfalls kennengelernt?"

Abwehrend schüttelte sie den Kopf und versuchte zum ursprünglichen Thema zurückzukehren. „Und hat Euch eine der Edeldamen so weit erobert, dass Ihr ernsthafte Absichten im Sinn habt?"

„Nein, dafür sind sie nicht ganz nach meinem Geschmack."

„Ach ja?!" Aber zum Verführen und Vergnügen gut genug, dachte sie ärgerlich. „Und wie sollte Eure Gemahlin dann sein?"

„Mmh." Seine Vorstellungen diesbezüglich hatten sich gewaltig geändert. Die Eigenschaften, die er einst bevorzugt hatte, fand er nun langweilig und uninteressant. Wie öde müsste wohl ein Leben mit einer ruhigen, fügsamen und dienenden Ehefrau sein? Er strebte nach Anregung, geistreichen Diskussionen und gebotenem Paroli. Aus einem Impuls heraus sagte er deshalb mit rauchiger Stimme: „So wie Ihr!"

Ihre Augen weiteten sich teils aus Überraschung, teils aus Entsetzen und abrupt blieb sie stehen. Wie sollte sie dies verstehen? Fühlte er sich gleichfalls stark zu ihr hingezogen? Wohin sollte dies führen?

Zu mehr als einem vehementen Kopfschütteln war Shannyn nicht fähig, bevor sie wie in Panik davoneilte, um vor ihren eigenen Emotionen zu fliehen.

Yuppie – Karriere 2009

von Michael Kerb

Die hat mir noch gefehlt, die da vorne! Wie soll ich in diesem Tempo pünktlich zu meinem Termin kommen? Diese Sonntagsfahrerin, man sollte sie anhalten, aus dem Auto herausholen und ihr den Führerschein abnehmen! Fahr endlich schneller, das ist keine Kriechspur, na warte, ich werde dich mit meinem Xenon-Scheinwerfer aufwecken!

Ich bin spät dran nach diesem Full-Time-Stress, und jetzt schickt mich der Chef noch in dieses Wellness-Hotel mitten in die Pampa, mich, den neuen Projektleiter, um an diesem Vortragsabend teilzunehmen. „Sie sind mein neuer Projektleiter", hat er gesagt, „und Sie wissen, was das heißt, mehr zu wissen als die anderen, den Überblick haben, die Fäden ziehen und das Projekt nach außen vertreten. Sie tragen jetzt die Verantwortung", hat er gesagt, das ist ein Vertrauensbeweis, der motiviert. Morgen will er eine Zusammenfassung der Vorträge des heutigen Abends gemeinsam mit dem optimierten Projektprotokoll. Das könnte wieder eine lange Nacht werden.

Hilft alles nichts, sie kann es offenbar nicht besser, nur wegen ein wenig Nebel und nasser Fahrbahn musst du dir das Höschen nicht feucht machen, fahr endlich weiter, hoch schalten, du Verkehrshindernis!

Natürlich habe ich die Position des Projektleiters angenommen, ich konnte sie einfach nicht diesem Berger überlassen, diesem Wichtigtuer, der sich seit Wochen in seiner Wichtigkeit selbst übertrifft, seit diese Position zu vergeben war. Und auch dieser Mittermeier konnte ich den Job nicht überlassen, dieser Schlange, die mit allen Wassern gewaschen ist, ihre Röcke wurden täglich kürzer, seit die Position des Projektleiters zur Disposition stand, doch jetzt trägt sie wieder Hosenanzug. Ich, einer der Jüngsten im Team, habe den Job bekommen, das ist mir zwar alles eine oder zwei Schuhnummern zu groß, aber ich werde wohl hineinwachsen.

Und natürlich ständig Gegenverkehr! Wozu diese vielen Penner alle herumfahren! Solche Fahrerinnen provozieren die Unfälle, diese Autowanderin soll doch an den Straßenrand fahren und das Auto abstellen, wenn sie die Gegend bewundern will! Oder besser die Bahn oder den Bus nehmen oder am besten eine Werbefahrt machen mit den grauen Panthern, wenn sie schon in die weite Welt hinaus muss!

Gut, ich hätte doch einen kleine Gehaltserhöhung erwartet, aber nicht einmal die beiden Business-Anzüge hat er mir bezahlt, das hätten wohl die Mittermeier oder der Berger nicht akzeptiert. Dafür hat sich der Chef die finanziellen Entscheidungen selbst vorbehalten, somit hat er letztlich die Entscheidung über das Projekt. Die Leasingrate für den größeren Wagen muss sich eben irgendwo einsparen, aber ich kann doch als Projektleiter nicht mit irgendeinem Auto vorfahren.

Das da vorne ist jedenfalls kein Auto, nein, das ist nicht mehr als ein Fahrzeug, und das ist etwas anderes als ein richtiges Auto. Wenn jemand so etwas kauft, dann weiß man ohnehin schon alles. Solchen Seifenkisten sollte man die Zulassung für öffentliche Verkehrswege entziehen, damit kannst du in der Kart-Halle üben. Ich hätte gute Lust, sie ein wenig von hinten anzuschieben.

Die anderen sind natürlich nicht alle einverstanden mit meiner Ernennung, die Berger- und Mittermeier-Unterstützer. Der eine oder andere macht bereits Dienst nach Vorschrift, die Arbeit bleibt dann letztlich an mir hängen. Andrea beginnt auch schon, sich zu beklagen, weil ich kaum mehr Zeit für sie habe. Aber die Karriere erfordert eben auch Opfer.

Ich würde dir gerne erklären, was Auto fahren heißt. Hier darf man 80 km/h fahren und wenn man fünf Prozent schneller fährt, wird einen keiner unserer Freunde und Helfer strafen, das macht also vierundachtzig. Jeder weiß aber, dass die Tachometer der Autos ein wenig zu viel anzeigen, ich habe das ausgemessen mit dem GPS, Global Positioning System, wenn du jemals davon gehört hast, was das ist, du Exponent des zwanzigsten Jahrhunderts. Wenn der Tacho achtzig anzeigt, fährst du in Wahrheit nur siebenundsiebzig, du Pappnase, das weiß wohl heute jeder. Also, vierundachtzig und drei macht siebenundachtzig Sachen, die hier erlaubt sind, warum fährst du dann nur siebzig? Hast du jemals etwas davon gehört, dass Zeit Geld ist, du Frühpensionistin? Dieser Spruch ist mindestens so alt wie du. Du stiehlst mir also siebzehn Kilometer pro Stunde, wenn du das bezahlen müsstest, könntest du es dir wohl gar nicht leisten, nach deinem fahrenden Untersatz zu schließen.

Jetzt reicht es aber, das halte ich nicht länger aus, jetzt überhole ich sie! Einen Gang heruntergeschaltet und dann zeige ich dir, wozu 180 PS gut sind, du Schnecke!

Wenn du schon meinen Scheinwerfer ignorierst, dann bekommst du meine Hupe zu hören! Hoffentlich kapierst du mein Handzeichen, es soll heißen, schlafen kannst du zu Hause und nicht während der Fahrt, du Schlafwandlerin!

MICHAEL KERB

Aber das ist ja gar keine Frau, ein Mann, wie kann ein Mann nur so fahren!

Ah, Gegenverkehr, ja, schon gut, die Lichthupe kannst du dir sparen, es geht sich schon aus. Uff, das war knapp, aber schuld daran ist dieser Dauerbremser hinter mir, dem hab ich's gezeigt! Und schon ist er aus meinem Rückspiegel verschwunden.

Natürlich, da vorne ist die Ampel rot. Wie immer, wenn man's eilig hat! Und da hinten ist er wieder, dieser Geisterfahrer, aber sobald grün ist, oder besser gesagt schon bei gelb, hast du mich zum letzten Mal gesehen!

Auf die Minute pünktlich zum Beginn der Sitzung, sogar einen Parkplatz habe ich noch erwischt. Kurz noch auf die Toilette, um mich zu erfrischen, hätte mich beinahe ins Schwitzen gebracht, diese Autofahrt.

Ach, der Saal ist ja noch halb leer, der Beginn wird sich wohl noch ein wenig verzögern, was steht eigentlich im Programm? Drei Begrüßungsreden von Lokalpolitikern zu jeweils fünf Minuten, das ist ja eine Zumutung, das hätte ich mir sparen können und dann hätte ich mich auch nicht so beeilen müssen.

Oh Gott, wer kommt denn da zur Türe herein, das ist ja dieser Langsamfahrer, und keine drei Minuten hinter mir. Jetzt kommt er auch noch auf mich zu, offenbar nimmt er den Sitzplatz neben mir, mir wird heiß, wie peinlich, jetzt kann ich mich nicht einmal rechtfertigen mit meinem Termin, denn er hatte dasselbe Ziel. Gott sei Dank, nun beginnt die erste Rede, ich muss nicht mit ihm sprechen.

Er dürfte nicht nachtragend sein, lächelt mich ab und zu an und sieht eigentlich gar nicht aus wie ein Blödmann. Nicht unsympathisch, der Bursche, er strahlt eine gewisse Schläue aus. Was mache ich nur, wenn der Vortrag zu Ende ist, ich habe gar keine Lust, unseren Konflikt fortzusetzen.

Also, vom den ersten Vorträgen habe ich gar nichts mitgekriegt. Gleich kommt die Pause. Er wendet sich mir zu.

„Wir kennen einander von der Anreise, darf ich Sie zu einem Getränk einladen?"

„Ja, gerne, das ist eine Überraschung, wissen Sie, es tut mir leid, wie ich mich auf der Straße verhalten habe, das war wohl ziemlich überzogen."

„Na ja, Sie haben mir gezeigt, wie man Auto fährt, wenn man's eilig hat, auch ich bin früher manchmal so gefahren, damals in den 70-er-Jahren, mit meinem Ford Mustang. Den hatte ich mir als Belohnung selbst geschenkt, für meine erfolgreiche Teilnahme an den olympischen Spielen in Montreal 1972 im Zehnkampf.

Aber Sie haben mir dabei noch viel mehr gezeigt, sind Sie sich dessen bewusst?"

„Nein, was meinen Sie damit?"

„Nun, mit Verlaub, Sie haben mir gezeigt, dass Sie ein Heißsporn sind, ein wenig unüberlegt, bereit, sogar einen Unfall zu riskieren wegen eines gar nicht so wichtigen Termins. Das könnte mir zu denken geben, wenn ich Ihr Chef wäre und mich auf Sie verlassen müsste.

Sie haben mir auch gezeigt, dass Sie viel Wert auf ein schnelles luxuriöses Auto legen, vielleicht, um auf der Straße einen Status zu repräsentieren, den Sie im Leben noch nicht erreicht haben. Und Sie legen daher wohl auch viel Wert auf anderen Luxus, für den Sie viel bezahlt haben oder noch bezahlen müssen und für den Sie viel gearbeitet haben oder zukünftig noch viel arbeiten müssen, um die Finanzierung dafür aufbringen zu können. Auch das würde mir zu denken geben, wenn ich Ihr Chef wäre, denn das bringt Sie in finanzielle Abhängigkeit, die ich als Chef sicherlich ausnützen könnte. Wenn ich geschickt wäre, würden Sie an meinen Fäden tanzen wie eine Marionette.

Ich konnte damals mit meinem Mustang so manches Mädchen beeindrucken, doch dann erkannte ich bald, dass ein tolles Auto alleine nicht viel bringt, wenn man sich den passenden Lebensstil dazu nicht leisten kann. Denn sich etwas leisten zu können, heißt nicht, gerade eben das Geld dafür aufzubringen oder es auf Pump zu finanzieren, sondern es heißt in Wahrheit, etwas zu erwerben, das einen finanziell nicht belastet.

Na ja, und das alles in allem sagt mir, dass Sie, auch wenn Sie in diesem tollen Auto sitzen, ein gar nicht so beneidenswerter, ziemlich gestresster junger Mann sind. Ich hoffe, Sie verzeihen, wenn ich das so direkt ausspreche."

„Wissen Sie was, Sie haben den Nagel auf den Kopf getroffen. Das ist ja interessant, was so ein Überholmanöver alles aussagen kann, das könnte man dann wohl auch auf viele andere alltägliche Handlungen anwenden. Ich glaube, ich sollte darüber beizeiten einmal etwas lesen und gründlich darüber nachdenken. Ich bin richtig froh darüber und ich frage mich, ob es Zufall war, Sie gerade in meinem jetzigen Lebensabschnitt kennengelernt zu haben, denn Sie haben etwas, wovon ich sicherlich noch zu wenig habe, und das ist Coolness, Gelassenheit hieß das früher, und Lebenserfahrung. Ich denke, Sie haben möglicherweise mehr bewirkt, als Sie sich aufgrund unseres kurzen Gesprächs vorstellen können. Die Pause ist zu Ende, freuen wir uns auf einen entspannten zweiten Teil des Vortragsabends."

Gedichte

von Karin Klug

Abschied

nein nein
geh noch nicht
versinken will ich doch
in deiner umarmung

nur noch ein leeres weinglas
am tisch
und die brotkrümel

ich hör noch deinen stuhl
rücken dein schritt
hinterlässt vergangenheit

mein mühsames lächeln
kommt nicht
von herzen

Dichter Zeitplan

küss mich sagst du –
auf der uhr noch 7 minuten
für leidenschaft

Schweigen

die uhr tickt der
kühlschrank brummt nur
du schweigst still

Mails an dich

manchmal zäh jede
zeile meiner müdigkeit
abgerungen – und doch

Kennenlernen

deine finger meine
finger – wer weiß das
schon so genau?

dein bein auf meinem bein –
während wir reden hat sich eins
übers andre geschlichen

mein haar
zerzaust in deiner hand die
unters t-shirt kriecht

deine finger auf meiner
haut haben sehnsucht
hinterlassen

Unverständnis

du, du sitzt mir
im herzen, du, im kopf
und in jeder einzelnen
haarspitze
kann dich spüren
als wärst du hier, bei mir
mein Verstand – der kapiert das nie

Veränderungen

mein herz. aufgescheucht
aus seinem nest flattert es
ruhelos umher.

Deine Blüte

schlag mich, quäl mich
ich bin deine blüte
nimm mich, lass mich
du der tropfen und der tau

lieb mich, hass mich
ich bin deine blüte
küss mich, tritt mich
du der tropfen und der tau

sieh mich, hör mich,
ich bin deine blüte
verlass mich, fass mich
du der tropfen und der tau

zerstör mich, hüt mich
ich bin deine blüte
deine blüte
deine blüte
deine Blüte

Was du zurückgelassen hast

deine zahnbürste
und den duft deiner haut
das halb geleerte kaffeehäferl
und die angebrochene
packung kekse
dein duschbad
einen überquellenden mülleimer
ein verwundetes herz
mich

Von der Liebe

so vieles schon gesagt
alles schon gesagt
und trotzdem
noch so vieles offen
zu sagen
immer wieder
aufs neue

Nicht an dich denken

meist denke ich
fast nicht an dich
und das ist auch
gut so
nur plötzlich
dann und wann
schiebt sich ein augenblick
ins blickfeld
schießt ein gedanke
in gedächtnis
rumort ein sehnen
im bauch
klopft ein herzschlag
mal lauter
und dann denke ich
ich möchte dich wiedersehen –
und weiß doch nicht
wozu
dein schweigen lastet
auf mir wie schnee –
meterhoch

Am Morgen danach

im grellen licht der
morgensonne – wie dumm das
gestammel der nacht

Gefangen im Olympischen Dorf

von Ulrich Kohler

Es war ein trüber Novembertag, der 1. November genauer gesagt, weil dies noch eine Rolle spielen wird. Der Ausflug von Berlin nach Potsdam war schön, auch wenn das Wetter nicht so die tragende Rolle gespielt hat – aber es hat immerhin nicht geregnet.

Von Potsdam zurück nach Berlin über die alte Heerstraße war die Idee. Da kam der Gedanke zu einem Besuch des alten Olympischen Dorfs von 1936. Das musste an der Strecke liegen und war seit Kurzem auch wieder zur Besichtigung frei gegeben, wie ich aus sicherer Quelle wusste.

Die Anfahrt verlief schon spannend: Zuerst kurz nach der Autobahnabfahrt die glänzenden neuen Einkaufszentren im Speckgürtel der Hauptstadt, dann die Fahrt entlang der neu angelegten Straßen, die wohl einmal weiteres Gewerbe oder Wohnsiedlungen aufnehmen sollten, und anschließend viele Kilometer entlang eines ehemaligen Militärgeländes.

Bis vor wenigen Jahren war auch das alte und ehrwürdige Olympische Dorf von der Sowjetarmee über lange Jahre besetzt gewesen, nachdem schon die Nazis, kaum dass die Olympioniken das Gelände geräumt hatten, von dem riesigen Areal Besitz ergriffen hatten.

Imposant die ehemaligen Gleisanlagen des Bahnhofs Dallgow, die sich links der Straße ausbreiteten, die, lange schon dem Verfall Preis gegeben, einen Eindruck von Größe, aber auch der Endlichkeit von Dingen gaben.

Dann – das Olympische Dorf! Ein Kreisverkehr am Rande einer Wohnsiedlung markierte den Eingang und ein offenes Tor mit einem großen leeren Parkplatz trat hervor. Auch wenn außer einem alten LKW aus DDR-Zeiten kein anderes Fahrzeug abgestellt war, schien das eine einladende Szenerie zu sein.

Meine Frau und ich stiegen aus und machten uns auf den Weg durchs historische Gelände. Wenn wir auch, um es mit Helmut Kohl zu sagen, nicht den „Mantel der Geschichte“ trugen, so war es doch eine packende und beklemmende Situation zugleich.

Gebäude, die zum Teil noch aussahen, als ob sich seit über siebzig Jahren nichts verändert hatte, umhüllt vom klammen Hochnebel des ersten Novembertags und doch schien alles dem Verfall preisgegeben zu sein.

Das alte Stadion mit seiner schwarzen Laufbahn, die den Namen Aschenbahn noch zu Recht trägt, war immerhin hergerichtet, seitdem im Vorfeld des jährlich stattfindenden Internationalen Stadionsportfestes im Olympiastadion (ISTAF) hier Wettkämpfe stattfinden um den Besten der Welt als Einstimmung auf das Großereignis dienen.

Aber dann die Schwimmhalle: ein Bild des Jammers – und ein Gefühl der Machtlosigkeit. Von einem Brand zerstört, mit eingestürztem Dach und eingeworfenen Scheiben, war vom einstigen Glanz Olympias nicht mehr viel zu sehen. Die Häuser der Athleten, einst Domizil von Jesse Owens und anderen Größen, in einem jämmerlichen Zustand, auch wenn sich ein Lichtblick zeigte. Handwerker auf einem der Dächer waren – selbst am Samstag – dabei, sich der niedergehenden Bausubstanz zu widmen. Man sollte sich aber nicht zu viel Hoffnung machen; es wird leider nicht alles restauriert werden können, sondern die Rekonstruktion wird sich nur auf eine Auswahl beispielhafter Objekte konzentrieren können.

Das wird in besonderem Maße auch für das ehemalige Speisehaus gelten. Ein imposantes Gebäude, das mächtig und stolz über dem Gelände thront und mit viel Fantasie ein veritables Restaurant geben könnte. Wer aber würde sich, vor allem in den Massen, die einen wirtschaftlichen Erfolg versprechen würden, in diese abgelegene Gegend verirren? So wird auch dieses Gebäude, wie viele andere im Osten Deutschlands auch, weiter einen Dornröschenschlaf führen und die Olympischen Tage des Jahres 1936 werden für ewig als Hochblüte in Erinnerung bleiben, nachdem das Gebäude bereits zu Kriegszeiten als Lazarett hatte herhalten müssen.

Der Kontrast könnte nicht größer sein: unten das alte Dorf mit den teils intakten – teils zerstörten Einrichtungen, darüber das alte Speisehaus und daneben die Hinterlassenschaften der sowjetischen (später russischen) Armee. Wer einst die Möglichkeit hatte, die von dieser Armee besetzten Liegenschaften noch zu DDR-Zeiten, zumindest aus der Distanz, zu beobachten und sich damals schon über die mit „Idylle“ noch prosaisch umschriebene Lebenswirklichkeit der Truppe und ihren Angehörigen entsetzt hatte, kann hier noch eine Steigerung besichtigen.

Plattenbauten der einfachsten Art, mit gähnend leeren Türen- und Fensterhöhlen und Wohnungen, denen man alles entrissen hatte, was irgendwie nicht niet- und nagelfest war; besprüht, verpisst und rissig – so könnte es nach der Apokalypse aussehen. Hierhin, wo schon das Wohnen alles andere als lustig gewesen sein muss, verirrt sich nicht einmal mehr ein Getier!

Das Novemberwetter und die hereinbrechende Dunkelheit trieben uns daher zur Eile, um das Gelände wieder zu verlassen. Noch ein kurzer Schwenk um die eigens für Olympionikin Astrid Kumbernus errichtete Kugelstoßanlage und dann zurück zum Auto, um wieder in besiedeltes Gebiet zu kommen.

Doch der Olympische Geist wollte uns nicht loslassen! Was mir als ehemaligen aktiven Sportler noch positive Gedanken abringen konnte, wurde für meine Frau fast zum Albtraum.

Als wir nämlich ins Auto steigen und wegfahren wollten, mussten wir feststellen, dass das eine Stunde zuvor noch so weit offene Tor verschlossen war; verschlossen mit zwei stabilen Vorhängeschlössern. Weit und breit war keiner zu sehen. Die Handwerker auf dem Gelände hatten sich aus dem Staub gemacht und der Rentner, der in der nur einen Steinwurf entfernten Wohnsiedlung sein Auto reinigte, tat so, als ob er uns nicht hören würde; vielleicht hatte er in seinem Berufsleben schon zu viel (ab-)gehört.

Mich packte die Abenteuerlust und ich machte mich auf die Suche nach einem weiteren Ausgang. Minutenlang fuhren wir über das weitläufige und große, aber nun mehr und mehr unheimlich werdende Gelände. Weg um Weg, Steg um Steg – aber alle in Frage kommenden Ausgänge waren ebenso versperrt wie der Haupteingang oder eine Durchfahrt oder ein Übersteigen (was hätten wir aber mit dem Auto gemacht?) waren unmöglich. Also zurück zum Anfang.

„Hier Leitstelle Havelland", tönte die robuste, aber freundliche Stimme ans Ohr, nachdem ich – was wäre die Welt ohne Mobiltelefon – über 112 diese Leitstelle erreicht hatte, „was kann ich für Sie tun?"

Dieser Ausweg schien vielversprechend. Als alter Feuerwehrmann, der ich in vielen Jahren Ehrenamt schon zahlreiche brenzlige und weniger brenzlige Situationen gemeistert hatte, war der Anruf bei der Feuerwehr das mir am sinnvollsten erscheinende Mittel. Und es schien zu helfen.

Wenige Minuten später schon, kam ein Rückruf der örtlichen Polizeidienststelle auf mein Telefon und es gelang, die Situation zu klären. Man wollte sich um uns kümmern.

Doch die Zeit verrann! Wie oft in solchen Situationen werden Minuten zur Ewigkeit und so ein bisschen Nervenkitzel war es dann schon, in dieser einsamen Gegend, im Novembernebel bei hereinbrechender Dunkelheit in einem abgeschlossenen ehemaligen Kasernengelände, das als Olympisches Dorf doch so glanzvolle Tage erlebt hatte …

„Es war doch überhaupt nicht abgeschlossen!", sagte der Mann, Anfang dreißig, der eine knappe Stunde später vorgefahren war und rasch das Tor geöffnet hatte. Aber das war eine Schutzbehauptung und sollte ihm nur den Vorwurf der Freiheitsberaubung ersparen, auf den zu verklagen wir gute Lust hatten. Fakt ist: Das Tor war mit zwei Vorhängeschlössern sicher verschlossen und er hatte diese Schlösser in Windeseile geöffnet.

Was war passiert? Die Rekonstruktion war schließlich logisch und zeigte doch, welche Folgen eine Nachlässigkeit haben kann.

Wie wir später in Erfahrung bringen konnten, ist das alte Olympische Dorf nur den Sommer über bis zum 31. Oktober geöffnet – es war aber, wie eingangs erwähnt, schon der 1. November. Da aber weder ein Schild am Tor dies anzeigte, ja das Tor sogar sperrangelweit offen stand, konnte kein Mensch dies ahnen. Und die Handwerker? Ja, diese hätten das Tor nicht nur beim Verlassen des Geländes verschließen müssen, sondern auch bei ihrer Einfahrt hinter. Dies war wohl aus Nachlässigkeit unterblieben.

Aber wie soll ein einfacher Handwerker ahnen, dass es Menschen gibt, die von der olympischen Idee so begeistert sind, dass sie jede Gelegenheit wahrnehmen, um auf deren Spuren zu wandeln. Dass uns der olympische Geist aber derart gefangen halten sollte, dies war nun wirklich nicht vorgesehen.

Dank der Leitstelle Havelland kam aber alles noch zu einem guten Ende – und: Eine Zange hätte ich auch noch im Auto gehabt; für den Maschendrahtzaun hätte das gereicht!

ULRICH KOHLER

E-Mail-Dialog zwischen Freundinnen

von Jeannette Kovacevic

Hi Elvi, ich hoffe, es geht dir gut, und wollte nur kurz melden, dass das Thema *Hummel* doch noch nicht vom Tisch ist. Ich habe nämlich gestern und heute wieder die Gespensterhummel beim Radeln aus den Augenwinkeln gesehen. Schade, dass dieses Phänomen immer so plötzlich auftaucht. *Ich werde wohl nie erfahren, wer das nun eigentlich ist!* Gruß Nettel

Begonnen hatte dieses Thema zwischen den beiden Freundinnen damit, das Nettel, allein stehend, in den besten Jahren und eine absolute Tagträumerin, sich überraschend sowie vor allem verbotenerweise in einen Geschäftspartner, genannt Alf der Außerirdische, mit faszinierenden Augen verliebt hatte. Elvi, die gleichaltrige, aber bodenständige Single-Realistin, bekam nun seit fast einem Jahr in unregelmäßigen Abständen von der sonst so vernünftigen Nettel per E-Mail den jeweiligen Status gemeldet. Zum besseren Verständnis muss noch erwähnt werden, dass die beiden Frauen zig hunderte Kilometer auseinander wohnten, sodass sie sich nur selten persönlich sahen und daher per Internet, der Eile wegen, ihre jeweiligen Nachrichten austauschen.

Der Außerirdische namens Alf, im interessantesten Mannesalter, hatte vom ersten Augenblick der damals eher zufälligen Begegnung mit Nettel eine magische Anziehungskraft auf sie. Nur leider war diese Wirkung einspurig, das heißt, Alf als vermutlich absoluter Kopfmensch, sprich Perfektionist, ahnte wahrscheinlich gar nicht, was er in ihr ausgelöst hatte ... Zur Abrundung des Ganzen musste er natürlich auch verheiratet und Papa sein, wie Nettel, neugierig geworden, beim späteren Recherchieren feststellten musste. Wie sollte es auch anders sein? Bezüglich dieser Frage müssen nun einmal die heutigen Singlefrauen über vierzig bedauerlicherweise immer wieder erfahren, dass die besten Männer bereits vergeben sind. Logisch, man würde ja selbst auch fast alles tun, wenn man einen der Besten in den Arm nehmen dürfte und ihn niemals hergeben, oder? Wie dem auch sei, da flüchten dann doch viele Sensibelchen in ihre Wunschtagträume, denn diese sind immer wieder schön und lenken von dem mitunter unschönen Dingen des Lebens ab. Schwierig wird eine derartige Gedankenflucht allerdings, wenn da irgendwelche geschäftlichen Beziehungen bestehen, sodass man einen Großteil Energie zukünftig dafür verwenden wird, alles schön differenziert zu betrachten, d.h. möglichst immer schön sachlich bleiben. Nur nichts durcheinanderbringen!

Der erste Statusbericht kam zustande, nachdem die zwei Freundinnen stundenlang durch den Ostpark gelaufen waren und Nettel der Freundin die Aussichtslosigkeit ihrer emotionalen Verirrung erläuterte. Sie hatte und hat wirklich keine Chance!

Sie war, ohne dass es jemals angefangen hatte, bereits auf der Verliererseite, und das muss auch erst einmal weggesteckt werden können. Logisch, dass man dann auch noch kurioserweise den anderen ständig glaubt zu sehen, obwohl dies nicht möglich sein konnte. Nettel und Alf lebten in zwei völlig fremden Welten! Auch hatten sie kein gemeinsames Hobby. Er war auf dem Wasser zu Hause und sie auf dem Land beziehungsweise Fahrrad. Trotzdem glaubte sie zum Beispiel des Öfteren während ihrer Konditionsfahrradrunde, welche sie fast täglich ganz freiwillig drehte, ihn doch mehrmals für einen Bruchteil von Sekunden mitten im Wald gesehen zu haben … Hilfe!

Elvi, in ihrer ruhigen besonnenen Art, erklärte nun der zeitweise emotional völlig fehlgeleiteten Freundin, dass es auch bei älteren Semestern völlig normal wäre, wenn, aus welchem Grund auch immer, Amor, oder wer auch immer dafür verantwortlich sei, den Blitz einschlagen ließ, man sich in pubertierende Geschöpfe verwandeln kann und dann auch sogenannte Hummeln am Horizont auftauchen können. Entspann dich altes Haus! Das geht vorüber. Ruf mich an oder schreib, wenn du meinst, dass du wieder eine Hummel gesehen hast und einfach nur reden willst. Ich bin immer für dich da, sprach Elvi. Schön, die alten Mädels hielten auch in emotional verwirrten Zeiten zusammen und so kam es auch, dass dann die eine oder andere Hummel-Meldung per Mail an das andere Ende der Republik verschickt wurde. Der Inhalt der jeweiligen Texte war eigentlich fast immer gleich: Betreff = Hummel am Horizont!

Hallo Elvi, schrieb Nettel, ich habe derzeit deine Bürotelefonnummer nicht griffbereit, sodass ich dir auf diesem Wege mitteile, dass ich heute Morgen, leider nur ganz kurz aus den Augenwinkeln, die ganz lebendige und vor allem sportliche Hummel mit Knackarsch auf dem Fahrrad gesehen habe! Sind das nun die ersten Anzeichen vom Durchdrehen? Meine ungestillte Sehnsucht raubt mir noch den letzten Funken Verstand, zumal ich gar nicht weiß, ob es mein Wunschkandidat wirklich war. Außerdem hatte ich ihn doch schon vor Monaten mittels Rotwein ertränkt, warum spukt er denn noch immer herum? Auch höre ich ständig deine letzten Worte: Du kämpfst an zu vielen Fronten, lass einfach los! Geschäftliche Dinge und Emotionen sind unprofessionell!

Kannst du mir hier bitte noch einen Tipp geben, wie das mit dem Loslassen geht? Gruß Nettel

Die Antwort der Freundin lautete: Konzentriere dich erst einmal auf das Geschäftliche und lenke dich privat mit anderen Sachen ab. Auch radeln bestimmt noch andere knackige Wesen durch den Wald. Versuch doch einfach mal die Augen zu öffnen und neue Signale zu empfangen. Gruß Elvi

Wie sollte es anders sein, Nettel war derzeit empfangsunfähig für fremde Signale, sodass eine weitere Hummelnachricht per Mail verschickt wurde. Hier stand dann im Betreff: Hummel Kummer!

Hallo Elvi, ich hoffe, es geht dir gut und wir sehen uns bald in Frankfurt, müssen dringend ein paar Runden durch den Ostpark laufen. Der Spuk mit Alf hört einfach nicht auf! Diesmal musste ich wieder geschäftlich mit ihm reden und konnte aber geschickterweise das Gespräch doch beiläufig auf ungeschäftliche Bahnen lenken, sodass sich hier dann aber leider herausstellte, dass Alf nicht nur ein Traummann wäre, sondern auch noch der perfekte Ehemann ist … Er hat unbewusst seiner Frau das wohl schönste Kompliment gemacht, was man seiner Ehefrau geben kann. Klasse, und auch beneidenswert! Ob sie weiß, wie sehr er sie liebt?

Nur für mich bedeutete diese Unterhaltung, dass ich in den letzten Monaten keine echte Hummel gesehen haben kann, sondern dass es sich nur um *eine Gespensterhummel* handeln muss. Wie sonst konnte er mir eine solche Antwort geben?

Ich hatte aus heiterem Himmel und für ihn überraschend einfach so im Gespräch beiläufig hinterfragt, ob seine Frau eigentlich sehr eifersüchtig wäre, was er sofort mit der Begründung verneinte: *Nein, er würde ihr auch niemals einen Grund zur Eifersucht geben!*

Klar, so eine Antwort kann nur ein Perfektionist geben. Seine spontane Reaktion ist wohl die schönste Liebeserklärung an seine Frau gewesen, wer auch immer das sein mag, und ich wünschte mir ehrlich in diesem Augenblick, dass er für immer so glücklich bleiben würde!

Doch dann fiel auch bei ihm der Groschen und er fragte etwas irritiert, was diese Frage eben eigentlich sollte? Meine Antwort dazu war: Nichts, nur so!

Ich konnte ihm ja wohl unmöglich erklären, dass seine Antwort nun das Aus aller meiner Hummel-Halluzinationen war! Habe dann auch schleunigst das Thema gewechselt und somit die Kurve bekommen.

Es ist schon sonderbar: Auf der einen Seite freue ich mich für ihn, doch auf der anderen Seite bin ich enttäuscht. Weißt du, was ich meine? Ich hoffe, Elvi, dass du schönes Wetter bei deinem nächsten Besuch mitbringst und wir wieder stundenlang quatschend durch den Park stiefeln können. Gruß Nettel

Die Rückantwort von Elvi lautete dann:

Über deine letzte Hummelgeschichte habe ich gestaunt. Ich hätte nie gedacht, dass du so mutig bist und solche Fragen stellst. Ich hätte dir höchstens empfohlen zu fragen, warum er auf seinem Fahrrad immer so rast. Denn hier wäre ja dann automatisch eine Gegenfrage gekommen und du wüsstest, ob er tatsächlich die Hummel gewesen ist. Aber, das ist ja jetzt sowieso vorbei. So leid es mir tut und ich kann deine innere Zerrissenheit wirklich leider zu gut nachempfinden, doch jetzt weißt du endlich, woran du bist. Auch wenn es ein Scheißgefühl ist, es kann keiner aus seiner Haut. Aber sei dankbar, dass du noch etwas fühlst, dies ist schließlich auch nicht mehr alltäglich. Jeder Liebeskummer geht vorüber. Kopf hoch, wir reden, wenn ich da bin. Gruß Elvi

Nach dieser Meldung folgte das avisierte Treffen der Freundinnen in Frankfurt und dem armen unwissenden Alf klingelten wahrscheinlich an diesem Tag ständig die Ohren …

Wochen später folgte die nächste E-Mail mit der Überschrift: Hummelalarm!

Hallo Elvi, ich schnappe noch über! Aus den Augenwinkeln tauschte plötzlich wieder das Phänomen – Gespensterhummel – beim Radeln auf! Spinne ich denn jetzt total? Dieses Thema hatten wir doch zig Mal durchgekaut und abgehakt. Hilf mir doch bitte, es muss doch Mal aufhören. Gruß Nettel

Erstaunlicherweise kam hier die Rückantwort seitens Elvi: Ich freue mich, dass du wieder Hummeln registrieren tust! Es war so still in den letzten Wochen und ich hatte mir schon Sorgen um dich gemacht. Irgendwie muss doch rauszukriegen sein, wo diese Erscheinung, wer auch immer das nun ist, herkommt. Versuch doch mal Nägel zu streuen und dann kannst du Pannenhilfe leisten! Oder ihn einfangen, wenn es doch den Richtigen getroffen hat … Gruß Elvi

Tja, wenn das so einfach wäre? Woher soll Nettel denn wissen, wann und wo der eventuell Richtige auftaucht? Sie kann ja wohl unmöglich alle männlichen Radfahrer auf ihrer meist schnellen Fahrt behindern, oder? Außerdem, er – ALF der Außerirdische mit den faszinierenden Augen – kann es doch gar nicht sein – vielleicht sollte Nettel einfach nur ihre Fahrroute ändern …

Aktivurlaub

von Bettina „Tine“ Krüger

Hey du!

So, ich schwitze wie ein Schwein. Hab drei Ventilatoren um mich herum verteilt und möchte dir jetzt schreiben, wie mein Urlaub war.

Wir haben einen echten AKTIV-Urlaub verbracht. Mit Schweiß, Blut, Verkrampfungen, Kopfweh, Erfüllung und Befriedigung. Einen solchen Urlaub wünsche ich jedem mal, denn es war das Beste, was mir passiert ist.

Ich habe neue Erkenntnisse, Weisheiten und Erfahrungen gesammelt. Eine Erfüllung und Befriedigung, wie ich es wirklich noch nie erlebt habe. Weder beim Urlaub am Strand noch in den Bergen.

Wir haben nämlich vier Bäume gefällt und unser Gewächshaus verstellt.

Die ganze Familie war im Einsatz. Vier riesige Tannen, seufz, aber mein eigener Salat ist mir wichtiger.

Eine wunderbare Kiefer, aus dem Wald hinter unserem Haus, selbst geklaut als kleiner Sprössling von unserer Oma. Es trieb mir Tränen in die Augen. Diese majestätische Kiefer, von geradem Wuchs, wunderbar filigran verzweigt in der Spitze. Weihnachten unentbehrlich als Blickfang. Wie viele Spaziergänger blieben jedes Jahr in der Weihnachtszeit vor ihr stehen und ergötzten sich an diesem wunderschönen Geschenk Gottes. Erhaben und mächtig erfreute sie uns immer wieder. Das war das Problem.

Mein Mann meinte nur: „Die muss weg. Als Versicherungsfachfrau solltest du wissen, dass so ein Baum in der Größe gefahrenträchtig ist." Bingo, damit hatte er mich bzw. die Säge in der Hand.

Ich konnte nicht zusehen. Es brach mir das Herz. Aber irgendwann siegte der Verstand.

Die anderen drei Tannen – na ja, Blautannen – waren auch wunderschön. Sie waren jedoch auf meiner „Muss-bleiben-Liste" nicht drauf, denn sie stachen doch immens beim Vorbeilaufen.

Die Nordmanntanne konnte ich auch nicht retten. „Die ist so schnell gewachsen. Jetzt werden wir dieses Gestrüpp gnadenlos umhauen", meinte mein Sohn. Mein Kopf spielte mit dem Gedanken ihn zur Adoption frei zu geben. Aber mit fast 17 lohnt sich das nicht mehr.

Zur Strafe mussten meine Männer dann stundenlang die Bäume kleinsägen und insgesamt sechsmal mit dem Anhänger zum Kompostierplatz fahren. Knatschig waren sie auch, denn ihre Arme und Beine waren massiv lädiert von den spitzen Nadeln. Tja, dachte ich, Strafe muss sein.

Gegrinst habe ich nur heimlich.

Nach dem Fällen wurde das Gewächshaus von vor dem Haus hinter das Haus – was eigentlich vorne ist – verstellt. Das ging natürlich nicht ab ohne das übliche Gemeckere über die, die das Haus damals aufgestellt hatten.

Wir machten Arbeitsteilung. Mein Mann und mein Sohn buddelten vorm Haus, Opa und ich bauten hinterm Haus die Scheiben aus. Voll gepanzert mit Handschuhen. Opa zusätzlich mit Knieschonern? Hab ich nicht verstanden. Es führte zu allerhand Spekulationen in meinem Hirn.

Aber den wahren Grund dafür werde ich nicht erfahren, denn wenn ich ihn frage, ist er sicher beleidigt. Also lass ich's.

Da ich ja meine Männer kenne, lag der Verbandskasten schon bereit. Wir verbrauchten mehrere Meter Pflaster, eine Mullbinde, Blasenspray sowie Wärmecreme zur Durchblutung der Muskeln.

Fairerweise muss ich sagen, dass ich die Liste der Verletzten mit einem tiefen Schnitt vom Schreibentragen im Daumen angeführt habe.

Geplant war, dass ich die Scheiben putzen sollte, denn sie waren vom Grünspan stark angegriffen. Ich schrubbte, bis mein Mann sagte, ich soll es lassen, er mache das am nächsten Tag, wenn das Haus steht, mit dem Hochdruckreiniger. (Bitte unbedingt diesen Abschnitt merken!) Zwischenzeitlich wurde es Abend. Wir haben dann noch schön zusammen gegessen und uns für den nächsten Tag verabredet zum Finale.

Mittags trugen wir das Metallgerippe von vorm Haus nach hinter dem Haus auf seinen neuen Platz. Frank hatte gestern noch zementiert.

Mit Elan wurde das Gerippe auf die dafür vorgesehenen Randsteine geschraubt.

Ich war schon richtig stolz.

Dann kamen die Scheiben. Verlust vier große und zwei kleine Scheiben. Ich kann nicht erklären, warum die auf einmal alle kaputt waren. Wir hatten doch so aufgepasst und die Gläser liebevoll am Abend vorher mit Folie eingepackt.

Nun durfte ich 25 km hin in die Stadt, 25 km zurück aufs Land fahren, um die Scheiben zu holen. Kostenpunkt mit Benzin ca. 100 €.

Dann auf ein Neues. Es klappte nicht ganz so zügig, denn Opa hatte vergessen die Scheiben zu nummerieren. Das hieß, dass er nicht wusste, welche Scheibe wohin kam. Also wurde noch gepuzzelt. Nach einigen Versuchen hat es dann geklappt.

Jetzt kam der verbale Tiefschlag meines Mannes. Der Höhepunkt der ganzen Aktion. Er kam bewaffnet mit dem Hochdruckreiniger auf mich zu. Er kann das gut. Er dirigiert den Stab wie ein echter Dirigent. Die Scheiben wurden wunderbar sauber.

Ich trank in der Zwischenzeit mit Opa Cappuccino auf der Terrasse. Irgendwann war mein Mann fertig und kam zu uns. Erinnere dich an den Abschnitt des Briefes, wo ich darum bat, diese Stelle zu merken.

Er schaute sich unsere Idylle an und meinte zu mir: „Du wolltest doch gestern die Scheiben putzen. Jetzt muss ich das auch noch für dich machen und du sitzt hier und lässt es dir gut gehen.“ Mir fiel das Gesicht runter.

Auf das Nachspiel dieser unbedachten Bemerkung möchte ich hier nicht weiter eingehen.

Am nächsten Tag habe ich dann das Gewächshaus bepflanzt. Jetzt bin ich stolz auf meinen Salat, meine Auberginen, Tomaten, Gurken und Zucchini. Mist ist nur, dass mein Sohn keine Auberginen und mein Mann keine Zucchini isst. Aber ich wollte sowieso abnehmen.

Jetzt bekomme ich im Frühjahr noch ein Hochbeet. Bis dahin sind unsere Wunden verheilt, die körperlichen und seelischen (oder auch nicht).

Verstehst du jetzt, dass in diesem Urlaub „alles drin“ war? Abenteuer, Liebe, Hass – und das alles bei 35 Grad und ohne Anreise!

Ich schreib dir dann im Frühling wieder – wenn das Hochbeet steht!

Liebe Grüße
Tine

Bettina „Tine“ Krüger

Im Fieberwahn!

von Peter Leitheim

Die Nacht so schwarz – mir ist so bang
noch hin zum Tag – es weit.
Mein Herz schlägt wild, mir heiß und kalt
ganz langsam zieht die Zeit.

Das Fieber brennt im Körper mir
es schmerzen alle Glieder.
Ich fleh, oh Herr, komm, helfe mir
schenk mir doch Schlaf und Frieden.

Klopft schon der Tod an meine Tür?
Ich flüstere – tritt ein,
oh Herr und Gott, ich danke dir
es ist mein Mütterlein.

Sie gibt mir einen kühlen Trunk
sie deckt mich wieder zu.
Ich dank dem Herrn – dem Mütterlein
mach müd' – die Augen zu.

08.12. Leitheim

Peter und Paul (Lager 1957)

von Peter Leitheim

Der stahlblaue Himmel über Villach und die grün-grauen Fluten der Drau ließen erahnen, wie kalt die Luft an jenem Januarmorgen war. Die beiden Kinder, die unterwegs waren, glaubten, dass ihr Atem sofort nach Verlassen des Mundraumes gefrieren und vor ihre Füßchen fallen müsste. Viel zu dünn waren die armseligen Mäntelchen, die sie vor der Kälte schützen sollten. Der harsche Schnee unter ihren Schuhen glich sprödem Glas. Paul gehörte zu den Jungs, die durch ihren Übermut des Öfteren in unangenehme Situationen gerieten. Und so hatte man Peter an seine Seite gegeben, um auf ihn ein wachsames Auge zu werfen.

Plötzlich war Paul aus Peters Blickwinkel verschwunden. Ein plätscherndes Etwas gefolgt von einem Schrei hatte Peter aus seinen Tagträumen gerissen.

Entsetzt sah er Paul bereits in Hüfthöhe in das Wasser der Drau einsinken. Gerade noch gelang es ihm, Pauls Hände zu fassen und aus Leibeskräften um Hilfe zu rufen.

Peter schrie, was an Leistungsvermögen aus der kleinen Brust möglich war. Es kostete ihn eine enorme Menge an Kraft, Pauls Hände nicht loszulassen. Immer wieder gleich einem Stakkato erklang ein lang gezogenes Hilfe!

Gerade als Peter am Ende seiner Kräfte schien und er entmutigt loslassen wollte, spürte er eine Entlastung seiner Arme.

Ein alter, magerer Mann war plötzlich neben ihm aufgetaucht und hatte Paul, als wäre er eine Puppe, aus dem eiskalten Wasser gezogen. Peter hatte ihn weder gesehen noch kommen gehört.

„Seid's Lagerkinder?", fragte er kurz. Peter nickte stumm. Das endlose Schreien hatte ihm seine Stimme geraubt. Der alte Mann hatte Paul auf die Arme genommen und eilte nun mit Riesenschritten auf das Lager zu. Peter konnte ihm nur unter allergrößten Mühe folgen. Es musste ein Schutzengel sein, dachte Peter. Der alte Mann schien trotz der schweren Last mit Paul zu fliegen. Ebenso schien er keine Fußabdrücke im Schnee zu hinterlassen.

Kurz vor Erreichen des Lagereingangs brach Peter zusammen. Erst viel, viel später kam er wieder zu sich.

Paul, der zuletzt bis zur Brust dem kalten Wasser der Drau ausgesetzt gewesen war, lag nun mit hohem Fieber in seinem armseligen Bettchen einer Lagerbaracke. Spät, sehr spät erschien der ins Lager gerufene Arzt.

Ein älterer Herr mit Nickelbrille. Lange untersuchte er Paul. Für einen Transport ins Spital war Paul inzwischen zu schwach und sein Zustand äußerst instabil.

Nach einer Spritze, die Paul in einen tiefen Schlaf versetzte, hieß es nun warten und hoffen. Danach besuchte er Peter. Die Anstrengung sowie die nassen Füße, die sich Peter bei der Rettungsaktion geholt hatte, setzten auch ihm schwer zu. Auch Peter bekam eine Spritze, nach welcher er sofort einschlief.

Der Arzt verließ danach tief gebeugt und mit langsamen, schweren Schritten das Lager. So, als trüge er eine überschwere Last.

Und beide Kinder begannen sofort zu träumen. Während der Wind Schneekristalle durch die Ritzen der Baracke trieb, träumte Paul von einer wunderschönen, mit Holz ausgetäfelten Stube. Der große gusseiserne Ofen brummte vergnügt ein Lied und zwinkerte Paul lustig zu. Dabei strömte er eine mollige Wärme aus.

Die Tasse mit dem dampfenden Tee lächelte ihm freundlich zu, und das Honigglas mit dem gold glänzenden Inhalt forderte ihn auf von ihm zu naschen. Paul glühte mit dem gusseisernen Ofen trotz der Minusgrade in der Baracke um die Wette. Inzwischen zeigte das alte Fieberthermometer bei ihm über 41 Grad an.

Peter, nur einige Baracken davon entfernt, wurde dagegen von wilden Albträumen geplagt.

Ein alter, grüner Wasserneck, wie er ihn aus den Geschichten von Wilhelm Busch kannte, zog an den Füßen von Paul und drohte ihn, Peter, mit Paul in die Fluten zu ziehen.

Gerade noch rechtzeitig hatte eine alte Weide am Ufer ein Einsehen und streckte ihre nicht ausgeschnittenen Äste aus, um Peter beim Ziehen zu helfen. Der Wasserneck gab schließlich auf und tauchte in den Fluten der Drau unter. Peter strampelte sich bei seinem Albtraum immer wieder frei und musste stets aufs Neue in die eh viel zu dünne Zudecke eingewickelt werden.

An beiden Bettchen in jeder Baracke saßen die besorgten Eltern der Kinder.

Nun sah Paul in seinem Traum, wie sich plötzlich die Decke über der holzgetäfelten Stube öffnete und vier kleine pausbäckige Engel auf ihn zuschwebten. Lachend packten sie ihn bei Armen und Füßen, kitzelten, küssten und herzten ihn und schwebten mit ihm empor zum Himmel. Unter sich sah er seine gramgebeugten Eltern, doch die Herzlichkeit und die Wärme des Flügelschlages der Engel ließen ihn alles andere vergessen, und schon bald war er in den Wolken des Himmels verschwunden. Helles Licht und Wärme erwarteten ihn und er glaubte sogar den alten Mann wiederzuerkennen, der ihn aus dem Wasser gezogen hatte.

Auch Peter begann erneut zu träumen. Auf einem schwarzen Hengst mit rotglühenden Augen sah er den Tod auf sich und Paul zureiten. In seinen knochigen Armen blitzte die Sense, die er bereits zum Schnitt ausgefahren hatte und die nun durch Pauls Brust glitt. Peter hatte sich in seinem Traum zu Boden geworfen und war somit dem Sensenschnitt des Todes entgangen. Er sah wie Paul zu Boden glitt. Ein lautes Nein entfuhr seinem Kehlkopf. Erneut ritt der Tod auf Peter zu, und wieder streckte die alte Weide ihre Äste aus, um Peter zu schützen, dann erwachte er schweißgetränkt aus seinem Traum. Der große Wecker in der Baracke zeigte gerade auf 23.00 Uhr.

Noch einige Male wurde Peter von wilden Träumen geplagt. Endlich, nach mehr als drei Wochen, kam er wieder zu Kräften. Einige der Lagerbewohner hatten manche ihrer wertvollen Fleischmarken gespendet und die kräftige Brühe hatte daraus ihr Übriges getan.

Als Peter wieder auf den Beinen war, lief er heimlich zu der Baracke, in der Paul gewohnt hatte, denn noch sollte er sein Bett nicht verlassen.

Dort erfuhr er, dass Paul in derselben Nacht der Rettung um 23.00 Uhr gestorben war. Das Begräbnis war nur drei Tage später erfolgt. Peter brach erneut zusammen. Nach seiner Gesundung besuchte er das Grab am kleinen Lagerfriedhof. Die Eltern waren kurz darauf weggezogen, da die Mutter das Lager nicht mehr ertragen konnte und in einer Nervenklinik behandelt werden musste.

Paul hatten sie zurückgelassen. Peter sah dies als Verrat an Paul. Die kalte Winterszeit und der Tod seines Freundes hatten Peter in eine tiefe Krise gestürzt, von der er sich lange nicht erholte. Immer noch schleppt er das schlechte Gewissen am Tod seines Freundes mit sich. Geblieben sind bei ihm die Furcht vor Flüssen mit grau-grünem Wasser und eine abgrundtiefe Abneigung zu Kälte, Schnee und Eis.

Prima Lehrer

von Sylvia Lichtenfeld

Es ist Freitag in der zweiten Stunde. Die Klasse BKF 1 wartet auf ihren Lehrer Herrn Lütsch. Der kam meistens um viertel vor acht. Doch anstatt des Lehrers betrat jemand anders den Klassenraum. Die Tür öffnete sich, ein junger Mann kam in den Vorraum, schloss die Tür wieder und öffnete die Glastür. Dann betrat er den Klasseraum, ging zum Tisch, stellte seine Tasche an das Tischbein. „Morgen zusammen. Eurer Lehrer kommt heute leider nicht. Der hatte einen kleinen Unfall", sagte der junge Mann. „Was ist denn passiert und wo?", fragte Fred. „Er hatte einen kleinen Autounfall und liegt in Krankenhaus. Auf dem Weg hierher ist es passiert", antwortet der junge Mann. „Warum schicken die keine aus Röndorf oder uns nach Köln?", fragte Holger. „Das ist alles geklärt. Röndorf hat hier angerufen und mir den Vorschlag gemacht. In Köln haben sie keinen Platz für euch, ihr müsstet euch einen Klassenraum teilen. Ich bitte sie sich das nächste Mal zu melden. Ich heiße übrigens Stephan und bin der Schülersprecher von hier. So, jetzt hätte ich gern Ihre Namen", antwortete Stephan.

Holger Clever, Anke Henningsen, Katharina Plewniak, Erhan Öztürk, Fred Jaggy, Sylvi, Dunja Klasen, André Walisko, Heike Hänscheid, Helene Beck, Silke Hirsch, Julian Kirschner.

Helene meldete sich. „Bitte, eine Frage", sagte Stephan. „Was machen wir bei Ihnen?", fragte Helene. „Wir fangen mit Mathe an. Gibt es Probleme", wollte Stephan wissen. „Verteilungsrechnen", sagte Holger. „Kein Problem. Wir nehmen drei, die im Lotto gewonnen haben. Die Anteile sind folgendermaßen: A = 1000, B = 2800, C = 3000. Sylvi, erstellen Sie bitte die Aufgabe an der Tafel", sagte Stephan.

A = 1000 10 x 3573,5294 = 35 735,30
B = 2800 28 x 3573,5294 = 100 058,82
C = 3000 30 x 3573,5294 = 107 205,88
68 243 000

243 000 : 68 = 3573,5294

„Prima, Sylvi, die Aufgabe ist richtig", sagte Stephan. Sylvi setzte sich auf ihren Platz. „Wenn Sie wollen, können Sie das abschreiben." Sie holten ihre Mappen raus uns schrieben ab. „Sagen Sie mal, Silke, haben Sie keine Mappe?", fragte Stephan. „Ich hab doch ein Blatt", meinte Silke. „Da schreiben Sie alles drauf, was wir machen. Mathe, EDV, Deutsch, Politik?", fragte Stephan. Silke sah ihn an und holte ihre Mappe raus. „O.k., wir haben jetzt Pause, danach gebe ich Ihnen ein Blatt mit Aufgaben", sagte Stephan. „Wir dürfen sonst drin bleiben", meinte Silke. „Nicht bei mir. Ich will wegen Ihnen keinen Ärger bekomme", sagte Stephan. Er verließ die Klasse, wartete auf Silke und Juliane, dann schloss er die Tür ab.

Stephan ging ins Gebäude D zum Fotokopieren, dann marschierte er über den Schulhof. Fred, Dunja und Sylvi unterhielten sich. „Der macht das echt prima", sagte Dunja. „Du hast recht. Eins finde ich gut", meinte Sylvi. „Dass er alle rausgeworfen hat. Die arme Silke und Katharina", meinte Dunja. Stephan kam zu ihnen. „Na ihr. Sagt mal, stimmt das, die dürfen sonst drin bleiben?", fragte Stephan. „Ja, das stimmt", sagte Sylvi. „Nicht bei mir. Kommt rein", antwortete Stephan.

Stephan wartete, bis alle saßen, dann teilte er die Blätter aus. Heike stand auf, ging an ihm vorbei, nahm ihre Jacke, zog sie an und wollte die Klasse verlassen. „Wir hatten grade Pause. Setzen Sie sich hin", sagte Stephan. „Das ist normal bei ihr. In der Pause hat sie Angst auf Klo zu gehen", erklärte Anke. „O.k., dann gehen Sie jetzt", sagte Stephan, ging zum Tisch, nahm den Stuhl, setzte sich, holte aus der Tasche seinen Block mit Bleistift und zeichnete.

Kaum war Ruhe in der Klasse eingekehrt, piepte das Handy von Katharina. Sie wollte die Klasse verlassen. „Schalten Sie das Handy aus und rechnen Sie weiter", befahl Stephan. „Das ist wichtig", meinte Katharina. „Handy aus oder ich kassiere es ein bis an Ende des Tages. Wir sind hier in der Schule", sagte Stephan. Katharina schaltete das Handy aus, setzte sich und rechnete. Stephan zeichnete weiter. Da meldete sich Juliane. Stephan stand auf und ging zu ihr. „Was gibt es?", fragte er. „Bei der Aufgabe 7, fehlt da eine Angabe?", wollte Juliane wissen. Stephan nahm das Blatt, las die Aufgabe und sagte: „Alle Angaben, die Sie brauchen, sind da." Er legte das Blatt auf den Tisch, ging zurück auf seinen Platz und zeichnete weiter.

Holger, Anke und Katharina redeten. „Lassen Sie die andern auch rechnen oder helfen Sie sich in der Prüfung auch?", fragte Stephan.

Nach einer halben Stunde sagte er: „Noch fünf Minuten, den Rest können Sie zu Hause machen." „Moment noch, ich bin gleich fertig", rief Erhan. Der Rest der Klasse packte die Mathesachen weg. „Wir machen jetzt Deutsch", kündigte Stephan an. „Sie wissen doch gar nicht, was wir in Deutsch machen", sagte Holger. „Ich soll ein Diktat mit Ihnen machen", meinte Stephan, „das nächste Mal melden Sie sich." „Ich kann nicht so schnell schreiben", bemerkte Fred. „Dann lernen Sie es", meinte Stephan. „Das liegt an seiner Behinderung", erklärte Sylvi. „Wie sind Sie am PC?", fragte Stephan. „Sehr schnell", antwortete Fred. „Dann schreiben Sie es auf PC und speichern es auf Diskette", meinte Stephan. „Da bin ich nicht so schnell", fügte Katharina an. „Hab ich mit Ihnen gesprochen?", fragte Stephan, ging zum Tisch, bückte sich und holte aus seiner Tasche ein Notebook, das er Fred lieh. „Aber nicht kaputtmachen", sagte Stephan nachdrücklich, ging zurück, setzte sich an den Tisch, holte ein Buch aus der Tasche und wartete, bis alle fertig waren. „Ich lese den ganzen Satz vor, dann die Hälfte. Nur eine Nachfrage ist erlaubt", sagte Stephan. „Und wenn einer nicht mitkommt?", fragte Anke. „Der lässt es aus und trägt es am Ende nach", meine Stephan.

Nach dem Diktat sammelte er alle Blätter ein, nahm das Notebook wieder an sich. „Da ich von Politik keine Ahnung hab, machen wir jetzt EVD“, sagte Stephan. Alle gingen an ihre PCs. Stephan schaltete den Server ein. „Moment noch, dann können Sie rein.“ „Wo sollen wir rein?“, fragte Fred. „Ich weiß nicht, was Sie auf Ihren PCs haben. O. k., Sie können rein“, sagte Stephan und ging zu Sylvi. „O. k., gehen Sie in Excel“, meinte Stephan. „Ich habe ein Problem überhaupt in dss Programm zu kommen“, sagte Katharina. „Haben Sie das Problem bei Jungs auch? Haben Sie schon mal ein Diagramm erstellt?“, fragte Stephan. „Nein“, antwortete Fred. „O. k., dann erstellen Sie eine Tabelle mit zwei Spalten mit zehn Zeilen. Eine Kostentabelle von 10 DM bis 100 DM“, sagte Stephan und sah ihnen zu. „Wer die Tabelle fertig hat, speichert unter Dia 1 und geht in die Pause“, sagte Stephan.

Einnahme	**Ausgaben**
27	50
90	32
54	10
22	23
34	21
75	89
11	38
80	10

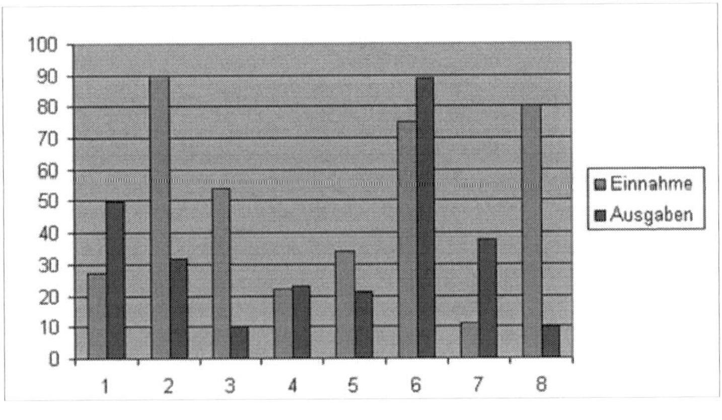

Als alle draußen waren, setzte er sich an den PC von Sylvi und erstellte ein Schaudiagramm. Danach verließ er die Klasse und ging zu den dreien, Fred, Sylvi und Dunja, um eine zu rauchen. „Na Herr Lehrer, wie finden Sie unsere Klasse?“, frage Sylvi. „Schrecklich. Die eine telefoniert im Unterricht, die andere geht nach der Pause auf die Toilette und eine andere geht alle paar Minuten aufs Klo. Wie soll ich noch zwei Stunden aushalten“, murmelte Stephan. „Beruhigen Sie sich, einige wollen sich am Montag in Köln beschweren“, sagte Dunja. „Wer zum Beispiel?“, wollte Stephan wissen. „Silke, Juliane, Katharina. So würde kein Lehrer sie behandeln“, sagte Dunja. „Na warte. Ich mache doch gleich Politik. Kommt rein“, sagte Stephan.

„O.k., wir erstellen jetzt das Diagramm. Markieren Sie bitte die zweite Spalte, klicken Sie mit dem Mauspfeil auf Extras, neues Diagramm erstellen, und der PC erstellt Ihnen ein Diagramm“, erklärte Stephan. Eine hatte Probleme. „Was ist mit Ihnen, Heike?“, fragte Stephan. „Bei mir funktioniert das nicht.“, sagte Heike. „Das funktioniert schon“, meinte er. Stephan sah sich die Diagramme an.

„Gut, speichern Sie ab, loggen Sie sich aus und setzen Sie sich auf Ihre Plätze“, sagte Stephan und ging nach vorne. Dort wartete er, bis alle saßen. „Wir machen jetzt Politik“, sagte Stephan. „Ich dachte, Sie haben keine Ahnung von Politik“, sagte Silke. „Und Sie holen das nächste Mal Ihre Unterlagen sofort raus. Wer ist Klassensprecher?“, fragte Stephan. Holger und Fred meldeten sich. „Zwei Klassensprecher?“, fragte Stephan erstaunt. „Nein, Fred ist Vertreter und ich bin Klassensprecher“, sagte Holger. „Na gut. Was machen Sie im Moment in Politik?“, wollte Stephan wissen. Silke, Holger und Helene meldeten sich. „Bitte, Helene“, sagte Stephan. „Das kommt auf unseren Lehrer drauf an. Entweder hat er was vorbereitet oder wir nehmen ein Thema aus der Zeitung“, sagte Helene. „Das ist natürlich Mist. Ich hab nichts vorbereitet“, meinte Stephan und ging zum Schrank im Vorraum, den öffnete er und holte ein orangenfarbenes Buch raus. Damit in der Hand ging er zurück in die Klasse. „Haben Sie das Buch mit?“, fragte Stephan. Einige holte es aus ihrer Tasche.

Das waren Anke, Sylvi, Dunja und Holger. „Damit haben wir fünf Bücher. Dann muss ich wohl an der Tafel schreiben. Bitte holen Sie Ihre Blätter raus“, sagte Stephan. Alle fingen an zu kramen. „Kannst du mir ein Blatt leihen, ich hab keins mehr?“, fragte Fred Sylvi. Diese riss ein Blatt aus ihrem Block und gab es ihm. „Wir nehmen uns die Aufgaben der Arbeitslosenversicherung vor“, sagte Stephan und schrieb an die Tafel.

Aufgabe Erreichung und Erhalt eines hohen Beschäftigungsstandes – Hilfe bei Arbeitslosigkeit

„Was machen die, die kein Buch haben?“, fragte Juliane. „Wir haben fünf Bücher, dann müssen immer drei sich eins teilen“, antwortete Stephan.

„Holger Clever, Anke Henningsen, Katharina Plewniak, Fred Jaggy, Sylvi, Dunja Klasen, André Walisko, Heike Hänscheid, Helene Beck, Silke Hirsch, Julian Kirschner, Erhan Öztürk.“

„Dann haben wir ein Buch über“, meinte Katharina. „Ich brauch doch auch eins“, antwortete Stephan.

Erreichung und Erhalt eines hohen Beschäftigungsstandes – Hilfe bei Arbeitslosigkeit

- Sicherung von Arbeitsplatz
- finanzielle Leistungen an Arbeitslose

Versicherungspflichtige Personen:

- alle Arbeiter
- alle Angestellte.

nicht erfasst sind:

- alle Selbstständigen
- Personen, die auf andere Weise versorgt werden
- Arbeitnehmer, die das 65. Lebensjahr vollendet haben
- Rentner, die erwerbsunfähig sind.

Aufgaben:

- Schlechtwettergeld
- Maßnahmen zur Arbeitsbeschaffung
- Arbeitslosengeld
- Arbeitslosenhilfe

Stephan saß an seinen Tisch und zeichnete. Die Klasse arbeitete ruhig. Keiner sage einen Ton. Doch dann störte einer die Ruhe. Erhan musste auf die Toilette. Stephan sah von seinen Blatt auf und sagte: „Verdammt noch mal, alle zwei Minuten gehen Sie auf die Toilette. Sie trinken ja kaum was." „Das ist bei mir normal", sagte Erhan. „Sie bleiben jetzt hier. Es ist gleich Schluss. Normal kann das nicht sein. Keiner, der nichts trinkt, muss so oft auf die Toilette", sagte Stephan, stand auf, ging zur Tür und schloss ab. Dann ging er zurück, setzte sich und zeichnete weiter. „Arbeiten Sie weiter", sagte Stephan. Sylvi stand auf und ging zu Stephan. „Was ist?", fragte Stephan. „Das dürfen Sie nicht, das hat etwas mit seiner Behinderung zu tun", antwortete Sylvi so, dass es die anderen nicht hörten. „Das ist mir egal. Setzen Sie sich hin und arbeiten Sie weiter. Noch drei Minuten, dann ist Schluss. Das Ergebnis besprechen wir nächste Woche", sagte Stephan. „Haben wir Sie nächsten Freitag wieder?", fragte Holger. „Keine Angst, das wird nicht passieren. In Ihrer Klasse muss man aus den Irrenhaus abgehauen sein, um hier zu unterrichten", antwortete Stephan, stand auf und ging zur Tür. Als es um fünf nach eins klingelte, schloss er die Klassentür und ließ sie raus.

Spiderman

von Astrid Matthaei

An einem trüben Morgen Anfang April fuhr ich auf der Autobahn. Ich war auf dem Weg zur Arbeit. Alles war grau in grau, ich hatte noch 20 km vor mir. Die Spuren waren weitgehend frei, einige LKW zockelten bergauf. Die meisten Autos fuhren ganz links – obwohl die mittlere Spur frei war. Ich regte mich auf. Über so etwas regte ich mich immer auf.

Ich beschleunigte und fuhr ganz nach rechts, schließlich war dort gerade frei. Ich musste kein chronischer Linksfahrer sein, um anderen (oder vielleicht auch mir selber?) zu beweisen, dass ich ein schnelles Auto hatte. Ich wusste, dass ich ein schnelles Auto hatte. Und freute mich darüber.

Weiter vorne entdeckte ich plötzlich ein Fahrzeug, das die Spuren wechselte wie andere die Ölfilter. Sogar noch häufiger. Es war ein silberner Sportwagen. Ein Cabrio. Seltsam für einen Sportwagen, ganz nach rechts zu fahren, nur weil die Spur dort frei war. Sollte es jemanden auf dieser Autobahn geben, der meine Einstellung teilte?

Mehr oder weniger zufällig hängte ich mich einfach mal dahinter. Das war kein Problem, da sich unsere Fahrweise sehr ähnelte.

Wir rauschten über die Bahn, von rechts nach links und von links nach rechts. Irgendwann überholte ich. Das war möglich, da der Sportwagen – ein Alfa Spider – nun in der Mitte fuhr. Ich guckte hinüber und bekam ein freches Grinsen zu sehen. Hallo, Fremder!

Und prompt wurde ich wieder von ihm überholt. Und überholte. Immer wieder. Das machte Spaß. Hatte ich neulich noch behauptet, dass meine Fahrt zur Arbeit langweilig sei?

Als wir dann in eine Baustelle kamen, konnten wir uns das Fahrzeug des anderen nun einmal genauer ansehen, da wir direkt nebeneinander fuhren. Nicht schlecht. Das schien er auch zu finden. Nach der Baustelle beschleunigte ich blitzschnell, fuhr nach links und sprintete den Berg hinauf.

Da kam meine Ausfahrt. An diesem Morgen irgendwie plötzlicher als sonst. Ich zog kurzerhand rechts herüber. Tja, kleiner Spider, damit hattest du nicht gerechnet. Jetzt konnten wir uns gar nicht verabschieden, eigentlich schade. Aber der Spider zog auch herüber und quetschte sich weit vor mir in die Kolonne auf der Ausfahrt.

Machte er das wegen mir oder musste er auch diese Ausfahrt nehmen? Die Antwort folgte prompt: Es war Zufall, denn ich bog am Ende der Ausfahrt links ab, er rechts. Mit Warnblinklicht zum Abschied. Das war eine nette Fahrt. Ich hoffte, ich würde ihn wiedersehen.

Ein paar Tage vergingen, aber von Spiderman keine Spur. In der Zwischenzeit sah ich einmal einen silbernen Spider im Rückspiegel und mein Herz klopfte. Doch als er mich überholte, sah ich eine ältere Dame darin sitzen. Auch das Kennzeichen stimmte nicht überein. Durch meine Enttäuschung, die ich in diesem Moment gefühlt hatte, keimte in mir ein noch stärkerer Wunsch auf, „meinen" Spiderman endlich wiederzusehen.

Doch eines Morgens, als ich wieder um dieselbe Zeit zur Arbeit fuhr, hatte ich Glück. Diesmal war es schon richtig hell, ich freute mich auf den Sommer. Im Autoradio lief meine CD von den White Lies, die ich zu der Zeit rauf und runter hören konnte. Mein Lieblingssong „To lose my life" begann und ich gab Gas.

Plötzlich sah ich aus den Augenwinkeln im Rückspiegel ein schnittiges silbernes Fahrzeug. Und schwups – wurde ich überholt. Mein Spiderman jagte an mir vorbei. Blitzschnell zog ich auch auf die linke Spur, um wieder hinter ihm her zu fahren. Unsere zweite gemeinsame Fahrt konnte beginnen.

Er blinkte mir zweimal zu, ich blinkte zurück. Ich grinste und düste mit ihm über die Bahn, von links nach rechts und zurück, immer schneller. Die White Lies schrien sich die Seele aus dem Leib: „Let's grow old together and die at the same time!"

Eine innere Stimme mahnte mich, dass ich das wörtlich nehmen sollte. Erst alt werden, dann sterben. Nicht bereits hier in jungen Jahren auf der Autobahn. Wie um diesen Gedanken zu unterstreichen, tauchte aus dem Nichts die Baustelle auf, wir mussten uns zügeln. Der Geschwindigkeitsrausch ließ nach, dafür gab es uns nun einen Kick, dass wir langsam nebeneinander her fahren konnten. Wir grinsten.

Die Baustelle war zu Ende, wir gaben noch ein letztes Mal richtig Gas. Er ließ mir den Vortritt, und schon fuhren wir auf die Ausfahrt. Meine Linksabbiegerspur staute sich zurück, er fuhr langsam rechts an mir vorbei. Ich hob die Hand, er grinste und seine Blinker zuckten heftig. Bye-bye Spiderman, bis zum nächsten Mal!

Das nächste Mal ließ lange auf sich warten. Ich hatte mich schon mit dem Gedanken abgefunden, nie wieder diese nette Begleitung auf der Autobahn zu genießen. Und trotzdem versuchte ich jeden Morgen, exakt zur selben Zeit loszufahren, und sah während der gesamten Fahrt permanent in den Rückspiegel.

An dem Morgen, an dem ich noch einmal eine seltsame Begegnung haben sollte, war es nicht nur hell, es wurde auch immer wärmer. Der Frühling kam, die Frühlingsgefühle auch. Ich wünschte mir, dass Spiderman mich mal wieder ein Stück begleiten würde. Wo war er in der letzten Zeit? Vielleicht hatte er den Führerschein abgeben müssen?

Den größten Teil der Fahrt hatte ich hinter mich gebracht, das wurde wohl wieder nichts mehr mit unserem Rennen. Ich seufzte, wandte mich dem Radio zu und startete „To lose my life", vielleicht konnte ich alleine genauso viel Spaß haben. Die White Lies begannen.

Plötzlich sah ich Spiderman im Rückspiegel, er setzte zum Überholen an. Hatte ich ihn mit dem Song herbeigerufen? Neben mir hob er erfreut die Hand und strahlte. Ich grinste zurück und reihte mich hinter ihm ein – los ging es.

Diesmal blieben wir links und düsten an allen vorbei. Vor ihm war noch ein Fahrzeug, das plötzlich heftig abbremste und nach rechts zog. Ich sah, warum. Vor uns tauchte ein Schild auf, das auf den Wegfall dieser Spur hinwies. Leider ohne Meter-Angabe, die Spur fiel genau JETZT weg. Spiderman bremste ab und schleuderte auf die mittlere Spur hinüber. Ich schaffte es auch rechtzeitig. Für einen Schulterblick war keine Zeit mehr. Vorwurfsvoll mahnend grölten die White Lies „… and die at the same time!" Wir fuhren brav weiter, hinein in die altbekannte Baustelle. Er hatte wohl erst einmal die Schnauze voll und wechselte auf die rechte Spur. Wie ferngesteuert fuhr ich nach links und zog an ihm vorbei. Inzwischen konnten wir auch schon wieder grinsen.

Er holte auf und fuhr rechts neben mir her. Ich fixierte verkrampft cool den Wagen vor mir. Ein kurzer Seitenblick sagte mir, dass es ihm ähnlich erging. Das machte mich mutiger und ich guckte häufiger, aber meine Blicke blieben unerwidert. Nach einer gefühlten Ewigkeit hatten wir das Ende der Baustelle erreicht. Er zog nach links und düste davon. Ich hatte keine Lust mehr auf diese Spielchen und fuhr artig weiter. In der Ausfahrt war er nun vor mir. Da die Schlange auf seiner Abbiegerspur kürzer war, konnten wir nicht mehr nebeneinander fahren. Hatte er nicht daran gedacht oder wollte er mich nicht mehr sehen? Seine Blinker leuchteten zum Abschied auf, meine Lichthupe irritierte flackernd den Fahrer vor mir.

An diesem Tag hatten wir eine seltsame Fahrt. Eindrucksvoll, aber unbefriedigend. Mein Gefühl sagt mir, dass ich Spiderman nicht mehr wiedersehen werde.

Schließlich weiß doch jeder, dass es von Spiderman nur drei Teile gibt …

Gedichte

von Jo Menning

Fragen

Wie bist du,
wenn ich dich
nicht sehe?

Bist du da so,
wie wenn ich
dich sehen könnte?

Oder
bist du der,
der genießt,
dass man ihn
nicht sehen kann?
Und
denkst du vielleicht,
dass du mich liebst,
aber
dass dennoch das eine
mit dem anderen
nichts zu tun hat?

Übst du
deine Wirkung
und prüfst,
ob deine Faszination
noch funktioniert?

Wie bist du,
wenn ich dich nicht sehe?
Wäre es besser,
ich wüsste die Antwort?

Immer noch

Immer noch rührt deine Stimme mich an.
Immer noch zieht deiner Augen Glanz
mich hin.
Immer noch ist deine Stirn
unverändert klug.
Um dreitausendsechshundertfünfzig Tage
und unzählige Stunden Wissender
bist du mir geblieben.
Und ich halte dich
in Vertrautheit,
als sei nichts geschehen.

Monde haben uns berührt,
Winde uns gestreichelt,
Sonnen uns verbrannt:
Fremde Monde
Ferne Winde
Heftige Sonnen.

Duft der Fremde im Haar, bist du mir Heimat.

Jo Menning

Sprachlos

Wir sind stumm geworden:
Die Alltage haben
unsere Worte verweht.
Die Augen sind glanzlos
und unser Lächeln
ist belanglos geworden.
Wir sind jetzt
einsam zu zweit
und schlagen
die Zeit gemeinsam tot.

Und so sitzen wir da,
sehen uns an
und erkennen uns
kaum noch.
Und wir warten,
dass etwas passiert.
Nichts passiert.
Und es gibt auch
nichts mehr zu sagen.

Dennoch
wartet der eine
auf das Wort
des anderen.
Sprachlos.

Jo Menning

Sternenflug

Du bist mir begegnet
auf dem Meere des Nichts –
plötzlich und unerwartet.
Du warst abseits deiner Sternenbahn
und suchtest deine verlorene Spur:
Die Wasser dunkel,
die Himmel ohne Stern,
die Blätter atemlos.

Ich begann dich zu suchen.
Dich und deine Sternenspur.
Ich begann deinen Worten
nachzutasten und versuchte
deine Stirn zu lesen.

Ich kam an Silberbäumen vorbei
und Sonne betupfte mein Gesicht.
Dunkle Wasser klärten sich in Skalenblau,
Winde trugen Musik und
Himmel zeichneten Sterne.

Ich fand dich in aller Sommer Licht,
ich berührte dich in aller Nächte Dunkelheit.
Unsere Schiffe zogen in gleicher Bahn
über Wasser mit gläsernem Grund und
legten an in gemeinsamen Häfen.

Du lehrtest mich deine Sternenspur
und ich zeigte dir meine.
Wir befliegen die neuen Himmel
in parallelen Bahnen,
der eine rastend auf des andern Stern.

Marie – ein Leben in Schande

von Birgitt Möck

Marie wurde als uneheliche Tochter eines jungen Bauern und einer Dienstmagd Ende der Zwanzigerjahre geboren.

Das Leben dieser Frau war geprägt durch die Tatsache, dass es eine Schande war, als solch ein Kind geboren zu werden, und noch schlimmer, als Folge mit dieser Schande leben zu müssen. Aufgewachsen in einem kleinen Dorf am Rande der Schwäbischen Alb bei ihrer Tante, erfährt sie am Tag ihrer Konfirmation, wer sie ist, wer ihre Eltern sind, und muss fortan mit dieser schweren Bürde leben. Das Leben von Marie, die eine vermeintlich einigermaßen normale Kindheit erlebt, mit Hoffnung auf eine glückliche Zukunft, nimmt eine ungeahnte Wendung.

Manuskriptauszüge

Sie kam langsam zu sich und spürte sofort wieder diese Kälte in sich, diese Unruhe und das Zittern, das ihren ganzen Körper durchzog. Eigentlich war sie noch sehr müde und erschöpft, aber es war ihr nicht mehr möglich, lange zu schlafen. Durch das Gefühl der Leere und das immer stärker werdende Verlangen nach Alkohol gelang es ihr dann doch nach einiger Zeit, ihre schweren Augen zu öffnen, um sich dann langsam und mit großer Anstrengung auf die Beine zu stellen.

Es war wohl noch sehr früh am Morgen, als sie in der zwielichtigen Wohnung vergeblich versuchte einen klaren Kopf zu bekommen. Ihr Äußeres wollte sie trotzdem noch so herrichten, dass sie möglichst unauffällig und unerkannt auf die Straße treten konnte, um rasch nach Ladenöffnung an den heiß ersehnten Alkohol zu gelangen. Doch dazu war es noch viel zu früh, denn der Laden um die Ecke öffnete erst um 08.00 Uhr. Wie sollte sie also diese für sie endlos lange Zeit überbrücken?

Viele Gedanken schossen ihr durch den Kopf, Erinnerungen an frühere, bessere Tage, ihre Augen füllten sich mit Tränen. Was war bloß aus ihr geworden, wie konnte es so weit kommen?

Doch schnell verlor sie sich wieder in dem für sie einzig wichtigen Streben nach Alkohol. Und endlich – sie hörte, wie die Uhr in ihrem Wohnzimmer schlug, acht Mal – sie ging auf schwachen Beinen hinaus aus der Wohnung, hinab auf die Straße, zum kleinen Krämerladen um die Ecke. Schnell und zielstrebig ging sie direkt auf das Regal mit dem Wein zu, griff eine Flasche davon, für mehr reichte ihr das Geld nicht, bezahlte diese und sofort verließ sie den Laden wieder mit dem einzigen Gedanken, möglichst schnell wieder in ihre Wohnung zurückzukehren.

Dort wieder angekommen setzte sie sich auf ihr Sofa, öffnete die Flasche mit zitternden Händen, um dann, nachdem sie die halbe Flasche auf einmal leer getrunken hatte, völlig erschöpft niederzusinken und für einige Zeit in den Schlaf der Vergessenheit zu fallen.

Rückblick

Am Sonntag, einem wunderschönen, aber kalten Tag, war ich schon sehr früh auf den Beinen, um mit Hilfe von Tante Paula im Wohnzimmer noch alles vorzubereiten. Es würden nach der Kirche nur wenige Gäste kommen, gerade deswegen sollte alles besonders schön gerichtet sein.

Danach ging ich schnell noch Holz holen, um den Ofen anzuheizen, denn ohne Feuer wäre es viel zu kalt gewesen in dem Zimmer, das nur an Sonntagen benutzt wurde. Jetzt war es Zeit, mein dunkles, langes Haar zu bürsten und zu einem langen Zopf zu flechten. Da das Badezimmer im Haus von Tante Paula nur an Samstagen beheizt wurde, musste das kleine Waschbecken, das sich neben dem Spültisch in der Küche befand, für die tägliche Körperpflege ausreichen. So stand ich also in der Küche und starrte abwesend vor mich hin und gleichzeitig wuchs in mir die Aufregung von Minute zu Minute. Konnte ich meine Sprüche alle auswendig hersagen, würde ich mit dem Kleid schön aussehen und natürlich meine Fragen …, sollte es tatsächlich heute Wirklichkeit werden, sollte ich tatsächlich heute Antworten erhalten?

„Marie, warum bist du denn noch nicht fertig, wir müssen gehen!“, fragte Tante Paula energisch, denn nun war auch sie sehr nervös, auch ihr war bewusst, dass sich mit dem heutigen Tag sehr viel verändern würde …

Was versuchte mir Alfred zu sagen, warum er und nicht Tante Paula, sie war doch immer wie eine Mutter zu mir. Sie hatte mir als Kind die Windeln gewechselt, mich an meinem ersten Schultag begleitet und wenn ich krank war oder Kummer hatte, war sie es, die mich getröstet hatte. Ich wusste schon, dass sie nicht meine leibliche Mutter war, sondern nur eine Tante, doch wurde mir nie gesagt, wer meine Eltern waren, ob und wenn ja, wo sie lebten. Doch nun, da Alfred so energisch das Wort ergriffen hatte, schossen mir Tausend Gedanken durch den Kopf. Und bevor ich dazu kam, weiter darüber nachzugrübeln, fuhr der sonst so verschlossene Alfred mit ernster Miene fort, dabei schaute er mich nicht an, sondern sein Blick schweifte ins Leere.

„Marie, ich erzähle dir nun von einer Zeit, die längst vergangen ist und in meiner Erinnerung schon fast ausgelöscht wurde, da ich immer versucht habe, sie zu verdrängen.“

Ich beobachtete Alfred bei seiner Erzählung ganz genau. An seinem Gesicht ließ sich erkennen, dass es ihm offensichtlich nicht leichtfiel, über das längst Vergangene zu sprechen, denn, was ich noch nicht wissen konnte, die Schuld lastete viel zu schwer auf ihm. Meine Tante saß schweigend da, die Augen gesenkt, auch sie wirkte sehr bedrückt …

„Plötzlich entdeckte ich sie – sie saß einige Tische entfernt und sah schüchtern zu mir herüber. So fasste ich also meinen ganzen Mut zusammen und ging zu ihr hin, um sie, mit leiser, kaum hörbarer Stimme, zu fragen, ob sie mit mir tanzen wollte. Ich hatte schrecklich Angst, sie könnte mir einen Korb geben, doch meine Hoffnung auf eine positive Antwort war nicht vergeblich. Sie erhob sich tatsächlich von ihrem Stuhl, legte ihre kleine Hand mit den zierlichen Fingern in meine und ließ sich von mir führen. Zur laut erklingenden Musik drehten wir uns im Kreis wie in einem Traum, aus dem wir nicht mehr erwachen wollten.

Wir schmiegten unsere Körper vorsichtig aneinander und dabei genoss ich ihre Wärme und den süßen Geruch ihres Parfüms. Wir nahmen die anderen tanzenden Paare nicht mehr wahr, es fühlte sich an wie in einer anderen, wunderbaren Traumwelt. Die kleinen Ohrringe an ihren hübschen Ohren bewegten sich leicht hin und her, während wir vom Takt der Musik getragen unsere Kreise zogen, wie in einem Rausch des Glücks."

Plötzlich stockte Alfred in seinen Ausführungen, denn er hatte sich total vergessen, als er so tief in die Vergangenheit eingetaucht war. Er wollte keinesfalls zu ausführlich ins Detail gehen. Marie war doch für solche Dinge noch viel zu jung. Doch nun, da die alten Erinnerungen wieder zu neuem Leben erwachten, konnte er sich kaum noch bremsen. Zu schön war diese kurze Zeit des Glücks mit Berta gewesen. Und es war ihm auch bewusst, dass er es Marie schuldig war, er musste ihr heute die Wahrheit sagen, so schwer es ihm auch fallen würde, denn zu lange hatte er sie schon im Ungewissen gelassen …

Ich kam aus dem Staunen nicht mehr heraus. Der sonst so stumme Alfred redete mit mir wie noch nie zuvor und mir wurde langsam bewusst, dass heute noch viel mehr ans Tageslicht kommen sollte, als ich mir jemals hätte träumen lassen. Meine Anspannung und Neugierde wuchsen fast ins Unermessliche.

Gleichzeitig hatte ich Angst und war mir nicht mehr im Klaren, ob ich das wirklich alles wissen wollte, denn ich spürte tief in meinem Innersten, dass ab heute wirklich alles anders werden würde für mich, dass sich meine kleine Welt heute auf den Kopf stellen sollte …

Nun dämmerte es mir, jetzt begann ich zu verstehen, warum mir Alfred alles so ausführlich erzählte, warum er es war, der redete, und nicht Tante Paula. Das konnte doch unmöglich sein, was sich in meinem Kopf jetzt abspielte und meinen Gedanken aufdrängte, ich wollte es nicht wahrhaben und musste doch versuchen, mich damit anzufreunden und der Wahrheit ins Gesicht zu blicken …

Die Aufregung war groß, als ich mit Fritz zusammen an diesem heißen Frühsommertag in Frankfurt vor dem Haus seiner Eltern stand. Ich zupfte noch mal an meinem Kleid herum, fuhr mir hastig über die Haare und schon öffnete sich die Türe.

Das Hausmädchen der Müllers stand vor uns und bat uns einzutreten.

„Sei nicht so aufgeregt, alles wird gut, du wirst schon sehen", versuchte mich Fritz zu beruhigen. Wir gingen einige Stufen hinauf und standen nun in einer großen Halle, von der nach allen Seiten Türen abgingen. Es war auch eine prächtige, rund geschwungene Treppe zu sehen, die in den ersten Stock führte.

Durch große, mit schweren Vorhängen an der Seite behängte Fenster drang gedämpftes Licht herein, ich kam aus dem Staunen nicht mehr heraus. Das Hausmädchen bat uns in den Salon, um hier auf einem dieser schönen alten Sofas Platz zu nehmen. „Die Herrschaften kommen gleich, einen Augenblick noch bitte. Darf ich so lange etwas zu trinken bringen?"

„Nein danke, Sofie, wir wollen jetzt noch nichts", sagte Fritz. Dann verließ sie das Zimmer, sodass wir für kurze Zeit alleine waren.

Was war das für eine grandiose Villa, und ich mittendrin – das kann eigentlich nicht die Realität sein, sicherlich wache ich jetzt gleich aus diesem Traum wieder auf, dachte ich. Ich, die kleine Marie aus einfachsten Verhältnissen, konnte das wirklich sein?

Leise fragte ich Fritz: „Geht es bei euch zu Hause immer so förmlich zu?“

„Nun ja, mein Vater ist ein angesehener Chefarzt einer großen Klinik hier in Frankfurt und meine Mutter kommt aus reichem Hause, sie sind dieses Leben gewöhnt und möchten auch daran festhalten.

Mir hingegen ist es zu steif und spießig, ich stelle mir meine Zukunft mit dir viel lockerer und freier vor.“ Na ja, dachte ich, da bin ich ja beruhigt, denn so grandios und schön dieses Haus auch war, darin zu leben konnte ich mir nicht vorstellen, es war mir alles viel zu steril und steif. Meine Nervosität stieg noch mehr, ich konnte kaum noch ruhig sitzen.

Zu weiteren Gedanken bzw. Gesprächen kam es nicht mehr, denn jetzt öffnete sich eine der Türen dieses Zimmers und herein kam ein großer, etwas zu wohlbeleibter Mann, vornehm gekleidet, mit weißem Haar. Er trug eine Brille und machte einen sehr strengen und arroganten Eindruck. Gleich hinter ihm kam seine Frau, die etwas freundlicher dreinschaute. Sie war deutlich kleiner als ihr Mann, aber auch wesentlich schlanker als er. Beide kamen direkt auf uns zu und streckten zuerst mir die Hand entgegen, um mich zu begrüßen. Dabei musterten sie mich von oben bis unten. Ach – wie fühlte ich mich doch fehl am Platz. Danach reichten sie ebenso förmlich und ohne den Anschein zu erwecken, dass sie sich über den Besuch ihres Sohnes freuten, auch ihm die Hand. Von Wärme oder Zuneigung war nichts zu spüren, es lag eisige Kälte in der Luft. Warum hatte Fritz mir nichts von dem schlechten und gespannten Verhältnis zu seinen Eltern erzählt, dann hätte ich mich doch ein wenig darauf einstellen können …

„Nun gut, du willst es nicht anders, ich hätte es Marie, aber insbesondere dir selbst gerne erspart, dass ich diese Peinlichkeit in ihrem Beisein ansprechen und klären muss.“

„Was für eine Peinlichkeit?", fragte Fritz mit hochrotem Kopf, dabei spürte ich, wie seine Hände zu zittern begannen. Noch nie hatte ich ihn so erlebt, sein Ton in der Stimme war scharf und laut …

Ich stand wie versteinert da, hatte keine Möglichkeit mich zu bewegen noch etwas zu sagen. Sämtliche Lebensgeister wichen aus meinem Körper und ich spürte, wie mir gerade der Boden unter den Füßen weggezogen wurde …

Die Mittagspause war zu Ende, wir mussten zurück auf unsere Station. Wie eine Maschine verrichtete ich meine Arbeit. Ich war wie abgetötet, fühlte nichts, war wie ein Roboter. Am Abend jedoch, als ich durch den Innenhof hinübergegangen war ins Schwesternwohnheim, den langen, dunklen Flur entlang bis zu meinem Zimmer, die Tür aufgeschlossen und wieder hinter mir zugemacht hatte, da plötzlich, so allein, überkam es mich, das große Grauen der Verzweiflung.

Diese Schmach, diese Schande. Warum nur waren die Eltern von Fritz so böse und gemein? Warum urteilten sie so über mich, ohne mich überhaupt zu kennen? Warum nur war es so schlimm, das ich ein uneheliches Kind war, war ich deshalb ein schlechterer Mensch? Ich hatte Fragen über Fragen und keine einzige Antwort. Fest stand nur, dass Fritz und ich niemals heiraten durften, es wäre sein Untergang gewesen und das nur wegen mir.

Diese Klarheit führte dazu, dass ich mich fühlte, als wäre ich heute innerlich verstümmelt worden. Ein minderwertiger Mensch, unwürdig geliebt zu werden …

Enttherapiert

von Charlotte Neumann

Obwohl sie täglich diesen Anruf erwartet hatte, traf er sie wie ein Schlag. Sie war aus der Schule gekommen und sah das rote Lämpchen des Anrufbeantworters blinken. In den letzten Tagen hatte es sie sich zur Angewohnheit gemacht, den ersten Impuls zu unterdrücken und das Blinken zu ignorieren.

Sie ging in ihr Arbeitszimmer, setzte die schwere Tasche ab, nahm die Gießkanne und versorgte die Zimmerpflanzen. Auf diese Weise sammelte sie ihre Gedanken und legte sich Sätze parat für das Telefonat, das sie nicht führen wollte.

Auch an diesem Tag wollte sie die Nachricht ignorieren. Sie setzte sich auf den Stuhl neben dem Telefon und hörte den Anrufbeantworter ab.

„Rita, ich bin es. Sie hat es überstanden. Sie ist friedlich eingeschlafen. Wir waren bei ihr. Wenn Sie können, rufen Sie uns auf Tanjas Handy an."

Rita wusste nicht, wie lange sie benötigte, um zu begreifen, was sie eben gehört hatte. Sie saß einfach nur da. Den Telefonhörer hatte sie in der Hand, die Tränen rollten über ihre Wangen.

Ritas Gedanken wanderten in die Vergangenheit.

Vor etwas mehr als vier Jahren hatten sich Rita und Tanja kennengelernt. Rita wurde damals an eine andere Schule versetzt, um für eine langzeiterkrankte Kollegin einzuspringen. Diese Kollegin war Tanja. Die beiden jungen Frauen mochten sich auf Anhieb. Tanja kam nach ihrer Operation gleich in die Schule, um der Neuen den

Start zu erleichtern. Rita schmunzelte in sich hinein. Sie erlebte jenen Tag, an dem sie sich das erste Mal begegneten, noch einmal. Rita kommt nicht gern zu spät.

Meist ist sie deshalb überpünktlich. Während andere diese Situation hassen, genießt es Rita, Menschen zu beobachten. So kommt keine Langeweile bei ihr auf. Sie denkt sich Geschichten aus, was mit diesen Personen in einer anderen Umgebung passieren könnte, wie sie auf Streit reagieren und so weiter. Und auch an diesem Tag war Rita wieder viel zu zeitig zur Konferenz erschienen. Nach und nach kamen die Kollegen. Einige erkannte Rita aus den letzten Tagen. Zuordnen konnte sie nur die drei Kolleginnen, mit denen sie in einem Lehrerzimmer zusammen war. Doch dann kam Schneewittchen. Eine junge zierliche Frau betrat den Konferenzraum und wurde mit lautem Hallo begrüßt. Rita wusste sofort, um wen es sich handelte. Die junge Frau sah blass aus. Ihr feines Gesicht wurde von schwarzem Haar umrahmt. Große, aufmerksame Augen schauten sich suchend im Saal um. Da entdeckte sie Rita und ging auf sie zu. Sie zog den Stuhl neben Rita heraus, reichte ihr die Hand und begrüßte sie freundlich: „Guten Morgen! Ich bin Tanja und Sie sind sicher die Kollegin, die meine Kurse zum Abitur führen soll."

Die beiden verstanden sich sofort. Es stellte sich heraus, dass sie ein gemeinsames Hobby hatten. Sie hatten beide in der ehemaligen Sowjetunion studiert und liebten die Kultur Russlands.

„Mein Gott", dachte Rita, „wie haben wir uns vor Lachen ausgeschüttet, als uns die Übersetzung eines Filmtitels nicht einfallen wollte. Tanja, heute könnte ich ihn dir sofort nennen. Aber es ist zu spät. Wir werden nie mehr über Puschkin oder Lenin streiten."

Rita wischte sich die Tränen weg, legte den Telefonhörer auf den Apparat und überlegte. Sie konnte noch nicht mit Tanjas Eltern sprechen. Sie wusste nicht, was sie sagen sollte. Erst vor zwei Wochen hatte sie die beiden kennengelernt.

Es war ein kalter, regnerischer Tag. Tanja machte das Wetter zu schaffen und deshalb bat sie Rita, die älteren Herrschaften allein vom Flugplatz abzuholen. Tanja nahm ihrer Freundin den Empfang der Eltern gern ab. Sie wusste, wie schwer es Tanja gefallen war, ihre Eltern um Hilfe zu bitten. Doch ihr Gesundheitszustand hatte sich drastisch verschlechtert. Rita hatte nach der Arbeit immer für sie eingekauft und sich um sie gekümmert. Doch in der Zeit, in der sie in der Schule war, musste Tanja allein auskommen. Die Eltern würden ihrer Tochter zur Seite stehen. Zum Arzt hatte sie Rita auch immer gefahren. Sie war so froh, dass sie dabei war, als Tanja in der Arztpraxis zusammengebrochen war. Rita schämte sich noch immer für diesen Mediziner, der Tanja allen Mut und alle Zuversicht genommen hatte. Wie kann man einem sterbenskranken Menschen nur sagen: „Ach, Sie leben ja immer noch."? Als hätte Tanja einen Fausthieb in den Magen bekommen, sackte sie zusammen.

Natürlich wusste Tanja zu diesem Zeitpunkt bereits, dass sie nicht mehr lange leben würde. Aber das war der Augenblick, in dem sie allen Lebensmut verlor und zu kämpfen aufhörte. Tanja gab sich auf. Keine Therapie schlug an. Und dann kam kurz darauf die vernichtende Nachricht. Enttherapiert. Rita versuchte alles, um Schneewittchen aufzuheitern. Sie versuchte, mit ihr zu streiten. Sie gab Tanja Suchaufträge. Sie bat ihre Freundin und Kollegin, im Internet Texte zu verschiedenen Unterrichtsthemen zu finden und zu den Themen zu recherchieren. Tanja erfüllte die Aufträge lustlos, kraftlos. Es interessierte sie nicht mehr. Und das, obwohl sie für ihre Schüler fast immer alles möglich gemacht hatte. Rita wusste keinen anderen Rat, als Tanja anzubrüllen und zu rütteln: „Du bist nicht tot! Hör auf, dich zu bemitleiden! Das bist nicht du! Du kannst noch so viel tun. Du hast doch gemalt. Ja, ich weiß davon, durch Zufall. Reiß dich zusammen!"

Tanja hatte Rita müde angesehen und geantwortet: „Warum, wofür soll ich denn kämpfen? Ich habe doch niemanden, für den ich wichtig bin. Gut, meine Eltern, du. Aber meine Eltern sind alt. Und du hast eine eigene Familie. Du hast ein Kind, du hast einen Mann. Aber du hast keine Ahnung, wie es in mir aussieht. Warum soll ich malen? Ich sterbe ja doch. Ich helfe dir bei den Texten für die Schule. Mehr kannst du von mir nicht verlangen."

Rita schwieg verlegen. Was sollte sie erwidern? Tanja hatte keine eigene Familie. Niemals war es Rita in den Sinn gekommen, nach dem WARUM zu fragen. Außerdem hatte Rita angenommen oder vorausgesetzt, dass Tanja Kinder hatte. Als Richard seinen

12. Geburtstag feierte und Tanja plötzlich mit einem Geschenk vor der Tür stand, klärte sich das Missverständnis auf. In der fröhlichen Feierstimmung kamen damals keine Peinlichkeiten auf und das Thema Kinder spielte keine Rolle mehr. Bis, ja, bis zu diesem Ausbruch Tanjas. In diesem Augenblick wurde Rita deutlich bewusst, wie sehr Tanja unter der Situation litt, keine Familie zu haben, für die es sich zu kämpfen lohnte. Und bis zu diesem Zeitpunkt hatte sich Rita auch nie Gedanken darüber gemacht, dass oder ob sie glücklicher als ihre Freundin war.

Nachdem Tanja sah, wie es in Rita arbeitete, legte sie eine Hand auf deren Rücken und sagte betont sachlich: „Mach uns einen Kaffee! Der wird uns jetzt guttun."

Rita glaubte, sich wie damals seufzen zu hören, stand auf und machte sich einen Kaffee.

Und wieder wanderten ihre Gedanken in die Vergangenheit, zu dem Tag, an dem Tanjas Eltern kamen. Rita sah das Erschrecken in den Augen der Eltern. Sie schienen plötzlich um zehn Jahre gealtert zu sein. Die glühenden Augen verloren ihren Glanz. Der Glanz wich dem Ausdruck tiefer Besorgnis um ihre Tochter. Tanjas Mutter hatte sich schneller wieder unter Kontrolle, gab ihrer Tochter einen herzhaften Kuss auf die Wange und strich ihr liebevoll über das schwarze lange Haar. Auch ihr Vater küsste sie zärtlich, drehte sich aber schnell zur Seite, damit niemand seine Tränen sehen konnte.

Die gedrückte Stimmung passte zum Wetter – trüb.

Auf der Fahrt vom Flughafen hatte Tanjas Vater erzählt, dass sie vor fünfzehn Jahren nach Spanien ausgewandert waren und solches Schmuddelwetter nicht vermissten. In Spanien führten sie ein beschauliches Leben und waren nur ein wenig traurig, so weit weg von ihrer Tanja zu wohnen. Nur in den Ferien und zu Weihnachten besuchten sie sich gegenseitig.

Die Mutter brachte resolut das Gespräch an sich und in die Bahnen, die sie sicher vorbereitet hatte. Sie fragte nach gemeinsamen Bekannten und zog auch immer Rita mit ins Gespräch ein. Für einen Außenstehenden musste dies den Eindruck erwecken, als säßen drei alte Freundinnen beisammen und unterhielten sich in entspannter Weise über alles Mögliche.

Rita spürte, dass Tanjas Mutter einen Plan hatte, bei dessen Durchführung sie eine gewisse Rolle zu spielen hatte. So plänkelte die Unterhaltung dahin. Tanja lachte sogar ein paar Mal. Dann kam die leichte Wende. Tanjas Mutter richtete sich direkt an Rita. Sie fragte nach Richard, freute sich mit Rita über seine Fortschritte beim Rudern und machte Tanja zur Zuhörerin. Und sie war eine aufmerksame Zuhörerin. Auch ihr war nicht entgangen, dass ihre Mutter auf ein bestimmtes Ziel zusteuerte. Mit einem gewissen Humor verfolgte sie dieses Katze-Maus-Spiel. Ritas Arbeit und Doppelbelastung standen im Raum – urplötzlich war der Plauderton verflogen. Das Gesprächsziel war in Sicht. Tanja setzte sich sehr gerade hin und unterbrach ihre Mutter: „Mama, wir konnten uns nie an der Nase herum führen oder uns etwas vormachen. Ich weiß, dass du mir etwas sagen willst. Heraus mit der Sprache! Was willst du?"

Hatte Tanjas Vater bis dahin scheinbar teilnahmslos am Fenster gestanden, so trat er nun hinter seine Frau, legte zärtlich seinen Arm um ihre Schultern und sah seine beiden Frauen voller Liebe an.

„Tanja, Kind, wir wollen dich nach Hause holen. Wir wollen für dich da sein, auch dann, wenn es ganz schlimm kommt. Das Klima wird dir bekommen. Du wirst sehen, es ist die richtige Entscheidung."

Rita schauderte, als spürte sie die Spannung erneut. Es knisterte förmlich. „Nur kein falsches Wort", dachte Rita. Gesprochen wurde in den Minuten danach nicht. Tanja brach in Tränen aus. Ihr „Mama, ich habe solche Angst vor dem Sterben!" war kaum zu verstehen. Der Vater setzte sich auf die Lehne von Tanjas Sessel. Er zog sie an sich und sagte leise: „Ich weiß, mein Kind. Ich weiß."

Tanja schmiegte sich an ihren Vater und weinte hemmungslos.

Rita war aufgestanden und wollte leise gehen. Doch Tanjas Mutter hielt sie zurück: „Bleiben Sie bitte. Jetzt, da Tanja zu uns kommt, muss noch einiges besprochen werden. Ohne Sie wäre Tanja nicht zu dieser Entscheidung bereit gewesen. Sie war immer stolz darauf, ohne Familie stark zu sein."

Rita blieb. Es wurde ein langer Tag. Dabei stellte sich heraus, wie sicher Tanjas Eltern waren, ihre Tochter mitzunehmen. Der Rückflug für drei Personen war bereits gebucht.

Drei Tage später verabschiedeten sich die Freundinnen voneinander. Tanja sah besser aus, zuversichtlich. Da war auch wieder ihr helles Lachen.

Als sie sich das letzte Mal zuwinkten, trug Tanja ein Kleid aus blassblauem Leinen, das zu groß für sie wirkte. Ihr schwarzes Haar umschmeichelte ihr Gesicht.

Dieses Bild sah Rita, als sie Tanjas Handynummer wählte …

Gedichte

von Frieda Petrounin

Ein Teil von mir, es atmet mich,
es weint in mir, es lacht und jubelt,
noch niemals ließ es mich im Stich,
es trägt mich durch des Lebens Strudel.
Es ist mein Kompass, der mich führt,
es ist mein Leuchtturm und mein Hafen,
das, was in mir die Freude spürt
und bei mir ist auch, wenn ich schlafe.
Ein Teil von mir, das alles weiß,
es schenkt mir Stück für Stück sein Wissen,
mir ist nicht wichtig, wie es heißt:
ob Gott, ob Selbst oder Gewissen.
Es ist ein Licht hinter dem Licht,
ein stilles Beten und ein Danken,
ein Glück, das manchmal leicht zerbricht,
es sind Gefühle und Gedanken.
Ein Teil von mir hat eine Macht,
es kann begreifen und gestalten,
es ist, was mich zum Menschen macht,
das, was mir hilft mich zu entfalten.

Ein alter Baum. Wie alt? Wer weiß.
Ich schau ihn an, er ist ein Greis.
Um ihn herum ist viel geschehen,
er hat's erlebt, er hat's gesehen.
Er trotzt der Kälte und dem Wind,
der Mutter Erde stolzes Kind,
er war mal jung, jetzt alt und taub
hört er noch kaum den Wind im Laub.
Man sieht's ihm an: Bald wird er sterben,
die junge Bäume seine Erben
bekommen Platz nach seinem Tod.
… Am Horizont – die Sonne rot,
des Lebens ständiger Begleiter,
so wie der Tod. Ich wollte weiter …
Ein Bäumchen streifte meine Hand,
ich wusste gleich, von wem es stammt.
Sind wir nicht auch wie diese Bäume?
Auch wir verlassen Lebensräume
und machen Platz für neues Leben,
für neues Glück, so ist es eben.
Und wenn auch wir in Frieden gehen,
da bleibt das Leben doch nicht stehen,
es wächst und sprießt der Zeit entgegen,
wie junges Gras nach einem Regen.

Geld

Du kannst das gute Geld nicht zwingen
die Zeit ausschließlich zu verbringen
bei dir allein, es läuft dir weg,
wenn du es einsperrst, sucht's ein Leck.
So mancher läuft ihm hinterher,
das hab ich auch, schon lange her.
Ich lief und konnte kaum noch schnaufen,
jetzt weiß ich, es kann besser laufen.
Was habe ich daraus gelernt:
dass Geld sich immer schnell entfernt,
wenn wir es jagen, denn es will
mit Menschen einen fairen Deal.
Wir können sehr viel verdienen,
wenn wir bereit sind auch zu dienen.
Wir können Geld, anstatt zu raffen,
zu einem treuen Diener machen.
Komm, mach dir nicht zu große Sorgen,
Geld hat noch niemanden verdorben,
viel mehr, was manchen so erschreckt,
Geld bringt ans Licht, was in uns steckt.
Denn es kann tausendfach verstärken
Charakterschwächen wie auch Stärken.
Es ist ein Segen für die Welt,
wenn Geld in gute Hände fällt.
Es fließt in vielen Millionen
in Richtung große Visionen.
Da, wo man klare Ziele stellt,
verwandelt Freude sich in Geld.
Das Geld ist besser als sein Ruf,
es ist ein Segen und kein Fluch.
Es ist ein Werkzeug der Magie
des Geldes starke Energie.

Frieda Petrounin

Kleine Lügen

Der Mond verhüllt in Wolkenschleier …
Ein Hase legt im Garten Eier.
Der Sternenhimmel schön und klar,
die Osternacht ist wunderbar.
In seiner Höhle schläft der Wind …
Ich habe auch als kleines Kind
geglaubt, dass Hasen Eier legen,
so kam die Lüge in mein Leben.
Ein kleiner Schwindel zu Beginn
und keiner fragt nach seinem Sinn.
Es ist ein Spaß für Klein und Groß,
es ist ein schönes Märchen, bloß
mit kleinen Lügen fängt es an,
mit großen geht es dann voran,
es ist nicht schlimm, das machen alle,
und schon sind wir in dieser Falle.
Was nutzt den Kindern der Betrug?
Ist denn die Welt nicht schön genug?
Was nutzt uns eine Märchenwelt,
die wie ein Kartenhaus zerfällt.

Spiegelbild

Vor einem Spiegel stehe ich,
mein Spiegelbild gefällt mir nicht.
Sind das die Haare, das Gesicht,
die Größe oder das Gewicht?
Der Spiegel spielt mir einen Streich,
er provoziert mich zum Vergleich.
Ich sehe mich vor vielen Jahren
mit junger Haut und schönen Haaren.
Dann komme ich ins Jetzt zurück,
enttäuscht für einen Augenblick.
Doch plötzlich wird mir etwas klar:
Das, was ich sehe, ist nicht wahr.
Der Spiegel sieht die Oberfläche
und das ist seine größte Schwäche.
Sein Spiel mit mir hab ich durchschaut.
Na und, ich habe reife Haut
und jede Falte im Gesichte
hat ihre eigene Geschichte,
sie ist entstanden durch Erfahrung,
des Lebens beste Offenbarung.

9. November 1989 – 20 Jahre seit dem Fall der Berliner Mauer

von Werner Pfelling

Aufzeichnungen eines Mauerkranken Überzogene Erinnerungen an die deutsche Wiedervereinigung

Ich hatte eine lange Reise und bin nach dem Mauerfall in der Bundesrepublik angekommen. Ich kenne jetzt beide Systeme, mir kann keiner was vormachen. Ich habe vierzig Jahre lang in der DDR-Hauptstadt Briefe ausgetragen und bin mit dem Fahrrad schon zweimal um die Welt gefahren.

Als heutiger Rentner kann ich in den Tag hinein leben und mich zu Tode saufen. Ich bevorzuge die Träumerei – nachts träume ich gegen Morgen, vormittags gegen elf Uhr. Wenn meine Frau das Mittagessen zubereitet, hole ich mir eine Flasche Bier und lege mich auf die Couch. Jetzt habe ich eine Stunde Zeit, mir Personen und Begebenheiten in meinen Gehirnkasten zu holen, sogar fiktive Gespräche zu führen. Gern bin ich mal Generalsekretär, Kanzler oder Präsident. Ich werde wieder zum Kind.

Als die Grenze schon offen war, kamen Westberliner in unsere Gaststätten im Ostteil der Stadt, darunter ein Ehepaar. Der Mann trug eine dicke Goldkette um den Hals, hatte das Hemd weit geöffnet, damit man sie auch zur Kenntnis nahm, und an der linken Hand konnte man seinen Ring ebenfalls nicht übersehen. So etwas hatte ich nie im Leben besessen. Das Ehepaar trank für DDR-Mark, das Bier war billig und schien zu schmecken. Bald machte der erhitzte Mann in der verräucherten Kneipe einige abfällige Bemerkungen, was die Einheimischen sofort zur Kenntnis nahmen und etwas von Tisch zu Tisch riefen. Der Westberliner wurde ebenfalls hellhörig und sagte zu seiner schon etwas angetrunkenen Frau: „Am besten, wir kommen mal mit Jürgen hier rüber, um die Dinge klarzustellen." Die Stimmung war einen Moment gereizt, und ich fragte mich, wie sollen Menschen zweier so unterschiedlicher Systeme, jahrzehntelang getrennt durch eine Mauer, plötzlich Gefallen aneinander finden.

Ich knüpfte mir auf der Couch mal Adolf vor. Seinetwegen musste ich als Kind oft in den Luftschutzkeller statt auf den Spielplatz, das nehme ich ihm heute noch übel. Er stand vor mir mit seinem Totenschädel, unter dem versengten Militärmantel kam sein Gerippe zum Vorschein. So sieht man also aus, wenn man in der Hölle wohnt. Es machte keinen Sinn, die klapprige Gestalt nach ihren Verbrechen zu befragen, sie hätte es sowieso nicht begriffen. Ich fragte nur: „Wie geht es in der Hölle?" Er antwortete, das mache ihm nichts aus, wichtig allein sei Unsterblichkeit. Das erkenne man schon daran, dass sein

Konterfei heute auf dem Cover von Videokassetten zu sehen ist, die die Schönheiten der Berchtesgadener Bergwelt zeigen. Auch hätten sich schon viele junge Neonazis um ihn geschart. Dazu gehörte, las ich mal, ein Westberliner Scherzkeks, der seine Hotelrechnung in Israel mit „Hitler" unterzeichnete, was nicht als Spaß verstanden wurde. Ich bereute den Einfall, außerdem war das Mittagessen fertig.

An einem anderen Vormittag holte ich Genossen Stalin auf die Couch. Die Euphorie für ihn war besonders groß im Land an der Wolga. Bei uns kannte ihn auch jeder. Es hieß, er sei ein großer Führer, ein großer Feldherr. Später, als sich im Kreml oder auf der Datsche niemand in sein Zimmer traute, weil er plötzlich tot war, hieß es, Väterchen Stalin hätte Verbrechen an seinem Volk begangen. Ich stellte mir vor, wie ich mit ihm im Jeep quer durch Sibirien zu den Arbeitslagern fuhr. Und in jedem Lager sagten die Gefangenen: „Jetzt bist du endlich zu uns gekommen, Väterchen Stalin. Wir Verbannten, Gequälten, Verhungerten, Verscharrten, Vergessenen hatten uns die ganze Zeit gefragt: Wenn das unser Genosse Stalin wüsste!"

Es war ihm plötzlich peinlich, weil er Verhaftungsbefehle eigenhändig unterschrieben hatte, und er bat mich, woanders hinzufahren. Aber es bot sich überall das gleiche Bild des Schreckens, der Millionen Toten. Sie hatten, als sie noch entmündigte Sowjetbürger waren, in falscher Erwartung gelebt, seinen Namen in Ehren gehalten und vergeblich an ihn geglaubt.

Gegen elf Uhr vierzig fragte ich mich, warum ich mich in meinen Gedanken auf so heikle Dinge einlasse und ob ich noch normal bin. Trotzdem ärgerte mich, dass man die unangenehme Wahrheit über Politiker immer erst dann erfährt, wenn sie verstorben sind oder das Gesellschaftssystem untergegangen ist.

Wegen des Mauerbaus musste ich unbedingt mit Walter Ulbricht sprechen. Er wohnte im Himmel, in der sowjetischen Abteilung. Ich freute mich, wieder sein Leipziger Sächsisch zu hören. Er trug noch seinen Spitzbart, die Erinnerung an Stalingrad, wo er sich auf der anderen Seite der Front per Lautsprecher an die deutschen Soldaten gewandt hatte, damit sie sich ergeben. An seinen Satz, den er vor dem Mauerbau gesagt hatte, es werde keine Mauer errichtet, konnte er sich nicht mehr erinnern. Er wollte ein ostdeutsches Wirtschaftswunder schaffen und den Westen überholen, das wäre ihm auch gelungen, wenn ihn Erich Honecker nicht entmachtet hätte.

Diese beiden Politiker waren mir während meines Lebenswegs nah und fern geblieben, und wer würde heute schon objektiv beurteilen, wo ihre Verdienste lagen. Mich wunderte nur, dass Genosse Ulbricht den Genossen Honecker bisher nicht im Himmel getroffen hatte, und ich mutmaßte, dass dieser in der saarländischen Abteilung angesiedelt ist. Als Gorbatschow-Gegner wurde ihm der Eintritt in den sowjetisch besetzten Teil des Himmels bestimmt verweigert.

Ich nahm mir vor, Erich Honecker um ein Gespräch zu bitten. Der Wahrheit zuliebe musste ich mich in die Situation hineinversetzen, wie es denn zu solch einem Treffen kommen könnte. Es handelte sich schließlich um den Generalsekretär, der auch noch andere Funktionen zu bewältigen hatte. Im Westen ist das alles einfacher, weil Freiheit herrscht. Dort setzen sich Politiker aufs Podium, um zu den Menschen zu sprechen, und lassen sich auch mal von einem Verrückten ein Messer in den Hals stechen und sind dann für den Rest ihres Lebens gelähmt.

Ich wurde von zwei Wachposten in ein Zimmer geführt, ein Tisch, zwei Stühle und ein Porträt Erich Honeckers an der Wand. Ich mochte nicht glauben, dass er, als er mir die Hand gab, ein Doppelgänger ist, aber ich war bald davon überzeugt. Das Gespräch verlief steif und im Sande. Er sprach viel über den sozialistischen Wettbewerb, den Frieden in Europa und seine Wunschreise in die USA. Die Themen Maueröffnung, Stasi, demokratische Wahlen und Reisefreiheit berührte er nicht. Nach zwanzig Minuten war ich draußen und so klug wie zuvor. Die Begleitpersonen, die mich die Treppe hinunterführten, fragten mich, wie das Gespräch verlaufen sei, ob ich zufrieden wäre, und ich antwortete, dass ich sehr zufrieden sei.

Der Spuk mit der Mauer und alle damit zusammenhängenden Dinge waren bald vorbei, wie man es nimmt, historische Zeitläufe sind manchmal lang. Ein amerikanischer Präsident rief seinem sowjetischen Kollegen zu, er solle die Mauer öffnen. Es dauerte noch eine Weile, aber dann hatten die, die sie errichten ließen oder an ihr hingen, ein Einsehen und schon gab es in der Mauer offiziell zugelassene

Löcher. Es ging also auch ohne sie. Die Überraschung und Freude war auf beiden Seiten riesengroß.

Man hatte in letzter Zeit sowieso das Gefühl, der Sozialismus müsse sich erneuern. Rentner fuhren mit höchster Erlaubnis mit dem Mumienexpress, wie die Züge genannt wurden, in den Westen. Im Intershop durfte man Waren von drüben einkaufen. Das gab aber böses Blut bei denen, die keine DM besaßen, und die Wiedervereinigung lag in der Luft.

Ich war seltsamerweise der Einzige, der meinte, dass mit diesem historischen Ereignis sofort die gleichen Lebensbedingungen hergestellt werden wie im Westen, ohne zwanzig Jahre Wartezeit. Und das kam so. Unsere Wohnungsverwaltung setzte Spione in jede Wohnungstür ein. Damit war man auf dem gleichen Niveau wie die Wessis, konnte beobachten, wer vor der Tür stand: Versicherungsagenten, Drückerkolonnen und sonstige Kleinkriminelle.

Unser Kietz veränderte sich schlagartig. In das Tanzcafé, im Volksmund Café-Röckchen-hoch genannt, zog die Deutsche Bank ein. Ein Reisebüro eröffnete in der HO-Kaufhalle, und die Allianz siedelte sich im Konsum an. Ein Blumenladen war schnell pleite, und der Friseur bot seine Dienste aus Kundenmangel ohne Wartezeit an. Der Wirt unserer Bierkneipe hängte Spielautomaten an die Wand und einen Platz an der Theke bekam man wegen des neuen Preissystems zu jeder Zeit, was früher nicht der Fall war, als das Bier noch in Strömen floss.

Ich gebe zu, ich hatte die Wessis wegen ihres Wohlstandes ein bisschen beneidet, aber nicht jede Woche. Es waren ziemlich normale Menschen, überzeugt von sich und herablassend gegen andere Systeme. Die Übernahme der Posten in Ämtern, Behörden und Instituten durch die neuen Herren geschah im Osten ohne Proteste. Die Ausgeschiedenen, erstmals ihn ihrem Leben arbeitslos, erhielten auf den Arbeitsämtern eine zuvorkommende Behandlung. Der Sozialismus mit seinen SED-Kadern war besiegt.

Einige Wessis, aber höchstens neunhunderttausend, sollen schon vor und gleich nach der Wiedervereinigung ihre Grundstücke und Häuser zurückgefordert haben. Armeen von Rechtsanwälten wurden in Bewegung gesetzt, manche Alteigentümer kamen sogar mit Baggern und rissen alle Anpflanzungen nieder, um zu zeigen, wem der Grund und Boden gehört. Leider gibt es darüber noch keinen Spielfilm, wahrscheinlich hat der Drehbuchautor Schwierigkeiten mit der Einteilung der handelnden Personen in gute und böse Menschen. Wenn dann Wessis in den ersten Versöhnungsgesprächen behaupteten, wir Ossis könnten sowieso nicht arbeiten, bei uns wurde Arbeit vom Staat nur verteilt, habe ich mich persönlich angegriffen und verletzt gefühlt, denn ich hatte tatsächlich jahrelang nur Briefe verteilt.

Es hieß, die Amerikaner hätten den Wessis nach dem Krieg die Demokratie beigebracht, bei uns war das anders, bei uns wurde die deutsch-sowjetische Freundschaft verordnet. So hatten wir beide die Schmach des Hitler-Regimes hinter uns gelassen. Als ich einmal in Paris war, traten Schauspieler auf einem Marktplatz auf und stellten mit wenigen Gesten den Charakter verschiedener Nationen dar. Den Deutschen konnte man offenbar leicht nachmachen – ein marschierender Soldat. Ich nahm mir damals vor, immer ein anständiger Deutscher zu bleiben, der nirgendwo in die Welt marschiert. Aber halten sich die Politiker auch daran?

Jedenfalls kam die Wiedervereinigung, zu der ich nichts beigetragen hatte, schneller, als mir lieb war. Kapitalismus beginnt bei mir schon mit dem Müll. Überall lagen Werbeprospekte vor den Haustüren auf dem Boden, was mich als ehemaligen Briefträger besonders schmerzte. Papier, Becher, Flaschen und Dosen an jeder Ecke, in jedem Gebüsch. Die Papierflut hatte uns überfordert, wir vergaßen, dass man Papier auch aufheben kann. Am Anfang gelang es mir noch, einen Jungen, der mit einer Cola-Dose auf der Straße Fußball spielte, zu überreden, den Gegenstand in eine Mülltonne zu werfen. Es gehörte zu jenem historischen Prozess, dass der Ossi die schlechten Gewohnheiten des Wessis sofort annahm, Frechheit siegt. Als ich einen Achtjährigen auf der Straße darauf hinwies, dass der Schnürsenkel seines Sportschuhs offen sei, antwortete er: „Der ist immer offen, Opa. Hast du mal 'ne Mark?" Vor unserem Haus strich ich einem fünfjährigen Mädchen über den Kopf. Aber es sagte: „Fassen Sie mich nie wieder an." Ich musste künftig damit leben, dass man sich im Kapitalismus aus Selbstschutz in sich zurückziehen muss. Ich kam mir beinahe wie ein Kinderschänder vor.

Schon verfiel ich wieder ins Träumen. Ich wurde drei Minuten vor Spielende in der Fußball-Nationalmannschaft der DDR als Stürmer eingesetzt und sollte unbedingt ein Tor gegen die BRD schießen, damit wir gewinnen. Es war nicht nur der Wunsch des Trainers, es war ein Befehl von ganz oben, von Stasi-General Mielke. Mir schlotterten die Knie, Zeit zum Warmlaufen hatte ich nicht mehr. Als ich auf dem Spielfeld auflief, gab es ein Pfeifkonzert, sicherlich von den gegnerischen Zuschauern. Ich lief und gestikulierte, bekam aber zunächst keinen Ball. Als mir einer zugespielt wurde, rutschte er mir durch die Beine und es gab ein Lachkonzert auf den Rängen. Es wurde angezeigt, dass noch eine Minute gespielt wird. Ich holte mir den Ball von unserer Verteidigung, stürmte wie ein Wilder los und kam auch durch drei Gegenspieler durch. Ich stand frei vorm Tor und schoss vorbei. Nach dem Schlusspfiff schlich ich vom Spielfeld und versteckte mich. Ich hatte Angst, dass ich in der Kabine sofort erfahre, im Spiel gegen die Sowjetunion nicht mehr aufgestellt oder gar aus der Nationalmannschaft ausgeschlossen zu werden.

Bestimmt hatte ich Genossen Mielke verärgert. Mir kam es so vor, als würden unsere Politiker sowieso keinen Humor besitzen, mürrische, alte Leute. Manche hatten im KZ gesessen, und wem ist danach schon zum Lachen zumute. Es war den Politbüro-Mitgliedern nicht peinlich, dass deren Riesenporträts bei feierlichen Anlässen von FDJlern durch die Gegend getragen wurden, sie hatten es wohl noch nicht einmal angeordnet oder dachten, das müsse so sein. Seit Jahrzehnten herrschten Frieden und sozialistische Geselligkeit, aber die Komiker durften die Namen der Politiker nicht in die Witze einbeziehen. Diese Lockerheit nahm sich dagegen ein West-Star, der ständig einen Hut trug, mit seinem „Sonderzug nach Pankow“ heraus und beschrieb Erich Honecker, wie er auf dem stillen Örtchen heimlich Rockmusik hört.

Die durch den Mauerbau entstandene Trennung und die unterschiedlichen Lebensgewohnheiten der Menschen hüben und drü-
ben waren eine Tatsache. Es stellte sich sogar heraus, dass sich Ossis und Wessis fremd sind. Es gab Verhaltensforscher, die meinten, die Gegensätze würden sich erst nach fünfzig Jahren aufheben, ich dachte an siebenundvierzig Jahre. So war es kein Wunder, dass eine Menge Witze entstanden, mit denen der jeweils andere Bevölkerungsteil getroffen werden sollte.

DDR-Witze nahmen unser bankrottes System aufs Korn und bezogen die Politiker ein:

Kaufhäuser in der DDR sollen den Ehrennamen Kosmos erhalten. – Was soll das für einen Sinn haben? – Jedes Mal ein Griff ins Leere.

Walter Ulbricht reist zu einem Staatsbesuch nach Frankreich. Als die Delegation auf dem Bahnhof in Paris eintrifft, kommen die französischen Gepäckträger und rufen „Bagage! Bagage!“ Sagt Lotte zum Walter: „Ach, die kennen uns hier auch schon?“

Nach der Wiedervereinigung nahm die Schärfe der Witze zu. Das Schema für Ost-Witze bestand darin, dass der Ossi viele Dinge nicht kannte und folglich seine Dummheit bloßzustellen ist.

Woran erkennt man, ob ein Fax von einem Ossi geschickt wurde? Wenn eine Briefmarke drauf klebt.

Manche Witze machten sich über die Arroganz der Wessis lustig.

Was ist der Unterschied zwischen einem Fuchs und einem Wessi? Der Fuchs ist schlau und stellt sich dumm, beim Wessi ist es andersrum.

Keine Unterschiede bestanden in der Aussage der beiden Witzarten darin, wenn es darum ging, dass der eine den anderen nicht leiden kann.

Ein Wessi geht an unserem Ostseestrand entlang und sagt zu einem Ossi: „Da vorn geht der Bademeister, der mir das Leben gerettet hat.“ Darauf antwortet der Ossi: „Ich weiß, er hat sich bei mir schon entschuldigt.“

Ein Wessi sagt zum Ossi: „Weißt du was, machen wir uns ein gemeinsames Geschenk. Du kaufst mir die Knarre, und ich gebe dir die Kugel.“

Bald wurde die Bevölkerung in Jammer-Ossis und Besser-Wessis eingeteilt, und mir war klar, dass man nicht beides sein konnte. Es kam noch schlimmer, der Osten hätte die Perspektive Siziliens vor sich, hieß es. Meine Frau meinte, da mache es keinen Sinn, dort den Urlaub zu verbringen, denn Armut haben wir hier selber. Ich hatte nicht einmal Lust, mir vorzustellen, wie ich den aussichtslosen Kampf gegen die Mafia aufnahm.

Wir wandten uns verstärkt den kulturellen Errungenschaften der westlichen Zivilisation zu. Nun würde es keine sowjetischen Filme mehr geben, in denen die Menschen so gütig zueinander sind, und im Radio würde nie wieder ein Lied von Ernst Busch zu hören sein. Unser erster Kinobesuch mit zwei Enkelkindern gestaltete sich sehr teuer, dafür hätten wir zu DDR-Zeiten in der ersten Reihe der Staatsoper sitzen können. Die Enkel wollten Popcorn und Cola, und auch andere Kinder wollten das. Essgeräusche wie in einem Speisesaal, schließlich rollten die ersten Cola-Flaschen Richtung Leinwand. Wir konnten uns gar nicht auf den Film konzentrieren, und diese Eindrücke hielten uns davon ab, die nächsten zwei Jahre ins Kino zu gehen.

Wir beschlossen, uns nicht der kapitalistischen Reizüberflutung auszusetzen, nicht zu viele Informationen an uns heran zu lassen. Gut, abends „Die Tagesschau“, die meine Frau nach zehn Jahren Wende immer noch „Aktuelle Kamera“ nannte, keine Tageszeitungen mit Immobilien-Teil und weiteren Beilagen, im Monat nur eine dicke Illustrierte, denn ehe wir sie ausgelesen hatten, waren die nächsten drei Ausgaben schon erschienen. Bei den dünnen Zeitschriften stellte meine Frau bald fest, dass sich die Inhalte wie Diäten und Reisetipps jede Woche wiederholten, und sie griff wieder auf die Bücher von Lew Tolstoi und Erwin Strittmatter zurück. Sie ärgerte sich, denn wenn es mit den Gewinnspielen seine Richtigkeit hätte, müssten nach fünf Jahren schon drei Mercedes in unserer noch nicht vorhandenen Garage stehen. Auch sprach meine Frau von eingeschränkter Pressefreiheit, denn auf manche Fragen bekam sie keine Antwort. Warum wurden die Türme in New York zerstört, welche Gründe hatte der Islam? Warum durfte man den Irak-Krieger Bush nicht mit Hitler vergleichen? Die USA als Weltpolizist aus dem Reich des Guten, die wie in Hollywood-Filmen das Reich des Bösen bekämpfen? Und wieso besaßen die Amerikaner Waffen zu Hause, wurden sie in der Schule schon schießwütig erzogen? Meine Frau war empört und behauptete plötzlich, dass die Amerikaner nie auf dem Mond gelandet waren, weil sie dort in Ermangelung von Terroristen keinen Krieg führen konnten.

Einmal stellte ich mir die bärtigen Männer Marx und Engels vor, die heute einen Volkswagen oder sogar BMW fuhren und bei Aldi einkauften. Sie verfassten in Leipzig ein neues Kommunistisches Manifest, während Lenin sich mit den Russlanddeutschen verbündete, um eine neue Oktoberrevolution vorzubereiten.

Uns fiel auf, dass der Sex in der Bundesrepublik eine große Rolle spielt, Sex auch als Shop. Ich setzte mich mit meiner Frau eines Abends bei einer Flasche Rotkäppchen-Sekt zusammen, um die veränderte Lage zu analysieren: Diese halb bekleideten Frauen mit den entblößten Brüsten auf den Titelseiten von BILD und Illustrierten, die Interviews über das Sex-Leben der Prominenten, das Spielzeug, die vielen Telefonnummern. Ich verkniff mir die Frage, ob sich meine Frau nicht mit einem Piercing im Nasenloch oder einem geheimnisvollen Tattoo auf ihrem nicht mehr ganz jungfräulichen Po verschönern wollte. Silikon brauchte sie allerdings nicht. Nachdem der Sekt ausgetrunken war, einigten wir uns darauf, dass wir die Sex-Hysterie nicht mitmachen und es bei der Missionarsstellung belassen.

Ich rief mir beim Bier auf der Couch sowjetische Politiker in Erinnerung. Beim großen Bruder gab es den Chruschtschow. Er stimmte dem Mauerbau zu und propagierte den Maisanbau, und meine Frau nannte ihn damals den Maiskönig. Ich holte ihn mir auf die Couch und fragte ihn, warum er in der UNO einen Schuh ausgezogen und damit auf das Rednerpult gehauen hatte. Er meinte, sein Land sei eine Großmacht und lasse sich von den Amerikanern nicht einschüchtern.

Dann kam Breschnew an die Reihe. Er goss mir Wodka in ein Glas von der Größe eines Zahnputzbechers ein und stieß mit mir auf die sowjetisch-deutsche Freundschaft an. Nach zehn Minuten goss er wieder ein, und ich stieß mit ihm auf die deutsch-sowjetische Freundschaft an. Dann nahm er mich zur Seite und zeigte mir seinen Atomkoffer für den Ernstfall. Anschließend führte er mich durch alle Räume des Kremls, obwohl ich mich wegen Trunkenheit kaum auf den Beinen halten konnte. Ich stieß an einen prunkvollen Sessel aus der Zarenzeit und schlief ein.

Es hieß, dass Wessis über unsere Renten sauer waren, weil wir nichts in die Rentenkasse eingezahlt hätten. So hoch war unsere Rente auch wieder nicht und irgendwie mussten wir Neubürger uns mit der kostbaren D-Mark ernähren und kleiden. Ein zynischer Sozialdemokrat, dessen Namen meine Leser kennen, meinte, man könne die Ossis leider nicht an Polen abtreten, da sieht man mal wieder, wie viel Gift und Galle nach der Wiedervereinigung im Spiel waren. Wir mussten sehr dankbar sein, denn ein anderer Politiker behauptete, dass wir ohne die Wiedervereinigung auf das Niveau der Bulgaren und Rumänen gesunken wären. Überhaupt war die Zeit der Begeisterung über die deutsche Einheit schnell verflogen. Der Ossi brauchte keine Westpakete mit Secondhand-Waren mehr und die Dankbarkeits-Briefe der Verwandten blieben aus. Mancher Wessi war empört, dass viele Neubürger plötzlich dicke Autos fuhren, allerdings auf Kredit.

Der Vorgang beschäftigte mich dermaßen, dass mich wieder eine Wahnvorstellung überfiel. Meine Frau wollte, wie im Westen, ein Zweitauto besitzen. Dadurch gerieten wir in eine finanzielle Notlage, waren über Nacht verschuldet. Ich schlug meiner Frau vor, künftig auf der Straße zu leben, um durch geringere Kosten im Haushalt den Verlust auszugleichen. Ich packte ein paar Kleidungsstücke in mehrere Plastikbeutel und verabschiedete mich von meiner Frau mit dem Versprechen, sie einmal in der Woche zu besuchen. Ich lebte auf der

Straße und fuhr nachts mit der S-Bahn hin und her. Morgens holte mich die Polizei aus dem Abteil, ich hätte genug geschlafen und sollte den Fahrgästen Platz machen. Ich lief durch die Straßen, trank auf der Parkbank aus der Schnapsflasche, besuchte eine Suppenküche für Obdachlose und genoss mehr oder weniger die neue Situation der Freiheit. Ich rasierte mich nicht und hatte nach drei Tagen den Eindruck, nach Urin zu riechen. Ich zählte die Tage bis zum Wiedersehen mit meiner Frau.

Wegen meiner Wahnvorstellungen fühlte ich mich schlecht und körperlich schwach. Ich möchte die 11.00-Uhr-Träume beenden. Ich empfand die seit dem 13. August 1961 stehende Mauer auf geteiltem deutschem Boden als ewigen Zankapfel zwischen Ost und West, der viel menschliches Unglück brachte. Ich habe sie bis zu ihrem Fall am 09. November 1989 verdrängt, wollte den vielen Beton und die Todesstreifen nicht sehen. Ich will meinen Arzt fragen, ob ich mauerkrank war oder bin. Ich möchte jetzt meine Gedanken ordnen und meiner lieben Frau mehr helfen und die Küche revolutionieren.

Alle Jahre wieder …

von Emelia Philipp

… sehe ich mit großer Enttäuschung dem Ende eines wunderschönen Sommers entgegen. Und mit Entsetzen lächeln mir, in der noch nicht einmal vorweihnachtlichen Zeit, aus allen Regalen Zimtsterne, Spekulatius, Lebkuchen und Schoko-Nikoläuse entgegen. Unabhängig davon, dass ich das Ende des Sommers noch nicht ganz verwunden habe, bohren diese Weihnachts-Konsumgüter in einer anderen Wunde. Nämlich der Planung für Weihnachten.

Meinen ersten Gedanken, meinen Koffer zu packen und Heiligabend im sonnigen Sri Lanka zu verdrängen, muss ich wohl wegen einer sonst anbahnenden Familienkrise verdrängen. Weihnachten den Rücken zu kehren kommt wohl dieses Jahr wieder nicht in Frage.

Und so beginnt sie wohl die Zeit, die Weihnachten so richtig einläuten soll. Die Adventszeit. Und hervor kommen sie wieder, die ganzen Gedichte, Weihnachtslieder und Märchen. Zur Adventszeit passend: „Advent, Advent … ein Lichtlein brennt …!" komme selbst ich nicht mehr umhin, mich dem weihnachtlichen Konsumrausch zu unterwerfen und Geschenke zu kaufen, in der Hoffnung, keinen zu vergessen … oder dem Wohlwissen, dass mein Geschenk nach Weihnachten stillschweigend … umgetauscht wird. Nun ja, für mich ist es die Hauptsache, die ersten Erwartungen meiner Familie zu erfüllen.

In all meiner Weihnachtsplanung vergeht die Zeit wie im Nu. Plötzlich steht Sankt Nikolaus mit Knecht Ruprecht vor der Tür und möchte mal wieder unartigen Kindern einen Hieb mit der Rute versetzen. Den psychologischen Effekt habe ich bis heute nicht verstanden. Dank Nikolaus und Knecht Ruprecht musste ich mich noch vor dem sechsten Dezember einem weiteren Kaufrausch ausliefern (unerwähnt, dass ich die letzten wirklich wichtigen Weihnachtsgeschenke am Morgen des 24. Dezember besorgen werde) muss bzw. darf. Nichten und Neffen, die mit großer Erwartung einen Weihnachtsstrumpf und einen Weihnachtsteller … aber doch am liebsten das Geld von mir verlangen. Und nebenbei hechtet man von Weihnachtsmarkt zu Weihnachtsmarkt, um eventuell noch nette kleine Nippsachen als Weihnachtsdekoration zu finden, die ein nahe gelegener Nachbar noch nicht hat … und nebenbei lässt man sich berieseln und denkt an Gedichte: „All überall in den Tannenspitzen … sah ich goldene Lichtlein blitzen …!“ Denn die Hoffnung stirbt ja bekanntlich zuletzt, dass selbst mein Weihnachtspessimismus sich legen könnte.

Für die Erwachsenen fangen der Spaß und die Vorfreude allerdings erst ein paar Tage vor Weihnachten an, wenn die geschäftlichen Weihnachtsfeiern, die meist etwas peinlich enden, endlich hinter einen gebracht sind, beginnen sie, die privaten Glühweinpartys. Nachbarn schließen sich zusammen, finden sich auf Terrassen oder Straßen ein, mit einem Glühwein in der Hand und an einen Wärmepilz gekuschelt, fängt die Vorfreude auf Weihnachten erst so richtig an.

Und ihr Kinderlein kommet … oh kommet doch bald … sind wir auch schon am Morgen des 24. Dezember angelangt. Während unserer hektischen Vorbereitung des Festmahles hofft jeder insgeheim, dass der Weihnachtsmann, mit seinem Schlitten, gezogen von Rudolph dem red nosed reindeer, mit einem fröhlichen „kling Glöckchen klingelingeling …“ den Weg zu meinem nichtvorhanden Kamin findet, um auch mir ein passendes Geschenk vorbeizubringen.

Der Abend kommt, in völliger Harmonie wird das Essen aufgetischt. Vor dem Bescherung noch ein Kirchgang zur Weihnachtsmesse. Um dann endlich dem Highlight des ganzen Rummels entgegenzustürmen … den Geschenken. Besinnlich sitzt jeder um den bunt, glitzernden Weihnachtsbaum … singt: „Stille Nacht … heilige Nacht“ … reißt zwischen den Pausen ungeduldig und rücksichtslos das Papier vom Geschenk … und freut sich doch so über manche Überraschung … mit viel Wein und der Freude über das gute Gelingen stellt man dann doch fest … Das dieses Weihnachtsfest ein ganz besonders schönes war … denn wer ist schon gerne Mr. Scrooge aus dem Weihnachtsmärchen?

In diesem Sinne … Bleibt nur zu wünschen übrig …:

„Frohe Weihnachten!“

Generation „Liebesfaul“

von Emelia Philipp

Es ist Freitagabend … und wieder einmal hat mir ein Date abgesagt, ohne es für nötig zu halten, mir abzusagen. Ich war so sehr enttäuscht, das ich den Abend im Bett mit der Decke über dem Kopf und gegebenenfalls der Flasche Wein, die ich extra für diesen Anlass besorgt hatte, zu verbringen. Doch eine Freundin konnte mich überreden, auf die Piste zu gehen. Wir trafen uns mit Bekannten in einem Club. Angesagt war eine 80-er Party.

Was mich erwartete? Wir waren acht Personen. Drei Frauen, fünf Männer. Eine Altersspanne von 27 bis 40 Jahre. Alle acht waren wir grundverschiedene Personen … verschiedene Charaktere … mit einer Gemeinsamkeit … Wir alle waren Single. Und genau diese Konstellation macht es aus, um bestens darüber zu sinnieren, woran es liegt. Man unterhält sich einen ganzen Abend lang, amüsiert sich, hat Spaß. Doch immer wieder ohne Kontrolle rutscht man bei Gesprächen auf ein Thema, das jeden insgeheim beschäftigt. Es ist die „Liebe“ … und die Frage … warum eine Beziehung einfach nicht in Frage kommt. Immer wieder höre ich die gleichen Aussagen von so vielen verschiedenen Personen, die auch nur eine einzige sagen könnte, zum Beispiel ich selbst:

- Ich bin ein glücklicher Single.
- Mein Job lässt es nicht zu.
- Ich bin zu faul jemanden kennenzulernen.

- Ich möchte niemandem mehr etwas von mir erzählen.
- Ich möchte nicht verbogen werden.
- Disney hat mir die falschen Vorstellungen von Liebe vermittelt.

In all diesen Gesprächen werden die Vorzüge des Singlelebens aufgezählt, fast als müsste man sich selbst davon überzeugen, wie unwichtig eine Beziehung sein kann.

Doch was keiner ausspricht ist, dass sich jeder insgeheim den perfekten Partner wünscht, keiner möchte alleine sein … doch jeder hat Angst vor Verletzungen. Und genau diese Angst vor Verletzungen hat die Oberhand.

Der Verlust des Grundvertrauens in andere Menschen. Keiner glaubt mehr an die Ehrlichkeit in einer Beziehung … und so wird ewig der Job vorgeschoben … die Karriere geht vor … doch ist es das wirklich? Sind das wirklich die Gründe, warum man sich selbst und anderen nicht mehr die Chance des Kennenlernens gibt? Sollen wir wirklich Berichten und Statistiken recht geben, dass es in der Zukunft immer mehr Singles geben wird … und das nur, weil die Menschheit den Mut verliert sich zu verlieben und Beziehungen eine ehrliche Chance zu geben?

Und doch hört man in all den Gesprächen und Aussagen auch wieder heraus, dass sich jeder insgeheim nach der großen romantischen, leidenschaftlichen Liebe sehnt.

Heraus hört man die Ängste vor dem Alter, allein zu sein. Doch keiner nimmt sein Schicksal in die Hand.

An diesem Abend … waren wir nur ein kleiner Teil einer großen Generation „Liebesfaul"!

Ohne Aussicht auf Situationsveränderung … Ist die Angst vor Verletzungen wirklich so groß geworden, dass man lieber den Sinn in der Karriere als in der Liebe sieht?

… Dann möchte ich Disney für all meinen Kummer in Sachen Liebe auf Schmerzensgeld verklagen …

Auch ich war dabei, ohne gefragt zu werden

von Ernst-K. Pinternagel

Es war schon immer so, früher war eben alles ganz anders. Oder nicht?

Auch dieses Beispiel zeigt, es war schon immer so und nicht anders. Es wurde entschieden und du hattest mitzumachen. Es wurde erst gar nicht gefragt.

Diese Feststellung eines Erlebnisses, dargestellt an meiner Lohntüte aus dem Jahre 1941.

Maurerlehrling bei Constantin Grosch, Weimar, Schwanseestraße 88, Baugeschäft Dampfsäge- und Hobelwerk, Holzhandlung.

10.04. bis 16.04. 6 Lohntage Gesamtverdienst 3,84

Steuer	keine
Krankenkasse	–,14
Invalidenversicherung	–,15
Abzüge gesamt	–,29
Ausgez. Betrag	3,55
./.	–,50 für Aufnahmegebühr D. A. F. (mit Rotstift eingetragen)
	3,05

Ernst-K. Pinternagel

Wer es nicht wissen sollte, D. A. F. war die Deutsche Arbeitsfront, die Organisation, welcher eben alle Arbeiter anzugehören hatten.

Ja, was sollte ich damals als Lehrling dazu sagen?

Heute als Opa habe ich gelegentlich mal Zeit, auch darüber nachzudenken. Auch ich war also in der Deutschen Arbeitsfront.

Hoffentlich kommt heute niemand der Nachgeborenen auf den Gedanken und sagt: „Wieso bist du damals auch dabei gewesen?"

Eigentlich war dieses Ereignis zum damaligen Zeitpunkt für die Zeit- und Weltgeschichte ziemlich klein und bedeutungslos. Nachdenken darüber sollte trotzdem angebracht sein.

Deutsche Stahlhelme wurden Kochtöpfe

von Ernst-K. Pinternagel

In der Friedensbewegung nach 1945 in Deutschland wurde der Spruch „Schwerter zu Pflugscharen“ geprägt. Dazu sehr einprägsam war auch das Bild eines Schmiedes mit weit ausholendem Hammer auf das mit der Spitze nach unten zeigende, bereits gebogene Schwert.

Über dieses symbolträchtige Bild hinaus möchte ich ein tatsächliches Geschehen der Umwandlung von Militärgut in einen Gegenstand friedlicher Nutzung darlegen. Die Erinnerung daran sollte nicht in Vergessenheit geraten.

Den Sachverhalt kann ich nicht mehr dokumentarisch nachweisen. Aus eigenem Erleben ist mir allerdings eine wahrheitsgetreue Schilderung möglich.

Es war in Thüringen, wo sich ein Betrieb die Aufgabe stellte, aus deutschen Stahlhelmen Kochtöpfe herzustellen.

Der Name und Sitz des damaligen Unternehmens ist mir leider nicht mehr bekannt. Es könnte in Ronneburg gewesen sein. Auf jeden Fall war es außerhalb unseres Wohnortes Weimar. Über eine Kleinanzeige hatten wir davon erfahren.

Die Bedeutung und der Wert eines Kochtopfes in der Nachkriegszeit sind heute kaum mehr vorstellbar. Ein Kochtopf war für viele Umsiedlerfamilien oft eine existenzielle Frage, welche irgendwie gelöst werden musste.

Unsere Familie war von solchen Problemen glücklicherweise nicht direkt betroffen. Trotzdem haben wir es auch mit den Kochtöpfen hautnah erlebt. Als ich aufgrund meiner Wehrdienstbeschädigung im Krankenhaus lag, wurde in unserer Wohnung eine alleinstehende Mutti mit Kleinkind in mein Zimmer eingewiesen. Diese Kleinfamilie hatte auch keinen Hausrat und wurde teilweise von meiner Mutter damit versorgt.

Wir haben diese Gelegenheit der Umnutzung von deutschen Stahlhelmen auch genutzt.

Im Wald des Ettersberges bei Weimar haben wir Stahlhelme gesucht und gefunden. Etwa ein Dutzend sind es gewesen, welche wir zu diesem Unternehmen zwecks Verwandlung zu Kochtöpfen geschickt haben.

Auf jeden Fall waren wir danach mit stabilen, emaillierten Kochtöpfen versorgt und haben diese auch genutzt. Die Töpfe waren etwa 18 Zentimeter hoch, mit etwa 2 Zentimeter Rand und mit zwei Henkel versehen sowie dunkelgrau emailliert.

Als ich einige Jahre später heiratete, gab mir meine Mutter noch einen solchen Kochtopf mit in die Ehe. Zu diesem Zeitpunkt gab es inzwischen wieder anspruchsvollere Töpfe in begrenzter Auswahl.

Die Stabilität des Kochtopfes aus dem Stahlhelm war aber sehr gut brauchbar. Als wir eine Wohnung mit Kachelöfen beziehen konnten, hat dieser Stahlhelm-Kochtopf noch jahrelang sehr gute Dienste geleistet, indem er zum Anrühren des zum Verstreichen genutzten Lehmes benutzt wurde.

Jahrelang hat er zu diesem Zwecke in meiner Hobby-Werkstatt im Keller gestanden.

Eines Tages wurde er dann entsorgt.

Eigentlich schade, er hätte zur Erinnerung einen Ehrenplatz im Wohnzimmerschrank erhalten sollen.

Von Rostock nach Warnemünde – mit Registrierbestätigung

von Ernst-K. Pinternagel

Rostock – eine wunderbare alte und zugleich moderne ehemalige Hansestadt.

Bekannt auch mit den sieben Türmen auf dem Rathaus am Markt, der Marienkirche, dem Hafen in der Stadt und der guten Verbindung zum nahen Ostseestrand. Warnemünde als beliebtes Ausflugsziel der Naherholung für die Rostocker, ihre Gäste und Touristen.

Nicht immer aber war es so einfach, von Rostock nach Warnemünde zum Ostseestrand fahren zu dürfen. Ein amtliches Stück Papier in der Größe einer halben DIN A4 Seite, *Registrierbestätigung, VP-Dienststelle Warnemünde,* aus dem Jahre 1952, ist mir als kleine Erinnerung daran erhalten geblieben. Ein Formular in Schreibmaschinenschrift, handschriftlich ausgefüllt und *vom Leiter der VP-Meldestelle der VP-Dienststelle Warnemünde* unterschrieben und mit einem blauen Rundstempel *Volkspolizei – Direktion Rostock* versehen. Der Rundstempel hat die Nummer 20.

Mit dieser Registrierbestätigung durfte ich mich *zum Zwecke der Durchführung von Arbeiten in Warnemünde Bau Union in der Schutzzone Ostsee-Küste* aufhalten.

Dadurch ist mir heute noch bekannt, dass ich damals die DPA-Nr.: 9495/49 hatte.

DPA war die Abkürzung für Deutscher Personal-Ausweis.

Ernst-K. Pinternagel

Dieses amtliche Papier hatte die *Vordr.-Nr. 09/10/1*

Also alles war mit exakter deutscher Gründlichkeit geregelt. Allerdings erst heute fällt mir auf, dass dieses Dokument kein Datum trägt. Da kann man sich eigentlich wundern.

Johnny

von Peter Ramm

Er hat es wieder einmal nicht begriffen. Da steht er nun mit seinen glänzenden, bettelnden Augen und versteht überhaupt nicht, weshalb Frauchen ohne ihn weggeht. Sie will zu Humboldt und mit ihm ausreiten. Das kann sie aber doch gar nicht ohne ihn, ihren großen Wachhund, für den er sich hält. Aber sie hat endgültig genug von seinem ewigen Bellen.

Aber bevor ich euch von Johnny erzähle, möchte ich mich erst einmal vorstellen. Mein Name ist Filou. Ich bin eine schwarze Hauskatze und wohne in einem großen Haus zusammen mit meiner Familie. Da ist zuerst meine Tochter Muckelchen, die wie eine Klette an mir hängt, obwohl sie schon zwei Jahre alt ist. Sie ist genau so schwarz wie ich selber, aber ein ganz zierliches, sensibles Kätzchen. Außerdem gehören zu meiner Familie unser Frauchen und ihre drei Kinder. Zwei Jungs und ein Mädchen. Manchmal ist auch der Freund von Frauchen anwesend. Ein manchmal sehr merkwürdiger Geselle, aber man kann ihn trotzdem gern haben. Und natürlich unser Haushund Johnny.

Johnny ist ein Lastrami. Ihr kennt keinen Lastrami? Das ist eine besondere Landstraßenmischung, halt nicht reinrassig, aber doch sehr schön. Er hat die Statur und die aristokratischen Gesichtszüge eines kanadischen Huskys und sein hellbraunes Fell glänzt wie Seide in der Sonne. Er wurde in Spanien geboren und früh von seiner Mutter allein gelassen. Einsam zog er durch die Gegend, immer auf der Suche nach etwas Essbarem. Schon seit vielen Monaten war er durch die Landschaften Spaniens geirrt, traurig und abgemagert, denn der Nachschub an Nahrung war gering. Es war kein schönes Leben für ihn und er war drauf und dran sich einfach irgendwo hinzulegen und niemals mehr aufzustehen. Er stromerte gerade durch ein kleines bekanntes Fischerdorf mit vielen Touristen, als eine nette Frau auf ihn zukam und ihm ein Stückchen sehr gut riechende Wurst entgegenstreckte. Während Johnny diese Delikatesse verputzte, streichelte die Dame ihn, was er in vollen Zügen genoss. Und dieses war seine Sternstunde! Die Dame nahm ihn mit zu ihrem Auto, redete mit ihrem Mann, und er wurde auf dem Rücksitz verfrachtet. Johnny lag kuschelnd und weich im Fond des Autos, wurde gefüttert und gestreichelt und konnte es voll und ganz genießen. Dieses Ehepaar, das unseren Hund im Auto mitnahm, waren Urlauber, die dem Tier ein neues, besseres Leben ermöglichen wollten. Sie schmuggelten Johnny mit einigen Tricks ins Flugzeug, und ab ging es nach Deutschland. In Hamburg angekommen, wurde er erst einmal mit viel Liebe gepflegt und es wurde ein Inserat in die Zeitung gesetzt. Auf diesem Wege machte Johnny die Bekanntschaft mit unserem Frauchen. Sie kam mit ihren Kindern, um sich den Hund anzuschauen, und sofort haben sich alle in ihn verliebt. In seinem neuen Zuhause angekommen, betrachtete er erst einmal schüchtern die Umgebung, alles fremd und neu, aber er wurde liebevoll gestreichelt, die Kinder spielten mit ihm und jederzeit gab es etwas Leckeres zu fressen. Hier wollte er bleiben und nie wieder weggehen, das war für ihn ganz klar.

Das, was ich euch bis hierhin erzählt habe, weiß ich nur vom Zuhören – denn erst vier Jahre später bin ich selbst dazugekommen, und das war für ihn ein Drama. Er verteidigte alles im Haus und im Garten, als sei es sein persönliches Eigentum. Ihm musste ich es zeigen, einmal kräftig mit der Pfote ausgeholt, und schon stand er da, jaulte und verkroch sich schnell hinter das Sofa. Als er glaubte, die Gefahr sei vorüber, trottete er zu Frauchen und kuschelte sich an sie. Natürlich hätte ich es dabei belassen und mir erst einmal mein Revier abstecken können, aber nun wollte ich ihn richtig ärgern. Ich gab ein klägliches Miauen von mir, mit dem Ergebnis, dass Frauchen sofort aufstand und mich auf den Arm nahm. Böse Blicke aus den Augen Johnnys wurden auf mich gerichtet und er fing an zu fiepen. Frauchen aber sagte zu ihm: „Still Johnny, mach Platz." Seit dieser Niederlage besteht bis zum heutigen Tag ein stetiger Machtkampf zwischen uns beiden. Mal sind wir gute Freunde, aber meistens versucht er den Chef zu spielen.

Und nun werde ich euch ein paar kleine Geschichten über Johnny erzählen.

Das Peinlichste an ihm ist sein ewiges Bellen! Es läutet an der Haustür, Johnny springt auf und bellt wie ein Verrückter. Na und, werdet ihr jetzt sagen, das ist doch die Aufgabe eines Wachhundes! Ja, wenn er wenigstens ein richtiger Wachhund wäre. Er aber bellt nur, wenn keine Gefahr besteht. Ist der Besucher dann eingelassen worden, der Hund bellt weiter, selbst wenn es ein Gast ist, den er schon seit Jahren kennt. Sogar wenn es ein Familienangehöriger ist. Man kann ihm in jeder Tonart zu verstehen geben, dass er endlich aufhören soll, er bellt weiter.

Unser Frauchen ist begeisterte Pferdesportlerin. Das Schönste für sie ist auf dem Rücken ihres Pferdes Humboldt zu sitzen und durch die Wälder zu galoppieren. Damit Johnny sich in der großen freien Natur so richtig austoben konnte, hat sie ihn immer zum Ausreiten mitgenommen. Aber kaum, dass sie sich in den Sattel schwang, fing der Hund an wild zu kläffen, dass einem Hören und Sehen verging. Er ist immer der Meinung, er müsse Frauchen vor diesem Pferd beschützen. Gutes Zureden, der Beschuss mit einer Wasserpistole, ein Maulkorb und viele andere Versuche haben Johnny nicht davon abhalten können, weiterhin zu bellen, bis er heiser wird. Das hat Frauchen aufgebracht, das hat die Pferde geärgert und jeden in der unmittelbaren Umgebung. Und nun hat sie genug davon und nimmt ihn nicht mehr mit. Der Einzige, der das gar nicht versteht, ist Johnny. Er ist sich keiner Schuld bewusst, schließlich ist er doch der größte Beschützer auf der Welt.

Johnny ist unglaublich fresssüchtig. Gut, ich muss zugeben, dass ich auch kein Kostverächter bin. Aber unser Johnny ist ja wohl die absolute Krönung. Wenn ein Mensch etwas Essbares bei sich hat, so ist der Hund sofort neben ihm und bettelt mit seinem traurigsten Blick. Hat er erst einmal was erbettelt, ist dieser Mensch sein bester Freund. Nur die Menschen, die ihn kennen, können dem widerstehen. Wo Johnny auch hinkommt, sein erster Gang führt zum Kühlschrank und da sitzt er dann und fiept, bis er sein Ziel erreicht hat und endlich was zu fressen bekommt. Nicht dass er zu wenig Futter bekommt. Nein, sein Napf ist jederzeit bis oben hin mit allerfeinstem Hundefutter gefüllt. Aber er schnüffelt nur daran und verzieht verächtlich seine Nase. So etwas ist doch nichts für ihn, er will schließlich ein Mensch sein und deren Futter ist gerade gut genug für seinen Geschmack. Er versucht sowieso immer ein Mensch zu sein. Er muss genau dort sitzen, wo sich gerade eine Person befindet. Natürlich muss er auch dort schlafen, wo sich die Menschen in diesem Haus aufhalten. Ihm, als wichtigstes Familienmitglied, steht das ja wohl zu.

Johnny ist schon ein komischer Kauz. Es gibt aber auch Tage, an denen man nur über ihn staunen kann. Wie schon erwähnt, sind wir manchmal Feind, manchmal Freund. Ich als Hauskatze komme gut klar mit dem Futter, das Frauchen uns in den Napf gibt. Aber ich bin, wie jede Katze, ein absoluter Feinschmecker und manchmal eine selbst gefangene Maus, das hat schon was für sich. An einem schönen Sonntag hatte ich mir im Garten eine Maus gefangen, bin mit ihr durch die Katzenklappe in den Wintergarten und dann ins Haus gegangen. Plötzlich stand mir Johnny gegenüber. Mit einem lieben Blick sah er mich an und begrüßte mich, indem er seine Nase an meiner rieb. Vor Überraschung vergaß ich vollkommen die Maus, die sich sofort davonmachte. Johnny bemerkte meinen Verlust und begann schnüffelnd ihre Fährte aufzunehmen. Ich staunte, als er nach kurzer Zeit mit der Maus im Maul zurückkehrte und sie vor mich ablegte. Ich war gerührt. Immer war ich ihm gegenüber so ungerecht, dabei hatte dieser Hund doch einen guten Kern. Aber solche schönen Anwandlungen hielten immer nur kurze Zeit, dann war er schnell wieder der Alte.

An einem Feiertag, ich glaube, es war Ostersonntag, war die ganze Familie zusammen, um ein großes Festessen zu veranstalten. In der Küche wurde gekocht und gebraten, der Tisch wurde feierlich gedeckt und alle waren schwer beschäftigt. Die ersten dampfenden Schüsseln wurden auf den Tisch gestellt. Mir und meinem Muckelchen – wir lagen gemütlich auf dem Teppich – kamen wunderbare Düfte in die Nase. Wir streckten uns und sahen hoch. Das bemerkte der Freund von unserem Frauchen, und er sagte: „Johnny, pass gut auf!" Nun fing dieser doch tatsächlich an uns zu jagen, obwohl wir ja noch nicht mal auf dem Tisch waren. Nicht dass er etwa den Anordnungen, die er bekommen hatte, folgte. Nein, er hatte bloß Angst davor, wir könnten ihm etwas wegessen. Wir beiden haben uns dann vor Lachen gebogen, als die Familie am Speisen war und keiner auch nur im Geringsten daran dachte, ihm was abzugeben. Mit großen Augen saß er vor dem Tisch und wartete vergebens auf irgendeine Leckerei. Er lief von einen zum anderen, aber niemand gab ihm was.

Wenn wir sonntags am Morgen bei schönem Wetter zum Frühstück mit der ganzen Familie im Garten sitzen, ist das immer ein gemütliches Beisammensein. Ich spiele mit Muckelchen fangen und Johnny bettelt am Frühstückstisch. Frauchen plant mit ihrem Freund einen Ausflug zu Humboldt, und die Kinder, soweit schon erwacht, chillen in den Tag hinein. Alles vollkommen in Ruhe und Harmonie. Bis dann um 09.30 Uhr die Glocken der gegenüberliegenden katholischen Kirche anfangen zu läuten. Dann setzt sich Johnny in Positur und heult wie ein Wolf, mit einer Inbrunst, dass es einem durch Mark und Bein geht. Der laute, schrille Ton der Glocke bereitet ihm offensichtlich Schmerzen in den Ohren. Doch er zieht sich nicht ins Haus zurück, um sich einen stillen Ort zu suchen, lieber bleibt er dort sitzen und heult sich die Seele aus dem Leib. Wenn dann nach ca. fünf Minuten das Geläute beendet wird, ist der Hund völlig erschöpft und muss sich erst einmal ausruhen. So geht das Sonntag für Sonntag.

Achim, der älteste Sohn unseres Frauchens, arbeitete zusammen mit seinem Freund Rainer an einer neuen Deckenisolation in seinem Schlafzimmer. Dazu benutzten die beiden graue Matten aus Schaumgummi. Diese Matten waren auf der einen Seite ebenmäßig und auf der anderen Seite zeigten sich viele pyramidenähnliche Dreiecke. Johnny lag auf dem Teppich und sah den beiden zu. Nach geraumer Zeit fingen die Jungen an, miteinander zu tuscheln, und grienten. Sie sammelten die Reste des Isolierstoffes zusammen und lockten Johnny zu sich. Dann fingen sie an die Schaumgummistücke um den Hund zu wickeln. Um den Hals, die Beine, die Rute und den Bauch. Immer mit den Dreiecken nach oben. Als sie mit diesem Schelmenstreich fertig waren, jagten sie Johnny in den Garten. Jeder andere Hund hätte jetzt um sich gezerrt, um das Übel wieder loszubekommen. Aber nicht Johnny. Er stolzierte den halben Tag umher und ließ sich nicht von der Verkleidung befreien. Immer wieder schritt er seine Flanierstrecke ab und wackelte mit seinem Hintern. Er sah wirklich zum Schießen aus, aber das ist eben unser Johnny.

Dann kam der Tag, an dem Achim auszog, weil er das Leben mal aus einer anderen Perspektive kennenlernen wollte. Den ganzen Tag wurden Regale abgebaut, Möbel hin und her getragen, geputzt, gelacht, geschimpft – eben alles, was ein Umzug mit sich bringt! Johnny, von dem man gewohnt war, dass er sonst immer im Wege steht, hatte sich still und heimlich davongemacht, um im gegenüberliegenden kleinen Waldgebiet seine eigenen Abenteuer zu erleben. Nach Stunden kehrte er zurück und legte sich in eine ruhige Ecke. Achim war schon auf dem Weg in seine neue Wohnung und die alte Ruhe kehrte wieder in unser Haus ein. Ich entdeckte Johnny, wie er zitternd und ängstlich dort in der Ecke kauerte. Ich sprintete zu Maike, der kleinen Tochter von Frauchen, und gab ihr mit meiner Pfote einen Hieb auf ihren Arm. Ich wusste, wenn ich das mache, rennt Maike sofort hinter mir her, weil sie das nicht leiden kann. Aber wie sonst sollte ich ihr verständlich machen, dass sie nach Johnny schauen muss. Ich hatte auch Erfolg damit, denn kaum, dass sie den Hund sah, schrie sie die ganze Familie zusammen. Alle kamen angerannt und man machte sich große Sorgen um Johnny. Er zitterte wie Espenlaub und seine Augen waren trübe. Beim Aufstehen konnte er sich gar nicht auf seinen Beinen halten und knickte immer wieder ein. Man mutmaßte, dass er etwas giftiges im Wald gefressen haben könnte. Sofort sollte ein Tierarzt verständigt werden, aber erst einmal wurde Achim über Handy benachrichtigt. Der war auch innerhalb der nächsten zehn Minuten vor Ort und nahm Johnny in seine Arme. Der Hund wurde schlagartig wieder gesund, leckte Achims Hände und wedelte mit der Rute. Nun war jedem klar, was mit Johnny los war! Er liebte halt jeden aus seiner Familie und konnte es nicht verkraften, wenn einer plötzlich nicht mehr da war. Achim lebt trotzdem in seiner neuen Wohnung, besucht uns aber sehr oft, und damit kommt Johnny allmählich klar. Dieses Erlebnis hat uns gezeigt, dass unser Johnny trotz allem ein liebes und wertvolles Familienmitglied ist. Seit dem liebe ich ihn ein ganzes Stück mehr. Und auch Frauchen nimmt ihn ab und an wieder mit zu Humboldt und erträgt einfach sein dummes Bellen.

Peter Ramm

Die griechische Liebe

von Harald Gerd Ricke

Die griechische Liebe oder auch Knabenliebe ist die Liebe zwischen einem erwachsenen Mann (es kann aber auch ein älterer Halbwüchsiger sein) und einem Knaben von 12 bis 16 Jahren mit Ausnahme auch bis 17 Jahre.

Um meine Gedichte nicht falsch verstanden zu wissen, möchte ich die griechische Liebe einmal kurz skizzieren und erklären, denn häufig wird die griechische Liebe mit der Homosexualität und mit der Pädophilie verwechselt.

Die griechische Liebe gibt es so lange wie die Menschheit, schreibt Goethe.

Es handelt sich nicht um die Liebe eines Vaters zu seinem Sohn, nicht um Bruderliebe, auch nicht um eine Spielart der Homosexualität.

Gewiss hat die Knabenliebe einige Gemeinsamkeiten mit der Homosexualität, dennoch darf diese nicht verwechselt werden.

Ich möchte an dieser Stelle jetzt keine Beispiele bringen, am Ende erfolgt eine Liste von berühmten Männern, die der Knabenliebe nicht abgeneigt oder zynisch gegenüberstanden.

Klar sein muss, nicht jede sexuelle Beziehung von heranwachsenden oder erwachsenen Männern und Knaben ist eine griechische Liebe, und nicht jede griechische Liebe braucht auch Sexualität.

Die griechische Liebe lebt allein davon, dass die Beziehung freiwillig ist, der Heranwachsende bzw. erwachsene Mann eine soziale, erzieherische, ethische Verantwortung für den kleinen Geliebten übernimmt.

Dies schließt mit ein, dass die Liebe privat ist und bleibt, dass sie nicht gestört, aber akzeptiert wird.

Aus der Geschichte lernen wir, dass wir aus der Geschichte nichts lernen, so steht es in meinem Buch „Pädophilie und Kindersexualität".

Leider ist es so, denn die griechische Liebe ist so alt wie die Menschheit, das wusste nicht nur Goethe zu berichten.

Hier die versprochenen Künstler:
Marcel Proust, André Gilde, Jean Genet, Essebac, Roger Peyrefitte, Georges de Sarre (beschrieben im meinem Buch Pädophilie und Kindersexualität) Albert Giraud, Stefan Georg und seine Nachfolger (Georg Kreis), Norbert Hellingrath, Ludwig Klages, Ernst Morwitz, Carol North Valhope, Arnold Schönberg, Thomas Mann, Hermann Hesse, Konstantin P. Cavafy, Aleister Crowley, James Joyce, Prof. Irwin Edmann, Jerry Lewis, Paul Goodman, Melvin Walker, Roger Gellerts, Antoine de Saint Exupery, um nur einige zu nennen.

Das griechische Liebespaar aus der Bibel, David (der Knabe David, der Goliath besiegt hat) und Jonathan.

1. Samuel 13,1–6; 14,1–46; 17,55–18,4; 19,1–7; 20,1–21,1; 23,14–18; 31,1–2, 2. Samuel 1,1–27; 4,4; 9,1–13

Aber nun ein Auszug aus meinen Gedichten und Versen, die ich während einer Zeit, in der ich mich in einer griechischen Liebesbeziehung befand und danach, geschrieben habe. Mein Geliebter war 16 Jahre und so wie unten beschrieben verbindet uns immer noch ein tiefes festes unerschütterliches Band der Freundschaft, auch wenn unsere Liebe nicht mehr besteht.

Das letzte Gedicht widme ich all denen, die sich davon angesprochen fühlen.

Verzaubert

Ich wache auf neben dir
ich bin verzaubert
Ich beobachte dich in deinem Schlaf
ich bin verzaubert
Ich sehe einen Sonnenstrahl der trifft dein Gesicht
ich bin verzaubert
Ich spüre deine warme weiche Haut an meiner
ich bin verzaubert
Ich nehme deinen Geruch tief in mir auf
ich bin verzaubert
Du rekelst dich und schlingst deine Arme fest um mich
ich bin verzaubert
Mein jugendlicher Geliebter dein Kuss am Morgen
ich bin verzaubert
Den ganzen Tag, Tag für Tag
ich bin verzaubert
Du verzaubertest mich
und ich ließ dich gewähren

Harald Gerd Ricke

Für immer

Nun bist du fort
für immer
Das Band des Lebens ist durchschnitten
für immer
Einsamkeit, da wo Zweisamkeit sein sollte
für immer
Stille, anstelle von Frohsinn und Heiterkeit
für immer
Ich werde dich in meinem Herzen tragen
für immer
Wenn die Zeit da ist, werden wir wieder zusammen sein
für immer

Gegangen

Nun bist du gegangen, ich bleib allein
Ich wollte dir noch sagen „ich liebe dich"
Ich wollte dir noch zeigen „wie tief meine Liebe für dich ist"
Du warst mein Lehrmeister und mein Schüler
Du lehrtest mich, dich zu nehmen, wie du warst
Du lehrtest mich, mich zu akzeptieren, wie ich bin
Ich zeigte dir, wie wertvoll es ist, sich zu vertrauen
Ich war für dich da, wenn es Probleme gab, du traurig warst
Dein Platz an meiner Seite ist nun leer
Die Wärme der Zweisamkeit weicht der Kälte der Einsamkeit

Liebesfreundschaft

Einst war es Liebe
Liebe die Tief und Fest
Einst war es Vertrauen
tiefes unerschütterliches Vertrauen
Einst war es Zärtlichkeit
Zärtlichkeit, wie nur wir sie uns geben können

Unsere Liebe war verboten
und doch liebten wir uns, tief und fest
voller Vertrauen und Zärtlichkeit

Nun sind wir aufgrund des Alters Freunde

Freundschaft
Unsere Freundschaft, die tief und fest ist
Vertrauen
Unser Vertrauen, welches tief und unerschütterlich ist
Zuneigung
Unsere Zuneigung, wie nur wir sie uns geben können

Wir, sind immer füreinander da,
früher, heute und in alle Ewigkeit

Harald Gerd Ricke

Bestehen

Wie kann ich neben dir bestehen?
Du bist so stark!
Sollte ich nicht der Starke sein?
Ich bin in unseren Umarmungen so unsicher!
Doch du, mein jugendlicher Geliebter,
in deinem zarten Alter bist du so stark,
so reif und männlich, dass ich um meine Stärke nicht weiß!

Egal

Du bist 16 und ich 50 Jahre
egal
was die anderen denken
egal
Zungenkuss in der Fußgängerzone
egal
Hand in Hand laufen fragende Blicke
egal
engumschlungen sitzen im Restaurant
egal
Zärtlichkeiten austauschen vor deiner Schule
egal
Nur das Schönste, das behalten wir für uns
So muss die „griechische Liebe" sein

Mein Tag

Ich wache auf, nach einer Nacht voller Träume von dir.
Ich taste im Bett nach dir, doch du bist nicht da.
Ich fühle Kälte, wo ich früher deine Wärme fand.
Ich stehe auf, dusche und meine Gedanken sind bei dir.
Ich vermisse, wie schön es doch war,
wenn wir uns gegenseitig eingeseift haben.
Ich decke den Frühstückstisch,
wie immer mit einem Gedeck für dich.
Ich trinke den Kaffee,
doch sein Geschmack ist ohne dich eintönig und leer.
Ich bin bei der Arbeit, die Zeit läuft einfach nicht, denn ich weiß, du
wartest nicht auf mich, wenn ich nach Hause komme.
Ich gehe einkaufen, doch alle Sachen haben ihren Glanz verloren,
denn du teilst sie nicht mit mir.
Ich zähle mein Geld, doch auch das Geld hat ohne dich keinen Wert.
Ich gehe schlafen, vor mir liegt eine Nacht voller Träume von dir,
mein jugendlicher Geliebter.
Und doch weiß ich, dass es kein erneutes WIR geben wird,
zu viel ist geschehen.

Harald Gerd Ricke

Lüge

Von einem Kuss wird man schwanger
Lüge
Der Klapperstorch bringt die Kinder
Lüge
Pädophile sind Monster
Lüge
Heterosexualität ist die einzige wirkliche und richtige Sexualität.
Lüge
Die griechische Liebe erzeugt Homosexualität

Lüge immer wieder Lüge

Sinnlose Worte

Neulich, ich weiß es noch, als wäre es gestern,
wir saßen am Tisch und unterhielten uns; mal wieder.
Da dachte ich plötzlich
„Kann mich nicht jemand erlösen hier und jetzt sofort"
Erlöse mich von diesem sinnlosen Geplapper,
ich halte es nicht mehr aus.
Mein Wunsch, Stille endlich Stille.
Ich muss lernen mich abzugrenzen, STOPP zu sagen.

Der Zug nach drüben

von Günter Rutkowski

„Verdammter Mist!“ Zornig stampfte Schwester Irina Witt mit dem Fuß auf den Marmorboden. „Du Lausebengel gibst sofort die Rolle Klopapier zurück!“

Ein Knirps von vielleicht zehn Jahren trat zögernd vor und hielt die Rolle trotzig hoch.

„Da!“, sagte er nur. Er hatte Tränen in den Augen.

Irina Witt nahm sie ihm aus der Hand und strich ihm resignierend über das Haar.

„Hier gibt es doch genug für alle. Mach es uns doch nicht noch schwerer!“ Müde trat sie ans Fenster und blickte hinab.

Nach einem schönen Sommer hatten die letzten Septembertage 1989 dem Land einige kräftige Regenschauer beschert. Aus dem ersten Stock der Deutschen Botschaft in Prag überblickte man den größten Teil des zur Residenz gehörenden Gartens. Auf dem früher von Gärtnern liebevoll gepflegten Rasen waren jetzt vierzig Großraumzelte des Deutschen Roten Kreuzes fest verankert, und an die viertausend Flüchtlinge aus der untergehenden Deutschen Demokratischen Republik, kurz DDR, trampelten durch die Rabatten. Regen und Zehntausende von Schritten hatten den aufgeweichten Boden längst in einen Morast verwandelt. Stündlich schwoll der Auswandererstrom an. Die Menschenmassen schwappten über den mächtigen Zaun, der die Botschaft umgab, und ergossen sich zwischen den Zelten hindurch bis ins Hauptgebäude: Männer, Frauen und Kinder, nur mit dem Notdürftigsten bepackt, aber fest entschlossen, nie wieder das Land zu betreten, das sie unterdrückt, verfolgt oder entmündigt hatte. Sie hausten zu Hunderten in Zelten, die für dreißig Mann gedacht waren, oder lagen Schlafsack an Schlafsack, wie Dosenheringe dicht aneinandergepresst, auf dem nackten Fußboden vor hastig geräumten Büros. Dutzende schliefen inzwischen auf den kühlen, breiten Treppenstufen, die hinauf zur Suite des Botschafters führten. Nur diese Wohnung und wenige abgeriegelte Botschaftsräume waren nicht freigegeben und trotzten dem Andrang der Schutzsuchenden.

Diese Menschen hatten alles aufgegeben, Freunde, Verwandte, die Wohnung und sogar ihren Trabi, der draußen irgendwo in einer endlosen Schlange gleicher Vehikel die engen Gassen zuparkte und für den manche viele Jahre eisern gespart hatten. Einzig die verzweifelte Hoffnung, auf diese Weise in den Westen zu gelangen, ließ sie diese Strapazen ertragen. Eine Rückkehr war undenkbar. Das hätte für alle viele Jahre Gefängnis bedeutet. So hatten sie sich dafür entschieden, vom erlaubten Urlaub im tschechischen Bruderland nicht wieder heimzukehren, sondern stattdessen in einem Außenposten des vermeintlich goldenen Westens, eben der westdeutschen Botschaft, Zuflucht und Unterstützung bei der Ausreise zu erzwingen. Deren Personal stand dem machtlos gegenüber, denn was sollten wohl vielleicht fünfzehn Angestellte gegen eine Übermacht von anfänglich ein paar hundert Verzweifelten ausrichten? Zu demselben Schluss waren auch die tschechischen Polizisten gekommen, die normalerweise das Gelände abschirmen sollten. Sie zogen der pflichtgetreuen Gewaltanwendung das aktive Wegsehen vor. Man ließ die Deutschen gewähren und behinderte auch nicht den Einsatz von Mitarbeitern des westdeutschen Roten Kreuzes, die man eilends aus der Bundesrepublik angefordert hatte, um ein halbwegs überlebensfähiges Lager zu organisieren, Tausende von hungrigen Mäulern zu stopfen und alle auch noch medizinisch zu versorgen.

Irina Witt hatte das Glück gehabt, für sich und ihre zwei kleinen Kinder noch einen Eckplatz im mächtigen Kuppelsaal im ersten Stock der Botschaft ergattern zu können. Als ausgebildeter Krankenschwester hatte die Lagerleitung der hübschen sechsundzwanzigjährigen Frau gleich die Hygieneüberwachung für die ganze Etage übertragen. Sie spürte es: Die Stimmung war explosiv; die Enge wurde unerträglich. Einzig die Furcht, zurückgeschickt zu werden, verhinderte den Ausbruch von Gewalt. Aber wie lange noch?

Irina trat vom Fenster zurück und kauerte sich in ihre Ecke. Die Kinder schliefen unruhig. Besonders der fünfjährige Sohn litt sehr unter der Trennung von seinen Freunden. Insgeheim hoffte er immer noch, im Herbst mit den anderen Jungen ins Ferienlager reisen zu können. Töchterchen Alexandra, die in vier Wochen drei Jahre alt werden würde, verstand das alles noch nicht richtig. Irina deckte sie liebevoll zu.

„Ich werde Papa wiederfinden, ganz bestimmt. Der liebe Gott wird uns helfen", murmelte sie leise. Das Kind blinzelte.

„Papa ist weg!", sagte es schläfrig und nickte wieder ein.

Ja, Herbert war fort, seit fast vier Jahren schon. Sie erinnerte sich noch daran, als ob es gestern gewesen wäre. Ganz ausgelassen war er in ihre kleine Zweizimmerwohnung in der Nähe von Dresden gestürmt, hatte sie geküsst und dann hinausgeschrien:

„Morgen fahre ich nach Westberlin!"

Sie hatte nur den Kopf geschüttelt, als er schon weitersprach:

„Das ist die Chance. Unser Kombinat hat einen Montageauftrag von drüben bekommen. Ihr kommt dann bald nach …"

Es war ihre letzte Nacht gewesen, und sie hatte geahnt, dass sie ihn nie wiedersehen würde. Aber sie liebte ihn viel zu sehr, um ihn mit Vorwürfen zurückhalten zu wollen. Am nächsten Morgen, als sie zum letzten Mal seine Brote schmierte, weinte ihr Herz vor Kummer.

„Pass gut auf dich auf!", flüsterte sie tränenerstickt. Er verabschiedete sich hastig und verlegen.

„Ich rufe dich an!" Dann war er aus ihrem Leben verschwunden. Sie hatte nie wieder von ihm gehört.

„Oh Herbert, ich weiß zwar nicht, wo du wohnst, aber ich werde dich finden, irgendwie, und wenn es hundert Jahre dauert!" Das war der Schwur, der sie am Leben hielt.

Bitterkeit umspielte ihr Gesicht, als sie an die Tage nach seiner Flucht dachte. Wie jeden Tag war sie pünktlich zur Arbeit auf ihrer Station in der Klinik erschienen. Sie hatte sich gerade den Kittel übergestreift, da wurde sie zur leitenden Schwester befohlen. Die Leiterin grüßte sie nicht und musterte sie angewidert. Im Büro saßen schon zwei unauffällig gekleidete Herren.

„Irina Witt?", fragte der größere von ihnen mit kalter Stimme.

„Sie sind verhaftet. Beihilfe zur Republikflucht an einem Herbert Witt, Ihrem Mann. Ihre Kinder kommen ins Heim." Dann legten sie ihr Handschellen an und führten sie, wohl zur Abschreckung für die anderen Angestellten, durch die langen Krankenhausflure. Nicht einmal ihren Mantel durfte sie mitnehmen. Kolleginnen und Patienten tuschelten ihnen leise nach.

Zwei Wochen lang wurde sie eingesperrt und immer wieder verhört. Dann ließ man sie, ohne nähere Begründung, frei. Sogar die Kinder durften nach Hause. Der Fünfjährige litt danach an Schlafstörungen und schrie manchmal mitten in der Nacht.

Weil Personal fehlte, durfte Irina sogar wieder in der Klinik anfangen, allerdings nur als Hilfsschwester für die Drecksarbeit. Sie murrte nicht und beugte sich, Monat für Monat.

Dann kam der Morgen, der ihr neue Hoffnung geben sollte. Klara, die Stationshilfe, setzte sich in der Pause neben sie und raunte ihr geheimnisvoll zu:

„Hast du es schon gehört? Die Hoffmeiers sind weg!"

„Weg?"

„Ja, nach drüben. Über die westdeutsche Botschaft in Prag! Man kann da ganz leicht nur mit einem Personalausweis hinkommen."

Den ganzen Tag spukte ihr diese Information im Kopf herum. Abends fragte sie ihren Sprössling:

„Du, Fritzi, wollen wir nicht Papa besuchen?" Zwar hatte sie nicht die leiseste Idee, wie sie ihn finden sollte, aber sie glaubte zuversichtlich: „Es wird schon einen Weg geben, wenn wir erst drüben sind!"

„Mami, ich will aber lieber mit Hanno ins Ferienlager. Darf ich? Bitte!"

Doch Irina hatte nicht mehr zugehört. In ihrem Kopf nahm ein Plan langsam Gestalt an.

Einige Tage später war es dann so weit. Irina hatte sich ein paar Tage Urlaub genommen, ihr restliches Geld abgehoben und davon drei Tickets für den Zug nach Prag gekauft. In ein kleines, schäbiges Köfferchen hatte sie die notwendigsten Kleidungsstücke und zwei Erinnerungsphotos an eine glücklichere Zeit hineingequetscht. Friedrich bestand darauf, seinen Lieblingsteddy selber zu tragen. Sie wollte nicht zu viel mitnehmen, sonst wäre sie womöglich den Nachbarn oder dem Hausmeister, die natürlich ihrer Abreise hinter den Gardinen zusahen, aufgefallen. Nur Irina wusste, dass es ein Abschied für immer war. Trotzdem verschloss sie die Haustür sorgfältig zweimal und deponierte den Schlüssel bei der Nachbarin zur Rechten, wie immer.

Es war ein warmer, freundlicher Abend, dieser 28. September 1989. Herbert Witt räkelte sich in seinem Fernsehsessel und verfolgte mit mäßigem Interesse die Sondersendung über den Exodus von Ostdeutschen in westdeutsche Botschaften im Ostblock. Wie immer verbrachte er seine Freizeit allein in seiner Wohnung in Minden.

Da dröhnte unbeschreiblicher Jubel aus vielen Tausend Kehlen aus dem Lautsprecher und riss Herbert aus einem leichten Nickerchen. Soeben hatte der westdeutsche Außenminister den in Prag wartenden Flüchtlingen vom Balkon der Botschaft herunter bekannt gegeben:

„Die Regierung der DDR hat Ihrer Ausreise in die Bundesrepublik zugestimmt."

Jetzt schwenkten die Kameras über die Menschenmassen, um sich keinen Augenblick des Freudentaumels entgehen zu lassen.

Plötzlich zuckte Herbert zusammen: Sekundenlang hatte die Kamera eine blonde Frau erfasst, die er zu erkennen glaubte. War das womöglich seine Irina gewesen? Er war wie elektrisiert, aber schon flimmerten andere Bilder über die Mattscheibe. Aufstöhnend sank Herbert im Sessel zusammen.

Eine tiefe Unruhe hatte den Mann gepackt. Schlaflos wälzte er sich die ganze Nacht von einer Seite auf die andere. Vier Jahre lang hatte er vergeblich versucht, seine Frau zu erreichen. Aber alle Briefe waren mit „unbekannt verzogen" zurückgekommen und Telefonate wurden nicht vermittelt. Rief er gemeinsame Bekannte von früher an, gaben sich diese äußerst zugeknöpft. „Es geht ihr gut", war alles, was er in Erfahrung bringen konnte. Keiner aber war bereit gewesen, eine kurze Nachricht zu überbringen; offensichtlich waren alle Kontaktpersonen gehörig unter Druck gesetzt worden.

Herbert selbst hatte sich gleich nach dem Eintreffen in Westberlin von seinem Montagetrupp und der Aufsicht in abenteuerlicher Weise abgesetzt und war über verschiedene Arbeitgeber von Berlin nach Westdeutschland gekommen. Nach einigen Umwegen hatte sich in Minden durch Fleiß und Sparsamkeit eine gesicherte Existenz aufgebaut.

„Das ist ein sonderbarer Kauz, der Herbert", pflegten seine Arbeitskollegen hinter seinem Rücken zu tuscheln, „der arbeitet wie ein Tier, nimmt nie Urlaub und lässt alle Frauen abblitzen, obwohl er bei dem Aussehen an jedem Finger eine haben könnte."

Tatsächlich verbrachte er seine Freizeit am liebsten allein an den Ufern der Weser, wo er ungestört von seiner Frau und dem kleinen Sohn träumen konnte. Dass er inzwischen zum zweiten Mal Vater geworden war, wusste er nicht. Er war jetzt dreißig Jahre alt, sportlich durchtrainiert und erfolgreich. Diskotheken und Kneipen wurden an ihm nicht reich. Er war stets ein wenig melancholisch. Vielleicht machte ihn das für die Damenwelt noch attraktiver, jedenfalls konnte er über eindeutige Angebote heiratswilliger Damen nicht klagen. Aber keine wollte verstehen, dass er noch immer seinem Traum nachhing. Sollte es für immer ein Traum bleiben?

Am nächsten Morgen hatte er einen Entschluss gefasst. Als Erstes rief er einen früheren Freund in Dresden an.

„Ich bin es, Herbert!" Nach einigem Schweigen am anderen Ende der Leitung antwortete eine vertraute Stimme:

„Tut mir leid, Sie müssen sich verwählt haben …"

„Bitte nicht auflegen", flehte Herbert. „Was ist mit Irina?"

Die Stimme am anderen Ende zögerte, bevor sie knapp hervorstieß:

„Ich habe diese Leute seit Jahren nicht mehr gesehen. Sie sollen verreist sein, sagt man." Dann knackte es in der Leitung: Aufgelegt!

Also doch! „Verreisen“ hieß drüben auch das Abhauen in den Westen. Jetzt wusste er, was er zu tun hatte. Hastig packte er ein paar Sachen zusammen, meldete sich telefonisch bei seiner Firma für ein paar Tage ab und startete sein Auto. Seine einzige Spur war eine kurze Zeitungsmeldung, die er sorgfältig ausgeschnitten hatte: „Die Sonderzüge aus Prag werden morgen in Hof/Bayern erwartet.“ Aber je mehr er sich dieser Stadt näherte, desto nervöser wurde er. War das im Fernsehen wirklich seine Frau gewesen? Und wenn ja, würde sie ihn denn noch wollen? Oder überhaupt erkennen? Angstschweiß bedeckte seine Stirn, als er sein Ziel, ein Hotel gegenüber dem Hauptbahnhof, erreichte.

Der Bahnhof in Prag war von der Polizei hermetisch abgeriegelt, bis alle Flüchtlinge die Sonderzüge bestiegen hatten. Im Abstand von jeweils zwei Stunden rollten sie aus dem Bahnhof in Richtung Norden: zurück in die DDR.

Erschöpft war Herbert in sein Hotelzimmer zurückgekehrt.

„Die Züge kommen erst morgen!“, hieß es.

„Die müssen alle erst durch die DDR, aus Verwaltungsgründen“, hatte ihn ein Bahnbeamter zu trösten versucht.

„Durch die DDR?“, zweifelte Herbert, „wenn das man gutgeht!“

DDR-Grenzsoldaten rissen die Tür zu Irinas Abteil auf.

„Ihre Pässe!“, rief der erste barsch. Verängstigt zog Irina die Papiere hervor.

„Sie wollen auswandern?“ Die Stimme klang drohend. Irina nickte entmutigt. Sollten sie doch mit ihr machen, was sie wollten, es war ihr egal.

„Hier, unterschreiben Sie!“ Unfreundlich klopfte der Beamte auf ein halb ausgefülltes Vernehmungsprotokoll. Irina kritzelte eine Unterschrift auf das Papier.

„Was, bitte, geschieht jetzt mit mir?“ Irina zitterte. Sie hielt die Kinder fest im Arm. Der Grenzer blickte auf.

„Sie sind hiermit ausgewiesen und ab jetzt kein Bürger der DDR mehr!“ Damit flog die Abteiltüre zu; Schritte entfernten sich.

Jubel und Fähnchenschwenken auf dem Bahnsteig 7 des Hauptbahnhofs in Hof. Der erste Sonderzug war in Sicht. Die Bahnpolizei hatte es längst aufgegeben, in dem Menschenauflauf Ordnung zu schaffen. Schnaufend rollte der Zug ein, Bremsen quietschten, Türen flogen auf. Herbert stand mit verkniffenem Mund ein wenig abseits. Die bekannten Zweifel drohten seine Sinne zu lähmen. Hunderte von Menschen quollen aus dem Zug und ergossen sich über den Bahnsteig. Irina war nicht dabei.

Zwei Stunden später kam der zweite Zug an. Herberts Herz pochte rasend, als er ganz am Ende des Bahnsteigs eine blonde Frau mit einem Kind auf dem Arm stehen sah. Sie blickte in die andere Richtung und schien auf jemanden zu warten. Er drängelte sich durch die Menge. Die Frau drehte sich zu ihm hin. Es war nicht Irina.

Der letzte Zug rollte ein.

„Mein Gott, wenn sie hier auch nicht drin ist?" Bei diesem Gedanken wurde ihm schwindelig. Der Bahnsteig um ihn herum begann sich zu drehen; er musste sich setzen. So wagte er kaum, die Reisenden anzuschauen, die an ihm vorbeiströmten. Der Bahnsteig leerte sich. Irina war nicht gekommen.

Nur langsam fasste er sich. Die Enttäuschung in seinem Gesicht war einer bitteren Entschlossenheit gewichen. Er würde nach Minden zurückfahren und Irina vergessen. Raschen Schrittes durcheilte er die Schalterhalle. Ganz in Gedanken stieß er mit einem kleinen Jungen zusammen, der mit einem Teddy in der Hand eben von der Toilette kam und mit großen Augen das bunte Treiben bestaunte. Der Kleine fiel hin und fing an zu weinen.

Erschrocken blieb Herbert stehen und half dem Jungen auf die Beine. Tröstend strich er ihm über das Haar, drückte ihm den heruntergefallenen Teddy in den Arm und fragte:

„Wie heißt du denn, mein Kleiner?"

Ehe der Junge antworten konnte, hörte man aus dem Hintergrund eine Frau erschrocken aufschreien:

„Fritzi, ist dir auch nichts passiert?" Schritte näherten sich rasch. Herbert hob den Kopf und drehte sich um. Sein Blick bohrte sich in die Augen einer blonden Frau, an deren Hand sich ein kleines Mädchen ängstlich festgeklammert hielt.

Sekundenlang starrten sie einander regungslos an.

„Irina!“, brachte er schließlich stammelnd hervor.

„Herbert!“ Ihr jubelnder Aufschrei ging im Getöse eines soeben auf Gleis eins vorbeirumpelnden Güterzuges unter. Barmherzig übertönte der Lärm auch ihr hemmungsloses Schluchzen, als Herbert sie in seine Arme nahm.

Erkenntnisse, die ich gewonnen habe – Bekenntnisse, die ich ablege

von Otfried Schrot

01. Die Testamentseröffnung ist die Stunde der Wahrheit: Die Toten zeigen, wie sie waren – die Lebenden zeigen, wie sie sind.
02. Die Wahrheit ist der Sonnenstrahl der Ohnmächtigen und der Gallenstein der Mächtigen.
03. Die vollendete Rache schafft so lange ein befriedigendes Gefühl im Bauch, bis das Bajonett der Vergeltung hineinfährt – die vollendete Vergeltung schafft so lange ein befriedigendes Gefühl im Bauch, bis das Bajonett der Rache hineinfährt.
04. Die jungen Männer in Uniform müssen es ausbaden, wenn die alten Herren in Zivil nicht mehr miteinander ins Reine kommen.
05. Die Not ist der oberste Gesetzgeber.
06. Jeder Mensch geht mit der Last seiner Taten, seiner Duldungen und seiner Unterlassungen seiner Bestimmung entgegen.
07. Überall am Rande unseres Lebensweges liegen die Ideen für eine bessere Welt! Erziehen wir unsere Augen dazu, sie zu sehen, und unsere Charaktere dazu, sie aufzuheben!
08. Am Ende unseres Lebens haben wir nur noch unsere Visionen und unsere Erinnerungen.
09. Was dich zum Manne macht, ist das, was du tust, wenn der Sturm aufkommt.
10. Wichtiger noch als die Befriedigung unserer Bedürfnisse ist der Kampf für unsere Überzeugungen; wichtiger noch als der Kampf für unsere Überzeugungen ist die Befolgung der Stimme unseres Gewissens.

11. Alle Sklaven träumen davon, einmal Herren zu werden. Wehe der Welt, wenn sie ihren Traum verwirklichen!
12. Wenn du auf die Gipfel dieser Welt steigen willst, musst du lernen, allein zu sein und mit dem Risiko des Absturzes zu leben.
13. Den Zufall kann sich niemand zum Untertan machen.
14. Der Kampf für die Gerechtigkeit auf Erden führt gelegentlich zur Erhöhung des Blutdrucks.
15. Wenn die Not die Trägheit besiegt hat, bricht die Vernunft sich endlich Bahn.
16. Große Geister können verzeihen, kleine pflegen ihren Hass.
17. Bei der Umsetzung von Worten in Taten entsteht immer Schwund.
18. Wo Weisheit herrscht, hat der Hass keine Chance. Wo der Hass herrscht, hat die Weisheit keine Chance. Erst wenn der Hassende kampfunfähig am Boden liegt, schlägt die Stunde der Weisheit.
19. Meine Geliebte ist die Gerechtigkeit auf Erden.
20. Gerechtigkeit auf Erden ist der Zustand, der dann erreicht sein wird, wenn niemand mehr das Gefühl hat, dass er zu kurz gekommen ist.
21. Wir können einen Staat, in dem nur Millionäre Präsidenten werden können, nicht als Demokratie bezeichnen.
22. Voraussetzung für das Empfinden von Mitleid ist weder die Zugehörigkeit zu einer Religionsgemeinschaft noch zu einer politischen Partei, sondern das Bewusstsein einer alle Grenzen überschreitenden weltbürgerlichen Solidarität.
23. Der Mensch muss siegen wollen und verlieren können.
24. Konflikte sind menschlich. Aus diesem Grunde sollten wir sie auch nicht auf unmenschliche Art lösen.
25. Der Hass ist die Salzsäure der Seele. Er vernichtet zuerst den Verhassten und zuletzt den Hassenden.
26. Halte dich nicht lange mit untauglichen Versuchen auf, aus einer leeren Schale eine Nuss herauszuholen!
27. Das Schicksal schüttelt das Sieb so lange, bis die Unwürdigen hindurchfallen.
28. Feigheit und Unehrlichkeit sind Geschwister.
29. Lust und Last sind Nachbarinnen.

30. Bürger dieser Welt, das Weltrecht, welches ihr euch aus nationalem Egoismus zu schaffen weigert, wird euch keinen Schirm und keinen Schutz bieten, wenn ihr es eines Tages braucht.
31. Wenn die Kleinen sich einig wären, hätten die Großen keine Chance mehr.
32. Das Leben im Paradiese dauert immer nur Minuten oder höchstens Stunden. Danach zieht der Lenker des Universums den Kelch wieder zurück, aus dem deine Lippen getrunken haben.
33. Wer große Ziele erreichen will, muss große Einsätze wagen – die aber nur so groß sein dürfen, dass man im Falle des Scheiterns noch eine Reserve zum nackten Überleben hat.
34. Ich glaube an die Machbarkeit der besseren Welt.
35. Mit zunehmendem Lebensalter wird die Begegnung von Zähnen mit Brotrinden immer gefährlicher.
36. Millionen von Kämpfern für die Gerechtigkeit auf Erden werden wieder zu Staub zerfallen, bevor die Welt von ihnen Notiz genommen hat.
37. Jeder Schütze bekommt nach dem Schuss den Rückstoß zu spüren, sei es im Krieg, sei es in der Politik, sei es im Alltag.
38. Jeder Mensch, der die Begabung hat, mit seinen Fingerkuppen den Puls der Menschheit zu ertasten, hat auch den Instinkt, zu spüren, was Gerechtigkeit auf Erden ist.
39. Politik ohne Moral ist wie Brot ohne Butter.
40. Verfassungen sind Ausdrücke guter Absichten, die schnell in Vergessenheit geraten.
41. Die Sitten der Menschen verwildern im Kriege, und die Leuchtzeichen ehrbarer Kriegsziele werden im Rauch schmutziger Kriegsmethoden unsichtbar.
42. Kein Verbrechen ist so abgrundtief, dass es nicht durch eine salbungsvolle Rede zu einer humanen Tat hochstilisiert werden könnte.
43. Es gibt Menschen, die deshalb gegen den Weltfrieden sind, weil sie dann ihren Arbeitsplatz verlieren würden.
44. Generalstabsmäßige Planungen zerbrechen immer wieder unter der Wucht hereinbrechender unvorhergesehener Ereignisse.

45. Lebenskunst ist die Fähigkeit, mit möglichst geringem Aufwand sein Ziel zu erreichen.
46. Hinter edlen Gesichtszügen verbirgt sich nicht immer ein edler Charakter, hinter einem zerstörten Gesicht nicht immer ein Verbrecher.
47. Anständige Menschen sind alle. Das Problem ist nur, dass jeder eine andere Auffassung von Anstand hat.
48. Ein Diktator ist leicht herbeigerufen und schwer wieder loszuwerden.
49. Es findet sich immer ein Wahnsinniger, der einen Heiligen umbringt.
50. Wenn alle deine Anstrengungen nicht zu bewirken vermögen, dass du dein Ziel erreichst, so vertraue dich den Winden und den Strömungen des Schicksals an und baue darauf, dass sie dich an der richtigen Stelle ans Ufer spülen.

Otfried Schrot

Vater Morgana

von Petra Schulte

Zu meiner Schande muss ich gestehen, dass es in meiner Kindheit eine schwache Stunde gab, in der ich es nicht lassen konnte, der besten Freundin meinen berühmten Vater unter die Nase zu reiben. In der sicheren Erwartung, ehrfürchtiges Staunen zu ernten, sah ich sie triumphierend an. Aber anstatt sich beeindruckt zu zeigen, zog sie verächtlich die Mundwinkel herab.

„Der ist doch verheiratet, und außerdem macht er mit der Frau da rum." Anklagend deutete sie auf das Filmplakat, das über meinem Bett hing.

Zuerst war ich sprachlos. Doch dann fielen mir Mutters Worte über Tante Evi ein:

„Du bist doch nur neidisch", kreischte ich heulend. Meine (frühere) Freundin sah mich mitleidig und voller Verachtung an, dann verließ sie hoch erhobenen Hauptes unser trautes Heim.

Mutter, die mich bestimmt durch das ganze Haus hysterisch heulen hörte, wartete, bis ich mich etwas beruhigt hatte, und betrat dann leise mein Zimmer.

Liebevoll nahm sie mich in die Arme und streichelte meinen Rücken, den nächsten Ausbruch abwartend.

Er ließ nicht lange auf sich warten.

„Warum sagt sie so etwas? Was habe ich ihr getan, sie ist eine neidische, dumme Ziege, ich hasse sie. Nie will ich sie wiedersehen."

Nun hielt meine Mutter es für angebracht, behutsam einzugreifen.

„Beruhige dich und höre mir zu, Liebes. Es stimmt eigentlich, was sie sagt“ … Hier bäumte ich mich erneut aufheulend auf.

„Sch, sch, ganz ruhig, lass mich zuerst erklären“, flüsterte meine Mutter. „Sieh mal, dein Vater ist weit weg in Amerika, das geht nicht anders, weil er dort seine Filme drehen muss. Männer können nun einmal nicht alleine leben, sie brauchen eine Frau, die sich um sie kümmert. Wenn er heiratet, ist natürlich auch irgendwann ein Kind da. Aber das hat in unserem Fall nicht so viel zu bedeuten. Lieben, das tut er nur uns, von ganzem Herzen. Schau, wenn er hier sein könnte, dann hättest du Geschwister und müsstest deinen Vater auch mit ihnen teilen. So, wie es nun einmal ist, nur wir beide und er in Gedanken immer bei uns, das ist doch sehr schön so.“

„Aber, warum ist er mit der verheiratet und nicht mit dir?“, begehrte ich auf.

„Wir waren zu jung zum Heiraten, hatten kein Geld und dann warst du ja auch gleich da“, lächelte meine Mutter zärtlich.

„Und was ist mit der Frau auf dem Plakat?“, beharrte ich zweifelnd. „Sie hat nur ein Baströckchen an.“

„Ach, man muss nicht immer gleich etwas Schlechtes dabei denken, wenn so ein Film gedreht wird. Ich werde ihn fragen und wir werden bestimmt hören, wie es wirklich ist. Du weißt doch, dass die Zeitungen gerne über ihn schreiben. Meistens denken sie sich etwas aus. Komm, sei nicht mehr traurig. Siehst du nun ein, dass es besser ist, wenn wir zusammenhalten und unser Geheimnis bewahren?“

Danach haben wir weitergemacht wie bisher, und allmählich geriet dieses Drama wieder in Vergessenheit, schon alleine deshalb, weil das Plakat in das Exil auf den Dachboden wanderte.

Ach, wie oft habe ich noch schreckliche Dinge in den Zeitungen lesen müssen. Hochzeit, Scheidung, Geliebte, andere Kinder. Nie stand etwas über uns darin. Das hat mich am meisten gekränkt.

Meine Mutter erklärte mir immer wieder, dass wir eben für ihn einen besonderen Platz einnähmen. Nur wir hätten ein so schönes Geheimnis.

Je mehr sich die Nachrichten häuften, desto weniger schwer fiel es mir, den Mund zu halten, das können Sie mir glauben.

Wenn wieder etwas im Schwange war, was in den ersten Jahren noch selten vorkam, dann sah ich in der Schule nur gelangweilt aus dem Fenster und büßte die gut gespielte Frohnatur vorübergehend ein.

Dann konnte es passieren, dass die Lehrerin mir die Hand auf den Kopf legte und leise sagte:

„Ach Kind."

Wenn ich dann misstrauisch meine frühere Freundin ansah, guckte sie schnippisch unter die Decke.

Also nahm ich mich zusammen und gab mich unbeeindruckt. Nun spielte auch ich eine Rolle, genau wie mein berühmter Vater. Welch ein Trost!

Die meiste Zeit sonnte ich mich jedoch in heimlicher Genugtuung und war vergnügt, denn ich vermisste meinen Vater inzwischen nicht mehr so schrecklich, wie ich vielleicht sollte. Das Leben mit meiner lieben, nachgiebigen Mutter war wunderbar, und je mehr ich heimlich über ihn las, desto mehr fand ich, dass er in Amerika ganz gut aufgehoben war. Ich hütete mich allerdings, meiner Mutter gegenüber irgendwelche Andeutungen zu machen, denn sie hielt bedingungslos zu ihm. Jede noch so harmlose, respektlos erscheinende Äußerung wurde von ihr sofort geahndet. Ich weiß nicht, ob es nötig war, so eine Staatsaktion daraus zu machen.

In unserem langweiligen Ort mochten mich die Leute, weil ich wild, redegewandt und fröhlich war. Auch die kleinen selbst erdachten Sketche, die ich überraschend zum Besten gab, erhöhten meinen Beliebtheitsgrad, setzten sie doch dem eher öden Leben hier kleine Glanzlichter auf. Besonders, wenn ich auf den Spitzen tanzte und dabei lächerliche, neckische Sprünge vollführte, waren die Erwachsenen hingerissen. Mit wie wenig man früher zufrieden war, solange es kein Fernsehen gab! Heute würde ich mich beißendem Spott aussetzen. Allenfalls innerhalb der Familie würde man dieses alberne Gehopse mit dem Mantel der Liebe bedecken.

Auch die Söhne des Gemischtwarenhändlers verbrachten (trotzdem) gern ihre Zeit mit mir. Sie waren so erfindungsreich und unkonventionell wie ich. Vielleicht hatte mich ihr Vater deshalb so gern. Wann immer ich bei ihm einkaufte oder ein Problem hatte, versah er mich mit meinem Lieblingslutscher. Das tat er, bis ich etwa zwanzig Jahre alt war. Dann schaute er eines Tages verlegen und zweifelnd an mir hoch. „Na ja", sagte er bedächtig und schüttelte vage den Kopf.

„Oha", sagte ich, „sollte dies das Ende einer wunderbaren Freundschaft sein? Sofort her damit."

Da lachte er befreit, griff hinter sich und holte ihn hervor, den wundervollen Trost aus Kindertagen, und entgegen der langjährigen Tradition schälte ich ihn sofort aus dem Papier und versenkte ihn zwischen meinen, inzwischen knallrot geschminkten, Lippen.

„Ach du meine Güte, das ist ja gerade noch mal gutgegangen", atmete er erleichtert auf, und das Ritual konnte nun, ungeachtet von etwas so Nebensächlichem wie Alter, lustig weitergehen.

Als ich in ein kinotaugliches Alter kam, wurde es spannend. Nun war ich meinem Vater viel näher, als mir lieb war – ich sage nur … Rasiersitz! Mit steifem Hals und klopfendem Herzen fieberte ich ihm entgegen, während die Vorfilme meine Geduld auf eine harte Probe stellten.

War er dann endlich präsent, fand ich ihn wundervoll männlich und souverän, genau so, wie man sich seinen Vater gerne vorstellt. Dass er stets mit „fremden Menschen" unterwegs war, hatte ja ausschließlich mit seinen Rollen zu tun!

„Alles nur gespielt", murmelte ich vor mich hin, wenn eine Liebesszene so gar nicht enden wollte. Das hat mir manchen erstaunten Seitenblick eingebracht und führte dazu, dass sich viele der Jungen nicht an mich herantrauten, weil sie dachten, ich sei über die Maßen verklemmt. Um ehrlich zu sein, war ich das auch, aber eben doch ganz anders. Der Ruf „unantastbar" zu sein, eilte mir voraus und bewahrte mich vermutlich vor manchem Fiasko, in das ich sonst vielleicht aus Unwissenheit hineingeschlittert wäre. Schließlich war ich in einer männerfreien Zone aufgewachsen. Die anatomischen Besonderheiten dieser eigenartigen Spezies waren für mich ein Buch mit sieben Siegeln, ebenso wie die zahlreichen Witze und Anekdoten, die sich darum rankten. Ich ahnte nur, dass sie furchtbar anders waren. Irgendetwas musste ja wohl „daran sein", sonst hätte ich nicht gewusst, was das ganze Gewese sollte.

Etwas später, als ich dieses Wunderwerk der Natur zu Gesicht bekam, konnte ich die allgemeine Begeisterung auch tatsächlich nicht so ganz teilen. Jedenfalls schien ***es*** ein reges Eigenleben zu führen und brachte seine Besitzer in blöde Situationen. Also, ich hätte so etwas nicht haben wollen! Auch die Doppelfunktion und die weit verbreitete Unsitte, das anschließende Händewaschen ausfallen zu lassen, waren mir suspekt. Aber dieses Problem konnte sich mit meinem Vater überhaupt nicht ergeben, weil er erstens nie anwesend war, und zweitens … alles, alles im Kino gezeigt wird, ob man will oder nicht, aber die normalsten Körperfunktionen finden nicht statt. Da reiten die Cowboys tagelang durch die Prärie, ohne nur ein einziges Mal Pipi zu machen. Ist das nicht wunderbar?

Mein Vater machte da, meines Wissens, keine Ausnahme. Und wenn doch, hätte ich nicht dabei sein wollen!

Aus den Leben Buddhas

von Richard Oliver Skulai

„Liebe Freunde! Ich erachte es als meine Pflicht, über den Zustand meiner Erleuchtung zu schweigen. Da es aber nicht die Neugier, ist, die euch bewegt, sondern der forschende Eifer der Sehnsucht, will ich das Schweigen brechen und Aufschluss geben, auch auf die Gefahr hin, dass man mich missversteht. Ihr wollt mehr wissen über das Wesen der Erleuchtung und all die Wirrsal der Leiden, die ich erlebte unter dem Bodhi-Baum. Ihr wollt wissen, worin die Leben bestanden, die ich der Reihe nach durchlief. Ich habe euch auch gesagt, dass wer Nirwana erreicht hat, bewusst ist. Er ist weder ausgelöscht noch unbewusst. Die Seelenmonade aber, von der die falschen Philosophen sprechen, hat kein wirkliches Bewusstsein. Wer das Nirwana erreicht hat, weiß, dass solch eine Seelenmonade ein Trugbild ist. Nur der All-Eine ist bewusst, nur der All-Eine ist ganz bei sich selbst, und doch auch jenseits jeglicher Selbstheit. Außer dem All-Einen aber findet er sich allein und gibt es für den Menschen keine Zuflucht. Nur eine hauchdünne Mauer trennt uns von dem Bewusstsein anderer Wesen. Diese Mauer, die euch undurchdringlich scheint und die ihr mit eurer Haut identifiziert und mit dem Kontinuum eurer Erinnerungen, die ist in Wahrheit hauchdünn, dünner als die Haut der Seifenblase. Die Seelenmonade, als die ihr euch selber erlebt, war nicht in den Äonen vor eurer Geburt und wird nicht sein im Zustand der Erleuchtung. Unrecht haben die, die sagen, dass es eine Seelemonade gäbe, die von einem Leib zum andern wandere. So ist es nicht. Denn das Band, das dich bindet an eine begrenzte persönliche Existenz, liegt im Strome der Erinnerungen, die dich unbewusst durchfluten. In ihnen besteht dein Scheinbewusstsein, das keine Wahrheit enthält. Gäbe es so eine Seelenmonade, von der die falschen Philosophen sprechen, eine Monade, die von Körper zu Körper geht, dann wäre der Egoismus berechtigt. Er böte sich euch als Wahlmöglichkeit. Aber der Egoismus hat keine Berechtigung und ist auch keine Wahlmöglichkeit. Wer im Zustand der Erleuchtung rückwärts blickt, der fühlt sich ausgegossen über eine ganze Welt, zugleich gebunden aber an den Strom von Sonderexistenzen. Ein Tier ist kein Mensch. In keinem Tiere kann die Scheinmonade des Menschen zu Hause sein. Und doch gipfelten und flossen Ströme von Tierseelenleben in *mir* zusammen. So besagt die Zusammengesetztheit der Seelenmonade, dass in dieser keine wahre Existenz, kein wahres Bewusstsein ist, so wenig wie in den Teilen selbst. Wo aber keine wahre Existenz ist, herrscht das Leiden, dort herrscht die Gier nach wahrer Existenz, die jeden Grashalm bewegt.

Es ist schwer, in Worten Dinge auszudrücken, die nicht für die Sprache bestimmt sind. Vorweg: Das Leben des Menschen ist von Begriffen durchflutet, die seine Wahrnehmung bestimmen und alle Dinge in einer gewissen Distanz erscheinen lassen, gleichsam abgeklärt für das Begreifen. Dadurch kann das Auge offen werden für die Schönheit der Dinge, für ihr tieferes Geheimnis, das sie erfüllt, aber das gilt nicht für solche Menschen, die in ihrem Meer der kleinlichen Begriffe schlafen. Aber die Welt der Tiere, die Welt der Begrifflosigkeit ist ungeheuer intensiv in ihrer Unvermitteltheit. Sie ist nicht ohne Struktur. Ihre Struktur ist bildhaft archaisch. Bilder und Sinneseindrücke führen ihr schlafwandelnd sicheres Leben, das die Begriffe ersetzt, ja tiefer als alle Begriffe, aber auch bindender den Raum des Bewusstseins erfüllt. Das muss vorausgeschickt werden, um deutlich zu machen, dass die im Folgenden gebrauchten Begriffe Metaphern sind für ein Begreifen, das keiner Worte bedarf. Von einem dieser Wesen will ich berichten, von einem dieser Kleinen, die vergessen wurden, die unbeachtet durchs Leben gingen, von einem, in dem ich lebte.

Ich saß in einer Landschaft, die mit beizendem Geruch erfüllt war; der Geruch hatte eine braune, widerwärtige Farbe. Vogelgezwitscher durchhallte verlockend die Luft, und ich genoss das wonnige Meer der Körperwärme. Ich streckte behaglich die Krallen und gähnte. Dann putzte ich mich und schmeckte die Haare, und weiche kitzelnde Wolle füllte den Magen und war nun eins mit mir selbst. Ich fühlte Stolz und Zufriedenheit. Ein Knistern durcheilte den Weg, ein Rascheln, das mir bekannt war. Die Ohren stellten sich auf: Ich hob den Kopf und sah ein Großes Wesen näher kommen. Die Großen Wesen waren schon deshalb so unübersichtlich, weil sie sich unnatürlich nach oben streckten und in der Nähe ihren Kopf nicht zeigten. Nicht jedem von ihnen durfte man trauen. Sie konnten Nahrung geben, aber auch Schmerzen zufügen. Sie waren anders als wir, hoch, senkrecht, fürchterlich. Sie hatten keinen Pelz, außer am Kopfende, das sie oben trugen, und das war ein andersartiger Pelz, er roch ganz anders, er stank, er duftete nicht wie unsereiner, er hatte einen beizenden, durchdringenden Geruch und war überhaupt viel gröber. Darunter wirkte das Gesicht wie abgebissen, nackt und ausgerauft. Die Augen waren durchdringend, wenn man sie sah. Aber die Großen Wesen waren so. Sie waren groß und erhaben. Der Pelz am übrigen Körper war kein Pelz und hatte auch keine Haare. Er lag in mehreren Schichten und roch muffig und schichtweise. Und das Große Wesen sah mich an. Es hatte durchdringende Augen. Ich konnte nicht wissen, was sich dahinter verbarg. Ich war auch nicht gewohnt, dass sich die Großen Wesen unsereiner so aufdringlich zuwendeten. Manche taten das, aber man musste vorsichtig sein. Nicht allen konnte man vertrauen. Und besonders diesem durfte ich nicht vertrauen, der lockend die langen, beweglichen Krallen nach mir streckte, um mich zu liebkosen. Durfte ich sein Angebot annehmen? Nach kurzem Zögern wich ich aus, verbarg mich unter einem engen Himmel, den Große Wesen geschaffen hatten. Das Große Wesen kam nahe heran und schaute mir zu. Es bog den Mund auf eine Weise, die den Blick noch intensiver machte, und ließ die Zähne sehen. Es konnte mich aber nicht kriegen. Der Blick dieser Wesen ist mächtig, hat etwas Zwingendes. Er nimmt gleich ein und wirkt wie eine Übermacht, gegen die ich mich nicht wehren kann. Ich schließe die Augen. Ich blinzle und warte, bis die Gefahr vorüber ist. Dann kam ich aus dem Unterschlupf hervor und sprang mit weiten Sätzen davon. Wie gut, dass Große Wesen, die für mich sorgen, mir solche Unterschlupfe geschaffen und überall für mich hingestellt haben!

Ich kehrte in mein vertrautes Zuhause zurück. In meinen großen Unterschlupf, in das von Großen Wesen hergestellte Nest. Ein dunkler, undurchdringlicher Himmel lag schützend über dem Nest. Es ist ein düsterer, großer Raum. Ich mag ihn nicht, denn in dem Raum sind auch die schnellen Wesen mit ihren langen, hässlichen Beinen, und andere, nackte, hässliche Wesen sind drinnen, und solche mit trüben Augen und Spitzen am Kopf. Sie sind übermäßig groß und unsereinem nicht recht geheuer. Sie stinken entsetzlich und haben dem düsteren Raum den eigentümlichen Dunstkreis verliehen. An die schnellen Wesen und die schnaubenden, nackten, auch an die fleischig bepackten mit Spitzen am Kopf wage ich mich nicht heran. Sie alle geben dumpfe Laute von sich und sind massiver als die Großen Wesen, aber keines von ihnen geht wie die Großen Wesen auf nur zwei Beinen und ist so mächtig wie sie, und keines kann solche Lautfolgen erzeugen, wie es die Großen Wesen tun. Leichte Furcht und Scheu ergriffen mich wieder, als ich unter ihren Himmel trat, angesichts der bulligen Massen im spärlich beleuchteten Hintergrund, dem dumpfen Schnauben und Brummen. Diese Gesellen waren mir nie vertraut. Aber alle Furcht war vorerst ganz verflogen, als ich im weichen Stroh das selbst gebaute Nest fand. Dort warteten schon die kleinen Quirler auf mich. Sie sind so klein und weich. Es tut gut, wenn sie mit ihren kleinen Mündern an den Zipfelwarzen meines Körpers saugen. Es kitzelt angenehm und ist mir eine Lust. Ich ließ es mir wieder gefallen. Sie fallen über mich her und purzeln und saugen und ziehen. Von allen Seiten kommen sie und lassen nicht locker, bis sie genug an mir haben. Ich freue mich immer wieder auf diese Kur. Danach begab ich mich in das große Zuhause, ins riesenhafte Nest der Großen Wesen, wo ein ganzer, dichter Himmel schützend über dem Nest lag. Dort wohnten die Großen Wesen, Große Wesen, die ich kannte, mit denen ich Umgang pflegte. Ich ging mit behaglichen Schritten dorthin, mich sonnend in Lust voller Wärme. Die Wärme genießend ging ich dorthin. Es imponierte mir, dass mir die kleinen Quirler folgten.

Die Großen Wesen leben zu zweit. Sie geben mir gute Milch und stellen mir Fleisch hin und duftende Speisen. Wer kann unsereinem Nahrung geben und kann uns versorgen, außer den Großen Wesen?

Zwei Große Wesen wohnen mit mir unter dem schweren, glanzlosen Himmel und sind mir sehr gut, besonders aber das kleinere von den beiden, das auf die Lautfolge „Adschurna“ hört. Das hat so einen großen, schwarzen Schopf, der wunderbar duftet, nach Freiheit duftet und Kraft. Und ich traf ihn auch gleich in der Küche, diesen Großen Wesensbruder, der auf „Adschurna“ hört, ich traf ihn in jenem bekannten Unterhimmel, der von den Düften schmackhafter Speisen wolkig durchweht ist. Und in den wolkigen Geruch der Speisen mischte sich der Duft des lockigen Haarschopfs, der Freiheit und Stärke verhieß.

Da dieses kleinere Große Wesen so wunderbar duftete, war es mir eine Lust, es anzuspringen, ihm die Krallen im schwarzen Schopf zu wühlen und ihm immer neue, ungewohnte Lautfolgen zu entlocken. Ich tat es auch diesmal. Gleich schrie das Wesen mit seiner dunklen, tiefbässigen, aber immer noch angenehm unwüstlinghaften Stimme auf und brachte eine reizend unheimliche Lautfolge hervor, die wieder alles mir Bekannte durcheinanderwarf: „Aoohaoabdobleedesfiih!“ Das andere größere Große Wesen, das halb aufrecht auf einem Halbbaum saß – die Großen Wesen sitzen fast immer auf Halbbäumen, will sagen, sie stützen sich, nach vorn zusammengekrümmt, mit ihrer schwanzstumpfen Seite darauf; wenn sie sich nicht himmelwärts in ganzer Körperlänge vor uns auftun, so krümmen sie sich auf ihren verschiebbaren Halbbäumchen aus mehreren kleinen zusammengewachsenen Stämmchen – das größere Große Wesen also, das mit dem stießigen Geruch, wandte seinen Kopf dem kleinen zu und brachte wundersamerweise – denn es war ja gar nicht angesprochen worden – auch eine Lauttonfolge hervor, eine Lautfolge, die noch viel länger und noch viel unberechenbarer war, wundersamerweise, sage ich, denn ich hatte ja das Wesen nicht gereizt. Es stieß die Lautfolge mit heller, milchhoniggelber Stimme hervor, zusammenklingend mit seinem blonden, baumwipfelwärts-strebenden Schopf: „Swirrdtsoiiddoasstkoatsswäkkimmt – iätssthoatse-aanoch-iuangäk riihkt – diamoachetnuorärga – moagägääschnoa-unertränkschse!“ Natürlich verstand ich so gut wie nichts. Dabei putzte sich das Wesen, indem es sich Röllchen in den honiggelben Schopf zwirbelte. Es nahm sich dieser Röllchen einfach mit seinen langen, fleischigen, stumpfen Krallen, die gar keine Krallen sind, die gar nicht scharf sind, aber die sie biegen können und die dann sehr kräftig werden. Sie sind auch nur oben am Kopf behaart. Der Körper ist zwar auch mit Fell bedeckt, aber das ist ein Fell ohne Haare, weich und wohlriechend zwar, und es wechselt auch ständig, bleibt bei ein und demselben Großen Wesen nie gleich. Das Gesicht ist völlig nackt und hat eine fahlgelbe Tönung. Aber die Großen Wesen sind groß, erhaben und überlegen. Sie sind klug und unberechenbar. Man weiß nie, was sie als Nächstes tun. Aber das macht sie so reizend und imponierend, das macht sie so interessant und verlockend, besonders die, die mir lieb sind. Und wie könnten mir *die* nicht lieb sein, die in dem großen, bergenden Raum, meiner Heimat, immer um mich sind? Keines von ihnen riecht gleich. Das ist überhaupt die Eigenschaft der Großen Wesen, dass keines von ihnen gleicht riecht, nicht einmal ähnlich. Wir riechen sehr ähnlich, wir duften. Wir strahlen unseren Duft aus, winken uns zu mit unserem Duft. Der Geruch der Großen Wesen ist immer völlig verschieden. Er schleicht ihnen voran, wie der brandige Geruch dem Feuer voranweht. Er hüllt sie ein wie eine

Dunstwolke. Er ist aus vielen Gerüchen zusammengesetzt. Obwohl ich bei den Meinen Zartheit und Geborgenheit erlebe, verspüre ich nie den brennenden Reiz des Interessanten, den ich bei den Großen Wesen finde. Es ist eine Wohltat, unter den Vordergliedmaßen von Großen Wesen zu liegen, sich kraulen zu lassen durchs Fell, was sie mit ihren langen, stumpfen, beweglichen Krallen tun. Dabei geben sie jene klingenden, beruhigenden Lautfolgen von sich, deren niemand von uns fähig ist. Große Wesen sind mächtig stark. Sie sind anders als wir, unheimlich, voller Überraschungen.

Und wieder brachte das Große Wesen, das mir so angenehm war und das mit der Lautfolge Adschurna oder auch Dschurna verbunden war, und vielen anderen unnachahmlichen Lauten, eine bewunderungswürdige Lautfolge hervor. Es sagte: „Inordnuangmuada – iwerdseertränka – netmoaga – jetzglai! Unzwoarinemsack!"

Das Große Wesen, das mir so angenehm ist, griff nun mit seiner starken Tatze nach den kleinen Quirlern und ließ sie ganz einfach verschwinden. Ich weiß nicht, wie Große Wesen das machen. Aber es tat etwas mit ihnen, und sie waren verschwunden. Das können die Großen Wesen. Bestürzt blickte ich in die Richtung, in der sie noch eben zu sehen gewesen waren. Das Große Wesen hatte etwas wie einen grau-gelben, unförmigen Nebel in seinen beweglichen Krallen, und dieser Nebel bewegte sich. Und ich hörte die kleinen Quirler nach ihrem Beschützer schreien, aber ich konnte sie nicht sehen. Es tat mir in der Seele weh, sie schreien zu hören – und sie nicht sehen zu können, und ich war bestürzt darüber, dass gerade das Große Wesen, das mir so angenehm war, so etwas mit meinen kleinen Quirlern tat. Das Große Wesen, das mir so angenehm war, das mit der unaussprechlichen Lautfolge Adschurna oder auch Dschurna verbunden war und noch mit vielen anderen Lautfolgen, handhabte den gelb-grauen Nebel, der meine Quirler unsichtbar machte, mit großem Geschick.

Er warf die Vordergliedmaßen empor und ließ den grau-gelben Nebel hinter dem Rücken verschwinden, und ich hörte die kleinen Quirler erbärmlich schreien. Aber ich sah sie nicht. Ich spürte Angst und Verzweiflung. Ihm nachhasten, suchen nach meinen kleinen Quirlern, das musste ich unbedingt, ich durfte ihm nicht mehr trauen. Das Große Wesen bestieg ein großes Gerüst, eines von denen, die Große Wesen geschaffen hatten. Und hinter diese Vorrichtung waren, wie ich jetzt sah, zwei langbeinige, schnelle Wesen gestellt. Diese langbeinigen, schnellen Wesen waren uns immer unheimlich. Sie waren so plump und nahmen auf unsereins keinerlei Rücksicht und stießen hässliche, schneidende Laute aus. Keines von ihnen war imstande, die Lautfolgen der Großen Wesen auch nur im Entferntesten nachzuahmen, wie es sich unsereiner, wenigstens in den allerersten Grundzügen, rühmen kann. Ob diese schnellen, langbeinigen Wesen überhaupt Verstand besaßen, war nicht ausgemacht. Unter uns war niemand, der sie nicht widerlich fand. Sie waren die Sklaven und Diener der Großen Wesen. Wenn sie heranstürmten, musste man fliehen, um nicht unter ihre harten, krallenlosen Tatzen zu geraten. Sie fügten sich den Großen Wesen willenlos, und ihr Geschrei war dumm und widerlich. Aber das mit Adschurna – und mit vielen anderen Lauttonfolgen versehene Große Wesen verrichtete seine Sache prächtig, es imponierte mir. Es hatte die schnellen Wesen in seiner Gewalt. Ich fühlte Stolz darüber, dass ich solch einen Beschützer hatte wie das Adschurna-Wesen, das die schnellen Wesen beherrschte. Sie mussten ihm dienen, und es geschah ihnen recht.

Dann hatte er da die Wolke. Ich sah sie nicht deutlich, aber ich hörte das Wimmern der kleinen Quirler. Es machte mich unruhig, aber ich konnte sie nicht erkennen. Irgendwo wimmerten sie und waren nicht sichtbar, und die Wolke bewegte sich. Das Große Adschurna-Wesen tat etwas mit der Wolke, es zog sie an einem Ende zusammen und hängte etwas daran. Ich hätte es gar nicht beachtet, wenn da nicht das Wimmern gewesen wäre, das nach den kleinen Quirlern klang. Aber ich sah sie ja nicht. Da war nur diese bewegliche Wolke. Angespannt starrte ich jetzt auf diese und konnte nicht erraten, was sie bedeutete. Ich hasste die grau-gelbe Wolke, sie hinderte mich, zu sehen. Dann klatschte das Ding ins Wasser. Das eklige Nass verschlang sie. Wurde aber auch Zeit. Die Wolke musste verschwinden. Sie war ja der Sicht im Wege. Aber auch das Wimmern der kleinen Quirler war nicht mehr zu hören.

Ich sprang von dem Gestell herab und jagte in die Richtung, aus der noch eben das Wimmern der kleinen Quirler zu hören gewesen war. Ich strengte mächtig die Augen an, aber ich konnte nichts sehen. Unschlüssig stand ich da und wartete. Ein Rattern ließ mich zusammenfahren. Das große Gestell lief davon, da waren die schnellen Wesen schuld. Sie trugen mir meinen Adschurna fort. Wie hasste ich diese schnellen Wesen! Sie waren schuld, dass ich allein zurückblieb. Auf und davon! Man kann sich auf nichts verlassen.

Ich war weit fort, sehr weit fort, aber ich musste zurück in den Raum, der mein Zuhause war. Es mussten die Linien zusammenlaufen, dorthin, wonach ich mich sehnte. Und langsam liefen die Linien zusammen, ich wanderte lange und hatte nur *ein* Ziel vor Augen. Ich ging immer nur auf einem Strich, und die Landschaft bog sich unter meinen Füßen. Ich war mir dessen bewusst, was vor mir lag. Aber ich hatte auch meinen Stolz. O ja, vor allem den Stolz. Die Großen Wesen sind uns immer unheimlich und undurchschaubar, man weiß bei ihnen nie, woran man ist. Und doch ist es ungeheuer reizvoll, mit ihnen zu tun zu haben. Aber ich hatte auch meinen Stolz. Es heißt, dass viele der Gegenstände, denen wir auf unseren Wegen begegnen, von Großen Wesen stammen und dass sie damit auf eine Weise umgehen können, wie wir es nie vermögen. Unsere Art ist es daher, Abstand zu ihnen zu halten, wegen ihrer Unberechenbarkeit. Und doch fasziniert uns ihre Nähe.

Getragen von der Hoffnung auf das Heim ging ich dahin, und vor mir tauchte ein Wüstling auf, einer von denen mit nasser Schnauze. Das sind die hässlichsten Wesen. Sie sind noch hässlicher und unbeliebter als die schnellen Wesen mit den hohen Beinen. Sie sind viel zäher und unberechenbarer. Es gibt viele Arten von Wüstlingen. Gemeinsam sind ihnen die nasse Schnauze und der Gestank. Und das empörte Kampfgeschrei, wenn sie uns sehen. Die Wüstlinge rufen immer zum Kampf, und daran erkennen wir sie von Weitem. Das ist sehr dumm von ihnen. Sie sind oft zäh in der Verfolgung, aber noch keiner von unsereins hat sich von ihnen fangen lassen. Sie sind die unfreundlichsten von allen Wesen. Sie können ganz einfach ihre Feindseligkeit nicht unterdrücken. Das macht sie für uns so langweilig und zugleich so unangenehm. Was sie gegen uns haben, weiß niemand. Aber hässlich ist ihr Kampfgeschrei, durchdringend, erbärmlich und dumm. Kein Großes Wesen, selbst das zweifelhafteste, würde solche Laute von sich geben. Die Laute der Großen Wesen sind immer wohlgesetzt, sie klingen angenehm und haben etwas Beschützendes, das uns schmeichelt. Das macht sie manchmal so zweifelhaft. Man darf nicht allen von ihnen trauen. Vor den Wüstlingen aber bleibt nur die Flucht.

Auch diesmal war ich vorgewarnt. Das heftige Kampfgeschrei des Wüstlings dröhnte mir schreckhaft in meinen Ohren, das Lechzen der nassen Schnauze, der hetzende Gang waren mir schon bekannt. Ich entkam durch eine Sperre, die Große Wesen errichtet hatten und die der Wüstling nicht durchqueren konnte. Große Wesen sind mächtig, Große Wesen sorgen für uns. Ein Grund mehr, sie zu mögen. Ich war stolz auf diese Großen Wesen, die so sehr für uns sorgten und uns die Wüstlinge vom Halse hielten. Und besonders liebte ich Adschurna-Großes Wesen, den mit dem weichen, wollenen Haupthaar, der den schützenden Raum um mich geschaffen hatte, den Raum, in dem ich aufgewachsen war. Ich musste dorthin zurück, ich musste an den Ort, wo er war. Dass Wüstlinge von vielen Großen Wesen ausgehalten werden und es gerade die Wüstlinge sind, mit ihren hässlichen, langen und nassen Schnauzen, die unter den Großen Wesen erheblichen Schutz genießen, was kümmert's mich! Hält doch das Große Adschurna-Wesen sich keinen Wüstling! Alle Wesen mit langen Schnauzen sind Sklavennaturen, das fühlte ich immer. Wir aber sind Freie! Unsere Gesichter sind von allen Wesen denen der Großen Wesen am ähnlichsten.

Die Wüstlinge schmeicheln sich nur bei den Großen Wesen ein, weil sie sonst zu nichts taugen. Sie sind herzlich dumm, treudumm, wie wir meinen. Auch sie sind Sklavennaturen, ganz wie die schnellen Wesen, nur sind sie noch schärfer und unangenehmer als diese, viel scheußlicher als alle andern Wesen.

Ich gehe noch lange stolz dahin, voll Freude darüber, dass ich den scheußlichen Wüstling los bin. Ich bin erleichtert und sehr zufrieden und fühle mich schon wie zu Hause und finde übergangslos den Weg, der mich dem bergenden Heim entgegenführt. Es schließen sich alle Wege ganz wie von selbst. Denn es ist klar, dass der bergende Himmel, wo ich zu Haus bin, wo auch die beiden Großen Wesen wohnen, ja der Mittelpunkt der ganzen Welt ist. Wo wäre er anders zu finden als in der Mitte?

Richard Oliver Skulai

Schon in der Ferne sehe ich ihn, den schützenden Himmel, und sein Geruch in duftenden Wolken weht mir entgegen, umhüllt ja die ganze Welt! Es ist eigentlich wundersam, dass dieser Himmel so klein ist, solange man ihm noch entgegenläuft, dann aber uns umschließt, als sei er die ganze Welt. Ich bin das von vielen Dingen gewohnt und habe es nie durchschauen können. Aber der Himmel der Heimat greift mit den Armen des Duftes weit in die große Welt, auch jetzt schon, wo ich ihm noch entgegenlaufe. Er muss einen weiten Atem haben und muss alle Welt umspannen können, wo immer ich bin! Und wirklich, er tut es wieder, alles umfasst er, der äußere Schein hat getrogen und ist der Erfahrung gewichen wie immer: der Erfahrung, dass das Heim die ganze Welt enthält! Da werden auch die kleinen Quirler wieder auf mich warten!

Freude, o Freude, da ist er, mein großer Adschurna mit seinem wollenen Kopf, mit seinem aufwärts gestreckten, wollenen Kopf. Gleich spring ich ihm zwischen die Schultern, wühle kräftig im Haar zum freudigen Gruße. Aber o weh! Er schüttelt mich ab! Er will mich nicht auf sich haben. Er gibt eine Lauttonfolge von sich, und ich weiß nicht, ob er sie gegen mich richtet oder sein scherzendes Wohlwollen darin zum Ausdruck bringt. Ich will das Letztere glauben. Aber er ist heftiger als sonst in seinem Mir-Zugewandtsein. Er wirft mich tatsächlich zu Boden. Und während ich maunze, erstaunt und unwillig über ein solches Benehmen, halb ungläubig maunze, hat er einen jener verlängerten Arme zur Tatze genommen, die den Großen Wesen gehören und durch die sie sich verlängern können, ein spitzes Einkrallerhandzeug. Er hat sich verlängert wie manchmal – blitzartig tritt es mir nun in den Sinn – wie manchmal und immer öfter verlängert. Da ist noch ein ganz anderer Dschurna, ein scharfer, spitzer und widerlicher. Aber wie der nun so schnell hervorbricht und mich überrascht!

Er hat sich verlängert. Mit der verlängerten Spitze ist er ein andrer geworden. Das kann nicht der Adschurna sein, den ich so liebe, der sanfte und sorgende. Aber was tut er! Er stößt mir die Spitze ins Maul, das tut so weh. Ich schreie in fassungslosem Entsetzen. Und wieder nimmt er sie weg und stößt von Neuem diesmal ins weiche Fell und tief in den Bauch! Er zieht es heraus – der Schmerz ist jetzt unerträglich – und wieder sticht er jetzt zu, mir in den offenen Mund, wie ich zu einem erstickten Schrei ihn öffne. Tief und immer tiefer bohrt er in mich hinein, und er ist gar nicht mehr der wirkliche Adschurna, den ich noch eben kannte. Etwas löst sich in mir, und es sind nicht mehr die eigenen Augen, durch die ich schaue.

Nun, meine Freunde, was, glaubt ihr, lernt man daraus?"

„Was sollen wir daraus lernen?", fragte ein Jünger.

„Ja", sagte er dann, „ich denke, das ist daraus zu lernen, dass der Mensch bei all seiner scheinbaren Größe kein Vorrecht genießt vor dem Tier. Dass seine Größe ein Nichts ist und vor der Unschuld des Tieres, das er verachtet, ins Wanken gerät. Dass die Sanftmut klüger ist als der Verstand und keiner das Wesen erkennt, nach dem sich die Kreatur sehnt, während der Verstand uns weit vom Ziel treibt. Denn je schärfer der Verstand, desto entfernter vom Wesen der Dinge und desto verwandter der Bosheit."

„Die Sanftmut ist weiser als der Verstand", erwiderte Buddha, „und weit vom Ziel ist der, der solches wissen müsste."

Die Steckmücke

von Richard Oliver Skulai

Schon einmal war Peter durchs Abschlussexamen gefallen wegen einer einzigen durchwachten Nacht, die er mit einer Freundin zugebracht hatte. Das Treffen mit der Freundin hatte er nicht verschieben können. Die Abfahrt des Mädchens stand kurz bevor, und es war der letzte Abend, seine Beziehung zu retten. So hatte er das Mädchen eingeladen, und es war dann doch nichts daraus geworden. Das abendfüllende Gespräch hatte die ganze Nacht in Anspruch genommen, und er hatte geglaubt, dass sich nun beide gut verstanden hätten. Dann aber war sie abgereist und hatte nie mehr wieder von sich hören lassen. Und *er* war durch die Prüfung gefallen.

Dem Vater machte die missglückte Prüfung großen Kummer. Eine große Szene hatte es gegeben und eine große Moralpredigt. Der Vater hatte ihm den Ernst der Situation ans Herz gelegt. Er hielt sich für den Einzigen, der sich um Peters Zukunft sorgte. Nicht umsonst, so argumentierte er, habe er ihm ein langes Studium finanziert. Der Vater hatte große Hoffnungen in seinen Sohn gesetzt. Noch am Sonntagabend hatte Peter an seinen Studienort fahren müssen, wo er, nach langer Zeit, zum letzten Mal die Prüfung wiederholen sollte, und der Vater hatte ihm für diese Nacht ein geräumiges Zimmer in einem Hotel finanziert. Das Zimmer war wirklich gewaltig, befand sich im zehnten Stock und hatte ein großes Doppelbett, das mit vielen Kissen ausgestattet war. Peter kam dort an, und seine einzige Sorge war, die Nacht gut schlafen zu können. Am nächsten Morgen würde alles gewonnen oder auch alles verloren sein. Aber Peter war zu müde, um der Zukunft nachzusinnen. Er hatte sich diesmal gut vorbereitet. Die Erwartung, zu gewinnen, hielt ihn aufrecht, aber auch die Sorge, wieder wachzuliegen, quälte ihn heimlich. Er fürchtete, die angespannte Erwartungshaltung, morgen das Examen zu bestehen und dann endlich alles hinter sich zu haben, würde ihn vielleicht nicht schlafen lassen. Doch zum Glück war er todmüde von der langen Fahrt. Er hatte gerade Zeit genug, sich auszuziehen, fiel auf das Bett und schlief ein. Durch einen heftigen, unangenehmen Juckreiz erwachte er, fuhr in die Höhe, und beinahe im selben Augenblick streifte das schrille, feine Summen sein Ohr, das ihm so wohlbekannt war. Ein Blick auf die Uhr bewies ihm, dass er nur wenige Minuten geschlafen hatte, und er fühlte eine quälende, bleierne Müdigkeit, fühlte sich aufgepeitscht durch die schmerzende Schwellung der Hand.

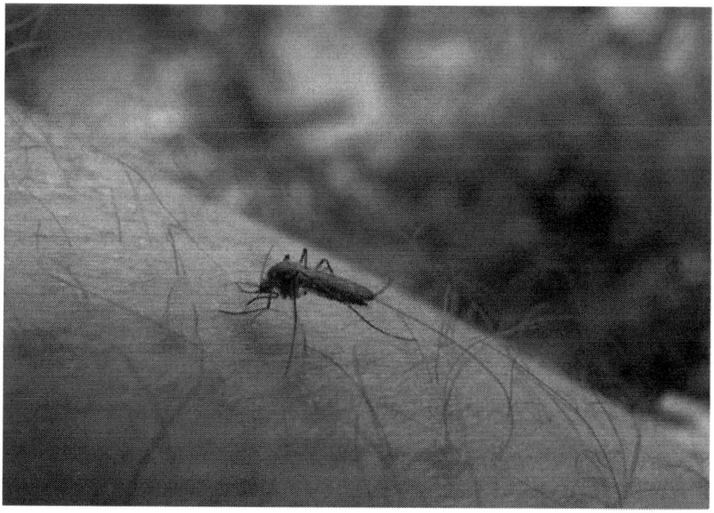

Er sah, wie die Mücke davonflog, wie sie sich in dem Gewölbe der geräumigen Halle verlor. Dort würde er sie niemals finden. Er war zu müde, um sie zu verfolgen, schaltete das Licht aus, drehte sich auf den Bauch und zog die Decke bis zum Halse über den nackten Leib, sodass sie auch Arme und Hände bedeckte. Er hatte Mühe, wieder

Schlaf zu finden, denn die Schwellung juckte ihn erbärmlich. Aber er versuchte nicht darauf zu achten. Er döste vor sich hin, gefasst und bereit, dem Schlaf in die Arme zu gleiten, da fühlte er ein feines Stechen an der rechten Wange, und die Wange wurde schmerzhaft heiß. Wieder fuhr er hoch und hörte dicht am Ohr das feine Summen der Mücke. Wild schlug er um sich und machte das Licht an. Die Mücke flog auf und davon, dem hohen Gewölbe entgegen. Nun hatte er aber genug! Der Schlaf war wie weggeblasen. Er fühlte sich bei Kräften und hellwach. Erst jetzt schaute er sich den Raum näher an, in dem er die Nacht verbringen würde. Er ließ seinen Blick über die nackten Wände schweifen, Ausschau haltend nach dem unscheinbarsten Fleckchen. Das Erste, wonach er geschlagen hatte, war ein feiner Nagelkopf gewesen, der ihn empfindlich schmerzte. Er setzte die Brille auf und blickte nach dem Gewölbe. Dort oben verlor sich alles im Dunst. Das Zimmer war aussichtslos groß, kaum reichte die Lampe aus, es ganz zu erhellen. „Die Lampe, klar doch", dachte Peter, „ich werde das Scheißvieh in die Falle locken." Peter schaltete die Nachttischlampe an, setzte sich aufrecht ins Bett. Er wartete lange. Langsam döste er ein. Da war es wieder, dieses feine, aufdringliche Summen, dicht am Ohr. Er wandte den Kopf ab und wartete noch. In der Tat. Das Tierchen mit den feinen haardünnen Beinchen und den ebenso feinen, spitzen Mundwerkzeugen vor seinem kleinen, unschuldig wirkenden Kopf, das Scheißvieh saß, Unschuld heuchelnd, am Lampenschirm. Peter fühlte ein feines Jucken am Arm und sah die wohlbekannte weiße Blase, rötlich umsäumt. Wutentbrannt, besinnungslos schlug er nach der Nachttischlampe aus. Die Mücke flog fort, der Lampenschirm rutschte nach oben. Aber sie kehrte wieder, umsummte die Birne und setzte sich dicht darunter. Peter schlug erneut in voller Wut nach ihr. Die Mücke flog fort, die Birne zersprang, und Scherben schnitten ihn quer durch die Hand.

„Das ist unmöglich, es muss ein Traum sein", murmelte Peter, „es ist ganz gewiss ein Traum. Was für ein teuflisches Vieh! Das kann's doch nicht geben!" Aber Peter saß im Dunkeln, unerhört deutlich schmerzte die Hand, und die eingeschaltete Deckenbeleuchtung zeigte den Schnitt mit den weißen Hauträndern und das rote Blut, das hervorquoll.

Wild stierte Peter an die Decke und suchte die Wände ab. Er konnte und konnte nichts finden. Das war doch nicht möglich! „Ich werde dich kriegen, und wenn ich jede Pore an der Wand absuchen muss", rief Peter. Bald gab er die Suche auf. Notdürftig hatte sich Peter die Hand verbunden und ging zu Bett. Er zog die Decke über die Ohren und hielt sie mit beiden Händen fest. Aber der Schlaf kam nicht wieder. Etwas anderes kam, etwas, das er insgeheim erwartet hatte. Ein intensives, feines Summen dröhnte ihm nervtötend an sein Ohr. Er aber blieb liegen, er wollte es ignorieren. Da! Ein schmerzhaftes Stechen am kleinen Finger der rechten Hand! Peter sprang auf. Jetzt hatte er aber genug! Im Nu war die Zimmerbeleuchtung an. Er sah die Mücke über die Bettdecke huschen. Er schlug nach ihr mit der Hand, er warf ihr ein Buch nach. Vergeblich! Geschickt wich die Mücke aus. Sie flog den hellen Zimmerwänden entgegen, verlor sich im Dunst. Das Mistvieh war intelligent! „Das ist nicht zu fassen!", schrie Peter. War denn die Bestie unersättlich? Wie sollte so viel Menschenblut in ihren Körper passen? Wie dem auch sei, er musste dem Spuk ein Ende setzen. Peter forschte die Wände ab. Mehr als eine halbe Stunde mochte er zugebracht haben, und er konnte sich vor Müdigkeit kaum mehr auf den Beinen halten. Sollte er wieder ins Bett? Aber dann, wenn er's am wenigsten ahnte, würde der Plagegeist wiederkommen. Peter musste sein Werk zu Ende führen. Es war ihm übel zumute. Er fühlte migräneartigen Kopfschmerz, und es flimmerte vor seinen Augen. Da, endlich wieder das so wohlbekannte Summen, das unangenehme, stechende Summen, das ihm das Stechen im Kopf verstärkte und ihm die Schläfen schmerzhaft pochen ließ! Er sah das Tierchen nun und folgte ihm bedächtig mit dem Blick. Neugierig, aufmerksam verfolgte er die Mücke. Er wunderte sich über die eigene kaltblütige Ruhe. Dann ließ sich die Mücke nieder, stumm an der Wand. Er sah genau, wo sie saß. Langsam näherte er sich der Mücke. Sie durfte ihn nicht bemerken. Neugierig beugte sich Peter über sein Opfer. Er war sich nun seines Sieges gewiss. Die Mücke sah er ganz nah. Ganz nah würde er seine Hand heranführen, er würde sie töten. Sein Herz fühlte kalten Triumph. Er betrachtete die großen Augen im winzigen Kopf, durch einen metallischen Streifen getrennt, den unheimlich ragenden, bambusstabartigen Rüssel, die überlangen Beine, die in den Dunst ausstieben und durch elektrostatische Ladung sich an den Wänden hielten. Und plötzlich war es ihm, als wäre er selbst die Mücke. Er drang in ihr Bewusstsein ein, verschmolz mit ihr. Er sah die Welt mit ihren Augen. Und fiel aus allen Wolken, aus allen Fugen entglitt er, ins gänzlich Unbekannte. Der Blick der Augen verlor jeden Halt und war zerstreut in den Dunst der Umgebung. Dies Bewusstsein kannte keinen Mittelpunkt. Es war nicht Herr der vielen Beine, die ausgebreitet im Dunste staken, es konnte kaum den eigenen Leib überblicken, denn der verlor sich in einem gerasterten Nebel. Peter erfüllte eine wahnsinnige Angst, eine Angst, die er niemals gekannt hatte, deren Existenz er nie für möglich gehalten hatte. Die Mücke fühlte sich in dieser Angst zu Hause. Sie war sie gewohnt und kannte nichts anderes. Die Mücke genoss ihren Zustand, ihr Wesen, ihr „Ich". Aber dies „Ich" war nicht völlig im Leibe, es lag wie ausgebreitet in der Umgebung, betrachtete kalt und gleichsam ohne Wimpernzucken, was es sah, durchströmt von einer intensiven, brennenden, stechenden Lust nach Schweißgeruch, nach brennendem, warmem Blutsaft. Welch ein entsetzlicher Abgrund!

Das war ein unheimliches Bewusstsein, auf das man sich nicht einlassen durfte. Dieses intensive, unergründliche Leben, das dieses Tier beseelte! Dass in so etwas *Maskenhaften* ein so intensives Leben war!

Es war kein menschenähnliches Wesen, kein klares, gesundes Ich, es war auch keine bewusstlose Reflexmaschine. Es war ganz und gar ein Untier, ein Monster, ein Teufel in Person. Es war etwas anderes, etwas Monströses. Etwas, dessen Welt mit intensivem, stechendem Schweißgeruch erfüllt war und das Mikroben sah, scheußliche Mikroben überall in den Poren der Wand und auf den Fäden des Gewebes, auf dem es sich niederließ, Mikroben und gerasterten Dunst in der Ferne. Und wie war es, wenn die Hand des Menschen nach ihm schlug? Den Menschen nahm es wie einen gerasterten Wirbel wahr, aus weiter Ferne kommend. Ein Luftzug durchdröhnte es dann und ein mächtiger Impuls, den unübersichtlichen Leib zu heben und durch die Lüfte davonzutragen. Es fühlte sich wohl in der Welt des stechenden Schweißgeruchs. Sein Wesen hatte selber etwas Stechendes und Intensives, und die feinen Zähnchen am spitzen Ende des

Saugnapfes lechzten nach saftigem Blut. O es tat wohl, wenn der Saft die Röhre entlang nach oben lief und schließlich den ganzen Leib durchflutete.

Dies war ein Bewusstsein ohne Gedanken und Rechenschaften, aber ein bedrohliches, ungemein intensives Bewusstsein, ein Bewusstseinsraum, der ganz das Wesen gefangen hielt. Der Kopf war ganz Auge, fast der ganze Kopf bestand daraus, und das Wesen hatte eine ganze Welt für sich. Es beherrschte eine ganze, dunstig gerasterte Welt, die von lauter winzigen, undefinierbaren, kriechenden, bibbernden, schwebenden Tierchen bevölkert war. Das Wesen konnte kaum den eigenen Körper vollständig überblicken, und seine Glieder gehorchten ihm nicht und führten ein unabhängiges Leben, trieben den Leib nur dann durch die Luft, wenn der starke, brennende Impuls kam. Peter schauderte. Es troff ihm der Schweiß von der Stirn vor namenlosem Entsetzen. Worauf hatte er sich eingelassen! Nun hatte er Stoff genug für einen Albtraum sein Leben lang. Dann dachte er wieder an seine Prüfung und an das ungelehrige Tier mit seinem ungeheuerlichen, andersartigen Bewusstsein, in dessen Bann er nun geschlagen war und um dessentwillen er nicht schlafen konnte. Und Hass, nicht aussprechbarer, unergründlicher Hass durchzuckte ihn. Es war nun klar: Er musste es töten, musste es unbedingt töten, das Monster vernichten, das jetzt zum Albtraum seines Lebens geworden war! Worauf hatte er sich eingelassen! Peter atmete schwer.

Die Angst nahm ihm den Schwung aus seinem Arm, zitternd und zögernd nahte die Hand sich der Mücke. Ohne einen Laut von sich zu geben, flog sie in Richtung Decke. Für einen Augenblick verlor er das Bewusstsein, es wurde ihm schwarz vor Augen. Es war ihm, als durchfahre der brennende, mächtige, aufreißende Impuls, der durch die Mücke ging, ihn selbst, die namenlose Lust des Wesens, die über alles Körperliche ging, betäubte ihn. Es war unmöglich, dass ein Wesen so empfinden konnte, es war unmöglich, es durfte nicht sein! Aber es war so. Die Mücke war nicht einmal intelligent. Es durfte doch nicht sein, dass in so einem kalten, gegen seine Umgebung und die Ausgestreutheit seines Wesens so gleichgültigen Tier ein so intensives Bewusstsein herrschte! Alles in ihm bäumte sich dagegen auf. Töten, töten musste er es, es leugnen, es vernichten, ungeschehen machen! Zorn nahm Peter die Sinne. Der Hausschuh flog an die Decke. Die Deckenbeleuchtung zerbrach. Klirrende Scherben fielen zu Boden. Er stand jetzt im Dunkeln. „Mein Gott, das ist nicht möglich", sagte Peter, „o mein Gott!"

Peter öffnete das Fenster. Es war möglich, dass die Lichter der Stadt die Mücke fortlocken würden. Er trat in die Scherben, spürte ein Stechen im Fuß. Verdoppelt waren sein Hass, sein Eifer, sein Widerwillen. Peter heulte leise und verzweifelt vor sich hin. Vor dem Fenster lag ein schmaler Betonsims, vom fahlen Licht der Sterne und der Stadt beleuchtet. Und davor – er traute seinen Augen nicht – sah er die Mücke sitzen. Peter fuchtelte wild mit beiden Händen.

Es war ihm gelungen, die Mücke bis über den Sims zu treiben, er kroch auf dem Bauch hinterher, sie durfte ihm nicht entkommen. Flog sie davon, so war der Albtraum eines ganzen Lebens frei geworden und konnte spottend jederzeit sich auf ihm niederlassen. Wahrscheinlich war der morgige Tag verloren, seine ganze Zukunft ruiniert. Peter wusste, welchen Preis ihn der verlorene Nachtschlaf kosten würde. Tod war das Mindestmaß der Rache! Die wenigen Wochen, die dieses Untier noch zu leben hatte, gegen die langen Jahre eines ruinierten Menschenlebens! Tod war das mindeste Strafmaß. Ganz langsam arbeitete sich Peter den schmalen Vorsprung entlang, nackt, in der Unterhose. Er spürte kalt den Stein des Simses auf Brust und Bauch. Langsam näherte er sich der Mücke. Sie rührte sich nicht. Er musste sie überraschen. Er hielt den Pantoffel in seiner Hand. „Nur nicht auffliegen", dachte er, „nur nicht auffliegen!", mit grausamem Lächeln beugte sich Peter über das Untier. Er würde das Monster töten. Er würde seine Rache haben. Mit eingezogenen Knien, im Schneidersitz, saß er über sein Opfer gebeugt. Er holte aus. Er durfte nicht *weit* ausholen. Das Monster würde den Luftzug spüren. Es würde den dunstig gerasterten Wirbel sehen, ihn in allen Einzelheiten seiner Bewegung erfassen, in zahllose Sechsecke aufgeteilt. Er durfte ihm keine Möglichkeit geben, davonzufliegen. Peter stemmte beide Arme gegen die kalte Brust, den Hausschuh in beiden Händen haltend. Dann dachte er daran, dass auch in diesem Fall das Untier die nahende Masse erspähen würde. Peter musste langsam vorgehen. Denn allmähliche Veränderungen bemerkten Insekten nicht. Sie hatten kein

Kurzzeitgedächtnis, das wusste er. Darum näherte sich Peter langsam mit dem Hausschuh, bis er den kleinen Teufel völlig überdeckte. Erst als er dicht davor war, stemmte er sich mit aller Kraft dagegen. Die Mücke flog auf. Ein durchdringender Impuls hatte den mächtigen Apparat des Körpers geweckt. Sie flog dem Licht des Nachbarhauses entgegen, das eben entzündet ward. Peter verlor durch den Rückstoß das Gleichgewicht. Während er noch fiel und ihm der Luftzug um die Ohren pfiff und er bemerkte, dass das Fallen ungewöhnlich leicht vonstatten ging, gar nicht mit dem flauen Druck im Magen, der sonst in Albträumen vorkam, gab er sich der Hoffnung hin, dass alles nur ein Traum gewesen sei.

Als am nächsten Tag den Vater die Nachricht erreichte, dass sein Sohn zur Prüfung nicht erschienen sei, war er zutiefst bestürzt. Am Mittag hieß es, er habe Selbstmord begangen, habe sich zum Fenster aus dem zehnten Stock gestürzt. Selbstmord! Ein Unfall war ausgeschlossen. Der Vater war untröstlich. Und der erschütternde Schmerz über den großen Verlust mischte sich mit Grimm und Ärger über die Feigheit des Sohnes. Ein Schandfleck für die ganze Familie! Der Vater ein Offizier, der Sohn ein Feigling! Er entschloss sich, über das Geschehene zu schweigen, eisern musste er schweigen, musste verleugnen, jemals einen Sohn gehabt zu haben. Auch die Mutter konnte Peter nicht verzeihen, was er ihr angetan hatte. Das Begräbnis fand in aller Abgeschiedenheit auf einem Arme-Sünder-Friedhof statt. Nur Totengräber waren zur Stelle. Kein Priester hielt die Rede am Grabe des Selbstmörders Peter. Schon nach einem Jahr war er vergessen.

Wo Milch und Honig fliessen …

von Lubomír Smiřický

Die erschreckenden, ja qualvollen Traumbilder, wahre Albträume, verfolgten ihn im Laufe des ganzen ersten Jahres seiner neuen Existenz, die er sich im fremden Land zu erbauen versuchte. Nun sind es nur weit entfernte und vage Erinnerungen, eigentlich nicht einmal echte alte Erinnerungen, sondern eher winzige – weil zerrissene – Spinnfäden, die flüchtig vor den Augen flimmern … Viele Jahre sind von diesen Nächten verflossen. Stille und Ruhe herrschten damals immer rundherum, als er endlich verschwitzt und aufgeregt erwachte. Der böse Traum war verschwunden, seine Frau hat er nicht aufgeschreckt durch lautloses Geschrei, und schlussendlich, fast immer, versank er wieder in erbarmenden Schlaf. Dann und wann vermochte der eigentümliche Albtraum in raffinierten Abänderungen zurückzukehren, wie eine Art Besessenheit, sich fest mit kleinen Krallen hartnäckig haltend. Unausrottbar und oft Kräfte raubend. Ein Trauma … Einer von zerstörerischen Ausbrüchen des Unterbewusstseins, durch den vielleicht die verletzte Seele geheilt werden sollte. Nur winzige Spuren denkbar unwichtiger Einzelheiten von nächtlichen Traumbildern sind, wie kleine Tropfen, hängen geblieben, dicht am Rande des Erwachens in der Morgenstunde …

… Er eilte durch die Straßen der Stadt, von denen er einst alle versteckten Winkel gut kannte, da er hier die letzten siebzehn Jahre gelebt hatte. Im Traum traf er – wie damals tagtäglich – meistens vertraute Gesichter der Nachbarn, Kollegen, Studenten, Bekannten und Freunden: Er sah sie vis-à-vis auf dem Trottoir, oder sogar direkt gegenüber, er hätte ein Treffen nicht vermeiden können, wenn er jedes Mal rechtzeitig, bevor sie ganz nah kamen und sein Gesicht erkennen konnten, nicht den Kopf gegen ein Schaufenster gedreht hätte, plötzlich in eine Passage abgebogen oder in eine andere Richtung geeilt wäre.

Vor dem Rathaus erblickte er seinen ehemaligen Kommilitonen Jarda. Wo kommt er her? Seit der Abschlussfeier an der Uni haben sie sich nicht gesehen, angeblich unterrichtet Jarda irgendwo in Südmähren an der Mittelschule. Wie viele heldenhafte Abende hatten sie damals, in alten Studentenzeiten, durchgezecht in jener oder anderer Kneipe oder einer Bar! Was hatten sie mit wunderbaren Kumpeln in unendlichen Diskussionen und Palavereien alles durchgenommen! Spät in der Nacht pflegten sie durch die ruhig geworden Straßen zum Studentenheim zurückzukehren, manchmal zickzack über die ganze Straßenbreite, ein andermal mit kleinen Richtungsabweichungen, fast immer in ausgezeichneter Laune, aber ohne Krach zu machen, weil sich das eigentlich nicht schickte. Außerdem hätten sie todsicher die Aufmerksamkeit irgendeiner Polizeipatrouille erweckt.

Bei solchen Ausflügen pflegten sie jedes Mal bei dem historischen Neptunsbrunnen auf Unterem-Ring anzuhalten. Im abgeschlagenen Wasserbecken floss schon jahrelang kein Wasser mehr, und damals mussten sie keinesfalls fürchten, dass die oft deklarierte fortschrittlich sozialistische Stadtverwaltung mal auf die sonderbare Idee käme, sich mal um die Renovierung solcher historischen, aber ideologisch unpassenden Werken zu kümmern. Der sagenhafte Herrscher der Meeresgewässer vergnügte sich einst gewiss mitten in der sprühenden Fontäne und meisterte mit dem Dreizack das nasse Element. Rund um ihn das Viergespann der fabelhaften Meerrosse, das immer noch versuchte sich aufzubäumen, auch wenn heutzutage nur auf dem Trockenen. Jeder Vollbluthengst bemühte sich beinahe herauszuspringen und in diese oder jene Richtung des Unteren-Rings hinauszulaufen. Dieser einst im schwungvollen Barockstil gestaltete Stadtteil wurde im Geiste neuer farbloser Nachkriegszeiten auf Roter-Armee-Platz unbenannt. Wozu bitte dann irgendein Aufspringen! Schwierig und sinnlos, nicht wahr? … Einem von stolzen Hengsten hat jemand ein Stück vom steinernen Bein abgeschlagen. Genau in den offenen Maul dieser schönen und bis in die modernen Zeiten im Sprung versteinerten Tieren hatten die Saufbrüder damals die letzten Zigaretten versteckt, falls dann einmal das Geld nicht reichen sollte, um noch ein Päckchen von der billigsten Sorte zu kaufen …

An diese Kleinigkeit hatte er sich schon erinnert, aber diesmal ließ er den Kollegen vorbeigehen, ohne ihn anzuhalten und mit ihm freundliche Grüße zu wechseln.

In der Ecke des Platzes, vor der Jugendstilfassade der Apotheke, sah er eine Gestalt, die nach potenzieller Kundschaft suchte und sie mit kleiner Verbeugung grüßte – voilà Magister Preissler, eine etwas merkwürdige, doch trotzdem in dieser Stadt schon längstbekannte Figur – eigentlich ein Unikat. Eine schlanke Erscheinung um die fünfzig, flatternder Haarschopf, eleganter Schnurrbart und energischer Ziegenbart, berühmter Donjuan – er selbst bemühte sich nicht, diese rühmliche Fama über sich zu widerlegen. Die weibliche Klientel pflegte der Apotheker mit galantem Handkuss und tiefen Blick in die Augen zu überraschen … „Küss die Hand, Madame, kommen Sie bald wieder." … In damaligen Zeiten, wo man sich in dieser Stadt und im ganzen Land schon auf Distanz, mit lautem proletarischen „Freundschaft!" grüßte, war es zwar eine Hetze spießbürgerlicher Art, aber dem charmanten Apotheker wurde dies anscheinend in der Stadt gerne geduldet. Was noch überraschender war, er ist dadurch sogar berühmt und sympathisch geworden.

Derzeit konnte unser stiller Heimkehrer ein vergnügtes Schmunzeln nicht verbeißen: In der Fußgängerzone – man pflegte „auf dem Corso" zu sagen – schwebte mit wiegenden Schritten die verdientsvolle und hochgeschätzte Diva der Städtischen Oper, welche heroisch und viel zu lange an der Theaterbühne ausharrte. Ein äußerst geduldiges Publikum dieser Stadt beglückte sie in der Rolle eines unerwartet dickleibigen Mariechens aus Smetanas Oper „Verkaufte Braut" und sogar mit der eigenartigen Interpretation eines surrealistischen Trugbildes einer im See singenden, jedoch ungewöhnlich wohlgenährten Dvořáks Rusalka – Wassernixe – in besten Jahren. Jetzt schwebte sie also auf dem Stadtcorso, zeigte stolz, was ihr an Reizen zusteht, und genoss bewusst zahllose Blicke der faszinierten Passanten. Sie zeigte den Zuschauern ihr strahlendes Gesicht wie auch eine feuerrote Haartönung ihrer überreichen Mähne. Unser Passant wich diesem Phänomen aus dem Weg und verdoppelte bewusst seine Schritte.

Warum bloß diese Eile und immer diese quälenden Befürchtungen? Im Traum war er – heimlich, inkognito – in seiner alten Stadt und durfte sich in keinem Fall verraten. Er kam nämlich heim nur zu einem Kurzbesuch aus dem Exil, Flüchtling vor dem herrschenden kommunistischen Regierungsregim. Wenn ihm jetzt jemand sehen und erkennen würde durch die Stadt laufend – und die Geheimpolizei hatte überall ihre Agenten – würden sie an ihm ihre Wut auslassen, soweit war es sich im Klaren. Er riskierte trotzdem diese kurze Heimkehr, weil ihm bange war ums Herz in der neuen Heimat, wo er zwar nichts anderes vermissen müsste – eben außer seine Eltern und diese alte Stadt mit vertrauten Winkelgasschen. Die Melodie der Muttersprache ertönte rund um ihn, und er war sich plötzlich wieder bewusst, wie hart er in der Ferne mit dortiger Fremdsprache kämpfen musste, der er vielleicht niemals richtig gewachsen sein würde. Hierzulande, in dieser Stadt, drehte er sich jetzt beinahe nach jedem Wort oder Satz um, die ihm ans Ohr gelangten, doch jedes Mal kam er noch rechtzeitig wieder zu sich. In dem Fiebertraum hatte er es eilig, da er scheinbar schleunigst zurückkehren musste. Möglicherweise noch kurz vor Sonnenuntergang, weil die Kontrollen an der Landesgrenze später wesentlich strenger würden. Er hatte wohl einen gefälschten Personalausweis bei sich, den er nur schnell vorzulegen wollte. Jemand hatte ihm gesagt – wer, du meine Güte, hatte ihm es bloß gesagt? – das ließe sich wohl ohne große Probleme erledigen. Jetzt, als er dieser Situation schon nahe stand, sah er es plötzlich eher skeptisch. Aber in den meisten Träumen scheint alles Unmögliche doch möglich … Fast alles. Gerade jetzt spürte er rund um sich – im Traum – die Realität: auf einmal Hast und sogar die Angst, sich irgendwie verraten zu können, noch eher er den Grenzübergang erreichen würde. Es fehlten noch nur ein paar Schritte. Durch diese Straße bis zum Ende, dann nach links, an der Endstation der Straßenbahn vorbei, und hinterher die paar letzten kleine Häuser des Vorstadtviertels. Er näherte sich dem Stadtrand und von Weitem sah er schon die für ihn schicksalhaften rot-weiß gestrichenen hölzernen, aber massiven Grenzschranken. Komisch: Es sah doch alles ein wenig anders aus, als er sich erinnern konnte. Die Schranke versperrte die Straße wie in allen Grenzen, die er schon bisher irgendwo überquert hatte und – wie erwartet – sah er eine Gruppe Personen langsam zu Kontrollen der Grenzpolizei fortzuschreiten. Es hat ihn gar nicht überrascht, dass da kein Verkehr zu sehen war. Bloß Fußgänger … Er hat seinen Platz in dem Haufen bezogen, und weitere Interessenten für Übertritt in das feindliche Ausland (wie man damals – jetzt – zu sagen pflegte) ordneten sich in die Reihe. Keiner von den Wartenden trägt Reisegepäck mit. Seltsam! Aber er selbst hält doch nur den roten schweizerischen Reisepass fest in der Hand. Vorsichtig sieht er sich nach allen Seiten um. Kein Gesicht in nächster Nähe kommt ihm bekannt vor. Zum Glück. Die allerletzten Meter fehlen, bis er dran ist … Schon kann er gut beobachten, wie die Passanten Ausweise vorweisen, die Grenzpolizisten studieren die Reisepapiere und vergleichen sorgfältig das Gesicht mit dem Foto; keine Angst, das Foto ist schon OK und hier kennt ihn doch keiner. Er wird dann durch eine schmale und zickzack gebaute Kontrollpassage müssen, gerade für eine Person, zwischen rot und weiß gestrichenen Pfeilern, seitlich miteinander durch Ketten verbunden. Ein Augenblick lang schien ihm sonderbar, dass an der Kette kleine verschiedenfarbige Zierbänder flatterten. Solche sieht man hie und da beim auf dem Lande gastierenden Karussell …

Niemand wechselte ein einziges Wort mit den Nachbarn. Ganz vorne immer wieder ein misstrauischer Blick des Polizisten, harter Gesichtsausdruck, nur der Blick der Routine: Antlitz, Abbildung, Antlitz. Dann ein Stempel und Aufforderung ohne Worte. Nur eine Handbewegung: Weiter! Die Überprüften verließen die Kontrollstelle, um sich mühsam, aber doch schnell genug, durch die enge Passage zwängend, ins Ausland zu bewegen. Es ist die Schweiz. Gleich um die Ecke. Komische Geografie der Träume …!

Der Weg hinter dem Zollhaus führt gleich weiter. Es ist aber nur ein schmaler Pfad, der nach ein paar Schritten im dichten Busch rundherum verschwindet. Er hörte immer von einem Niemandsland erzählen, von breiten Streifen eines Ackerfeldes, vom abgeholzten Wald und von Türmen der Scharfschützen. Jetzt ist er überzeugt, er weiß es sogar ganz sicher, dass dort, hinter dem ersten Gebüsch, sich die Schweiz, seine sichere neue Heimat, befindet, falls es ihm gelingt durch den Zoll zu kommen. So nah ist sie. Wirklich eigenartig, wie schön die beiden Länder aneinandergrenzen, selbst wenn die Soldaten sie trennen, vielleicht auch Polizeiwachhunde, und die Sperre aus rot-weiß gestrichenen Pfeilen. Ob sie dort vielleicht noch einen Stacheldraht oder elektrisch geladenen Zaun haben? … Nur alles mit der Ruhe!

Dem Grenzpolizisten reicht er sein Reisepass und lässt ihn sein Gesicht aufmerksam mit dem Foto vergleichen. Jetzt kriegt er sein Dokument zurück, na also … Streckte die Hand aus. Der Polizist schüttelte den Kopf und zeigte zum Zollhaus:

„Kommen Sie mit!“

„Ich? Warum?“

„Keine Fragen! Mitkommen, habe ich gesagt. Bewegung! Na los!“

Da hat er begriffen: Es geht schief. Pech gehabt. Mist! … In dieser neuen Lage hat er nur eine einzige Chance. In den Träumen vermutlich handelt der Mensch hin und wieder ganz entschlossen, wach jedoch würde man vielleicht zögern. Kaum hat sich der Polizist gedreht und für einen Augenblick von dem verdächtigen und noch frechen Fremdling abgewendet, sprang dieser in die schmale Lücke zwischen den Pfeilen. Erster, zweiter, bei dem dritten Pfeil sprang er über die mit Bänder geschmückte Kette. Die Wachposten brüllen „Halt! Halt! Stehen bleiben!" … Es dauert womöglich zwei, drei Sekunden, bevor sie das Feuer aus den Kalaschnikows eröffnen, die sie auf den Rücken tragen. Die Flucht des Mannes hatte sie offensichtlich überrascht. Eine weibliche Stimme kreischt gleichzeitig mit den ersten Schüssen. Er rennt und weiß, dass er um sein Leben läuft: ein paar Sprünge durch den Pfad und gleich verschwinden im Gebüsch ringsherum. Er dringt ins Dickicht vor und spürt, dass der hoch gewachsene Wall aus Gebüsch sich hinter ihm gleich wieder zuschließt. Stolpert. Verflucht! Die Äste und trockenes Reisig bringen ihn zu Fall, das dornige Gebüsch schlägt ihn und zerreißt schmerzlich sein Gesicht, Himbeergestrüpp verfängt sich in seinen Hosen. Ein Vogel ist aus dem verflochtenen Unterholz herausgeflogen, kreischt und schlägt mit den Flügeln, sich verfangend im Gewirr von Ästen. Er konnte ihn sogar erkennen: Eine Elster! … Hier, da irgendwo durch, ganz nah, muss man zum schweizerischen Grenzposten gelangen. Oder breitet sich da eher die sogenannte grüne Grenze mit einer geschlossener Zollbude und Anweisung auf dem Schild „Si vous avez quelque chose à déclarer, sonnez s. v. p." … aus? Bist du verrückt? Das kann man an der französischen Grenze finden, aber doch nicht hier! … Renn, was du kannst! Und was, wenn dieses Gestrüpp und der Hang, auf dem er hinunterrutscht, immer tiefer in eine Schlucht, gerade dieses Niemandsland ist? Und was, wenn sich keine brave schweizerische Grenzwache herüber bis in diese verlorene Gegend je verläuft? In der Nähe hört er Schüsse knallen und ganz nah: „Halt! Halt!" … Mein Gott! Hilfe! Er holt schwer Atem, keucht, zischt, Blei an den Füßen, fällt schon vor Müdigkeit und rappelt sich wieder mühsam hoch, verschwitzt, in den Schläfen hämmert es, im Mund und in Augen salziger Schweiß, seine Hände, durch Dornen zerkratzt, brennen. Nun schreit er sogar. Großer Gott! Heult und stöhnt.

Aufgeschreckt, erwacht er aus dem Albtraum und setzt sich ruckartig im Bett auf, verstört und im Schweiß gebadet. Schnappt sogar erschöpft nach Luft. Die Hände in die Decke gekrallt. Er schaut sich um. Das Schlafzimmer. Plötzlich spürt er starke Rückenschmerzen.

Die Morgendämmerung guckt ängstlich durch die Spalten der Rollladen hinein. Die Uhr zeigt kurz nach fünf. Draußen streiten aufgeregt und kreischend die Elstern. In der letzten Zeit lösen sie in der Ahornkrone vor dem Haus lautstark ihren unlösbaren Familienstreit und wecken ihn zu früher Morgenstunde unverschämt aus dem Schlummer. Diesmal waren aber die Elster nicht direkt schuld. Er freut sich, dass der Schreck des Albtraumes endlich durchgebrochen wurde. Schon spürt er eine kleine Beruhigung. Die Elstern verstummten für eine Weile. Seine Gattin atmet ruhig daneben. Er steht vorsichtig auf, um sie bloß nicht aufzuwecken. Im Halbschlaf murmelt sie:

„Ist was?"

„Nein, nichts, ich hab nur etwas geträumt. Schlaf weiter."

◙ ◙ ◙

Die Albträume über heimliche Besuche in der alten Heimatstadt kamen dann immer seltener und schlussendlich verschwanden sie völlig und definitiv.

Es kamen die Erinnerungen. Sie haben sich oft selbst gemeldet und er verweilte, ja schmuste sogar gern ab und zu mit ihnen. Ähnlich, wie man mit Welpen spielt. Dann und wann hat ihm jemand die Hand zurückgehalten:

„Streichle doch nicht diesen Hund, mit jedem Mops kannst du doch nicht spielen, nur so! Hör auf damit, geh weg, schreib nicht weiter, merke dir doch, was ich dir sage!"

Die fürsorglichen Seelen haben es mit ihm gut gemeint.

„Sichst du nicht, was da steht? Achtung, bissiger Hund! Bissiger Hund!"

Viele solche und ähnliche Warnungen hat er schon gelesen und gehört, wandte er ein. Auf Schritt und Tritt: *Achtung, aufpassen … Verputz beschädigt und fällt hinunter! Eintritt streng verboten! Es ist gefährlich, elektrische Stromleitungen zu berühren, selbst wenn sie auf dem Boden liegen! Sprechen Sie laut und deutlich! Diese morsche Holztreppe hinaufzusteigen ist lebensgefährlich! Ihre Ausweise sind unaufgefordert vorzuzeigen!* … und man könnte überall in diesem Lande mindestens fünf andere gut gemeinte Instruktionen, Befehle, Aufforderungen, Ratschläge und Auskünfte finden. Oder auch erdichten. Beispielweise im Milchgeschäft um die Ecke: *Weder Milch noch Honig haben wir heute auf Lager!*

Werben um Rick

von James Stark

Ins Deutsche übersetzt von Heinz Foerster

Ich möchte bloß wissen, ob dies die Art Kameradschaft war, der sich Rick anschließen wollte. Ich sollte meinen Sohn mitnehmen, um sich an einer Hochschule umzusehen und nicht in einem Sanatorium für Veteranen.

Dieser Ausflug war meine letzte Gelegenheit, um Rick selbst sehen zu lassen, wohin sein Plan führen könnte, bevor es zu spät war. Ich hatte schon alles andere ausprobiert, um seinen Sinn umzustimmen, außer Toben. Ich wollte, dass er objektiv und vernünftig war – gewissermaßen wie die Argumente, die meine Studenten in ihren Seminararbeiten zu entwickeln lernen: Setze die Hypothese, führe verschiedene Standpunkte ein, entwickle das Offensichtliche als Beweis für den Hauptpunkt und ziehe daraus eine Schlussfolgerung. Meine Schlussfolgerung selbstverständlich.

„Ich komme ja mit dir, aber was soll das? Mein Entschluss steht fest. Ich werde mich mit zwei Freunden der Truppe anschließen. Ein Rückzieher kommt nicht in Frage. Wenn du denkst, ein paar alte Knacker könnten mir meine Entscheidung wieder ausreden, vergiss es. Ich kenne die Risiken. Aber ich bin jung."

„Ich wünschte, du würdest die Risiken wirklich kennen. Dort draußen lauern so viele Gefahren. Schon bevor du in ein richtiges

Gefecht gerätst. Zur Hölle, du legst noch nicht einmal immer die Sitzgurte im Auto an!"

„Paps! Ich weiß, ich hab's gehört: ‚Achte auf die kleinen Dinge und die großen achten auf sich selbst.'"

Die steile, kurvenreiche Straße führte durch einen Hain von Birken und Erlen mit eingestreuten Fichten und Kiefern den Hügel hinab zu der Veteranen-Fürsorgeeinrichtung. Es hatte vor Kurzem geregnet und die Straße war noch nass. Die am Frühlingshimmel dahinziehenden Wolken rissen auf und boten Ausblicke auf kleine Rasenstücke, die Reihen um Reihen kleiner, weißer Kreuze umgaben. Es gab eine größere Urnenhalle für die Asche der dahingeschiedenen Veteranen.

In den freien Stellen zwischen den Bäumen und den Rasenstücken konnten wir Hirschrudel und Vogelschwärme sehen. Die Luft war frisch nach dem Regen und die Vögel verkündeten aus voller Kehle das Ende der winterlichen Düsternis. Die Szene erinnerte mich an den Sinnspruch, den ich als kleiner Junge bei den Aschermittwochfeierlichkeiten gelernt hatte: „In media vitae, morte sumus. Vergesst nie, in des Lebens Mitte sind wir tot."

Die gepflegten, weiß gekalkten Gebäude des Veteranenheims boten große überdachte Veranden mit Rampen für Rollstühle, die Zugang von der Straße aus hatten. Es war ganz und gar nicht so, wie ich es mir vorgestellt hatte – wie ich es mir sogar gewünscht hatte. Es war so ganz anders als die Heime, die ich besucht hatte, als meine Mutter und Janes Vater ihre Hüften gebrochen hatten und nicht mehr gehen oder sich selbst zu Hause versorgen konnten. Dort gab es keine entzückende Landschaft, keine pastellfarbenen Wände und keine mit Teppichen ausgelegten Speiseräume mit Bedienung und indirekter Beleuchtung. Ich konnte nur eine schwache Ahnung von Desinfektionsmitteln bemerken; die Wände waren erst kürzlich gestrichen worden und obwohl es zur Einrichtung gehörte, wirkte das blasse Grün dennoch fast modern und nicht düster und eintönig wie erwartet und im Geheimen erhofft. Alles war einfach und funktional, wie das Militär eben.

Obwohl er die Szenerie ohne Regung aufnahm, konnte ich erkennen, dass das Gesehene Rick bewegte. Wie er dort stand in seiner Oberschuljacke mit den Auszeichnungen für drei sportliche Großleistungen in vier Jahren, bot er einen erfrischenden Gegensatz zu den Männern in verschiedenen Stadien geistigen oder körperlichen Verfalls, die umhergingen oder herumsaßen. Jene Oberschuljacke mit ihren Abzeichen hätte mir sagen sollen, dass er dieses Gefühl suchte, die eine Uniform hervorrufen konnte. Meine Ansicht hatte sich um 180 Grad bis zu dem Punkt gedreht, dass ich Uniformen ablehnte, seit ich meine abgegeben hatte. Uniformität der Kleidung bedeutete eine beschränkte Form zu denken. Ähnlich wie die all die Uniformen aus schlabbrigen Baggypants und Baseball-Mützen, die die jungen Männer von Rapsängern und anderen Berühmtheiten übernommen haben.

„Achtung, A-Flügel-Belegschaft. Begeben Sie sich in den Tagesraum 3 für Post- und Medizinausgabe. Diese Ansage wird wiederholt."

Die Stimme und das quäkende Lautsprechersystem versetzten mich zurück in meine eigenen Erfahrungen mit Briefausgaben. Aus der vergleichsweisen langsamen Gangart und der Ruhe, die wir zuvor in der Einrichtung bemerkt hatten, fanden Rick und ich uns plötzlich in einem Verkehrschaos aus Rollstühlen, Gehwagen und Männern mit Krücken wieder. Alle waren auf dem Weg in den Tagesraum. Die Uniformen, die ich hier sah, waren nicht besonders uniform zu nennen. Einige Männer, in der Mehrzahl die älteren, kombinierten weiße Hospital-Pyjamahosen mit karierten Hemden und Baseball-Mützen. Unter den jüngeren gab es eine große Anzahl mit Bärten. Diese trugen auch ihre Haare länger, als es der traditionelle GI-Haarschnitt vorsieht. Die meisten ignorierten uns, einige lächelten uns mit abwesenden Augen zu. Sie waren an Leute gewöhnt, die in den letzten Wochen mit Kameras und Notizblöcken gekommen waren. Das Land war im Begriff, eine weitere militärische Aktion in Übersee zu beginnen, und die Presse nahm die Veteranenhospitäler und -heime gern als Kulisse für die Ankündigungen durch verschiedene Regierungsoffizielle und Militärsprecher.

„Paps, guck dir die Jungs an", flüsterte er. „Einige sind nicht viel älter als ich. Wie lange sind diese Jungs wohl schon hier?"

Die Wände in den Allgemeinbereichen waren geschmückt mit Schnappschüssen der Köpfe der amtierenden Regierung. Sie wetteiferten um Platz mit Plaketten und gerahmten Erklärungen einer dankbaren Nation für die Opfer ihrer Söhne. Es war die komplette Chronik der militärischen Mitwirkung der Vereinigten Staaten in den letzten 50 Jahren. Ehrenvolle Erwähnung fanden der 2. Weltkrieg, Korea, Vietnam, der erste Golfkrieg, Panama und eine Zahl kleinerer Buschfeuer rund um die Welt, zu denen die Vereinigten Staaten gerufen wurden, um sie zu bekämpfen und auszulöschen. Diese Männer erinnerten mich an ausrangierte Flugzeuge, die in der trockenen Luft der Wüste geparkt wurden. Aber ungleich den Flugzeugen würden die Aussichten dieser abgestellten Männer nie durch einen wirtschaftlichen Aufschwung gebessert werden.

Ich kannte meinen Sohn zu gut, und ich war stolz auf seine Entschiedenheit. Aber ich hatte auch verdammte Angst um ihn. Als ich aus Vietnam zurückkehrte zu den Kundgebungen und Demonstrationen, war ich überzeugt davon, dass beim nächsten Mal die Kinder derjenigen gehen sollten, die beim letzten Mal nicht gegangen waren. Nicht mein Kind. Fair ist fair.

Es war schwer gewesen, Rick diese Fahrt aus der Stadt an einem seiner letzten freien Wochenenden zu verkaufen.

„Als du mich nach meiner Meinung fragtest, versuchte ich nicht objektiv zu sein? Dies ist nur ein anderer Standpunkt."

Ich weiß, ich konnte predigen, aber das ist auch mein Geschäft. Als Geschichtslehrer einer kirchlichen Hochschule konnte ich das nie abstellen. Immer verstandesmäßige Gründe nennen.

Als Rick von der Berufsberatung mit mehr als der üblichen Begeisterung über eine Berufung nach Hause kam, wurde ich wach. Als ich herausfand, worum es ging, kamen einige meiner alten Gefühle über das Militär wieder hoch. Ich hatte es mir zum Grundsatz gemacht, nie mit ihm über meine militärischen Erfahrungen zu sprechen. Außer in allgemeinen Begriffen. Seine Beschreibung der Hightech Powerpoint- und Diademonstration des Armeerekrutierers war fast überschwänglich. Hatte ich ihn nicht erzogen, selbst klar zu denken? Hatten ihm nicht seine Mennoniten-Großeltern ihren Standpunkt „kein Krieg“ deutlich gemacht? Sie hatten diese Schlacht um mich verloren und mein Paps hatte jahrelang nicht mit mir gesprochen. Möglicherweise war Rick durch die Effekthascherei gewonnen worden. Der Werber und sein Stab waren mit Fallschirmen von einem kleinen Flugzeug auf das Football-Feld geschwebt. Ein Infanteriezug hatte sich von einem Helikopter abgeseilt. Man hatte Rauchgranaten gezündet und einen Angriff dargestellt. Es war wie eines seiner Videospiele. Rick hatte sogar den Werber, geschmückt mit seiner ordensbeladenen Uniform, zu Besuch bei uns nach Hause eingeladen.

„Paps, es ist nicht nur wegen des Abenteuers. Es ist meine Pflicht, meinem Land zu dienen. Alle Menschen überall sollten dieselbe Freiheit wie wir haben. Und, ja, manchmal muss man ein wenig Unkraut rupfen, damit die Pflanzen gedeihen können.“

„Rick, das habe ich auch einmal geglaubt. Eine Menge Jungs taten das. Kannst du nicht von meiner Erfahrung lernen?“

„Ich kenne deine Erfahrungen nicht. Du hast dich immer geweigert, darüber zu reden. Nun bin ich verdammt noch mal dran. Lass mich entscheiden.“

Der Mann im Empfang wies Rick und mich einen langen Gang hinunter, der breit genug war, um einen zweispurigen Verkehr für Rollstühle und Gehwagen zu ermöglichen. Es gab sogar eine doppelte gelbe Linie in der Mitte.

„Wenn Sergeant Bigelow nicht in seinem Zimmer ist, wird er im Aufenthaltsbereich zu finden sein.“

„Danke schön, 115 B ist die Zimmernummer, wenn ich mich recht erinnere.“

„Er wird jetzt seine Behandlung bekommen.“

Josiah hatte um die Mitte Gewicht zugelegt. Die modernen Leichtmetallprothesen ermöglichten ihm ein Gehen mit einem Stock, sodass er nur noch leicht humpelte. Er hatte nicht wenige graue Haare. Die Schmerzlinien in seinem Gesicht waren neu für mich. Schnaps, Langeweile und Zigaretten hatten ihren Tribut von seinem einst glatten, leuchtenden Ebenholzgesicht gefordert. Er hielt seinen eindrucksvollen 1 Meter 90 Körper noch immer stattlich, wenn auch jetzt ein wenig gebeugt. Hinter ihm bemerkte ich einen ordentlich aufgeräumten Raum, als er auf uns zukam. Rick mochte ihn augenblicklich gern.

„Ich habe eine Menge von Ihnen gehört, Sir."

„Du brauchst nicht Sir zu mir sagen, mein Sohn. Ich war gewohnt, für meinen Lebensunterhalt zu arbeiten. Kann ich den Herrschaften etwas besorgen?"

Oberfeldwebel Josiah Bigelow war im Stab beschäftigt, als wir zusammen in Vietnam gedient hatten. Ich hatte Josiah angerufen, damit er eine von der Ansicht der des Armeerekrutieres abweichende vortrug.

„Hör mal, Leutnant, du kannst den jungen Leuten nicht deine Art von Denken einreden. Sie haben ihr ganzes Leben nur in Klassenzimmern gesessen. Sie haben so viel aufgestaute Energie loszuwerden. Und du willst sie noch vier, fünf Jahre in der Universität sitzen lassen, wo sie den Rest ihrer Gehirnzellen versaufen und irgendwas mit einem süßen Ding anfangen. Alles, was sie wissen, ist, was sie in den Abenteuerfilmen sehen. Du kennst das, diesen superscharfen Helden mit riesigen Muskeln, der in die Stadt reinschneit und jeden bekannten Drecksack abknallt. Kriegt nicht mal einen Kratzer. Dann steigt er über die Leichen und verlässt eine lächelnde, glückliche Stadt. Denken und Logik haben damit nichts zu tun."

Ich hörte von Josiahs Verwundung, nachdem man ihn wieder in die Staaten zurückgebracht hatte. Am Anfang besuchte ich ihn regelmäßig im Militärhospital, wo sie ihn wiederzusammenbauten, gerade so wie er seine M-14 zusammenbaute. Ich hatte mich zu meinem turnusmäßigen Wechsel in die Staaten verabschiedet und den Zug an meinen Nachfolger, einen jungen, grünen Leutnant, übergeben. Der Feldwebel selbst hatte nur noch ein paar Wochen mehr in der Vietcong-Verbotszone an der Kambodschanischen Grenze, als er auf eine versteckte Betty-Schützenspringmine trat und sein Bein verlor. Josiahs Frau, Sheila, hatte auf seine Rückkehr gewartet, bevor sie an Krebs starb. Er war nach ein paar Jahren voller Operationen und Physiotherapie in diese Einrichtung auf der Kuppe dieses Hügels gebracht worden. Josiah, der als Baptist erzogen worden war, hatte eine neue Abhängigkeit von Schmerzmitteln, Pillen und Bourbon entwickelt. Gegen seine körperlichen Wunden. Und gegen die in seinem

Kopf. Sein Ausflug in diese Einrichtung war eigentlich nur als Übergang gedacht. Aber Josiah Bigelows neue Probleme hielten ihn auf ewig.

Am Telefon war Josiah glücklich, wieder einmal von mir, seinem ehemaligen Zugführer und Freund, zu hören. Er sagte, er würde sich auf einen Besuch freuen.

„So, du willst also mich rekrutieren, um deinem Jungen das auszureden, was du und ich getan haben. Na gut, ich werde mit ihm reden, Leutnant. Deinetwegen. Aber weder du noch ich können verleugnen, wer du warst. Und tief in dir drin noch bist. Alles, was dein Junge will, ist so zu sein wie sein Paps."

Obwohl wir beide nun Zivilisten waren, so ließ Josiah niemals den Dienstgrad weg und den Respekt, der mit ihm einherging. Dreißig Jahre Gewohnheit starben nicht so einfach dahin. Wir hatten eine Menge zusammen erlebt und hatten gegenseitigen Respekt entwickelt.

Es fiel mir schwer, Josiahs Unglück auszunutzen, um Rick mittels „Angst und Schrecken" dazu zu bringen, von seinem Plan zu lassen, sich den Streitkräften anzuschließen.

Ich fand keinen Schlaf in der Nacht, nachdem Rick mir von seinem Plan erzählt hatte, nach der Oberschule in die Armee zu gehen und die Universität aufzuschieben. Wir hatten miteinander gestritten. Aber er war achtzehn und nicht länger minderjährig. Das einzige andere Mal, dass ich derart starke Gefühle im Zusammenhang mit dem Militär hatte, war damals, als ich den Pazifismus meiner Mennoniten-Eltern ablehnte und selbst in die Armee eintrat. Ich wollte akzeptiert werden; ich wollte dazugehören. Und nun gehöre ich zu einer Generation, die Bilder der Vergangenheit in ihren Köpfen herumschleppt, wie andere Leute Babyfotos in ihren Brieftaschen. Ich hoffte, der Anblick Josiahs körperlicher und seelischer Wunden würde die Versprechen des Rekrutieres von Ruhm ausgleichen. Vielleicht würde Rick jetzt meinen Blickwinkel übernehmen.

Josiahs medizinische Behandlung, obgleich sie gründlich und kenntnisreich war, war dennoch in den ersten Monaten nach seiner Rückkehr eher ziemlich düster gewesen. Andere auf seiner Station waren nicht so gut dran gewesen. Der größte Ärger in den Militärhospitälern bestand gar nicht einmal aus nicht geleerten Bettpfannen und ungewechselten Verbänden. Wenn die Blaskapellen eingepackt hatten und die Finanzierung ausgelaufen war, wurden die Veteranen oft vergessen.

„Klar, Leutnant, ich werde mit ihm reden. Aber ich mache das allein. Unter vier Augen. Und ich werde ihm nicht nur von den schlechten Zeiten erzählen. Wenn er dein Junge ist, dann ist er nicht dumm. Er wird erkennen, dass es nicht nur Schmerzen und Leiden gab, wenn ich dreißig Jahre dabei geblieben bin. So wie unsere Freundschaft."

„Das ist fair, Feldwebel."

Nachdem wir unsere Tassen aus wiederverwendbarem Papier mit einer sirupartigen Flüssigkeit aus einem Behälter im Gang gefüllt hatten, die von irgendeiner undefinierbaren Frucht stammen sollte, schlug Josiah einen Spaziergang draußen vor. Entsprechend unserem Übereinkommen entschuldigte ich mich und ging auf die Toilette. Als ich am Waschbecken darauf wartete, dass das Wasser warm wurde, versuchte ich auf das Bild zu fokussieren, das mich anstarrte. Gerade so wie Josiah hatte ich Gewicht zugelegt. Das verbliebene Haar war grau wie Salz und Pfeffer. Sorgenfurchen und zusammengepresste Lippen.

Ich setzte mich in den Wagen, um Aufsätze der Studenten zu lesen, aber ich konnte mich nicht konzentrieren. War ich immer so bevormundend gewesen? So war jedenfalls Ricks Beschreibung von mir gewesen. Manchmal kannst du nun einmal Leute nicht vor sich selbst bewahren. Als ich jung war, hatten mir meine Freunde, die die Lage erkannten, geraten, mich nach Kanada abzusetzen. Meine Mutter versprach mir Geld, wenn ich mich der Einziehung entzog. Mein Vater versprach mir, einen Antrag auf Wehrdienstverweigerung aus Gewissensgründen im Zusammenhang mit meiner mennonitischen Erziehung auf den Weg zu bringen. Aber als Geschichtsstudent machte ich mir große Sorgen über den Aufstieg des Kommunismus und die Zerstörung der Demokratie auf der ganzen Welt durch ihn. Etwas musste es wert sein, dass man dafür kämpfte. Pazifist zu sein, schien mir ein ziemlicher Beschiss.

Ich war körperlich in guter Form durch den Sport an der Oberschule und hatte mich sogar freiwillig gemeldet. Nach der Grundausbildung war es einfach gewesen, an die Offiziersschule zu kommen. Nicht viel später fand ich mich auf feindlichem Territorium wieder, die Hosen gestrichen voll und verantwortlich für einen Zug Männer. Josiah hatte meinen Arsch mehr als einmal gerettet. Würde er es auch diesmal tun?

Die Klingel schlug an, als sich die Wagentür öffnete und Rick auf den Beifahrersitz des alten Ford Taurus glitt.

„Du warst länger weg, als ich gedacht hatte."

„Es lief prima."

„Und ...?"

„Er sagte, er würde ehrlich zu mir sein. Und er war es. Letztendlich kann dir immer und überall was Schlimmes passieren. Wenn du über die Straße gehst oder ein Erdbeben geschieht. Wenn du dran bist, bist du dran. Er sagte, dass man nicht immer klar weiß, ob die Sache, für die man kämpft, das auch wert ist. Manchmal ist sie es nicht. Man kann sich das nicht immer aussuchen. Er sagte, es kommt immer auf die Leute an, mit denen du in den Kampf ziehst. Wie du und er. Er sagte mir, ich solle dir Lebwohl sagen. Du kannst ihn anrufen, wenn du willst."

„Das ist es? Das ist alles?" Ich konnte mein Blut fühlen, wie es mir unter meinem schon schütter werdendem Haar zu Kopf stieg.

„Er hat mir auch über dich erzählt. Ich wusste gar nicht, dass du einen Bronze Star hattest. Du hast manchmal beeindruckende Sachen gemacht. Warum hast du mir nie davon erzählt?"

Ein leichter Sprühregen hatte die Straße nach einer Trockenperiode schmierig gemacht. Die Sonne des frühen Frühlings ging im Südwesten unter und tanzte in Augenhöhe durch die Blätter der Bäume; manchmal war es schattig, manchmal blendete es. Die Straße hinunter zur Hauptstraße hatte mehr Haarnadelkurven, als ich in Erinnerung hatte. Ich musste mich anstrengen, um gleichzeitig die Straße im Blick und Augenkontakt zu meinem Sohn zu halten. Manchmal schenkte ich der Straße nur wenig Beachtung. Mein Griff des Steuers ließ meine Hände zittern und das Bündel Furcht und

Ärger stieg mir die Kehle hoch. Als unsere Augen sich ineinander verhakten, sah ich die Augen von Ricks Mutter, meinen verbissenen Unterkiefer und seine unteren Zähne, wie sie sich in die Oberlippe drückten. Ich erkannte sogar die Entschlossenheit, die mein Vater in mir gesehen haben musste.

„Paps pass auf! Der Hirsch!"

Irgendjemand musste den Aufprall des Wagens auf den Baum gehört haben, den ich gerammt hatte, um dem Hirsch auszuweichen, oder die Hupe dröhnen, die ich ausgelöst hatte, als meine Brust auf sie prallte. Die Sirene des Notarztwagens erwiderte die pulsierende Hupe meines Wagens. Rote und blaue Lichter wurden in meine erweiterten Pupillen ein- und ausgeblendet. Ein leichter Regen tanzte von den Bäumen herab auf die lichtbrechenden Risse in der Windschutzscheibe. Ich kämpfte mit der Schwerkraft, die meinen Kopf auf meine Brust zog, während meine Augen sich öffneten und schlossen. In einer Bewegung, die an die Zeitlupe eines Films erinnerte, drehte ich mich herum und sah Ricks zerschmetterten Körper zwischen dem blutüberströmten Armaturenbrett und dem Sitz. Glassplitter hatten sich in sein Gesicht und seinen Nacken gebohrt. Sein Sicherheitsgurt hing lose am Mittelholm. Er hatte die kleinen Dinge vergessen.

Meine Lippen bewegten sich, aber der Klang meiner Stimme echote nur in meinem Kopf, als ich immer und immer wieder schrie, was ich so viele Male an so vielen Orten in der Vergangenheit gebrüllt hatte. „Sergeant Bigelow, holen Sie die Männer raus."

Aber Josiah Bigelow konnte mich dieses Mal nicht retten.

Gedichte

von Gero van Dellen

Eine Reise

Fast jeder, der eine Reise tut,
denkt, hoffentlich geht alles gut.

Die meisten kosten sehr viel Geld,
auch das weiß schon die halbe Welt.

Der Preis, am Anfang war er klein,
wird am Ende meist ganz anders sein.

Das dicke Ende kommt gewiss,
auf tolle Versprechungen folgt Beschiss.

Man denke nach und überlege gut,
bevor man eine Reise tut.

Denn nichts Gutes ist zu kriegen, nicht in dieser Welt,
nichts ist billig zu haben und nicht für wenig Geld.

Freiheit, wie ich sie mag

Heut' würde ich gern singen, auch wenn es nicht gut klingt,
dies einfach nur tun, weil es mir Freude bringt.

Möcht kaufen, was ich will, wenn es mir gefällt,
schließlich muss ich dafür zahlen, mit meinem eignen Geld.

Will reimen und dichten, von Riesen und Wichten,
würd mich gerne verlieren, in meinen eigenen Geschichten.

Mich selbst entscheiden, zu helfen, egal wem.
Helfe ich mir selbst, helfe ich ihm oder dem?

Hinterfragen ist es wahr, meinen die es wirklich ehrlich?
Selbst entscheiden, was ich sag, denn wie man weiß, ist die Wahrheit
oft gefährlich.

Gelassen ertragen, den Lärm dieser Welt,
wenn Menschen sich freuen, sich streiten oder nur ein Hund bellt,
auch das gehört zur Freiheit, wie sie mir gefällt.

Schwitzen und frieren, am selben Tag,
nass sein oder trocken, ganz egal, nur so wie ich es grad mag.

Die Freiheit mir nehmen, heut' mal zu ruh'n,
vielleicht morgen die Arbeit von heute zu tun.

Lachen und weinen, wenn mir danach ist,
mich nicht nach anderen richten, denn das halt ich für Mist.

Gero van Dellen

Keinem zu schaden, dies stets im Auge behalten,
den Jungen verzeihen, ja selbst den ganz schlechten Alten.

Versuchen Träume zu leben, an jedem Tag,
vielleicht mal was trinken, wenn ich es vertrag,
das versteh ich unter Freiheit, so wie ich sie gern mag.

Gestrandet

389

Gestrandet im Strom der Gezeiten,
unendliches Meer, unendliche Weiten.

Du brütest in sengender Sonne,
ersehnst dir die Kühle, welch eine Wonne.

Gaukelnde Fatamorgana verwirrt dir die Sinne,
dein Körper siecht dahin, voll wahnsinniger Pine.

Das Aus steht bevor, zum Greifen so nah,
noch einmal siehst du, wie alles geschah.

Die Wut trieb dich an, sie machte dich blind,
sie war niemals ein guter Führer, mein liebes Kind.

Gefangen im Strom der Gezeiten,
unendliches Meer, unendliche Weiten.

Bedenke, egal was du tust,
tu es mit dem Herzen und nicht nur aus Frust.

Gero van Dellen

Jener Tag

Ich setzte mich zu dir, an jenem Tag, auf eine Bank,
du sahst weder schön aus noch warst du sehr schlank.

Doch dann sah ich deine Augen, sie strahlten wie das Licht,
schönere als diese sah ich mein Lebtag nicht.

Ich hörte deine Stimme, ihren wunderschönen Klang,
wie die Laute eines Vogels, wie sein herrlichster Gesang.

Wir redeten sehr viel, für eine lange Weile,
ich verlor die Wut, den Stress, die Ängste und auch meine Eile.

Du fragtest, ob ich Zeit hab und warum denn grad für dich?
Ich antwortete: „Jede Menge, und warum auch nich'?"

Wir redeten immer weiter, du erzähltest viel von dir,
ich hörte gerne zu und erzählte auch von mir.

So ging es eine Zeit lang, eine ziemlich lange,
doch dann erhobst du dich, auf einmal wurd's mir bange.

Du sagtest dann: „Ich mag dich, von dir hätte ich gerne mehr."
Ich lächelte und sprach: „Auch ich, ich mag dich sehr."

Du warst nicht mein Traumtyp, doch eines war mir klar,
das, was ich von dir kannte, so wie ich dich auf einmal sah,
warst du die allerschönste, Frau, die ich je sah.

Es verging viel Zeit, aus uns zwei wurde ein Paar,
noch immer bist du das Schönste, was ich im Leben sah.

Längst sind wir verheiratet, schon lange Mann und Frau,
nichts hat sich verändert und wird es nie, das weiß ich ganz genau.

Gero van Dellen

Ich weiß es noch heute, wie einst an jenem Tag,
ich behalte und hab dich lieb, so sehr ich es nur vermag.

Bedenke!

Zumeist verbunden mit einem großen Knall
ist nach dem Höhenflug der Fall.

Es einfach mal lassen oder anderen was gönnen,
das ist das, was die meisten am wenigsten können.

Sie gieren, sie raffen und alles sie horten,
doch dich und dein Tun strafen sie mit verachtenden Worten.

Nie ist es genug, genug gibt's für sie nicht,
denn sie sind die Riesen, doch du nur der Wicht.

Sie schubsen, sie treten, auf dir hauen sie herum,
obendrein hörst du von ihnen: „Mensch, bist du dumm!"

Wen wundert es da, wenn er denkt, der kleine Mann,
nun wird es Zeit, hoffentlich bin ich bald dran.

Jener wünscht dir von Herzen einen ganz tiefen Fall,
verbunden mit einem gigantischen Knall.

Du sagtest die Armen, nanntest sie die Schwachen,
bedenke, nach deinem Fall werden sie über dich lachen.

Gero van Dellen

Die Zeit

Zumeist ziemlich träge, dann wieder sehr geschwind,
stets wenn wir nicht auf ihren Ablauf vorbereitet sind.

Wenn wir hoffen, es geht schon, nur noch eine Weile,
dann rast sie dahin, wie wir meinen, nun mit Eile.

Doch wünschen wir uns, es wäre schon so weit,
zieht sie träge dahin und sagt: „Ihr habt doch noch Zeit."

Die schönen Stunden, wie schnell sind sie dahin,
sie ist schon rum, doch wir noch mittendrin.
Beim Warten schleicht sie träge, ganz langsam vorbei,
es war nur eine Stunde, dir kommt es so vor, als wären es zwei.

Wenn Mühe dich plagt, du dich antreibst, schnell, schnell, schnell!
Sie sieht es anders, grad eben war es dunkel, doch nun ist es hell.

Wenn es dich friert, und du wünscht, es wär' warm,
sie lässt sich die ihre, ganz ohne jede Scham.

Wie Wolken so träge und doch so sehr schnell,
ihr ist es egal, finstere Nacht oder Licht noch so grell.

Dies alles ist Trug, wir hören es aus aller Munde,
sie vergeht immer gleich und läuft stets die selbige Runde.

Sekunde für Sekunde, Minute für Minute, so auch Stunde für Stunde,
sie zählt meistens bis 60, auf deiner Uhr, auf ihrer Runde.

Gero van Dellen

Der Witz

Früher begann so mancher Witz,
mit Fritzchen oder auch dem kleinen Fritz.

Auch gab es den Gag vom wilden Reiter,
der ist schon lange nicht mehr heiter.

Selbst die von den Ostfriesen
sind längst nicht mehr die Riesen.

Oder die ollen Dinger von den Schotten,
über die lachen nicht mal mehr die Hottentotten.

Von Lieschen, von Opa, oder auch die Schnellen
sind längst vergessene Kamellen.

Selbst Ex-Kanzler Schröder
dient dem Witz nicht mehr als Köder.

Nun noch Witz mit Frau Merkel gepaart,
uns bleibt auch wirklich nichts erspart.

Denn die Moral des Witzes bleibt,
er jeden Lacher schnell vertreibt,
je öfter man ihn hört,
dadurch wird der Humor zerstört.

Gero van Dellen

Die Ohren

Das Ohr tut weh, dies kommt schon vor,
steht jemand mal im Fußballtor.

Wenn ein Ball dagegenknallt,
es dann im Inneren mächtig schallt.

Manch einer drückt den Hut darauf,
dabei gab so manches Ohr schon auf.

Unter Wasser hat ebenfalls nicht jedes Spaß,
doch den meisten ist es einfach nur zu nass.

Durch viel Lärm, oft hingerichtet,
dieser hat so manches Ohr vernichtet.

Zu viel Kälte ist für sie nicht gut,
meine eigenen waren einmal rot wie Blut.

Beim Boxen jemand den Kampf verlor,
danach hatte er ein Blumenkohlohr.

Man stelle sich vor, dieses Gewirr,
hätten wir von denen vier.

Doch fühlten wir uns nicht sehr verloren,
hätten wir sie nicht, unsere zwei Ohren.

Der Verkehr

Schon lange gibt es kaum noch Reiter,
denn der Verkehr geht anders weiter.

Mit einigen von den Gefährten
fährt man direkt bis vor die Gärten.

Aus kleinen, großen, und auch langen
bilden sich ganze Autoschlangen.

Steckst du erst in einer drin,
hat Beten und Fluchen wenig Sinn.

Staus und stockender Verkehr
behindern den Autofluss oft sehr.

Drum mag die Frau und mancher Herr
das Autofahren gar nicht mehr.

Die meisten sind oft kühne Fahrer,
nur selten jemand ist Spritsparer.

Viele von denen sind echte Raser,
vielleicht haben die 'nen besseren Vergaser,

und so mancher große Crash
kostet die Prämie und oft viel Cash.

Ein Raser meinte noch: „Alles im Lot."
Sekunden später war er tot.

Petrus im Himmel sagte ihm danach ganz schlicht:
„Hier rast du nicht, du schneller Wicht!"

Gero van Dellen

Sevilla im Wechsel der Jahreszeiten

von Nadine von Wartburg

So nah und doch so fern

Dumpf schlagen die Hufe der dampfenden Tiere auf der trockenen Erde auf. Staubwolken wirbeln in die Luft, tauchen die ländliche Szenerie in verschwommenes Ocker. Nur schemenhaft sind die Kinder und Hunde zu erkennen, welche dem alltäglichen Zug der Kühe folgen – bellend, tanzend und lachend, als handle es sich um einen Festzug. Ein Jaulen zerreißt die heiße Luft – wohl war einer der Hunde den Rindern zu nahe gekommen. Ein zerbeultes Auto versucht sich einen Weg gegen den Leiberstrom zu bahnen. Träge weichen die Tiere zur Seite. Die Kinderschar hängt sich lachend an das offene Fenster des Fahrzeugs, in welchem ihnen eine Frau mit kohlschwarzen, langen Haaren und gebräuntem Gesicht entgegenlacht und sie gespielt entrüstet wegzuschieben versucht. Ein letztes Rufen, ein Winken und schon rumpelt der Kleinwagen die ausgewaschene Naturstraße hinunter, Staub aufwirbelnd, bis dieser ihn vollends verschluckt.

Die Olivenbäume wiegen ihr silbergrünes Haupt leicht im Wind, nur ihre knorrigen Stämme und die zerfurchte Borke lassen ihren harten Lebenskampf erahnen.

Ein stämmiges Pferdchen stapft, einen überdimensionalen Heuwagen ziehend, hinter den Kühen her. Neben ihm stützt sich der Bauer müde auf seinen knorrigen Stock, die Stirn von Schweißperlen übersät, seine Kleider durch Staub und Sonne matt. Ein schlaksiger

Junge eilt herbei, ruft dem Bauer ein paar Worte zu, die der Wind mit sich fortträgt, übernimmt die Zügel des Pferdchens, gibt ihm einen freundschaftlichen Klaps auf den Hals und verschwindet mit ihm in Richtung Stallungen. Der Bauer blickt ihm kurz dankbar nach, nähert sich dann mit schweren Schritten dem weiß getünchten Haupthaus, vor welchem unzählige Blumen in ihren bunten Töpfen um die Wette leuchten. Über den rotbraunen Dachziegeln scheint die warme Luft noch leicht zu flirren, als würden sie noch von der Hitze des Tages flüstern. Vereinzelte Insekten tanzen ihren Reigen im orangegelben Licht der sich neigenden Sonne. Im Dunst ist nur schemenhaft die nah gelegene Stadt zu erkennen, Konturen von unzähligen Häuser, die ineinander zu fließen scheinen; Sevilla – die Stadt im Herzen Andalusiens: so nah und doch so fern!

Sevilla – unser neues Zuhause

Die Hitze bringt die Luft zum Tanzen,
Flamencokleider rascheln um die Ecke,
leuchten auf,
nur für einen Moment.

Die Gasse versinkt im Ocker der Sonne,
wir schließen die Tür auf,
zu unserem Haus,
und tauchen ein,
ins Blau unseres Zimmers.

Nadine von Wartburg

Ein neuer Tag

Langsam erwacht die Stadt. Die ersten Sonnenstrahlen spiegeln sich noch milde in den blumenumrahmten Fenstern. Mauersegler schießen wie Pfeile durch die kühle Luft, kaum einen Laut von sich gebend. Nur einige Autos schlängeln sich durch die enge Gasse der aneinanderklebenden bunten Häuser. Ein Lastwagen versperrt den Gehsteig. Der Fahrer entlädt die Ware; Kiste für Kiste verschwindet im Ladenlokal. Der Besitzer, lässig an die Hauswand gelehnt, schaut zu und raucht genüsslich eine Zigarette.

Jugendliche in Schuluniformen biegen in die Gasse ein und für einen Moment erfüllt ihr lebhaftes Geschnatter die Straße, um gleich mit ihnen wieder um die nächste Ecke zu verschwinden.

Ein paar Touristen, die Köpfe in den Nacken gelegt, um die verzierten, blühenden Fassaden und die maurischen Fensterbögen betrachten zu können, tummeln sich vor der noch verschlossenen „Heladeria". Ein Fenster wird geöffnet, die Holzläden werden zurückgeklappt. Der Duft von frisch gebackenem Brot liegt in der Luft – der Tag hat begonnen.

Museumsnacht im Parque Maria Luisa

Die Nacht bricht herein, der Park schimmert golden im Schein der unzähligen Laternen. Schwarz wachsen die gigantischen Gummibäume dem dunkelblauen Himmel entgegen. Die Klänge einer Gitarre taumeln durch die milde Nachtluft, welche noch die Schwere der Tageshitze erahnen lässt.

Menschen drängen sich durch die offenen Türen des großen Museums. Maurische Fresken schmücken die vielen Bögen und Säulen, lassen diese leicht und verspielt erscheinen. Die typischen Kacheln in Blau-Weiß verzieren den Innenhof und verbreiten das Gefühl von Kühle trotz der noch etwas schwülen Luft.

Eine kräftige Stimme – leider zu stark verstärkt – schmettert mit einem charmanten Spanischakzent das Titellied vom Film „Titanic“ durch die Säulen, begleitet von Blasinstrumenten. Die Menge applaudiert begeistert – Untergangsstimmung; keine Spur!

Ein Mädchen mit großen, dunklen Kulleraugen, welches auf den Schultern seines Vaters sitzt, versucht einen Blick auf die Sängerin zu erhaschen. Die hellblaue Masche im Haar ist leicht verrutscht und versucht vergeblich die widerspenstigen Locken zu bändigen.

Der süße Duft nach Jasmin und Parfum liegt in der Luft. Geschäftiges Treiben und lautes Stimmengewirr erfüllen nun den Säulengang; das Konzert ist zu Ende.

Feldfeuer im Herbst

Die vom Tag satte Luft, noch leicht stickig, streicht über die braunen Hügel, weckt das Lied der Grillen. Der süßlich schwere Duft nach Jasmin mischt sich mit dem Geruch nach Staub und der beißenden Würze verbrannter Erde, welche ein ausglimmendes Feldfeuer in der Ferne erahnen lässt – dort, wo die goldene Sichel des Mondes die ausgetrockneten Grashalme küsst.

Ballett

Licht, ein Schatten,
Bewegung in der Geometrie,
in Schwarz und Weiß,
zum Takt eines Metronoms.

Donner zerreißt die Luft,
lässt die Figuren tanzen,
herumwirbeln,
bis das Blatt sich wendet
und die Bühne sich erneut zerteilt,
in Licht und Schatten,
ein Kling, ein Klong,
das Licht erlischt.

Carmen

Stimmen durchplätschern die Maestranza, die Erwartung steigt, das Saallicht wird gedämpft und erlischt, das Geraune verstummt.

Ein Stampfen erfüllt die Luft, die Saiten einer Gitarre werden hart angeschlagen, die Vorstellung hat begonnen:

Roter Stoff wird zum Fliegen gebracht – ein Wirbel aus Passion, getragen von melancholischen Stimmen. Unzählige Füße stampfen temperamentvoll im Rhythmus des Herzens – immer wilder, immer schneller, vibrierend.

Flamenco; ein Tanz aus Liebe, Schmerz, Passion, Temperament, Kraft, Macht, Werbung zwischen Mann und Frau, Verzweiflung und Trotz. Er zieht sein Feuer aus dem Zusammenspiel uralter Tanzkulturen des Orients, der Spanier und der Zigeuner.

Ein Messer blinkt im Halbdunkel auf, die Gitarre heult wehmütig auf. Carmen sinkt zusammen, ihrer Freiheit nun doch beraubt. Ihr feuriger Rock bedeckt den Bühnenboden, einer Blutlache gleich. Ein letztes Zucken, die Menge hält den Atem an, während ihr Kopf tot in die Arme ihres Liebhabers und Mörders sinkt, welcher verzweifelt über seine Tat über ihr zusammenbricht. Stille lässt den Saal für eine Sekunde erstarren – Ruhe vor dem Sturm der begeisterten Zuschauer; das Heimspiel ist gelungen!

AUFATMEN

401

Die Luft ist vom Regen schwer. Es riecht nach nassem Sand und Staub – und doch fühlt sie sich noch warm an, fast schwül. Tief hängen die grauen Wolkenfetzen am Himmel, durch welche Vogelschwärme in Formation gegen Süden ziehen, der Wärme Afrikas entgegen: Der Herbst ist gekommen.

Vereinzelte Sonnenstrahlen suchen sich einen Weg durch das wattenähnliche Grau und malen hell erleuchtete Flecken auf die braunen Hügelzüge, in denen bereits ein sanfter Schimmer Grün zu erahnen ist. Die knorrigen Äste der alten Olivenbäume tragen Tausende Früchte, die einen saftig grün, andere bereits braun-violett. Ein ganzes Heer schwarzer Tausendfüßler erobert den schmalen, gewundenen Naturpfad durch die Steineichen und Olivenbäume. Sie scheinen sich über das endlich feuchte Klima zu freuen. Seit Monaten hat die Sonne nun auf den zerfurchten Boden gebrannt, diesen in Staub verwandelt und die Gräser zu Stroh werden lassen. Noch unzählige Risse klaffen in der Erde: Zeugen dieser unbarmherziger Trockenheit. Nach dem ersten Regen scheint die Natur nun endlich wieder aufzuatmen. Die Hitze des Sommers ist überstanden.

NADINE VON WARTBURG

In warmem Braun ziehen sich die sanften Hügel dahin bis zum Horizont – die Felder sind geerntet. Nur hie und da unterbrochen vom Silbergrün der kleinwüchsigen Steineichen. Den Straßenrand säumt ein saftiges Grün, denn vor einigen Wochen hat es geregnet. Endlich kann die Natur nach der langen Dürre des Sommers aufatmen!

Der vom Tau noch nasse Moosteppich ist zu neuem Leben erwacht, streckt die jungen Triebe freudig dem tiefblauen Himmel entgegen. Vereinzelt erinnern abgestorbene, lange Gräser noch an den heißen Sommer. Hie und da ein ergrauter Busch, welcher von Weitem beinah violett wirkt, jedoch leblos – ihn hat die Hitze dahingerafft. Daneben leuchten rote Beeren aus einem stacheligen Busch hervor. Sie scheinen zu frohlocken und die Vögel zu Naschereien zu verführen.

Weiter unten glitzert das Wasser eines Stausees. Die Luft steht still, erfrischt die Lungen und doch ist sie erfüllt von einer sanften Wärme.

Einige Felsen klaffen aus dem ergrünten Boden und heben sich durch ihr Rostgrau stark von der sonst so harmonisch weichen Umgebung ab. Vereinzelte Wasserlachen auf der Naturstraße erinnern noch an die heftigen Regengüsse der vergangenen Wochen: das Wasser, welches das Leben zurückrief, der Natur zu einem „zweiten Frühling" verhalf.

Ein Windhauch wiegt die Äste der knorrigen Ureichen hin und her, lässt die zähen Blätter rascheln. Die Natur kann aufatmen – jedoch nicht für lange, denn der Winter steht vor der Tür.

NADINE VON WARTBURG

Vorbereitungen zur Semana Santa

Langsam kriecht die Sonne über die Fassade des ockergelben und weißen Hauses. Viele Fußgänger tummeln sich zu seinen Füßen, teilweise mit Einkaufstüten in den Händen, teils hastend, teils ziellos schlendernd.

Ein bulliger Hund mit eingedrückter Schnauze hebt soeben das Bein am kargen Baum, welcher zaghaft die ersten Blätter entfaltet und dem strahlenden Himmel entgegenstreckt. Mehrere Vespas knattern durch die enge Straße, ein Auto hupt. Das orange Blinklicht eines Hubstaplers blitzt kurz auf. Die Metallabschrankungen auf seinen Gabeln klirren laut, drohen herunterzufallen: Die Vorbereitungen zur Semana Santa laufen auf Hochtouren. Ein verliebtes Paar überquert die Straße. Ihre hohen Absätze klappern über die Klopfsteine, knicken kurz in einer Rinne ein, um darauf doppelt so schnell weiterzustöckeln. Sein Arm ist um ihre Hüft geschwungen, die Hand steckt in der Potasche ihrer engen Jeans. Sie lachen sich kurz an, ein flüchtiger Kuss.

Eine alte Frau, den Oberkörper leicht nach vorne gebeugt, quält sich vorwärts, die Füße aufgeschwollen. Über den viel zu engen Schuhen bilden sich Wülste und die Venen schlängeln sich wie blauviolette Würmer um ihre Beine. Ihre großen Augen hinter den dicken Brillengläsern starren traurig auf den unebenen Boden, als wollten sie nur den nächsten Schritt sehen – immer nur den nächsten Schritt, denn für sie ist der Weg lang.

Der Hubstapler ruckelt weiter. Drei Arbeiter stehen davor, temperamentvoll gestikulierend – jeder scheint anderer Meinung zu sein.

Eine Schulklasse drängt sich in Zweierkolonne den Gehsteig entlang. Die dunkelblauen Faltenjupes der Mädchen wiegen sich bei jedem Schritt. Einige Knaben tragen bereits kurze Hosen. Die Uniform lässt die Gesichter der Kinder umso unterschiedlicher erscheinen; die Haare einmal kurz, einmal lang, hell oder dunkel, gewellt, gelockt oder gerade. Gedankenversunken staunen ihre großen Augen durch die Scheibe des Schaufensters. Zwei Mädchen tuscheln aufgeregt miteinander, kichern, bis sie die Lehrerin ermahnend weiterschiebt.

Nadine von Wartburg

Der Eingang vor der kleinen Tapas-Bar wird mit Javel-Wasser geschruppt. Ein beißender Chlorgeruch liegt in der Luft. Schwungvoll leert die mollige Frau in der geblümten Schürze den Eimer Putzwasser über den Gehsteig. Die Passanten schlagen für kurze Zeit einen Bogen um die Lachen, bis diese im nächsten Straßenabfluss versickern oder von der kräftiger werdenden Morgensonne aufgeleckt werden.

Die Metallabschrankungen stehen endlich an ihrem Platz, die kleinen Zuschauerboxen sind aufgestellt, die Stühle für die gehobeneren Gäste stehen bereit. Morgen wird die Stadt den Madonnen, Heiligen und Jesus-Bildnissen auf ihren Altären gehören. Auftakt zur Karwoche: Die Semana Santa kann beginnen.

Eine wahre Geschichte

von Erika Walter

Am 23. April 1911 erblickte Irmgard Giese in Graal-Müritz das Licht der Welt. Zu diesem Zeitpunkt war ihr Bruder Gerhard bereits zwei Jahre alt. Die Eltern, August und Martha, geborene Leesch, kamen aus kleinbürgerlichen Verhältnissen. Marthas Eltern entstammten einem Kaufmannsgeschlecht. In Neustrelitz betrieben die Leeschs einen kleinen Laden mit Tabak und Spirituosen. Augusts Eltern besaßen in Anklam ein kleines Mietshaus. Die Gieses lebten nach der Devise: In den Magen kann dir niemand schauen, aber auf den Kragen. Also sei immer sauber und adrett gekleidet! Dann bist du auch gut bei den Leuten angesehen.

Die Freude über Irmgards Geburt war groß, die aber bald in Sorge umschlagen sollte, als die Eltern erfuhren, dass sie mit einem „Wolfsrachen“, einer Missbildung des Kiefers und des Gaumens, geboren wurde. Was sollte nur aus dem Mädchen werden, wenn es nicht einmal richtig wird sprechen können?

Irmgard und ihr Bruder Gerhard waren seit ihrer Kindheit unzertrennlich. Durch Irmgards Sprachfehler entwickelte sich zwischen ihnen eine besondere Beziehung. Sogar in der Schule – mehrere Schuljahre hatten sie gemeinsam in einem Klassenzimmer Unterricht – antwortete er oftmals dem Lehrer an ihrer Stelle, sodass Irmgard stets gute Noten bekam. In der Freizeit beschützte er seine Schwester vor Hänseleien der Nachbarskinder. Erst eine Rachenoperation im achtzehnten Lebensjahr beendete Irmgards Qualen. Wie ein Kleinkind musste sie nun richtig sprechen lernen.

Als Gerhard auf eine Koch- und Dienerschule nach Berlin ging, folgte sie ihm und wurde Krankenschwester. Im Krankenhaus Friedrichshain arbeitete sie im Schichtbetrieb. Dennoch blieb Zeit, mit ihrem Bruder und dessen Freundin Emma Lehnert, die dreizehn Jahre älter war, tanzen zu gehen. Dabei lernte sie den Musiker Kurt Pietsch kennen. Für Irmgard war es Liebe auf den ersten Blick. Kurt, ein südländischer Typ mit braunen Augen und dunklem lockigem Haar, verguckte sich sofort in die blond gelockte Frau mit der schlanken Figur. Sie kamen sich näher, und Irmgard wurde schwanger. Da Irmgard bereits einige Male beobachtet hatte, dass Kurt nicht nur ihr schöne Augen machte und da sie glaubte, dass Musiker nicht treu sein konnten, beendete sie die Beziehung, ohne Kurt auch nur ein Sterbenswörtchen von ihrer Schwangerschaft gesagt zu haben.

Aus Angst vor ihrem strengen Vater und dessen zweiter Frau Johanna – die Mutter Martha war mit vierundfünfzig Jahren gestorben –, aber auch aus Angst vor dem Gerede der Leute in Graal-Müritz wandte sich Irmgard Hilfe suchend an ihre Tante Frieda Leesch in Nerdin bei Anklam. Diese war Haushälterin auf einem Rittergut, zu dem im Sommer und im Herbst männliche Saisonkräfte aus allen Gegenden Deutschlands kamen, um bei der Ernte zu helfen. So kam auch der Rheinländer Jakob Kramer nach Nerdin.

Frieda Leesch half beim ersten Rendezvous zwischen ihm und Irmgard etwas nach. Jakob fand sofort Gefallen an der schlanken, zurückhaltenden Frau mit den blonden Locken und den leuchtend blauen Augen. Jakob hatte schon befürchtet, wegen seines Aussehens – er war am ganzen Körper mit Pusteln übersät – niemals eine Frau zu bekommen. Nun sollte schon bald die Hochzeit sein. Überaus glücklich war er, als er von Irmgards Schwangerschaft erfuhr. Nach sieben Monaten, am 4. April 1942, wurde sein Sohn Hans-Joachim in Berlin geboren.

Kurz nach der Geburt seines Sohnes wandte sich Jakob mit der Frage, wie es denn käme, dass ein Siebenmonatskind sechs Pfund wöge, an den Arzt. Der Mediziner blickte den frisch gebackenen Vater erstaunt an und erwiderte, dass der Junge ein ausgetragenes Baby sei und keine Frühgeburt.

Nun erst durchschaute Jakob das abgekartete Spiel der beiden Frauen. Ein „Kuckuckskind“ hatten sie ihm untergeschoben. Am liebsten hätte er sich sofort wieder von Irmgard getrennt. Aber eine Familie hätte er auch gern gehabt. Überzeugt davon, dass es für ihn keine zweite Chance gäbe, sah er von einer Scheidung ab. Von Stund an zog aber Unfrieden in die junge Ehe ein. Diese infame Lüge konnte er seiner Frau niemals verzeihen, was vor allem Hans-Joachim zu spüren bekam.

Dennoch zogen Irmgard und Jakob gemeinsam mit dem Kind in das Dorf Neetzow. Im Wirtschaftsgebäude des Schlosses erhielten sie eine Wohnung mit zwei winzigen Zimmern und einer Küche, in der ein Kohleherd mit Eisenringen für die Töpfe und ein Kessel, in dem Schweinekartoffeln gekocht wurden, standen.

Zur Wehrmacht wurde Jakob wegen seiner Hautwucherungen nicht eingezogen. Ihm kam die Ausmusterung sehr gelegen. So konnte er auch in den Kriegstagen seiner Beschäftigung als Milchkontrolleur nachgehen. Die Kramers bekamen ein Jahr danach ein zweites Kind. Erika wurde am 22. September 1943 im Anklamer Krankenhaus geboren. Auch bei Erikas Geburt kamen Jakob Zweifel, weil ihr Teint dunkel und ihr Gesicht von schwarzem Haar umrahmt war. Irmgard konnte jedoch seine Bedenken zerstreuen.

Anfang April 1945 war es dann wieder so weit. Irmgard sollte zum dritten Mal niederkommen. Die Hebamme wusch sich die Hände und rief dabei Jakob Kramer zu: „Es ist ein Junge, Herr Kramer, meinen Glückwunsch!“

Jakob konnte sein Glück kaum fassen. Nun endlich war sein eigener Sohn, sein eigen Fleisch und Blut, geboren. Stolz nahm er das kleine Bündel auf den Arm und beobachtete, wie der Kleine zufrieden vor sich hin schmatzte. „Versorge ihn auch gut, wenn ich in den nächsten vierzehn Tagen wieder mit meinem Fahrrad auf Kontrollfahrt unterwegs bin.

Irmgard war zu geschwächt, um eine patzige Antwort zu geben. Sie sagte nur: „Damit du es jetzt schon weißt, unser Sohn wird Gerhard heißen wie mein Bruder.“

„Warum nicht Adolf? Jeder Zweite heißt doch jetzt so. Und wir würden dafür auch dreißig Reichsmark erhalten.“

„Eben deswegen wird er einen anderen Namen bekommen. Soll er mit einem Mal auf der Stirn herumlaufen? Er heißt Gerd und damit basta."

Jakob blickte seine Frau erstaunt an. So resolut hatte er sie in den drei Jahren, seitdem sie verheiratet waren, selten erlebt. Meistens hat sie all die Demütigungen ertragen und wortlos hinuntergeschluckt.

Nach vierzehn Tagen kehrte Jakob von seiner Tour zurück. Er hatte auf den Gutshöfen den Schmutz- und Fettgehalt der Milch kontrolliert, ehe sie in die Molkerei geliefert werden konnte. Er machte diese Arbeit gern. Alle begegneten ihm mit Achtung und niemand nahm Anstoß an seinem Äußeren. Nun war sein Fahrrad mit lauter Leckerbissen bepackt – Speck, Schinken und Wurst –, die ihm die Bäuerinnen zugesteckt hatten, um kein schlechtes Kontrollergebnis zu erhalten.

Als Jakob um die Ecke bog, wunderte er sich über die Beschriftung an seiner Stalltür. „Schenschtschina bolit" stand dort mit Kreide geschrieben. „Bolit" hieß krank sein auf Russisch, das wusste er, jedoch was hatte das zu bedeuten? Er erhielt keine Antwort auf seine Fragen. Erstaunt war er auch über die Schokolade, die die russischen Soldaten täglich für Hans-Joachim und Erika vorbeibrachten. Von seinem geliebten Sohn fand er aber nur noch einen kleinen Grabhügel an der Friedhofsmauer. Jakob konnte das alles nicht fassen. Er tobte, schrie und war außer sich. Sosehr er sich jedoch bemühte, Licht in das Dunkel des Geschehens zu bringen, stieß er auf eine Schweigemauer. Irmgard und die Nachbarn gaben immer nur die gleiche Antwort, dass sein Kind an Typhus gestorben sei. Über Irmgards Lippen sollte auch in den nächsten Wochen, Monaten und Jahren kein einziges Wort über die schreckliche Vergewaltigung kommen, bei der das Neugeborene erdrückt worden war.

Da aber keine weiteren Quarantänemaßnahmen im Dorf eingeleitet wurden, machte sich Jakob bald den richtigen Reim auf das Ganze. Das gab er aber seiner Frau gegenüber nicht zu erkennen. Er behauptete steif und fest, dass sie seinen einzigen leibhaftigen Sohn habe verhungern lassen, zum einen aus Angst, ihr „Bastard" könne nicht satt werden, und zum anderen aus der Befürchtung heraus,

Gerhard könne auch solche Hautpusteln bekommen wie sein Vater und hätte dann auch „Streuselkuchen“ hinter sich her rufen lassen müssen. Für Jakob war nun das Maß voll. Zuerst legte seine Frau ihm einen Bankert ins Nest, und nun lebte sein einzig richtiger Sohn nicht mehr. Jeden Tag ließ er seine Wut darüber an ihr und an Hans-Joachim aus.

Irmgard hielt sich an das gegebene Versprechen, kein Wort über das Geschehene zu verlieren, sonst würde mit der gesamten Familie etwas Schreckliches geschehen. Seit diesem Erlebnis veränderte sich Irmgard zusehends. Sie, die immer ein Liedchen vor sich hin geträllert hatte, wurde plötzlich wortkarg und apathisch. Sie sprach zwar mit den Kindern, aber immer wie abwesend und zunehmend ohne Schwung. Als sie im Mai 1967 die Augen für immer schloss, kannte nur ihr Bruder Gerhard ihr Geheimnis und weihte nun Irmgards erwachsene Kinder ein.

Jakob Kramer starb ein Jahr später, geplagt von Selbstvorwürfen und ohne je die ganze Wahrheit erfahren zu haben.

Und wer fragt mich?

von Ute Weilandt

Lena ist in der 12. Schwangerschaftswoche, als ihr Frauenarzt ihr mitteilt, dass er etwas Auffälliges bei der Ultraschalluntersuchung entdeckt hat.

„Ich muss Sie darauf hinweisen, dass es sich möglicherweise um eine genetische Fehlbildung handelt“, gibt er der inzwischen total verunsicherten Frau zu verstehen. „Aus rechtlichen Gründen (schließlich will ich nicht für die Geburt eines behinderten Kindes haftbar gemacht werden und dafür zahlen) muss ich Sie über die weiteren Möglichkeiten der Pränataldiagnostik aufklären. Da wären die Fruchtwasseruntersuchung und die Gewebeentnahme aus dem Mutterkuchen, das Risiko einer Fehlgeburt ist etwa so hoch wie ein Kind mit Down-Syndrom zu bekommen und beträgt ungefähr 1 %.“

Lena nimmt allen Mut zusammen und sagt: „Aber ein Kind mit DS zu bekommen ist doch wesentlich geringer und zwar 1:600 und nicht 1:100.“ Daraufhin der Arzt: „Das hängt wohl von der Statistik ab. Jedenfalls rate ich Ihnen dringend zu einer weiteren Untersuchung.“ Auf dem Heimweg grübelt die werdende Mutter über ihr weiteres Vorgehen. Sie fragt sich: „Gibt es auch ein Recht auf Nicht-Wissen? Andererseits will ich über meinen Körper selbst bestimmen. Niemand kann mir sagen, dass ich ein Kind austragen muss, wenn ich es nicht will. Vielleicht nimmt ja sogar meine Gesundheit Schaden durch dieses Kind? Was ist mit meiner Karriere? Meinem Beruf mit allem guten Verdienst?“

Gleich am Abend erzählt sie ihrem Freund von dem Arztbesuch.

Der dreht sich aufgebracht zu ihr: „Das lässt du auf jeden Fall machen, ich nehme nur ein absolut gesundes Kind. In unserer heutigen Arbeitswelt (Gesellschaft) ist kein Platz für Menschen, die nichts leisten können. Unser Kind soll mal ein Einser-Schüler werden. Weißt du eigentlich, was ein kranker oder behinderter Mensch die Gesellschaft kostet?"

Verzweifelt und in Tränen schreit Lena aus sich heraus: „Jetzt versuche ich bereits seit 20 Jahren schwanger zu werden, eine Ehe ging daran zu Bruch, vier Fehlgeburten hatte ich, und nun hast du nichts Besseres zu tun, als nach einem perfekten Kind zu schreien?" Die beiden verbringen die Nacht in getrennten Schlafzimmern.

Um Mitternacht, als die Turmuhr 12.00 Uhr schlägt, schreckt Lena hoch.

Was war das? „Hallo Mama, hörst du mich?", vernimmt sie. „Das kann nicht sein?" Plötzlich sieht sie hell und klar eine engelsgleiche Gestalt. Sie legt sich in ihre Arme und schmiegt sich wie ein Neugeborenes an sie. Die Gestalt spricht zu ihr: „Ich bin dein ungeborenes Kind, alle reden über mich, darüber, wie ich sein soll. Aber habt ihr schon einmal darüber nachgedacht, wie ich sein will und ob ich überhaupt geboren werden will? So, wie ihr über mich redet, will ich am liebsten wieder gehen! Als Fehlgeburt!"

„Nein, nein, mein geliebtes Kind, das darfst du nicht! Ich liebe dich doch so sehr. Bitte bleib bei mir. Du darfst so sein, wie du willst. Ich werde immer für dich da sein."

Daraufhin das Kind: „Wirklich? Immer?"

Die Mutter: „Ja, ganz bestimmt!"

Lange hängt Lena noch ihren Gedanken nach: „Wer oder was war das? War es eine Seele? War es Gott? Was sagt die Bibel zu meinem Problem? Diese sagt uns doch, du sollst nicht töten und Gott und deinen Nächsten lieben wie dich selbst."

Am nächsten Morgen wacht Lena in einem zerwühlten Bett auf. Sie versucht zu ihrem Partner Kontakt auf zu nehmen. Schließlich lässt sie sich zu weiteren Untersuchungen von Freunden, Partner und Arzt überreden. Sie ist sich sicher dieses Kind zu lieben und denkt: „Wenn ich es vorher weiß, kann dem Kind bei der Geburt, falls es Komplikationen gibt, besser geholfen werden."

Inzwischen spürt sie hin und wieder so ein Flattern im Bauch.

Nach der 20. Schwangerschaftswoche, nach einer Fruchtwasseruntersuchung, erscheint wieder die Gestalt. Diesmal sieht sie aus wie ein Neugeborenes. Sie fragt: „Willst du mich wirklich so, wie ich bin? Bist du sicher? Ich kann gerne gehen! Spürst du mich schon?"

Wieder antwortet Lena: „Ja, ganz bestimmt. Ich liebe dich über alles. Bist du das Flattern?"

Zwei Wochen später trifft das Untersuchungsergebnis Lena wie ihr Todesurteil. Hatte sie doch versprochen zu dem Kind zu halten.

Die Diagnose lautet eindeutig DS.

Anmerkung: Es gibt vieles zwischen Himmel und Erde. Viele Möglichkeiten einer Behinderung bei einem Neugeborenen sind möglich. Diese Andersartigkeiten können genetisch, während der Schwangerschaft, bei, während oder nach der Geburt entstehen.

Ihr Freund und ihr Gynäkologe sind sicher: Hier muss das Kind weg.

Verzweifelt macht Lena sich auf den Weg zu einer kirchlichen Schwangerschaftskonfliktberatungsstelle. Hier fühlt sie sich verstanden und aufgehoben. Sie wird in ihrer Not und Verzweiflung ernstgenommen und die Beraterin versucht ihr zu ihrer persönlichen Entscheidung zu helfen und zu ihrem Kind zu finden. Aber der Druck von außen und die nur kurze Zeit der Beratung sind zu groß, um dies zu können. Relativ schnell hat sie den Schein zur Abtreibung in der Hand. Sie wünscht sich eigentlich noch weitere Beratungsstunden und Begleitung. Hüllt sich aus Scham jedoch in Schweigen. Ein letztes Mal überlegt sie, ob sie wirklich den Rest ihres Lebens mit ihrer Entscheidung leben kann. Schweren Herzens entschließt Lena sich ins Krankenhaus zu gehen. Dort angekommen sagen ihr die Ärzte: „Nun sind Sie aber bereits in der 23. Schwangerschaftswoche. In diesem Stadium der Schwangerschaft können wir unseren Mitarbeitern keine Abtreibung zumuten. Die Ärzte müssen solche Aufgaben häufig gegen ihre Überzeugung ausführen. Niemand fragt danach, ob und wie sie dies verkraften und welchen Schaden ihre Seele nimmt."

Lena ist total erleichtert. Ist ihr doch letztendlich die Entscheidung gegen ihr Kind (ihr eigen Fleisch und Blut) erspart geblieben.

Ihr Freund ergreift die Flucht, ihr Frauenarzt versucht sich mit tröstenden Worten.

„Nun muss ich es mir noch einmal ganz genau überlegen, ob ich wirklich in diese Welt da draußen geboren werden will. Sollte ich nicht doch lieber ganz schnell umdrehen und zu meinem Schöpfer zurückkehren? Wie werden sie mit mir umgehen? Wovon hängt mein Leben ab? Werde ich vielleicht sogar zum Leben gezwungen, wenn ich erst einmal draußen bin? Geben mir die Menschen die Change für ein glückliches Leben? Die Entscheidung ist so unendlich schwer!", denkt sich Dorothea.

Sie ahnt offensichtlich, dass es Menschen mit Handicap in der Gesellschaft schwer haben. Wünschen wir ihr, dass sie in eine private Krankenversicherung hineingeboren wird, denn nur dann kann sie dort versichert werden. Ist Dorothea erst einmal älter als zwei Monate lehnen viele Versicherungen sie als Kunde ab.

Liebeslust und Liebesfrust

von Karl Josef Weiss

Sexualgeschichte vom Anfang bis zur Gegenwart (Ein Lehrgedicht)

Ach war das ein Lustgebrumm
in diesem Archäozoikum!
Schon die Bakterien im Ganzen
versuchten sich rasch fortzupflanzen.
Und mitten unter Urmeer-Algen
sah man sich Krebs und Krebsin balgen.

Ach war das ein Lustgebrumm
in diesem Paläozoikum!
Am Liebesleben der Korallen
ist zwar partout nichts aufgefallen,
doch schon die Weibchen mancher Muscheln,
die wollten nur mit Weibchen kuscheln.

Ach war das ein Lustgebrumm
in diesem Mesozoikum!
Im feuchten, heißen Urwaldklima,
da konnt's der Saurier b'sonders prima.
Doch 60 Millionen vor Christi Geburt,
war's Ungeheuer wieder furt.

Ach war das ein Lustgebrumm
in diesem Känozoikum!
Das Flusspferd trieb im Farngewächs
schon leidenschaftlich Gruppensex.
Und's Urschwein trieb's mit wilder Brunst
mit seinesgleichen – und auch sunst.

Und dann, gleich nach den Affen,
da hat der Herr uns selbst geschaffen.
Noch toller trieb es diese Art
vom Anfang bis zur Gegenwart.
Und heute sagt das Lexikon,
was jeder darf, was Deviation:

Es darf der treue Ehemann
so ziemlich alles –, wenn er kann.
Doch Deviation ist, kurz und scharf,
wenn einer tut, was er nicht darf.

Exhibis machen eine Schau,
Sadisten quälen jede Frau,
der Voyeur findet seine Ruh,
schaut er bei anderen Leuten zu.
Die Lesbin wird erst liebestoll,
hat sie von ihm die Schnauze voll,
der Bisex nimmt's nicht so genau,
er nimmt's, wie's kommt, ob Mann, ob Frau.

Ekstatisch wird der Liebesrausch
bei manchen nur durch Partnertausch.
Kann man sich damit nicht begnügen,
sucht man den Sex in größern Riegen.
Kurzum: Die Luft war sexgeladen
von Miami bis Berchtesgaden.

Doch dann kam Aids, macht viele stumm.

Gedämpft ist jetzt das Lustgebrumm.

Liebe im Herbst

Legst du mich achtzehn deine Liese
zum ersten Mal auf eine Wiese,
ist dieser Vorgang, unumwunden,
mit großem Glücksgefühl verbunden.

Steigst du mit ihr ins Ehebett,
ist's Liebesglück noch lang komplett.
Doch spürst du leider dann und wann:
Es schwindet langsam der Elan.

Und bist du schließlich nicht mehr jung,
verliert sich die Begeisterung.
Dafür wächst mehr und mehr der Frust.
Du liebst zwar noch, doch einfach, weil du musst.

Frühlingserwachen

Seine Liebste hatte ihn betrogen,
im Examen war er durchgeflogen,
im Gesichte fand er, ach wie dumm,
eine Nase zwar, doch die war krumm.
Und noch mancherlei Komplexe
legten sich wie Schlinggewächse
um des armen Mannes Seele,
dass er sich ja richtig quäle.

So kam er denn zu dem Entschluss,
dass er sein Leben enden muss.
Um alle Leiden abzukürzen,
wollt' er von einem Felsen stürzen.

Wie er dann ging durch Frühlingsräume,
da lachten Blumen, winkten Bäume,
es sangen Vögel, hell und zart,
ein Lüftchen streichelte den Bart,
die Ähren wogten wie im Schlaf,
sogar die Schlangen fand er brav,
und gar der Farben Harmonie
gefiel ihm heut' wie sonst noch nie.

So machte er – warum auch nicht? –
statt Selbstmord – eben dieses Gedicht.

Karl Josef Weiss

Unbeschreiblich war meine Aufregung, als mir mit 15 Jahren zum ersten Male ein Mädchen erlaubte, einen Kuss auf ihre Lippen zu hauchen. Für mich war das ein so einschneidendes und bedeutsames Ereignis, dass ich mir noch am selben Tag vornahm, mir das Datum dieses meines ersten Kusses für alle Zeiten einzuprägen. Es war der 15. Oktober 1949. Auch den Namen des betroffenen Mädchens konnte ich bis heute behalten, was durch den Umstand sehr erleichtert wurde, dass es Maria Schell hieß, ohne dass es auch nur im Entferntesten mit der Schauspielerin verwandt war. Aus irgendeinem Grunde war meine erste Mund-zu-Mund-Beziehung aber nach relativ kurzer Zeit wieder zu Ende. Maria musste sich intensiv auf die Mittlere Reife vorbereiten, ich als der Jüngere war ihr wohl noch ein wenig zu unreif. Mein Interesse an Mädchen aber blieb unverändert stark, ja verstärkte sich sogar noch in dem Jahr nach meinem ersten Lippenbekenntnis zu einem weiblichen Wesen.

Ich gebe unumwunden zu, dass ich die Mädchen in dieser Zeit, die man auch „Pubertät“ nennt, beeindrucken wollte und dass ich daher entsprechend eitel war.

Zu dieser Eitelkeit gehörte wohl auch, dass ich mir einredete, meine Gesichtshaut sei für das andere Geschlecht nicht glatt und rein und schön genug, obwohl ich nicht einmal an Akne litt. Es kostete mich viel Selbstüberwindung, als ich es eines Tages wagte, eines der wenigen Kosmetik-Fachgeschäfte zu betreten, die es damals in Nürnberg gab. Noch schwerer fiel es mir, der hübschen Verkäuferin mein Anliegen vorzustottern, ich hätte ständig mit bösen Dermatosen zu kämpfen, wo es mir in Wirklichkeit doch ausschließlich um pure männliche Schönheit ging. Das Mädchen hinter dem Ladentisch verkaufte mir schließlich mit süffisantem Lächeln ein teueres Schönheitswässerchen namens „Aphrodite“.

Der Höhepunkt meiner Gefallsucht wurde erreicht oder eher überschritten, als ich mit meiner eigentlich ganz normalen europiden Nase nicht mehr zufrieden war und mir eine neue wünschte. Ja, ich begann allen Ernstes meine Mutter zu piesacken, mir bei einem Chirurgen einen Operationstermin zu verschaffen. Meiner Erinnerung nach wollte ich ein etwas kleineres, in der Form auf jeden Fall aber klassisch-griechisches Riechorgan mit hoher, nicht gegen die Stirn eingesenkter Wurzel. Meine Mutter dagegen bestand in den ausgedehnten Diskussionen mit mir energisch auf der Beibehaltung meiner bisherigen, wenn auch nicht ganz so harmonisch geformten germanischen und sagte: „Du spinnst. Deine Nase ist völlig in Ordnung, und sie bleibt, wie sie ist."

In dieser schwierigen Phase meiner Jugend wollte ich nicht nur durch meine äußere Erscheinung bei den Mädchen Gefallen finden, ich wollte ihnen auch durch besondere Leistungen oder womöglich sogar durch Heldentaten imponieren. Noch im Winter nach meiner Kuss-Premiere fand ich eine Gelegenheit dazu. Um unsterblichen Ruhm zu erwerben, fuhr ich unweit meiner Schule mit einem Freund mit dem Schlitten an einer Stelle die Böschung des Pegnitztales hinunter, wo der Auslauf bis zum Fluss nur etwa zehn Meter betrug. Und das war einfach zu kurz, wie sich schnell herausstellen sollte. Denn wir wurden auf der glatten Bahn über das Flussufer hinauskatapultiert und machten, etwa drei Meter Luftlinie von der Uferböschung entfernt, mit unserem Wintersportgerät eine Notwasserung. Von allen Seiten liefen nun die Mädchen zusammen und starrten uns an, als ob wir außerirdische Wesen wären, die soeben auf der Erde gelandet sind. Die Jungen sparten nicht mit spöttischen Bemerkungen. Wir aber sahen nur die Mädchen und waren stolz, dass wir, wenn auch auf ziemlich ungewöhnliche Art und Weise, ihre Aufmerksamkeit erregt hatten, und davon hatten wir ja schon lange geträumt.

Jim, der kleine Kapitän

von Rolf Wemmer

Jim, ein junger, mutiger Kapitän, der ein kleines gut erhaltenes Holzsegelboot sein Eigen nennt, segelte hinaus über die Weltmeere, um einen geheimnisvollen, begehrten Schatz zu suchen. Das weiße Boot mit den braunen Segeln war in einem guten Zustand, dazu auch stark und seefest. Proviant hatte er genug gebunkert. Nicht nur Kartoffel und Reis, auch vitaminreiche Zwiebel, Schokolade und andere gute Lebensmittel lagerte Jim in den Staurämen seiner kleinen Segeljacht. Der Abschied von seinen lieben alten Eltern bedrückte den kleinen Kapitän sehr.

Die Festmacherleinen löste er bei Hochwasser und mit der Flut, die ablief, segelte Jim von Cuxhaven die Elbe abwärts in die raue Nordsee. Die gefahrvolle Nordsee wurde erstmal mit Nordwest-Kurs durchsegelt. Ständig wehte der Wind seine viel zu große Mütze von seinem Kopf und sein blonder Bart wehte keck in alle Richtungen. Bei den Orkneyinseln änderte der kleine Kapitän den Kurs, um an Island vobeizusegeln und Grönland anzusteuern. Die Windfahnensteuerung hatte das kleine Boot ständig gelenkt, so brauchte er nicht selbst am Ruder stehen. Riesige Wellen, mit einem mächtigen Sturm, musste er vor Grönland abwettern. Das tapfere Boot meisterte alle schwierigen Situationen, so konnte der kleine Jim glücklich Grönland anlanden.

An manchen Tagen war Jim doch sehr traurig und fühlte sich einsam im großen nördlichen Atlantik, dazu dachte er an seine lieben Eltern, die traurig auf seine Rückkehr warteten.

Endlich nach 40 einsamen Tagen und Nächten erreichte er sein ersehntes Land, wo der teure Goldschatz zu finden war, der ihn reich sowie mächtig machen sollte.

Das Land der Inuits war erreicht und der Häuptling mit seinem breiten Gesicht begrüßte den kleinen Kapitän recht freundlich.

„Ich bin Jim, der kleine Kapitän, und bin gekommen die vielen Goldschätze zu finden“, sagte er recht forsch. „Master Rolf hatte es gesagt, dass die Goldstücke hier lagern, die ich finden muss, ferner bei den Eskimos oder Inuits sollten die Schätze liegen.“

Jetzt musste der Häuptling erstmal mit seinem faltigen Gesicht herzhaft lachen. „Ha ha ha, einen Goldschatz will der kleine Kapitän“, jetzt lachten auch alle Dorfeinwohner, bis ihnen die Tränen kamen. Die mit Pelz bekleideten Inuits konnten nur von dunklenTagen im harten Winter berichten, dazu von Eis und Schnee, mit grimmiger Kälte.

Nicht einen Sonnenstrahl, der sie wärmt, hatten die armen Menschen hier zur Winterzeit. „Wenn du einen Goldschatz suchst, lieber Jim, dann must du nach Feuerland segeln drunten im Süden der Welt“, erklärte der Häuptling mit vielen Gesten.

„Hurra, ich segele nach Süden zu den Feuerland-Indianern“, schrie jetzt Jim laut.

Was glaubt ihr, liebe Kinder, wie weit es ist, von Grönland nach Feuerland ans Ende von Südamerika zu segeln? Tausende und Abertausende von Seemeilen musste der kleine Kapitän mit seinem Holzboot nach Süden segeln.

Sicher habt ihr schon vom Äquator gerhört, wo die Sonne das ganze Jahr über glühend brennt und die Welt in Nord sowie Süd geteilt wird. Hier musste Jim mächtig schwitzen, kaum auszuhalten war die unerträgliche Hitze.

Ein großer Wal begrüßte prustend den kleinen Kapitän mit seinem weißen Holzboot.

„Eine Frage, lieber Kapitän, wenn du den Äquator übersegeln willst, musst du einen Taufpass besitzen, sonst lasse ich dich nicht in die südliche Hälfte der Welt einreisen.

Jeder tüchtige Seemann muss einen Äquator-Taufschein haben“, sagte der riesige Wal und schlug mit der großen Schwanzflosse mächtig aufs Wasser, dazu mit seinem Atemloch am Kopf, wie ein Springbrunnen, blies er wild Seewasser auf Jim und sein Boot.

Da hatte auch Jim seine Taufe am Äquator bekommen und konnte ungehindert ins Reich der Stürme segeln.

Brasilien, Uruguay, Argentinien und endlich war Feuerland in Sicht, wo die zwei Meter großen Indianer leben. „Hallo, hallo ihr großen Feuerlandindianer, wo finde ich den teuren Schatz, von dem mir der Inuit, dazu der alte Fahrensmann Master Rolf erzählte?

Ausgraben werde ich den begehrten Schatz, der mich reich und mächtig macht."

Jetzt kam auch der große Häuptling der Feuerland-Indianer aus seiner Höhle und lachte über diesen dummen Witz. „Ha ha ha, einen Schatz, ha ha ha, mich laust der Affe, einen Schatz bei uns? Da hat sich aber der Märchenerzähler mächtig geirrt", und alle Indianer lachten sich schief. Der mächtige große Indianerhäuptling erklärte dem kleinen Kapitän, dass es am Südpol Goldschätze geben würde. Jim setzte die Segel und segelte weiter über die sturmgepeitschte Drakestraße zum Südpol, dem Schatz entgegen.

Nach Tagen mit starkem Sturm sowie eisiger Kälte hatte er die Eisbarriere mit den Eisbergen erreicht. Eisberge so hoch wie Hochhäuser. Pinguine, Robben, dazu mächtige Seevögel begrüßten Jim mit lautem Geschnatter und Geschnaufe. Zum Südpol konnte man nicht weitersegeln, denn das blinkende Eis mit seinem Blauschimmer ließ eine weitere Fahrt nicht zu. Jetzt wurde der arme, kleine Jim richtig traurig und Tränen kullerten an den eingefallenen Wangen runter. „Wo ist nur der Schatz, den ich suche?"

In der Kajüte hatte Jim das uralte Buch mit den seltsamen Zeichen versteckt, wo er jetzt guten Rat holte. „Goldküste von Westafrika" konnte er lesen. „Hurra, da gibt es Gold, jetzt werde ich ein reicher großer Kapitän." Lange dauerte die stürmische Fahrt nach Nordosten zu den Gestaden von Westafrika.

Es wurde warm und noch wärmer, der Schweiß lief in Bächen, Jim war sehr erschöpft, als er nach langen Wochen endlich die Einwohner von Westafrika begrüßte.

Was glaubt ihr, liebe Kinder, wie diese Menschen aussahen? Nein, lange Nasen hatten sie nicht und rot sahen sie auch nicht aus. Wer kann sagen, wie sie ausschauten? Ja richtig, die Afrikaner hatten dunkle Hautfarbe, beinahe schwarz.

Nach der überschwänglichen Begrüßung hatte Jim zum ersten Mal afrikanischen Boden betreten. Den Schatz, den er suchte, konnte er hier gleich vergessen, denn die Leute waren doch so unglaublich arm. Die halbe Welt hatte der kleine Kapitän abgesucht, aber einen Schatz hatte er nicht finden können.

Der Zufall wollte es so, dass er die wunderschöne Tochter des Oberhäuptlings Olowamba kennenlernte. Prinzessin Tokosiele, die Liebliche, mit einem weichen warmen Lächeln, umarmte unseren mutigen, kleinen Kapitän und küsste ihn auf die schmalen Wangen. „Lieber Kapitän, ich hörte, einen Schatz möchtest du finden", sagte sie mit zauberhafter Stimme. Nur noch traurig nicken konnte unser kleiner Jim, der so hilflos ohne Kraft dasaß. Tokosiele, die ehrliche, feine Prinzessin, sagte: „Du armer kleiner Jim, vergiss deinen Traum vom großen Schatz, suche nicht weiter, denn einen viel größeren, wahren Schatz, den du suchst, findest du nur in dir selbst."

Endlich, nach vielen Strapazen sowie entmutigenden Fahrten, hatte er begriffen, der Schatz in uns ist der beste, den wir haben. Begreifen, auch finden sollte man den inneren Schatz des Lebens. Die größte Kostbarkeit ist die Freude am Leben, dazu die Herzenswärme zu den sorgenden Eltern, obendrein die herrliche Natur in Ehren zu halten.

Danke dir, du schlaue Prinzessin Tokosiele, ich habe begriffen, was ich ergründe, du hast mir mein suchendes Herz geöffnet und meiner unruhigen Seele die wahren Reichtümer unserer Welt geschenkt.

Nach einem herzlichen Abschied von seinen liebgewonnenen afrikanischen Freunden und der lieblichen Prinzessin segelte Jim, der kleine Kapitän, mit seinem alten Holzboot zurück in die Heimat, dazu mit einem glücklichen Schatz in seinem Herzen, außerdem mit einem immer fröhlichen Lächeln.

Eine gute Nacht, schlaft tief und träumt etwas Liebes.

Guten Tag – Poetry Slam!

von Helmtraud Eleonore Zak

Hallo Urlauber!

Es gibt viele Menschen, die sich lieben, und viele Menschen, die sich nicht leiden mögen. Ebenso ist dies in der Tierwelt der Fall. Man kann sagen: „Ein Fisch ohne Fahrrad – ist wie ein Mann ohne Frau“ oder „Der Fisch beginnt am Kopf zu stinken“ oder Tiefseetaucher schwimmen neben Tiefseefischen und beide denken Ähnliches“!

Auf alle Fälle gibt es ein Wiedersehen, ob mit einem Geliebten oder einem Menschen, den man nicht leiden kann –, irgendwann – irgendwo – trifft man sich zufällig und es können Gedanken, Worte und Werke realisiert werden. Vielleicht die Welt zum Besseren geführt werden?

Redest du dir das ein – dass du Gutes tun willst? Nein – das steckt in dir wie das „Amen“ im Gebet!

Vor vielen Jahren war es bei ihr so angekommen: Sie wollte das Land erobern, von dem sie schon sehr viel gehört hatte und auch Reisende gute Eindrücke vermittelt hatten. Also buchte sie den Flug und mit gesitteten Manieren, dachte sie nie daran, sich beim Einchecken vorzuschwindeln. Das Dilemma begann: Durch zu langes Warten kam sie zu spät und musste über Athen umgebucht werden. Was soll's – ein gutes Frühstück – Urlaubszeit! Endlich in Tel Aviv angekommen gab ihr die Informationsstelle am Flughafen einige Adressen für die Übernachtung in einem Youth-Hostel. Am nächsten Tag begann das Abenteuer per Autobus in einer fremden Stadt mit einer schwierigen Sprache – doch sie konnte ja ein wenig Englisch sprechen! Sie meldete sich bei Freunden, besuchte ihre Bekannten im Shop in der City und wurde zu einem deutschen Film – gespielt mit Heinz Rühmann – ins Kino und anschließend zu einem Drink eingeladen.

In Tel Aviv entdeckte sie die Gebetstische am Gehweg mit Utensilien – Buch, Schriftzeichen, Tücher, Lederriemen, Kissen, kleine Schachteln und dem Stern. Auch das Museum of Art mit der lustigen Karte: „Good morning, Israel“ gefiel ihr. Der nächste Tag war mit interessanten Fahrten per öffentlicher Verkehrsmittel: Bus und Sammeltaxi – in das Landesinnere gefüllt! Dabei entdeckte sie Arad und das Observatorium, kam auch unerwartet zu einem Youth-Hostel und besuchte die Ausgrabungsstätte am Berg Massada. Dann ging es weiter nach Eilat und sie war begeistert vom Roten Meer. Natürlich buchte sie eine Fahrt mit dem Glassbottomboat zur Koralleninsel. Doch leider kehrte das Schiff auf halber Strecke wegen Sturm um. Der Fahrschein galt für Sonntag weiter!

Eine Fahrt mit einer Reisegruppe und per Bus gestaltete den Samstag zu neuen Aktivitäten. Die Gruppe besichtigte das griechisch-orthodoxe Kloster St. Katharina. Hier wird auch die zweitälteste Bibel der Welt beherbergt. Die älteste Bibel der Welt heißt: Sinthax sinaiticus und liegt im Britisch Museum in London. Bei dieser Fahrt entstanden auch neue Bekanntschaften mit einer gesprächigen Wienerin und einem netten Ehepaar aus Graz. Der viele Wüstensand und das Gestein sowie die vereinzelt mit ihren Ziegen umherziehenden Nomaden brachten auch Abwechslung. Gegen Abend saßen sie – die Busreisenden im großen Zelt mit den Nomaden – die gerne Gastfreundschaft zeigten und alle bewirteten: Es gab Fladenbrot und Tee – alles wunderbar zu genießen und zu lächeln.

Am Sonntag war nun die Schifffahrt zur Koralleninsel und die vielen bunten Fische waren nicht zu zählen. Es gab einen kurzen Badestopp und ein herrliches Mittagessen am Schiff. Und nachmittags schwammen diverse Fische zum Fotografieren neben ihr im Roten Meer, das auch wunderbar für Schnorchler und Taucher ist.

Oft waren ihre Gedanken bei einer ihrer Töchter – die ihren Geburtstag feierte – diesmal ohne Mutti. Aber wenn die Jugend flügge wird, sind ja meist die Freundinnen wichtiger, um Party zu feiern.

Die Stadt Eilat hatte sie beeindruckt – einige noble Hotels und ein Inlandsflughafen direkt am Meer. Trotzdem wollte sie wieder in das Landesinnere. Ja, mit dem Bus und dem Sammeltaxi war sie bald am Toten Meer. Konnte hier das sehr salzige Wasser – ohne zu schwimmen – probieren, es trägt einen. Weiter ging's per Sammeltaxi – auf diesen breiten, gut gebauten Straßen zum Markt in Ber sheva. Hier gab es viele „Standln" mit Goldschmuck, Andenken, Kleidungsstücken, aber auch einen Tiermarkt, wie: Hühner, Schafe, Ziegen – alles lebend – zum Kaufen. Sie kaufte ein kleines Andenken und war sehr durstig – der herrlich frische Orangensaft tat gut.

Nun wollte sie doch noch mal die alten Stätten besuchen und per Bus fuhr sie in das verregnete Jerusalem und Bethlehem. Die wichtigsten Plätze waren leider durch den Regenguss nicht alle zu erreichen. Und als sie durchnässt war, blieb ein Aufenthalt im Museum zum Trocknen der Kleidung die beste Möglichkeit den Tag zu verbringen. Der Sturm und der Regen waren so heftig, dass ein Schirm zwecklos war. Durch einen richtigen Wintereinbruch – mit 10 cm Schnee – in Jerusalem – entstand für sie ein neues Dilemma. Der Blick auf die Straßen zeigte viele abgebrochene Äste. Alleebäume mit bis zur Straße herunterhängenden Zweigen – voll mit schwerem Schnee beladen, keine Menschenseele zur Arbeit eilend – wo gab es Schneeschuhe? Die Pfützen wurden immer mehr und immer größer, denn die Sonne kam bald wieder und die Temperatur stieg an.

Nun öffneten keine Banken und sie hatte bloß so wenig Shekel, dass sie einen Telefonanruf und den Bus bezahlen konnte. Gut, dass ihr ihre Bekannten Geld leihen konnten. Da das Youth-Hostel in Tel Aviv unter Wasser stand, die einquartierten Besucher mit den Kerzen umherwandelten, wurde sie für eine Nacht gar nicht aufgenommen. Mit dem Privatauto fuhr sie der Gatte ihrer Bekannten in den nächsten Ort. Hier verbrachte sie – völlig alleine – die nächste Nacht und spazierte am Morgen durch den fremden kleinen Ort. Ein Einwohner sprach mit ihr und lobte Dr. Bruno Kreisky und meinte, dass sein Bruder hier in der Nähe wohne. Nun, mit dem geliehenen Geld konnte sie sich ein Taxi leisten und entschloss sich den Wintereinbruch zu vergessen und wieder einen Inlandsflug nach Eilat zu buchen. Hier wurde sie bis auf die Haut kontrolliert, auch das gesamte

Gepäck durchgesehen – wieso, warum, weshalb sie wieder nach Eilat wollte! Alles ging gut und der Flug über „das Gelobte Land“ war fantastisch!

Hier in Eilat erledigte sie gleich die Rückzahlung der Schulden an ihre Bekannten, um sorgenfrei noch einige Badetage zu genießen. Für die zwei Damen steckte sie zwei handbemalte Seidentücherln in ein Kuvert und dankte herzlich für die Hilfsbereitschaft.

Diese reiselustige Dame liebt dieses Land mit seiner Vielfältigkeit. Das sehr salzige und das Rote Meer, die Palmen, die Wüste, die Felsformationen, die Höhlen der Qumran Rollen, die Kibuzanlagen, das fleißige Volk und nicht zuletzt die guten Falafel. Es folgten weitere Besuche mit einer Gruppe und alleine und es gab immer viel Neues zu entdecken und viele Geschehnisse zum Nachdenken. Viele schöne Stätten in diesem sehr steinreichen Land hatte sie besucht und ein Tagesausflug nach Jordanien führte sie nach Petra zu den Felsenwohnungen der Nabatäer. Hier verschenkte sie an einige barfüßige, herumlaufende und bettelnde Kinder einige Mandarinen. Doch diese durch und durch abgehärteten Kinder wollten keine süßen, saftigen Mandarinen. Sie warfen sie zu Boden und riefen ihr zu: „Pen, Pen.“

Bei uns gilt als Statussymbol der Besitz eines Fahrrades, Motorrades oder eines Autos. Dort gilt als Statussymbol, ob man lesen und schreiben kann.

Bei ihrem zweiten Besuch in der Stadt Gaza besuchte sie wieder die Universität. Dem Herrn Professor für kreative Arbeiten brachte sie einen Geschenkkarton mit dem Inhalt eines Laubsägewerkzeuges. Auch im Kindergarten brachte sie den Kleinen Bleistifte, Ölkreiden, Luftballons und einige Bilder, z. B. den Großglockner von Österreich, mit. Die Kindergärtnerin und die lieben schwarzäugigen Kinder bedankten sich mit einem sehr lauten Lied singend.

Ob sich nun diese Menschen lieben oder hassen, ob sie einer Religion angehören oder nicht, Gutes tun für die Allgemeinheit, die Welt verbessern, Träume in die Realität umsetzen, Kinder zu Menschen für Arbeit und Lernen zu erziehen, das war ein Gedanke JESUS: LERNEN-LIEBEN-LEHREN!

Autorenverzeichnis

Doreen Abbe

Doreen Abbe ist das erste Kind eines Diplomingenieurs und einer Schneiderin. Sie arbeitet als Kindergärtnerin, ist verheiratet und Mutter zweier erwachsener Söhne. Jüngster Sohn soeben verstorben. Er inspirierte zu dieser Erzählung.

Joachim Ahlers

Eine Motorradreise durch die USA, Kanada, Alaska, Mexiko und Südamerika prägte Joachim Ahlers Leben. Nach zahlreichen Abenteuern, seiner Heirat und der Geburt seiner Kinder arbeitet der Autor als selbstständiger Berater für Unternehmen.

Christian Ahrens

Der erste Teil einer Trilogie über das ungewöhnliche Leben eines Menschen, der nichts so gemacht hat, wie „man“ es machen sollte. Eine Auseinandersetzung mit Lebensformen und Kulturen. Ein Star, der nicht als Star leben wollte, sondern das Glück in den einfachen kleinen Dingen gefunden hat.

Frank Oskar Bergmann

Frank Oskar Bergmann wurde 1947 in Coburg in Oberfranken geboren. Seine Hobbys sind das Schreiben von Gedichten, Geschichten und ab und zu auch von Liedtexten. Er arbeitet im Außendienst, hat viel Kontakt mit den Leuten und erfährt einiges über die Probleme der Menschen.

Petra Berndt

Petra Berndt, Jahrgang 1986, beruflich tätig im Bereich Internetmarketing und angehende Heilpraktikerin, schreibt seit ihrer Kindheit über ihre Erfahrungen. Sie hat 2007 in der edition nove den Gedichtband „Spiegelbild" veröffentlicht. Ein weiterer Gedichtband und ein Fantasyroman sind in Arbeit.

Michael Bürkle

Michael Bürkle wurde 1964 im Brandenburgischen Forst/Lausitz geboren. Seit fünfundzwanzig Jahren beschäftigt er sich mit dem Verfassen von Texten und Gedichten.

Gisela Dammers

Gisela Dammers hat erst im Alter von 75 Jahren begonnen zu schreiben. Ihre ersten vier Bücher sind aus dem esoterischen Bereich. Bald widmete sie sich auch anderen Themen. Ihr erstes fiktives Buch handelt von ihrer Katze „Leonie", erschienen in der edition nove.

Bernd W. Dresia

Bernd W. Dresia, geboren 1958. Der seinen heute erwachsenen Sohn alleinerziehende Vater und erklärte Sportliebhaber verfügt über die Trainer-Lizenz C. Dem Abitur folgte unter anderem ein Verwaltungsstudium, bis 2008 war er fast 25 Jahre als Betreuer und Berater von Unternehmen tätig.

Nicole Dubina

Nicole Dubina, geboren 1964 in Stuttgart, arbeitet beim Jugendamt als Tagesmutter sowie als Angestellte bei den Johannitern im Kinder- und Behindertenfahrdienst. Sie ist von Jugend an im künstlerischen Bereich aktiv – schuf Aquarelle – und schrieb Kindergeschichten, Gedichte und lyrische Texte.

Norman Dunfield

Norman Dunfield, geboren 1953, verfasst bereits seit mehreren Jahrzehnten außergewöhnliche Gedichte, Geschichten, Erzählungen und Sachbeiträge als Unterhaltungslektüre für alte Kinder und junge Erwachsene.

In seinem Repertoire befasst er sich mit Themen für sämtliche Lesergruppen.

Anatol Egbuna

Anatol Egbuna lebte bis 1996 unter brutalsten Bedingungen in Nigeria bei seinem Vater und seiner Stiefmutter. Nach seiner dramatischen Flucht, mit Hilfe der deutschen Botschaft, kam er nach Hamburg, wo er seine Lehre und sein Studium beendete.

Conrad Feder

Dr. med. Conrad Feder ist 1950 in Konstanz geboren. Nach Arbeitserfahrungen in Großbritannien und Uganda ist er seit 16 Jahren als Allgemeinmediziner in Münsingen mitten auf der Schwäbischen Alb tätig.

Friedrich Freese

Friedrich Freese wurde 1949 in Lanzkron (Vorpommern) geboren. Er erlernte er den Beruf eines Fischers, erwarb Patente und war 23-jährig der jüngste Kapitän der DDR-Küstenfischerflotte. Heute schreibt er eingefangene Träume auf.

Michael J. Gania

Michael J. Gania, Jahrgang 1950, beendete 1971 ein Studium zum Diplomverwaltungswirt und übte anschließend bei der Stadtverwaltung Köln eine entsprechende Tätigkeit aus. 1977 machte er sich im Immobilienbereich selbstständig und 1997 wanderte er nach Mexico aus, wo er eine kleine, aber feine Hotelanlage an der mexikanischen Karibik (Cancun) erstellte. 2006 wagte er erneut einen Neuanfang und übersiedelte nach Costa Rica, wo er sich endlich seiner großen Leidenschaft, dem Schreiben, voll widmen konnte.

Patrizia Geiss

Patrizia Geiß ist verheiratet, hat vier Töchter und lebt in Idar-Oberstein/Deutschland. Sie ist Heilpraktikerin für Psychotherapie, Reikimeisterin, Entspannungstrainerin und macht Energiearbeit. Die Liebe zum Schreiben hat sie in den letzten Jahren entwickelt.

Leo Gesess

Leo Gesess, geboren in Zürich und Ausbildung an der Kunstgewerbeschule Zürich, war viele Jahre Art Director und Creative Director in diversen internationalen Werbeagenturen. Er betreute internationale Kommunikations-, Fotoregie- und Werbefilm-Mandate und gewann in dieser Zeit viele nationale und internationale Auszeichnungen. Diverse längere Ausland-Aufenthalte. Fotostudios in der Schweiz, den USA und Italien.

Ronny Goerner

Die Malerin, Lyrikerin und Wortbildnerin Ronny Goerner lebt und arbeitet in Klagenfurt. Seit den 80er-Jahren hat sie als Malerin viele Ausstellungen in Österreich und Deutschland. Im Herbst 2005 gelang ihr der Durchbruch zu großen internationalen Ausstellungen.

Heinz Greter

Heinz Greter, 1943 in Cham (Schweiz) geboren, studierte Germanistik, Geschichte und Kunstgeschichte an den Universitäten Zürich und Fribourg. Bis 2003 war er als Gymnasiallehrer tätig und verfasste einige Texte zur Kultur-, Kunst- und Literaturgeschichte.

H.-Peter Grünebach

H.-Peter Grünebach, geboren 1948, ist Schriftsteller und freier Journalist in Bayern. 2001 machte er mit „Begegnungen auf dem Balkan“ auf sich aufmerksam. Im novum eco Verlag erschienen 2009 seine „Tuffsteinrosen“.

Horst E. Heine

Horst E. Heine absolvierte eine Friseurlehre und lebte einige Zeit in Kanada. 1969 heiratete er und gründete ein Friseurgeschäft. 2004 übernahm seine Tochter das Geschäft. Die vermehrte Freizeit nutzt der Autor, um sich meinem alten Hobby, dem Schreiben, zu widmen.

Ulrich Hettmer

Gedichte aus Hettmers Zeit als aktiver Wissenschaftler sollen nach *Generation Tourismus* (novum pro 2009) einen eigenen Band bilden. Wie in Querschnitte 01/09 wird hier die experimentelle Komponente dieser Sammlungen vorgestellt.

Gerda Hillebrand

Gerda Hillebrand, geboren 1947 in Eisenstadt, nennt sich selbst „spätberufene Hobbyautorin“. Ihre erste Publikation war „Verdammt zum Leben“ – die Biografie ihres Vaters, erschienen im Verlag Freya, 2001.

Barbara Hollenstein

Barbara Hollenstein, geboren 1972 in Zürich, studierte Germanistik und Psychologie. Schreibend setzt sie sich vor allem mit Fragen der Weg-, Gott- und Sinnsuche auseinander. Sie ist verheiratet und Mutter eines Sohnes. Von ihr sind dieses Jahr zwei Gedichtbände „Licht und Liebe“ sowie „Für alle Einsamen der Nacht“ im Karin Fischer Verlag erschienen.

Doris Kandlhofer

Doris Kandlhofer lebt in Wien und ist nach ihrem Studium der Publizistik- und Kommunikationswissenschaft im Moment als Seminarorganisatorin tätig. Schon seit ihren Jugendjahren ist sie dem Schreiben von Romanen zugetan und wird im Herbst ihren ersten Roman veröffentlichen.

Michael Kerb

Michael Kerb, geboren 1960, schloss sein Medizinstudium 1985 ab und ist heute Facharzt für Radiologie. Sein erstes Buch mit dem Titel *„Doktor der gesamten Medizin – Erfahrungen eines jungen Klinikarztes“* ist ein gesellschaftskritischer Roman, der die Welt der Spitalsärzte thematisiert.

Karin Klug

Karin Klug, 1964 geboren in Graz. 1994 schloss sie ihre Studien der Psychologie/Physiologie ab. Sie ist selbstständig tätig als Psychologin, Journalistin und Autorin – Veröffentlichungen in zahlreichen Printmedien.
(www.karinklug.at)

Ulrich Kohler

Ulrich Kohler, geboren 1951, studierte Wirtschafts- und Erziehungswissenschaften sowie Geografie und unterrichtet seit 1980 als Berufsschullehrer in Stuttgart. Nach seinem Aufstieg zum Studiendirektor ist er Abteilungsleiter des Fachbereichs für Logistik und Touristik.

Jeannette Kovacevic

Jeannette Kovacevic wurde 1960 in Sachsen geboren. Nach einer zweijährigen Lehre heiratete sie und verließ mit Ehemann und Sohn die ehemalige DDR, um letztendlich in Hessen zu stranden. Die Ehe zerbrach und seitdem kämpft die Autorin sich durch die Kapriolen des Lebens.

Bettina „Tine“ Krüger

Bettina „Tine“ Krüger wurde 1963 in Essen als Tochter eines Bergmanns und einer Kassiererin geboren. Bereits in der Schule empfahl man ihr Kurzgeschichten zu veröffentlichen. Die Autorin hat zwei erwachsene Kinder und leitet ihre eigene Versicherungsagentur.

Peter Leitheim

Peter Leitheim, geboren 1954 in einem Flüchtlingslager im österreichischen Paternion, absolvierte eine Handbuchbinderlehre. 1974 kam er zur Deutschen Bundespost. Es folgten Aufträge für Plakate und Werbetexte. 1985 erschienen die ersten hochwertigen Zeichnungen, Gedichtbände folgten 2005, 2006, 2008.

Sylvia Lichtenfeld

Sie heißt Sylvia und wurde im Jahre 1973 in Wesseling geboren. Vor der 3-jährigen Lehre als Bürofachkraft besuchte sie die Handelsschule. Sylvia ist wegen ihrer Herzerkrankung seit fünf Jahren Rentnerin.

Astrid Matthaei

Astrid Matthaei wurde 1977 im Ruhrgebiet geboren. Sie begann schon in der Kindheit mit dem Verfassen von Kurzgeschichten, ihre Aufsätze wurden in Schülerzeitungen abgedruckt.

Nach einem medienorientierten Studium arbeitet sie bis heute im Bereich der technischen Redaktion.

Jo Menning

Jo Menning ist Europäerin aus Überzeugung. Nach dem Studium der Germanistik war sie mehrere Jahre erfolgreich in Werbung und Marketing tätig. Sie verbrachte einige Jahre in verschiedenen Ländern und lebt heute in Belgien.

Birgitt Möck

Birgitt Möck, geboren 1958 in Reutlingen, ist verheiratet, hat zwei erwachsene Kinder und lebt heute in Lichtenstein. Zum Schreiben kam sie durch die astrologische Beratung ihres Bruders und wurde dabei von ihrer Familie in ihrem Vorhaben gestärkt und unterstützt.

Charlotte Neumann

Charlotte Neumann ist seit dreißig Jahren Lehrerin. Nach ihrem Studium in Erfurt und Kaluga (Russland) unterrichtete sie im Vogtland und in Berlin, ehe die Familie für mehrere Jahre nach New York ging. Die Mutter von drei Kindern lebt und arbeitet heute wieder in Berlin.

Frieda Petrounin

Frieda Petrounin wurde 1950 in Kasachstan geboren und verbrachte ihre Kindheit in Sibirien.

Als Betriebswirtin arbeitete sie in Kirgisien als Bilanzbuchhalterin. Seit 1989 lebt sie in Deutschland als selbstständige Unternehmerin und schreibt deutsche und russische Gedichte.

Werner Pfelling

Werner Pfelling wurde 1937 in Leipzig geboren. Er studierte Theaterwissenschaften in Moskau, danach arbeitete er in der DDR als Journalist und Theaterkritiker. Er lebt heute in Berlin und veröffentlichte 2008 im novum Verlag 14 Kurzgeschichten mit dem Titel „Der spendable Amerikaner".

Emelia Philipp

Emelia Philipp wurde 1979 in Heidelberg geboren. Nach ihrer Ausbildung in einer renommierten Anwaltskanzlei arbeitete sie im Förderungsmanagement eines Großkonzerns und studierte Wirtschaftsjura. Seit geraumer Zeit ist sie als Mediaberaterin bei einem privaten Fernsehsender tätig.

Ernst-K. Pinternagel

Ernst-Karl Pinternagel erlernte den Beruf des Maurers und war als Soldat an der Ostfront eingesetzt. Danach studierte er und war als Ingenieur in verschiedenen Unternehmen und Bereichen tätig. Nebenberuflich engagierte er sich als Lehrer, hielt Vorträge und unternahm Reisen.

Peter Ramm

Peter Ramm wurde 1955 in Schenefeld, einem Randbezirk der Großstadt Hamburg, geboren. Neben seiner erlernten Tätigkeit als Bürokaufmann entschloss er sich zu einem Fernstudium „Autor werden – schreiben lernen", um sein Hobby professioneller gestalten zu können.

Harald Gerd Ricke

Harald Gerd Ricke lebt nahe Hamburg. Er ist Sozialarbeiter und hat eine Praxis für Beratung, Coaching, Mediation. Publikationen: „Gefühle", „Autogenes Training für jung und alt", „Pädophilie und Kindersexualität". Seit sieben Jahren berät und betreut er Frauen und Männer mit pädophilen Neigungen.

Günter Rutkowski

Günter Rutkowski, Jahrgang 1954, studierte Medizin in Münster sowie Geschichte in Hagen. 1989 wurde er als Rotkreuzdelegierter in die Deutsche Botschaft nach Prag entsandt, da die Sanitärlage auf dem Gelände wegen Tausender Flüchtlinge kritisch war. Der Autor lebt heute in Tripolis/Libyen.

Otfried Schrot

Otfried Schrot ist pensionierter Berufsoffizier der Bundeswehr.

Er studierte Betriebswirtschaft und verzeichnet Auslandsaufenthalte in Frankreich, Großbritannien und den USA. Seit seiner Pensionierung macht er historische Führungen in der Festung Wilhelmstein im Steinhuder Meer.

Petra Schulte

Petra Schulte studierte Germanistik, Soziologie/Sozialpsychologie an der FU Berlin. Sie veröffentlichte Kurzgeschichten in dem Buch „Wahre Geschichten", herausgegeben vom Heimatverein Ferch, und gewann den 1. Preis bei dem Wettbewerb für Kurzgeschichten der Zeitung „Der Potsdamer" für das Jahr 2008.

Richard Oliver Skulai

Richard Oliver Skulai ist Diplompsychologe und Facharzt für Psychiatrie und Psychotherapie. Er wurde 1959 in Karlsruhe geboren und studierte Psychologie und Philosophie in Trier sowie anschließend Humanmedizin in Homburg/Saar. In seiner freien Zeit ist er künstlerisch und schriftstellerisch tätig.

Lubomír Smiřický

Lubomír Smiřický, geboren 1933 in Rychlov, Tschechische Republik, studierte an der Palackys-Universität in Olmütz. An der Karls-Universität in Prag schloss er sein Studium in spanischer Sprache ab. Er arbeitete als Redakteur beim Tschechoslowakischen Rundfunk und verfasste zahlreiche Texte.

James Stark

James Stark ist pensionierter Akademiker, der im Nordwesten von den USA lebt und schreibt. Seine Geschichten haben diese geografische Lage als Kulisse und handeln meist von Menschen, die vom Krieg, besonders von Amerika im letzten Jahrhundert geführt, indirekt betroffen sind.

Gero van Dellen

Gero van Dellen wurde 1960 in Essen (Nordrhein-Westfalen) geboren. Der gelernte Handwerker schreibt seit seiner Jugend und möchte nun sein Hobby zum Beruf machen.

Nadine von Wartburg

Nadine von Wartburg, geboren 1975, schloss 2003 das Studium der Neuen Deutschen Literatur und Medienwissenschaften in Bern ab. Während des Studiums arbeitete sie als Kolumnistin sowie in der PR. Heute lebt die Schweizerin in Spanien und arbeitet als freischaffende (Blog-)Autorin.

Erika Walter

Erika Walter, Jahrgang 1943, ist in Mecklenburg-Vorpommern aufgewachsen. Nach dem Abitur studierte sie Slawistik/Anglistik in Potsdam. Russisch-Englisch-Lehrerin, Lektorin und Assistentin der Geschäftsführung in einer Computerschule waren ihre nächsten Lebensstationen.

Ute Weilandt

Ute Weilandt, 1963 in Karlsruhe (BW) geboren, ist studierte Religionspädagogin und gelernte Krankenpflegerin. Sie ist Mutter von sieben Kindern im Alter von 17 bis 3 Jahren.

Vier der Kinder haben ADS ohne spezielle Auffälligkeiten und die Jüngste hat Down-Syndrom mit einem Herzfehler.

Karl Josef Weiss

Karl Josef Weiss wurde 1934 in Nürnberg geboren. Er studierte Anglistik und Germanistik und wurde Gymnasiallehrer für Englisch und Deutsch. Von 1990 bis zu seiner Pensionierung im Jahr 1997 war er Leiter der Fachoberschule Straubing.

Rolf Wemmer

Rolf Wemmer kam als Sohn einer Handwerksmeisterfamilie in Düsseldorf zur Welt.

1980 kündigte er seine gut dotierte Stellung als erster Verkäufer. Im gleichen Jahr folgte der Start zu einer Weltumseglung. Er erhielt mehrere Auszeichnungen im Hochseesport unter anderem die „Trans Ocean Medaille".

Helmtraud Eleonore Zak

Helmtraud Eleonore Zak wurde 1945 in Südmähren geboren. Sie beschäftigte sich mit Kindergartenpädagogik, Humanbiologie, Astrologie und Homöopathie. Bereits während ihrer Jugendzeit schrieb sie, bis sie im Jahr 2006 ihr erstes Buch „Freiheit im Garten – Familie Samtpfötchen und Familie Schneck" veröffentlichte.

novum EIN HERZ FÜR AUTOREN

Bewerten Sie dieses Buch auf unserer Homepage!

www.novumpro.com

novum EIN HERZ FÜR AUTOREN

Hrsg. Wolfgang Bader

Querschnitte Sommer 2009

ISBN 978-3-99003-014-1
452 Seiten
Euro (A) 19,90
Euro (D) 19,40
SFr 34,90

Die Anthologie des novum Verlages präsentiert eine breite Auswahl unterschiedlichster Texte: Auszüge aus Romanen, Kurzgeschichten, Lyrik, Reisen in die Ferne als auch in die Vergangenheit, autobiografische und fiktive Erzählungen und zahlenmystische Betrachtungen bis hin zu philosophischen Essays.

novum EIN HERZ FÜR AUTOREN

Hrsg. Wolfgang Bader

Querschnitte Frühjahr 2009

ISBN 978-3-85022-901-2
454 Seiten
Euro (A) 19,90
Euro (D) 19,40
SFr 34,90

Die Texte der Frühjahrsanthologie 2009 sind unterschiedlich, so vielseitig wie die Inhalte sind auch die Genres: Diese reichen vom Romanausschnitt, zur amüsanten Kurzgeschichte bis zum (Liebes-) Gedicht. Autobiografische Texte zum Thema Kriegserlebnisse finden ebenso Eingang wie ein Tatsachenbericht über Konzern-Mitarbeiter. Bei allen Texten jedoch steht – in welcher Forma auch immer – der Mensch im Mittelpunkt, mit seinen Gefühlen und Handlungen.